KB048710

ON THE COME UP

ON THE COME UP

온 더 컴 업

앤지 토머스 지음 | 경연우 옮김

더봄

ON THE COME UP
온 더 컴 업

제1판 1쇄 인쇄	2019년 6월 18일
제1판 1쇄 발행	2019년 6월 21일

지은이	앤지 토머스
옮긴이	경연우
펴낸이	김덕문

기획	노만수
책임편집	손미정
디자인	블랙페퍼디자인
마케팅	이종률
제작	백상종

펴낸곳	더봄
등록번호	제399-2016-000012호(2015.04.20)
주소	경기도 남양주시 별내면 청학로중앙길 71, 502호(상록수오피스텔)
대표전화	031-848-8007 **팩스** 031-848-8006
전자우편	thebom21@naver.com
블로그	blog.naver.com/thebom21

ISBN 979-11-88522-51-4 03840

한국어 출판권 ⓒ 더봄, 2019

차례

큰 꿈을 가진 아이들을 위해.

그리고 나를 먼저 알아준

엄마를 위해.

1부

OLD
SCHOOL

올드 스쿨

1

난 오늘밤 누군가를 죽여야 할지도 모른다.

내가 아는 사람일 수도, 모르는 사람일 수도 있다. 초짜일 수도, 대단한 꾼일 수도 있다. 펀치라인을 얼마나 많이 내뱉든 플로우가 아무리 막힘이 없든 상관없다. 난 그들을 죽여야 할 거다.

그러자면 먼저 전화부터 받아야 한다. 전화를 받으려면 머레이 선생님의 수업에서 빠져나가야 한다.

내 노트북컴퓨터 화면은 사지선다형 문제 몇 개가 대부분을 차지하고 있지만 시계도 떠 있다. 시계가 가장 중요하다. 시계에 따르면, 4시 반까지 10분이 남았고, 푸 이모에 따르면, 몇 다리 건너 아는 디제이 하이프가 4시 반에서 5시 반 사이에 전화한댔다. 맹세코 그 전화를 못 받으면, 난…….

머레이 선생님이 내 핸드폰을 가지고 있으니 글러 먹은 데다 머레이 선생님은 어떻게 해볼 수 있는 사람도 아니다.

난 그녀의 가늘게 땋은 머리 꼭대기만 쳐다보고 있다. 나머지 부분은 니키 지오바니의 시집 뒤에 감추어져 있다. 그녀는 가끔 어떤 대목에서 마치 우리 할머니가 설교를 듣는 중에 그러듯이 "으음" 하고 소리를 냈다. 시는 머레이 선생님의 종교다.

다른 학생들은 모두 거의 한 시간 전에 미드타운 예술고등학교를 떠났고, 부모님과 후견인이 ACT(SAT와 더불어 미국 대학입학자격시험 중 하나-역주) 자율학습을 신청한 우리 11학년들만 남았다. 제이는 자기가 이 수업을 위해 "돈을 좀 지불"했으니 만점인 36점은 장담 못하더라도, 내가 그 점수에 좀 더 가까워져야 할 거라고 했다. 매주 화요일과 목요일 오후, 난 몸을 질질 끌고 이 교실로 들어와 머레이 선생님에게 핸드폰을 넘긴다.

보통은 대통령이 트위터에서 뭐라고 했는지 한 시간 내내 몰라도 아무렇지 않다. 소니와 말릭에게서 온 문자도 물론이다(가끔은 대통령이 트윗한 내용에 대한 거다). 하지만 오늘 난 책상으로 다가가 수북한 핸드폰들 속에서 내 것을 낚아채 이곳에서 달아나고 싶다.

"저기! 브리아나." 누군가 속삭였다. 말릭이 내 뒤에 있었고, 그 뒤에서 소니가 입모양으로 말을 했다. **아직이야?**

나는 고개를 젖히며 **내가 어떻게 알겠니, 전화기도 없는데!**라는 의미로 눈썹을 치켜 올렸다. 아, 이걸 알아먹을 거라 생각하다니 너무 기대가 큰 건가. 하지만 나와 소니와 말릭은 배 속에 있을 때부터 가까웠다. 우리 엄마들은 절친인데 세 사람이 동시에 임신을 했다. 세 사람이 함께 있을 때면 우리가 배 속에서 발길질을 해대는 통에 우리를 "불경한 삼총사"라 불렀단다. 그렇다면 소리 없는 의사소통은? 처음도 아니다.

소니가 어깨를 으쓱하는 것으로, **몰라, 그냥 물어본 거야!**라고 하더니 거기다 **어유, 으르렁대지 좀 마!**를 덧붙였다.

나는 눈을 가늘게 뜨고 약간 밝은 피부색의 호빗처럼 보이는 뒷모습을 바라보았다. 그는 곱슬머리에 귀가 컸다. **으르렁대지 않았어. 네가 바보 같은 질문을 한 거야.**

난 몸을 돌렸다. 머레이 선생님의 눈이 책 위로 올라와 그녀만의 비언어적 의사소통을 하고 있었다. **내 수업 시간엔 잡담 금지야.**

엄밀히 따져 우리는 얘기를 하지 않았다. 그런데 내가 그녀에게 그렇게 얘기하는 것처럼 보이는 건 언어적인 걸까, 비언어적인 걸까?

4:27.

3분 후면 핸드폰이 내 손에 있을 것이다.

4:28.

2분.

4:29.

1분.

머레이 선생님이 책을 덮었다. "시간 됐다. 늘 하던 대로 모의고사 답안 제출하고."

젠장. 시험.

내게 있어, '늘 하던 대로'란 한 문제도 빠뜨리면 안 된다는 의미였다. 다행히 사지선다형이다. 한 문제당 네 개의 선택지가 있으니 정답을 고를 가능성은 25%다. 다른 아이들이 모두 핸드폰을 집으러 간 사이 난 답을 클릭했다.

모두 중에서 말릭은 제외다. 그는 후드티 위로 청재킷을 걸쳐 입으며 내 위로 우뚝 솟아올랐다. 지난 2년 사이, 나보다 작던 말릭은 너무-커서-나를-안을-때-구부려야 하는-키가 되었다. 옆머리를 바짝 깎고

윗머리를 길게 남겨둔 하이탑-페이드 스타일 때문에 더 커보였다.

"이런, 브리." 말릭이 말했다. "너, 한 문제라도—"

"쉬잇!" 난 답을 제출하고 백팩을 어깨에 걸쳤다. "시험은 봤어."

"죽 쑬 준비는 된 거지, 브리지."

"모의고사 죽 쒔다고 진짜 시험을 죽 쑤지는 않아." 나는 스냅백 모자를 쓰고 앞부분을 푹 눌러서 잔머리를 가렸다. 머리카락 뿌리가 약간 부스스하게 들려 있는 상태인데 제이가 머리를 새로 땋아줄 때까지 그럴 거다.

소니가 머레이 선생님의 책상으로 가면서 나를 툭 쳤다. 진정한 지지자라는 듯 그가 내 핸드폰을 가지러 갔지만 머레이 선생님이 먼저 핸드폰을 붙잡았다.

"됐다, 잭슨." 그녀가 그의 진짜 이름을 불렀는데, 그건 나의 성이기도 했다. 그의 엄마가 자신의 대부모인 우리 조부모님을 기려서 그렇게 이름을 지었다. "브리아나와 잠시 할 얘기가 있다."

소니와 말릭이 나를 쳐다봤다. 너 뭔 짓 한 거야?

내 눈도 아마 그들만큼이나 커졌을 것이다. 나도 몰라.

머레이 선생님이 문을 향해 고개를 끄덕였다. "너와 말릭은 가도 좋아. 잠깐이면 돼."

소니가 내게로 몸을 돌렸다. 너 × 됐다.

그럴지도. 내 말 오해하지 말기를. 머레이 선생님은 상냥하다. 하지만 곧이곧대로다. 한번은 '랭스턴 휴스에게 있어 꿈의 용도'라는 주제로 엉터리 에세이를 절반쯤 써내려가고 있었다. 머레이 선생님이 어찌나 참견을 하는지 차라리 제이가 참견을 했으면 하고 바랄 정도였다. 무슨 말인지 알 거다.

소니와 말릭이 나갔다. 머레이 선생님은 책상 모서리에 걸터앉아 옆에 내 핸드폰을 놓았다. 화면이 어두웠다. 아직 전화는 오지 않았다.

"무슨 일이지, 브리아나?" 그녀가 물었다.

나는 그녀에게서 전화기로 눈길을 돌렸다가 다시 그녀를 보았다. "무슨 말씀이세요?"

"오늘 전혀 집중을 못하던데." 그녀가 덧붙였다. "모의고사도 보지 않았잖아."

"아니에요, 봤어요." 어느 정도는. 약간은. 조금은. 아니 그다지. 아니다.

"아니. 1분 전까지 한 문제도 답을 제출하지 않았잖아. 솔직히 지금도 집중하지 않고 있지. 두고 봐, 다음 주에 성적표를 받으면 알겠지. B가 난데없이 C나 D가 되지는 않으니까."

젠장. "D요?"

"네가 받은 점수대로 줬어. 그래 무슨 일이야? 최근에는 수업을 빠진 적도 없었잖아."

최근이라. 정확히 말해 마지막 정학 이후 한 달이 지났고 교장실에 불려가지 않은 지는 두 주째다. 신기록이다.

"집에는 별일 없지?" 머레이 선생님이 물었다.

"콜린스 선생님처럼 말씀하시네요." 콜린스 선생님은 금발의 젊은 상담 선생님으로, 친절하지만 지나치게 열심이다. 그녀에게 불려갈 때마다 '통계상 상담실에 자주 오는 흑인 아이들과 대화하는 법'에 대한 지침서에나 나올 법한 질문들을 한다.

가정생활은 어떠니? (알 거 없잖아요.)

최근에 상처가 될 만한 일을 겪었니? 가령 총격 사건 같은? ('게토'

에 산다고 해서 매일 총알을 피해 다녀야 한다는 뜻은 아니에요.)

아빠가 살해된 일을 받아들이기 힘드니? (12년 전이에요. 아빠도 그 일도 거의 기억에 없어요.)

엄마의 마약중독을 받아들이기 힘드니? (깨끗이 끊은 지 8년이에요. 요즘 엄마가 중독된 건 드라마뿐이에요.)

무슨 좋은 일 있어? 우린 친구잖아, 알지? (그래, 이렇게 말한 적은 없었지. 하지만 그녀에게 시간을 주자.)

머레이 선생님이 히죽 웃었다. "너한테 무슨 일이 있는지 알고 싶은 거야. 도대체 뭣 때문에 오늘 그렇게 집중을 못하고 내 시간과 네 어머니가 힘들여 번 돈을 낭비한 거지?"

난 한숨을 내쉬었다. 내가 말을 할 때까지 핸드폰을 주지 않을 거다. 그래 좋아. 말하자. "오늘밤 링에서 배틀을 할 수 있을 거라는 디제이 하이프의 전화를 기다리고 있어요."

"링?"

"네, 지미네 권투체육관 링이요. 거기서 매주 목요일 프리스타일 랩 배틀이 열려요. 오늘밤 배틀에 참가하겠다고 신청했거든요."

"아, 나도 그 링이 뭔지는 알아. 그저 네가 거기에 나간다고 해서 놀란 거야."

그녀가 "네가"를 내뱉을 때의 말투에 간이 철렁했다. 마치 나만 아니면 이 세상 어느 누가 링에 올라가더라도 수긍할 수 있을 거라는 투였다. "뭐가 그렇게 놀라워요?"

그녀가 두 손을 들어 올렸다. "다른 뜻은 없어. 네가 재주가 있다는 건 알아. 네 시를 읽었으니까. 래퍼가 되고 싶어 하는 줄 몰랐을 뿐이야."

"많은 사람들이 모르죠." 그리고 그게 문제다. 열 살 때부터 랩을 했어도 한 번도 드러낸 적이 없었다. 그러니까 내 말은, 소니와 말릭도 알고 우리 가족도 안다. 하지만 솔직히 말해 보자. 엄마가 나더러 훌륭한 래퍼라고 하는 건 내가 엉망진창일 때도 나더러 귀엽다고 하는 거나 마찬가지라는 말이다. 그런 칭찬들은 나를 자궁에서 쫓아낸 뒤 엄마가 지게 된 부모로서의 책임에 속한다.

어쩌면 정말 잘하는지도 모른다. 나는 때를 기다리는 중이다.

오늘밤이 완벽한 때가 될 수도, 링이 완벽한 장소가 될 수도 있다. 가든 하이츠에서 크라이스트 템플 다음으로 가장 신성한 장소니까. 링에서 배틀을 하기 전까지는 스스로 래퍼라 칭할 수 없다.

오늘 상대를 확실히 죽여 놔야 하는 이유도 그래서다. 오늘밤 우승하면 링의 선수들 틈에 낄 수 있을 테고, 그러고 나면 더 많은 배틀을 할 수 있을 테고, 더 많은 배틀을 하면 이름을 날릴 것이다. 그런 다음에 무슨 일이 벌어질지 누가 알겠는가?

머레이 선생님의 표정이 부드러워졌다. "아빠의 뒤를 따르려는 거구나, 응?"

이상하다. 다른 사람이 아빠를 언급하면, 내게 그저 기억의 조각들로만 남아 있는 그가 더 이상 상상의 인물이 아니라는 걸 확인시켜주는 듯하다. 더구나 그를 전설의 언더그라운드 래퍼 로리스가 아니라 내 아빠라고 부를 때면, 마치 내가 그의 딸이고 그가 내 아빠라는 걸 일깨워주는 것 같다.

"아마도요. 링에 오를 준비는 오랫동안 해왔어요. 제 말은 배틀을 준비하는 건 어렵지만, 승리하면 제 경력에 활력을 더해줄 거라는 얘기예요, 아시죠?"

"요점을 정리하면," 그녀가 몸을 곧추세워 앉으며 말했다.

머릿속에서 경보가 울렸다. 경고: 선생님이 너에 대해 결론을 내리려고 하고 있음. 삐!

"랩 하느라 너무 집중해서 이번 학기 성적이 그렇게나 많이 떨어진 거구나. 11학년 성적이 대학 입학에 아주 중요하다는 걸 잊었니? 나한테 마캄이나 하워드에 가고 싶다고 했던 거 잊었어?"

"머레이 선생님—"

"아니, 조금만 생각해 봐. 대학이 네 목표야, 맞지?"

"아마도요."

"아마도라고?"

나는 어깨를 으쓱했다. "모두에게 그런 건 아니에요, 아시잖아요?"

"그럴 수도 있지. 하지만 고등학교 교육은? 대단히 중요해. 지금은 D 지만, 이런 식으로 가다가는 그 D가 F로 변할걸? 네 오빠하고도 비슷한 대화를 한 적이 있구나."

나는 눈동자를 굴리지 않으려 애썼다. 트레이나 머레이 선생님을 싫어하는 건 아니다. 하지만 훌륭하게 나를 앞서간 오빠가 있고, 내가 그의 훌륭함의 발끝에도 못 미칠 경우, 사람들은 꼭 무슨 얘긴가를 한다.

이곳 미드타운에서 난 결코 트레이를 따라갈 수 없다. 사람들은 아직도 그가 〈태양 속의 건포도〉에서 연기했을 때의 프로그램과 신문 스크랩을 가지고 있다. 미드타운의 이름을 "졸라 사랑해마지 않는 트레이 잭슨 예술고등학교"라고 바꾸지 않은 것이 놀라울 정도다.

아무튼.

"걔 성적이 한번은 A에서 C로 떨어졌었지." 머레이 선생님이 말을 이었다. "근데 금세 다시 회복했어. 지금 걔를 보렴. 마캄을 우등으로 졸업했잖니."

그는 지난여름에 집으로 돌아왔다. 그럴듯한 일자리를 구할 수 없어서 3주 전부터 최저임금을 받으며 피자를 만들고 있다. 그다지 고대할 만한 상황은 아니다.

그를 헐뜯는 게 아니다. 절대. 대학 졸업은 어마어마한 일이다. 외가에서는 아무도 대학 학위가 없으며, 우리 아빠의 엄마인 할머니는 손자가 "마그나 쿰 라우데"(미국 대학의 학사 과정 우수 졸업–역주)였다는 얘기를 만나는 사람마다 늘어 놓기 좋아한다.(그래서 이런 식으로 말하는 건 아니고 할머니에게 좋은 일이어서다.)

하지만 머레이 선생님에게 그런 말이 들릴 리 없다.

"앞으로 성적 올릴게요. 맹세해요." 내가 그녀에게 말했다. "먼저 이 배틀부터 해야 돼요. 그런 다음에 볼게요."

그녀가 고개를 끄덕였다. "알겠다. 네 엄마 생각도 그럴 거라고 믿는다."

그녀가 내게 핸드폰을 건넸다.

제에에에엔장.

나는 복도로 향했다. 소니와 말릭이 사물함에 기대고 서 있었다. 소니는 핸드폰의 자판을 두들기고 있다. 말릭은 카메라를 만지작거리고 있다. 그는 늘 영화감독의 자세다. 몇 발자국 떨어져서 이 학교 경비원인 롱과 테이트가 그들을 주시하고 있다. 저 둘은 늘 말썽거리를 찾는다. 아무도 말하려 하지는 않지만, 갈색이거나 검은 피부라면 그들의 레이더에 걸려들 가능성이 높다. 심지어 롱은 흑인이다.

말릭이 핸드폰에서 눈을 들었다. "괜찮아, 브리?"

"이제 가 봐." 롱이 외쳤다. "주변에서 어슬렁거리지 말고."

"에이, 잠깐 얘기도 못해요?" 내가 말했다.

"말 들었지?" 문을 엄지손가락으로 가리키며 테이트가 말했다. 그는 지저분한 금발이다. "여기서 꺼져."

내가 입을 들썩이자 소니가 말했다. "그냥 가자, 브리."

좋다. 나는 소니와 말릭의 뒤를 따라 문으로 향하며 핸드폰을 흘낏 보았다.

4시 45분인데, 하이프가 아직도 전화를 안 했다.

시내버스를 탔다가 내려서 집으로 걷기까지, 감감 무소식이다.

집에 정확히 5시 9분에 도착했다.

제이의 지프 체로키가 진입로에 있다. 집 안에서는 복음성가가 요란하게 울린다. 교회에서도 몸을 흔들고 손뼉을 치며 부르게 되는 밝은 노래로, 그럴 때면 할머니는 제단을 이리저리 뛰어다니며 소리도 지른다. 그건 정말이지 엄청 당황스럽다.

제이는 나와 트레이를 깨워서 청소를 시키려고 대청소날인 토요일에만 그런 노래를 틀었다. 예수를 찬양하는 노래를 하는 사람을 욕할 수는 없으니 난 일어나서 군말 없이 청소를 한다.

그런데 왜 지금 그 음악을 틀어 놓은 걸까?

집 안으로 발을 디디자 한기가 훅 끼쳤다. 외투를 벗을 수 있을 정도니 바깥만큼 춥지는 않지만, 후드는 계속 쓰고 있다. 지난주에 가스가 끊겼고, 가스가 없으니 난방도 못한다. 제이가 전기난로를 복도에 놓았지만 그걸로 데울 수 있는 한기는 아주 조금이다. 뜨거운 목욕이라도 하려면 전기레인지 위에 냄비를 올려 물을 데워야 했고, 이불을 겹겹이 덮고 침대에 누웠다. 고지서들이 엄마와 트레이의 발목을 잡으면 엄마는 가스회사에 지불 기한 연장을 신청했다. 그러고 나면 다음 고지서. 그 다음 고지서. 가스 회사는 돈을 기다리다 지쳐서 그냥 가스를 끊었다.

그렇게 됐다.

"나 왔어." 내가 거실에서 외쳤다.

내가 막 백팩과 외투를 소파 위로 던질라치면 제이는 어디에 있든 툭 쏘아붙인다. "외투는 걸고 백팩은 네 방에 가져다 놔!"

헐, 어떻게 아는 거지? 나는 그녀가 말한 대로 하고 음악 소리를 따라 부엌으로 갔다.

제이가 찬장에서 접시 두 개를 꺼냈다. 하나는 내 거고 하나는 자기 거다. 트레이는 당분간 집에 안 올 거다. 제이는 아직 '교회용 제이' 차림이다. 한 갈래로 묶은 머리, 무릎길이의 스커트에 문신과 마약복용 때문에 생긴 흉터를 덮을 수 있는 긴 소매 블라우스가 교회 비서에게 요구된다. 오늘은 목요일이고, 사회복지학 학위를 따려고 하는 그녀는 오늘밤 수업이 있다. 그녀는 자신이 마약을 할 때 받지 못했던 도움을 다른 사람은 받기를 바라고 있다. 지난 몇 달 동안 파트타임 학생으로 일주일에 야간 수업 몇 개를 들었다. 보통 저녁을 먹거나 옷을 갈아입는 것 중 하나만 할 수 있는 시간이 됐고, 둘 다는 못했다. 오늘은 저녁을 먹기로 한 것 같다.

"안녕, 쪼끔아." 그녀가 내게 전혀 쏘아붙인 적이 없다는 듯 너무도 부드럽게 말했다. 늘 그런 식이다. "오늘은 어땠니?"

5시 13분이다. 난 식탁에 앉았다. "아직도 전화가 없어."

제이가 접시 하나를 내 앞에 놓고 다른 하나는 옆에 놓았다. "누가?"

"디제이 하이프. 링에 오르려고 이름 제출했잖아. 기억 안 나?"

"아, 그거."

그거. 대수롭지 않다는 투다. 제이는 내가 랩을 좋아한다는 건 알지만 내가 랩을 하고 싶어 하는 줄은 모르나 보다. 마치 내가 최근에 빠진 비디오게임 얘기라도 한다는 투다.

"더 기다려 봐." 그녀가 말했다. "ACT 자율학습은 어땠니? 오늘 모의 시험이었지?"

"넵." 요즘 그녀가 신경 쓰는 거라고는 온통 그것뿐이다, 망할 시험.

"그래?" 그녀가 뭔가를 더 기다리고 있다는 듯 말했다. "잘 봤어?"

"괜찮았어, 내 생각엔."

"어려웠어? 쉬웠어? 힘든 부분이 있었니?"

질문 시작이다. "그냥 모의고사일 뿐이야."

"실제 시험에서 어떻게 하면 좋을지 생각할 수 있게 해주잖아." 제이가 말했다. "브리, 이건 중대한 일이야."

"알아." 그녀가 내게 수없이 말했다.

제이가 치킨 몇 조각을 접시에 올려 놓았다. 파파이스다. 오늘은 15일이다. 그녀가 막 월급을 받은 터라 잘 먹고 있다. 그런데 제이는 여기 파파이스가 뉴올리언스만 못하다고 욕을 했다. 뉴올리언스는 그녀와 푸이모가 태어난 곳이다. 아직도 가끔 제이에게서 뉴올리언스 말투를 들을 수 있다. "아가"라고 할 때면, 마치 단어 속으로 당밀이 스며들어 필요한 것보다 더 많은 음절들로 부숴뜨려 놓는 듯했다.

"우린 네가 좋은 학교에 들어가기를 바라잖아. 그렇다면 너도 그걸 좀 더 중요하게 생각해야 해." 그녀가 말했다.

우리가 바란다고? 그녀가 바란다고 해야겠지.

대학에 가고 싶지 않다는 건 아니다. 솔직히 잘 모르겠다. 내가 가장 원하는 일은 랩을 하게 되는 거다. 그렇게만 되면 대학 학위가 줄 수 있는 것보다 훨씬 더 좋은 직업을 갖게 될 것이다.

나는 핸드폰을 집어 들었다. 5시 20분. 전화는 없다.

제이가 혀를 찼다. "어-허."

"왜?"

"마음이 콩밭에 가 있구만. 링에 대해 생각하느라 시험에도 집중할 수 없었겠네."

맞다. "아냐."

"으음. 하이프가 몇 시에 전화하기로 했는데, 브리?"

"푸 이모 말로는 4시 반에서 5시 반 사이래."

"푸? 걔가 하는 말은 그대로 들으면 안 돼. 걔는 정원에서 외계인을 붙잡아 지하실에 숨겨뒀다고 하는 그런 사람이야."

사실이다.

"설사 4시 반에서 5시 반이라고 해도, 아직 시간이 있잖아." 그녀가 말했다.

"알아, 난 그냥……."

"참을성 없기는. 아빠 닮아가지고."

제이 말이 맞는다면, 나는 아빠 닮아서 고집이 세고, 아빠 닮아서 건방지게 말하고, 아빠 닮아서 성질이 급하다. 마치 자기는 전혀 그런 면들과 그 외 많은 면들이 그렇지 않다는 투다. 그녀 말로는 트레이와 내가 그를 몹시 닮았댄다. 골드 그릴만 없으면, 미소도 같다. 똑같이 보조개가 들어가는 뺨, 똑같이 크고 짙은 눈동자, 똑같이 피부색도 옅어서 사람들은 우리더러 '레드 본'이나 '밝은 피부'라고 부른다. 나는 제이처럼 광대뼈가 높지도 않고 눈동자가 옅지도 않고 여름날 하루 종일 햇볕 아래 있어야만 그녀의 피부처럼 된다. 나는 가끔 그녀가 자신을 바라보듯이 나를 쳐다본다고 느낄 때가 있다. 혹은 아빠를 보는 것 같아서 눈을 뗄 수 없다는 듯이.

지금 나를 바라보는 그런 식이다. "왜 그래?" 내가 물었다.

그녀가 미소 짓는다. 가냘프게. "아무것도 아냐. 인내심을 가져, 브리. 하이프가 전화하면, 체육관으로 가서 너의 작은 전쟁을 치러."

작은 전쟁?

"그런 다음 곧장 집으로 오는 거야. 푸의 뒤꽁무니나 붙잡고 시간 보내지 말고."

푸 이모는 감을 익히게 하느라 몇 주 동안 나를 링에 데려가주었다. 나는 그 전에 유튜브 동영상을 수도 없이 봤지만 그곳에 가는 건 뭔가 달랐다. 제이는 내가 거기 가는 것에는 찬성이었지만 ─아빠가 거기서 랩 배틀을 했고, 지미 씨는 허튼짓을 용납하지 않는다─ 푸 이모와 거기에 가는 것엔 열광하지 않았다. 푸 이모가 스스로를 내 매니저라 칭하는 것도 분명 탐탁해하지 않았다. 엄마에 따르면, "그 바보는 매니저가 아니니까!"

"엄마 동생인데 왜 그렇게 차단하는 거야?" 내가 그녀에게 물었다.

그녀는 케이준 라이스를 접시에 퍼 담았다. "걔가 뭐에 관심이 있는지 알거든. 너도 걔가 뭐에 열심인지 알잖아."

"뭐, 그치만 무슨 일을 벌이지는……."

침묵.

제이는 오크라 튀김을 접시에 담았다. 그런 다음에 옥수수, 그리고 부드럽고 폭신한 비스킷으로 마무리했다. 근데 파파이스 비스킷에 대해 한마디 하자면, 부드럽지도 촉촉하지도 않다.

이건 팝켄처치다.

파파이스에서 프라이드 치킨과 케이준 라이스를 사고, KFC에서 비스킷을, 교회에서 오크라 튀김과 옥수수를 사면 팝켄처치가 된다. 트레이는 이걸 "사전-심박동 억제제"라고 불렀다.

하지만 보다시피, 팝켄처치에 문제는 있지만 결과적으로 발생하는 소화 장애 때문은 아니다. 제이는 뭔가 나쁜 일이 일어났을 때만 그걸 산다. 몇 년 전에 노마 이모할머니가 말기암에 걸렸다는 소식을 전했을 때, 팝켄처치를 샀다. 지난 크리스마스에 내게 새 노트북컴퓨터를 사줄 수 없다는 걸 깨달았을 때도 팝켄처치. 할머니가 뇌졸중으로 쓰러진 자기 언니의 회복을 도우러 가지 않기로 했을 때도 제이는 팝켄처치를 샀다. 그날 그녀처럼 치킨 넓적다리에 분풀이를 하는 사람은 결코 본 적이 없다.

이건 좋지 않은 징조다. "무슨 일 있어?"

"브리, 네가 걱정할 일은 전혀……."

내 핸드폰이 테이블 위에서 부르르 떨렸고, 우리는 둘 다 화들짝 놀랐다.

화면에 모르는 번호가 떴다.

5시 30분이다.

제이가 미소 지었다. "네 전화야."

난 손끝까지 떨렸지만 화면을 터치하고 핸드폰을 귀에 가져다 댔다. 가까스로 말을 뱉었다. "여보세요?"

"브리니?" 너무도 잘 아는 목소리가 물었다.

갑자기 목이 바싹 말랐다. "어, 제가 그…… 그 사람. …… 저예요." 말이 꼬였다.

"안녕? 디제이 하이프란다. 준비됐지, 꼬마 아가씨?"

하필 이럴 때 할 말을 까먹다니 그야말로 최악이었다. 나는 목소리를 가다듬었다. "무슨 준비요?"

"죽여줄 준비됐냐고! 축하한다. 오늘밤 링에 오르게 됐어!"

2

푸 이모에게 세 글자로 문자를 보냈다. **나 됐어.**

그녀가 15분 만에 집 앞에 나타났다. 최고다.

그녀는 나타나기 전에 소리부터 들린다. 팔러먼트의 〈플래시 라이트〉Flash Light가 앞에서 쾅쾅 울렸다. 그녀가 자신의 올즈모빌 커트라스 옆에서, 긴장을 풀고 있다. 팔을 흔들어 밀리 락킹을 했다가, 다리를 움직여 디사이플 워킹을 했다가, 둘 다를 한꺼번에 했다가, 마치 소울 트레인에서 라인 댄스를 추는 여자 댄서 같다.

나는 밖으로 나가면서 스냅백 위로 후드를 덮어 썼다. 바깥은 북극곰의 엉덩이 골보다 더 추웠다. 현관문 잠그는 손이 곱는다. 제이는 몇 분 전에 수업을 들으러 갔다.

무슨 일이 생긴 거다. 난 알 수 있다. 게다가 아무것도 아니라고 한 게 아니다. 내가 걱정할 일은 아무것도 없다고 했다. 그건 다르다.

"링의 전설이 될 주인공." 푸 이모가 나를 가리켰다. "납시오!"

그녀가 춤을 추자 땋은 머리를 묶은 머리끈들이 짤랑거렸다. 운동화와 같은 녹색이다. 가든 하이츠 갱 문화 입문서에 따르면 가든 디사이플^{GD}파는 항상 녹색을 착용해야 한다.

그래, 그녀는 그런 삶을 살고 있다. 팔과 목이 문신으로 덮여 있지만 목에 있는 빨간 입술 문신 빼고는 가든 디사이플파들만 해독할 수 있다. 그 입술은 여자 친구 레나의 입술이다.

"내가 뭐랬니?" 그녀가 미소를 지어 백금 그릴을 반짝이면서 한 단어씩 말할 때마다 내 손바닥을 쳤다. "내가. 그랬지. 넌. 올라갈. 거라고!"

난 억지로 미소를 지었다. "그래."

"링에 오르게 됐어, 브리! 그 링에! 이곳의 얼마나 많은 사람들이 이런 기회를 바라는지 알지? 왜 그래?"

엄청 바라지. "무슨 일이 있는데, 제이가 내게 말을 안 해."

"왜 그렇게 생각하는데?"

"제이가 팝콘켄처치를 사왔거든."

"이런, 진짜야?" 그 사실이 그녀의 경보기도 작동시켰을 거라고 생각했지만, 그녀는 엉뚱한 말을 했다. "왜 난 안 불렀어?"

난 눈을 가늘게 떴다. "식탐하고는. 제이는 뭔가 잘못됐을 때만 팝켄처치를 사오잖아, 이모."

"아냐, 얘. 네가 너무 예민한 거야. 배틀 때문에 초조해져서 그럴 거야."

나는 입술을 깨물었다. "그럴지도."

"틀림없어. 링에 가서 바보들한테 본때를 보여주자." 그녀는 내게 손바닥을 내밀었다. "하지 못할 건 없다?"

이게 우리의 모토다. 내 나이보다 훨씬 많고, 거의 푸 이모만큼이나 오래된 비기의 노래에서 따왔다. 나는 그녀의 손바닥을 쳤다. "하지 못할 건 없다."

"우린 꼭대기에서 얼간이들을 내려다볼 거야." 그녀는 노래 가사를 비슷하게 읊조리더니 내 이마에 가볍게 키스했다. "꺼벙이 같은 후드티를 입기는 했지만."

앞면에 다스 베이더가 그려져 있는 티셔츠다. 제이가 몇 주 전에 벼룩시장에서 발견했다. "무슨 소리야? 다스 베이더라고!"

"상관없어. 구려!"

나는 눈을 흘겼다. 태어났을 때 겨우 10살밖에 안 된 이모가 있다면, 그녀는 때로는 이모처럼 행동했다가 때로는 짜증나는 언니처럼 굴기도 할 것이다. 특히 제이가 그녀를 키우다시피 했으니. 그들의 엄마는 푸 이모가 1살 때 살해됐고, 아빠는 9살 때 죽었다. 제이는 늘 이모를 자신의 셋째 딸처럼 대했다.

"음, 꺼벙이라고?" 내가 그녀에게 말했다. "최고로 멋지거든. 시야를 좀 넓혀 보셔."

"Syfy 채널(NBC 유니버설 소속의 과학 및 공상영화 전문채널-역주)에서 물건 좀 그만 사."

엄밀히 말해 스타워즈는 공상과학이 아니다. 관두자. 커트라스의 지붕이 접혀 있었다. 나는 문을 뛰어넘어 올라 차에 탔다. 푸 이모는 자리로 뛰어오르기 전에 새기 팬츠를 위로 끌어올렸다. 늘 바지를 끌어올릴 거면 뭐하러 축 늘어뜨려 입는 걸까? 그러면서 내 패션에 대해 왈가왈부하려 들다니.

그녀는 의자를 뒤로 젖히더니 히터를 한껏 세게 틀었다. 음, 지붕을 씌우면 될 텐데, 어쨌든 차가운 밤공기와 히터의 온기의 조합은 최고다.

"하나만 먹자." 그녀는 조수석 사물함으로 손을 뻗었다. 푸 이모는 마리화나를 끊고 막대 사탕으로 선회했다. 항상 마약에 취해 있기보다 당뇨에 걸리는 게 낫지 싶다.

후드티 호주머니 속에서 내 전화기가 부르르 떨었다. 푸 이모에게 문자를 보낸 다음 소니와 말릭에게도 똑같이 세 글자로 문자를 보냈는데 걔들이 난리를 피우는 중이다.

나도 역시 난리를 피우고 있거나 아니면 적어도 거기에만 빠져 있었을 텐데. 하지만 세상이 뒤집힐 만한 일이 일어났다는 느낌을 떨쳐버릴 수 없다.

조만간 나를 홀라당 뒤집어 놓을 것 같다.

지미네 주차장은 거의 가득 차 있었다. 그런데 모두가 건물 안으로 들어가려는 건 아니었다. '이탈'이 벌써 시작되었다. 그건 매주 목요일 밤 링에서 최종 배틀이 있은 후 밖에서 벌어지는 파티였다. 금요일 밤마다 매그놀리아 애비뉴에서 그러는 것처럼, 지금까지 거의 일 년 동안 사람들은 지미네를 파티장으로 사용해왔다. 그러니까, 작년에 우리 조부모님네와 겨우 몇 블록 떨어진 곳에서 한 아이가 경찰에 의해 살해됐다. 무장도 하지 않은 상태였는데, 대배심은 경찰관을 기소하지 않기로 했다. 몇 주 동안 폭동과 시위가 이어졌다. 가든의 사업체 절반이 폭도들에 의해 소실되거나 그 전쟁의 피해자가 되었다. 목요일 밤의 놀이터였던 클럽 엔비도 피해를 입었다.

주차장 클럽은 사실 내 스타일은 아니었지만(얼어붙을 듯한 추위 속에 파티라고? 그건 아니지), 사람들이 새 자동차 바퀴나 유압식 서스펜션을 자랑하는 걸 보는 일은 멋졌고, 자동차들은 마치 중력에 대해서는 아무것도 모른다는 듯 위아래로 흔들리고 있었다. 경찰이 즉시 출동했지만, 이건 가든의 새로운 일상이 되었다. 그건 '안녕, 난 너희의 다정한, 너흴 쏘지 않을 관할 경찰이야'라는 식이 되어야 했지만, '우리는 너희 까만 엉덩이를 지켜보고 있어'라는 식으로 끝이 났다.

나는 푸 이모를 따라 출입구로 갔다. 음악이 체육관 안에서 밀려나왔고, 기도들이 가볍게 사람들을 치면서 금속탐지기를 움직였다. 만일 누군가 총기를 가지고 있다면 안전요원이 그걸 근처의 바구니에 넣었다가 링이 파하면 돌려준다.

"챔피언 납시오!" 푸 이모가 대기 줄로 다가가며 외쳤다. "지금 왕관을 씌우는 게 좋을걸!"

이걸로 사람들은 아무 무리 없이 나와 푸 이모의 손바닥을 치고 우리를 향해 고개를 끄덕였다. "안녕, 꼬마 로." 한 쌍의 커플이 말했다. 우리는 말 그대로 새치기를 했지만, 모두 괜찮았다. 아빠 덕분에 난 왕족이었다.

하지만 히죽거리는 미소도 두어 차례 받았다. 다스 베이더 후드티를 입은 16살짜리 여자애가 링에서 총에 맞는 걸 생각한다면 우습지 않겠는가.

기도들이 푸 이모와 손바닥을 부딪쳤다. "잘 지내, 브리?" 작고 단단한 체격의 레기가 말했다. "드디어 오늘 밤에 올라가는 거야?"

"옙! 오늘 얘가 죽여줄 거임." 푸 이모가 말했다.

"알겠어." 우리 주위로 탐지기를 움직이며 키가 더 큰 프랭크가 말했다. "로를 위해 횃불을 드는 거야, 응?"

꼭 그렇지만은 않다. 나만의 횃불을 만들어 그걸 든다고 하는 편이 더 맞다. 하지만 난 "그래요"라고 말했다. 그렇게 말해야 하니까. 그건 왕족이 되는 일의 일부다.

레기가 우리에게 통과하라는 손짓을 했다. "포스가 널 전송해 주길, 스코티." 그가 내 후드티를 가리킨 다음 벌컨식 인사를 했다.

어떻게 스타트렉과 스타워즈를 헷갈릴 수 있지? 어떻게? 불행히도 가든의 몇몇에게 그건 '꺼벙한 것'이거나 벼룩시장의 어떤 바보 말처럼 '백인들 것'이었다.

우리는 안으로 들어갔다. 늘 그렇듯 거의 남자들이었지만 여자들도 몇 보였다(이건 힙합계에서 남자에 비해 낮은 여자의 비율을 반영하며, 완전히 여혐이지만, 어쨌든……). 가든 하이츠 고등학교에서 곧바로 온 듯 보이는 애들도 있고, 비기와 투팍이 주위에 있었을 때 살았을 것 같은 사람들도 있고, 캉골 모자와 쉘토 아디다스 시절부터 링에 드나든 것처럼 보이는 노땅들도 있었다. 마리화나와 담배 연기가 대기를 맴돌았고, 모두들 중앙의 권투 링 주위에 바짝 붙어 서 있었다.

푸 이모가 링 옆의 자리를 발견했다. 노토리어스 비아이지B.I.G.의 〈킥 인 더 도어〉Kick in the Door가 온갖 잡담들 위로 흘렀다. 베이스는 마치 지진이라도 난 듯 마룻바닥을 두드렸고 비아이지의 목소리가 온 체육관을 가득 메웠다.

난 비기 덕분에 몇 초 동안 다른 모든 걸 잊을 수 있었다. "근데 저 플로우!"

"대박이지!" 푸 이모가 말했다.

"대박? 저건 진짜 레전드야! 비기는 가사 전달력이 중요하다는 걸 독자적으로 증명했어. 정확한 라임이 전부는 아니지만 효과적이지. '예수'와 '죄수'의 라임도 만들었잖아! 그래! '예수'와 '죄수'" 뭐, 예수 입장에선 불쾌하겠지만 그래도 역시. 전설적이다.

"그래, 그래." 푸 이모가 웃었다. "그렇다고 하자."

난 고개를 끄덕이며 모든 가사를 빨아들였다. 푸 이모가 나를 보며 미소 짓자 칼에 찔려서 생긴 볼의 흉터가 보조개처럼 보였다. 힙합은 중독성이 있다. 처음 나를 빠뜨린 사람이 푸 이모다. 내가 여덟 살 때, 그녀가 나스Nas의 〈일매틱〉Illmatic을 틀어주며 말했다. "이 친구가 가사 몇 줄로 네 삶을 바꿔 놓을 거야."

그랬다. 세상이 내 것이라고 나스가 얘기한 이후 모든 게 달라졌다. 그 앨범만큼이나 오래된 그때를 돌이켜 보면, 그건 마치 내 모든 삶이 깊은 잠에서 깨어난 것 같았다. 그건 거의 영적인 체험이었다.

난 그런 느낌을 추구한다. 그게 내가 랩을 하는 이유다.

출입문 어귀에서 소란이 일었다. 짧은 드레드락 스타일로 머리를 한 사내가 군중을 헤치며 나아가고 있었고, 사람들은 그 길을 따라 경의를 표했다. 디-나이스. 링 출신 중에 가장 유명한 래퍼다. 그의 배틀은 전부 입소문이 났다. 그는 최근에 랩 배틀에서 은퇴했다. 이렇게 젊은데 뭔가에서 은퇴하다니, 재미있는 일이다. 그는 작년에 미드타운을 졸업했다.

"와우, 너 들었어?" 푸 이모가 물었다. "쟤 음반 계약했대."

"진짜?"

"옙. 동그라미가 여섯 개래, 선불이고."

젠장. 은퇴한 게 놀랄 일도 아니군. 백만 달러 계약이라니? 그게 문제가 아니라 가든 출신이 백만 달러 계약을 따냈다는 게 중요한 거 아닌가?

음악이 잦아들고 불빛이 어두워졌다. 조명이 하이프를 바로 비추자 환호성이 일었다.

"배틀 준비 됐죠?" 진짜 권투 경기라도 하듯이 하이프가 말했다. "첫 번째 배틀은 청 코너 엠-닷!"

작고 문신을 한 사내가 환호와 야유 속에서 링에 올랐다.

"그리고 홍 코너, 미즈 티크!" 하이프가 말했다.

고리 모양 귀고리에 짧은 곱슬머리를 한 어두운 피부색의 여자가 링에 오르자 난 크게 소리를 질렀다. 미즈 티크는 트레이 또래지만 꼭 환생한 사람처럼 랩을 한다. 마치 두어 번 살아봤는데 두 번 다 별로였다는 투다.

그녀는 최고가 되겠다는 목표를 지녔다.

하이프가 판정단을 소개했다. 미스터 지미, 디-나이스, 그리고 불패의 링 챔피언인 씨지다.

하이프가 동전을 던졌고, 미즈 티크가 이겼다. 그녀는 엠-닷에게 시작을 내주었다. 비트가 시작됐다. 제이 콜의 〈어 테일 오브 투 시티즈〉A Tale of 2 Citiez다.

체육관은 열광의 도가니다, 나만 빼고? 난 링을 쳐다보았다. 엠-닷은 리듬을 유지하고 미즈 티크는 마치 포식자가 먹이를 노려보듯이 그에게서 눈을 떼지 않고 있다. 엠-닷이 덤벼들 때도 꿈쩍하지 않고 아무 반응도 보이지 않으며, 그저 자기가 그를 깨부술 거라는 걸 안다는 듯이 그를 노려보기만 했다.

그건 아름다움이었다.

그는 가사도 어느 정도 좋았고, 플로우도 괜찮았다. 하지만 미즈 티크의 차례가 되자 그녀는 소름이 돋을 만큼 급소를 찌르는 펀치라인들로 그를 공격했다. 한 줄 한 줄이 군중의 반응을 이끌어냈다.

처음 두 배틀에서 그녀가 이겼다, 싱겁게. 그리고 끝났다.

"좋아요, 두 사람." 하이프가 말했다. "이제 루키 로얄 시간입니다! 두 명의 신인선수가 링에서 처음으로 배틀을 벌이게 되죠."

푸 이모가 발뒤꿈치를 굴렸다. "이에에에에!"

갑자기 난 무릎이 풀렸다.

"두 사람은 추첨으로 정해졌어요." 하이프가 말했다. "자, 더 이상 지체할 것 없이, 첫 번째 엠씨는……."

그가 드럼 소리를 냈다. 사람들이 그에 맞춰 발을 구르자 마룻바닥이 덜커덩거렸고, 난 내 다리가 얼마나 떨리는지 전혀 알 수 없었다.

"마일즈!" 하이프가 말했다.

체육관 반대편에서 환호성이 울렸다. 군중이 갈라지더니 머리에 지그재그로 스크래치를 넣은 갈색 피부의 소년이 링을 향해 걸어 나왔다. 그는 내 나이 또래로 보였다. 큰 십자가 펜던트를 체인 목걸이에 걸고 있었다.

말이 안 되겠지만, 쟤를 모르는데, 아는 것 같다. 어디선가 본 적이 있다.

검정과 흰색이 섞인 운동복을 입은 날씬한 사내가 뒤를 따르고 있다. 해가 졌는데도 짙은 선글라스로 눈을 감추고 있다. 그가 소년에게 무슨 말인가를 하자 두 개의 금 송곳니가 입 안에서 번쩍인다.

난 푸 이모를 찔렀다. "수프림이야."

"누구?" 그녀가 막대 사탕을 굴리며 말했다.

"수프림이라고!" 난 마치 그녀가 당연히 알아야 한다는 듯이 말했다. 알아야 하고 말고. "아빠의 옛날 매니저."

"아, 그래. 기억나."

난 기억이 안 난다. 그가 주변에 있을 때 난 아기였지만, 아빠의 이야기는 노래가사처럼 외우고 있다. 아빠는 16살 때 자신의 믹스테이프를 처음으로 녹음했다. 사람들이 아직 CD를 이용하던 때여서, 그는 복사본을 만들어 주변 사람들에게 나누어주었다. 수프림도 하나 얻었고, 너무도 감격해서 아빠에게 매니저가 되게 해달라고 간청했다. 아빠는 동의했다. 그때부터 아빠는 언더그라운드의 전설이 되었고 수프림은 전설적인 매니저가 되었다.

아빠는 죽기 직전에 수프림을 해고했다. 제이는 그들에게 '창의성의 차이'가 있었다고 주장한다.

수프림과 함께 있던 소년이 링에 올랐다. 하이프가 그에게 마이크를 건네자 그가 말했다. "스웨저리픽의 왕자, 여러분의 마일즈예요!"

환호성이 울렸다.

"우우, 그 멍청이 같은 노랠 한 애야." 푸 이모가 말했다.

그래서 내가 쟤를 아는구나. 그 노래는 〈스웨저리픽〉^{Swagerifc}이라 불렸는데, 하나님께 맹세코 최고로 바보 같은 노래다. 가는 곳마다 그의 목소리가 들렸다. "스웨저리픽, 그래 날 멋쟁이라 불러, 스웨저리픽, 스웨저-리픽. 스웩, 스웩. 스웩……."

'난 깔끔해'라고 불리는 춤을 같이 추는데, 꼬마들이 좋아한다. 동영상은 온라인에서 '좋아요'를 백만 개나 받았다.

"우리 아빠, 수프림에게 감사해요!" 마일즈가 그를 가리키며 말했다.

사람들의 환호에 수프림이 고개를 끄덕였다.

"음, 젠장." 푸 이모가 말했다. "네 아빠 매니저의 아들과 붙게 됐네."

이런, 그런 거 같다. 꼭 그가 아니더라도, 어쨌든 누군가와는 붙어야 한다. 노래는 멍청이 같지만 모두가 마일즈를 알고 있고 그에게 환호를 보낼 준비가 돼 있다. 〈스웨저리픽〉의 가사는 이런 식이다. "삶은 공평하지 않지만, 무슨 상관이야? 무슨 상관이야? 세상엔 돈이 넘쳐나. 돈이 넘쳐나, 돈이 넘쳐나……."

음, 그래. 어렵지는 않겠다. 하지만 패배는 안 된다는 뜻이기도 하다. 패배는 결코 씻어낼 수 없을 것이다.

하이프가 다시 드럼 소리를 냈다. "다음 엠씨는……." 그가 말하자, 두어 명이 장난처럼 자신들의 이름을 외쳤다.

"브리!"

푸 이모가 내 팔을 높이 치켜 올리고 나를 링으로 이끌었다. "챔피언 납시오!" 내가 무하마드 알리라도 된다는 듯이 그녀가 외쳤다. 난 분명히 알리는 아니다. 난 엄청나게 겁이 났다.

난 어쨌든 링에 올랐다. 조명이 내 얼굴을 비췄다. 수백 명이 나를 바라보았고, 핸드폰들이 일제히 나를 향했다.

하이프가 내게 마이크를 건넸다.

"자기소개." 그가 말했다.

아주 그럴듯하게 선전을 해야 했지만, 내가 끄집어낸 말이라고는 "브리예요!"가 전부였다.

군중들 가운데 몇몇이 낄낄거렸다.

하이프가 싱긋 웃었다. "좋아요, 브리. 로의 딸 맞죠?"

그게 무슨 상관이람? "그래요."

"오, 이런! 꼬마 숙녀가 아빠를 닮았다면 우린 뭔가 뜨거운 걸 듣게 되겠네요."

관중들이 고함을 질렀다.

솔직히 그가 우리 아빠 얘기를 해서 좀 짜증났다. 이유야 알지만, 그 래도 젠장이다. 내가 잘하든 못하든 아빠와는 상관없는 일이다. 그가 내게 랩을 가르친 게 아니다. 나 혼자 배웠다. 그런데 왜 그의 공이 돼야 하는 건가?

"동전을 던질 때가 왔군요." 하이프가 말했다. "브리, 골라요."

"뒷면." 내가 중얼거렸다.

하이프가 동전을 던지더니 자신의 손등 위로 찰싹 올려 놓았다. "뒷면이에요. 누가 먼저 할까요?"

난 마일즈를 향해 고갯짓을 했다. 난 거의 말도 할 수 없는 지경이다. 절대 먼저 할 수는 없다.

"좋아요. 여러분 모두 준비 됐죠?"

군중들로 말하면 당연히 예다. 나는? 전혀 아니오다.

하지만 선택의 여지가 없다.

3

비트가 시작됐다. 제이지와 카니예의 〈니가스 인 파리스〉[Niggas in paris]
다.

내 심장은 이 노래의 베이스보다 더 쿵쿵거렸다. 마일즈가 내게 다가
왔다. 너어어무 가까웠다. 덕분에 그에 대해 판단을 내릴 수 있었다. 말을
엄청 많이 하지만 이런, 눈동자엔 두려움이 깃들어 있다.

그가 랩을 시작했다.

난 엄청 신나게 보냈어, 너도 나처럼 되고 싶지.
난 말쑥해, 나이키 운동화까지.
하루에 천을 쓰지,
남잔 거짓말 안 해,
파산할 걱정은 없어.

난 신나게 보냈어, 이런 삶은 이상하지

하지만 난 갱이야, 꿈쩍도 않지.

페라리엔 기름이 가득, 뒷좌석엔 글록 권총.

파파라치가 붙더라도 빵 쏠 준비가 됐지.

좋아, 인정한다. 이번 가사들은 〈스웨저리픽〉의 가사보다 훨씬 낫다. 하지만 얘가 진짜일 수는 없다. 얘는 갱도 아니고 깽도 아니고 도무지 갱과는 거리가 먼데, 왜 그런 삶을 떠벌리는 걸까? 빈민가에 살지도 않는다. 수프림이 현재 교외에 사는 건 모두가 아는 사실이다. 그런데 그의 아들이 그런 삶을 산다고?

그건 아니지.

내가 얘를 까발려야겠다. 아마 이런 식이 될 거다. "네 이력? 내가 끝내주지. 갱으로서의 네 삶은 네 목걸이의 보석만큼이나 짝퉁이지."

하! 좋은데.

그는 아직도 그런 갱스터의 삶에 대해 랩을 하고 있다. 난 히죽거리며 차례를 기다렸다. 그때……

난 신나게 보냈어, 그러니 무슨 상관이야?

이건 배틀이 아냐, 학살에 가깝지.

난 이 계집애를 냉혹하게 죽이겠어,

쟤네 너저분한 아빠를 누군가 그랬듯이.

좆나.

이거 뭐지?

난 마일즈에게 다가갔다. "뭔 개소리 하는 거야?"

하이프가 음악을 자르자 "워, 워, 워"라는 소리가 들리고, 두어 명이 링으로 달려들었다. 푸 이모가 나를 뒤로 끌어당겼다.

"너 좆만 한 새끼!" 내가 외쳤다. "다시 말해 봐!"

푸 이모가 나를 구석으로 끌고 갔다. "너 제정신이야?"

"이모도 들었잖아!"

"그래, 하지만 주먹이 아니라 랩으로 처리해야지! 시작도 하기 전에 실격당하고 싶어?"

난 숨을 깊이 들이쉬었다. "그 가사……."

"넌 쟤가 바라는 대로 된 거야!"

그녀가 맞다. 젠장, 맞는 말이다.

관중들이 야유를 보냈다. 저들 앞에서도 우리 아빠를 모욕하면 안 된다.

"어이, 모두들 규칙 알잖아. 어떤 제약도 없다는 거." 하이프가 말했다. "링에서는 로도 놀림감이 될 수 있어."

더한 야유.

"좋아, 좋아." 하이프가 모두를 진정시키려 애썼다. "마일즈, 그건 비열한 짓이었어. 알겠지, 이제?"

"내가 나빴어요." 마일즈는 마이크에 대고 그렇게 말했지만 싱글거리고 있다.

얼마나 그를 갈기고 싶던지 난 몸이 덜덜 떨렸다. 그 덕분에 목은 더 굳어졌고 이제 마일즈에게만큼이나 나 자신에게 화가 났다.

"브리, 준비 됐어?" 하이프가 물었다.

푸 이모가 링 중앙으로 나를 다시 밀었다.

"예에." 내가 내뱉었다.

"좋아, 그럼." 하이프가 말했다. "가 보자고!"

비트가 다시 시작됐다. 그런데 머릿속에 있던 가사들이 전부 갑자기 사라져버렸다.

"난⋯⋯."

이 계집애를 냉혹하게 죽이겠어,

난 아직도 우리에게서 그를 앗아간 총소리가 들린다.

"그는⋯⋯."

쟤네 너저분한 아빠를 누군가 그랬듯이,

아직도 제이의 울부짖음이 들린다.

"난⋯⋯."

죽이겠어. 쟤네 너저분한 아빠를.

아직도 관 속에 누워 있는, 차갑고 뻣뻣한 그가 보인다.

"막혔어!" 누군가 외쳤다.

젠장.

그 소리가 점점 퍼져가더니 구호로 변했다. 마일즈의 키득거림은 밝은 웃음이 되었다. 그의 아빠가 빙그레 웃었다.

하이프가 비트를 멈췄다.

"이런." 그가 말했다. "1라운드는 자동으로 마일즈에게 돌아갔네요."

나는 내 코너로 터벅터벅 걸어갔다.

머리가 텅 비어버렸다.

머리가 완전 텅 비어버렸다.

푸 이모가 로프를 넘어 링 위로 올라왔다. "왜 이래? 쟤한테 잡힐 거야?"

"이모……"

"지금껏 벼르고 별렀잖아?" 그녀가 말했다. "지금이야. 기회를 날려 버리고, 재한테 이 벨트를 넘겨줄 거야?"

"아니, 근데……"

그녀가 나를 다시 링으로 밀었다. "그까짓 거 잊어버려."

마일즈는 자기 코너 너머로 손바닥을 치고 주먹을 부딪치고 있었다. 그의 아빠가 자랑스럽게 웃었다.

나도 아빠가 있었으면 좋겠다. 쓰레기 같은 아빠 말고 우리 아빠. 이쯤에서 좋은 추억들로 만족해야겠다. 그가 살해되던 밤의 기억 말고.

그 일은 옛날 우리 집 앞에서 벌어졌다. 그와 제이는 저녁 데이트를 갈 참이었다. 당시 푸 이모가 우리와 함께 살았고, 둘이 나가 있는 동안 나와 트레이를 돌봐주기로 했다.

우리가 마리오 카트 게임을 시작했을 때, 아빠가 우리에게 작별 키스를 했고, 그와 제이가 현관 밖으로 걸어 나갔다. 차가 밖에서 부르릉거렸다. 나의 피치 공주가 트레이의 쿠파와 푸 이모의 토드를 막 따라잡았을 때, 총성이 다섯 발 울렸다. 난 겨우 네 살이었지만 그 소리가 귓가를 떠나지 않는다. 그런 다음 제이의 비명소리, 인간의 소리라고 할 수 없는 울부짖음.

사람들 말로, 크라운파 조직원 한 명이 방아쇠를 당겼다고 한다. 크라운파는 이곳 동쪽 지역에 자리 잡은 킹 로드 조직에서 가장 큰 집단이었다. 그 정도로 크면 자기네 조직을 구성하는 편이 나왔다. 아빠는 갱의 패거리에 속하지 않았지만 가든 디사이플파 여럿과 아주 가까웠던 탓에 그들의 사건에 휘말렸다. 크라운파가 아빠를 없앴다.

내가 이제껏 들은 얘기들에 따르면, 아빠는 누구와 붙더라도 이렇게

ON THE COME UP

멍해지지 않았을 것이다. 나도 그럴 수 없다.

"2라운드!" 하이프가 2라운드를 알렸다. "마일즈, 1라운드 승자니까 누가 먼저 할지 결정해."

그가 씩 웃었다. "내가 할게요."

"그럼 옛날로 가볼까!" 하이프가 말했다.

그가 레코드를 앞뒤로 움직여 소리를 내 비트를 시작했다. 스눕과 드레의 〈딥 커버〉Deep Cover였다. 옛날로 간다더니 농담이 아니었다. 저건 스눕이 부른 최초의 노래다.

체육관의 노땅들이 난리가 났다. 젊은 층 가운데 몇몇은 당황한 듯했다. 마치 내가 더 이상 의미가 없다는 듯이 마일즈는 랩을 하면서 나를 보지 않았다.

요오, 사람들이 날더러 왕자래,

난 이 게임이 낯설지 않아.

몇 년 동안 구상했지

난 길들여지지 않아.

날 갱이라 불러도 돼,

네 아들은 나처럼 되길 바라겠지.

심장이 뛰는 여자애들은 모두

사랑에 빠지고 말거야.

난 돈을,

물 쓰듯 써버리지.

내 채찍은 모두 새거야.

내겐 열라 빠른 조던이 있어.

배틀의 제1 규칙? 적의 약점을 알라. 이번 라운드에서 그가 내뱉는 가사는 나를 겨냥하지 않았다. 이건 위험 신호가 아닌 듯 보일 수 있지만 지금 이거야말로 엄청난 일이다. 난 멍해졌었다. 진짜 엠씨라면 여기서 사생결단으로 달려들 것이다. 젠장, 난 죽기 살기다. 그는 이걸 언급조차 하지 않고 있다. 이게 미리 쓰였을 가능성이 98퍼센트라는 뜻이다.

링에서 사전 작성은 안 된다. 더더욱 안 되는 건? 다른 누군가가 대신 써주는 거다.

그가 저 가사들을 썼는지 안 썼는지는 모른다. 그가 썼을 수도 있지만, 난 그가 쓰지 않았다고 모두가 생각하게끔 만들 수 있다. 완전 추접하다고? 맞는 말씀. 하지만 우리 아빠도 금기 사항이 아니니 금기 사항이 될 건 아무것도 없다.

배틀의 제2 규칙. 자신에게 유리하게 상황을 활용하라. 수프림은 크게 걱정하지 않는 것 같다. 하지만 두고 보시라. 걱정하게 될 거다.

호랑이 굴에 들어온 거다.

제3 규칙. 비트가 깔리면 거기에 플로우를 꼭 맞춰라. 플로우는 라임의 리듬이고 모든 단어, 모든 음절이 거기에 영향을 미친다. 단어를 발음하는 방식만 달라져도 플로우를 바꿀 수 있다. 스눕과 드레의 〈딥 커버〉를 모르는 사람은 거의 없지만, 한번은 유튜브에서 빅 펀이라는 래퍼가 그 곡을 리메이크한 걸 발견한 적이 있다. 그 노래에서 그의 플로우는 내 평생 들어본 것 중에 최고였다.

어쩌면 내가 그걸 흉내 낼 수 있을 거다.

어쩌면 마일즈의 얼굴에서 저 멍청한 미소가 싹 가시게 할 수 있을 거다.

어쩌면 이길 수 있을 거다.

마일즈가 멈췄고 비트가 잦아들었다. 두어 번 환호성이 울렸지만 대단하지는 않았다. 링은 자신을 내세우는 설득력 없는 가사가 아니라 급소를 찌르는 펀치라인을 좋아한다.

"좋아. 그래." 하이프가 말했다. "브리, 네 차례야!"

아이디어들이 퍼즐 조각처럼 펼쳐졌다. 이제 그것들을 모두 뜻이 통하게 놓아야 한다.

비트가 다시 시작됐다. 난 그에 맞춰 고개를 끄덕인다. 나와 음악과 마일즈 말고 아무것도 없다.

단어들이 저절로 엮여 라임을 맞추고 플로우가 되고, 난 그것들이 전부 굴러 나오도록 둔다.

이건 전쟁이야, 마일즈? 야, 넌 이제 끝장이야.

대필작가에게 암호를 보내 보시지,

유령작가에게, 진짜로 라임을 쓰는 자한테.

브리아나한테 덤비는 거야, 묻히고 싶다 이거야?

전설처럼 내뱉지, 여성의 무기지.

너네 아빠가 걱정 좀 했겠어.

고개 숙여, 꼬맹아, 무릎 꿇어.

넌 대본을 읽어, 근데 난 세상을 읽어.

네 패거리에게 부탁해 봐, 수프림에게 부탁해 봐.

사람들이 정말로 죽어나가는 가든 출신이야.

용서는 엿이나 먹어, 내 심장은 딱딱하거든,

마일즈의 심장은 우유곽 뒤에 숨었거든.

행방불명 됐거든, 이건 심판이거든—

내가 멈췄다. 관중들이 열광했다. 여-얼-과-앙.

"이거 뭐죠?" 하이프가 외쳤다. "이거 뭐야?"

무뚝뚝해 보이는 친구들까지 주먹을 위아래로 흔들며 입에 가져다 댔다. "오오오오!"

"이거 뭐죠?" 하이프가 다시 외치더니 사이렌을 울렸다. 그 사이렌. 엠씨가 멋진 말을 내뱉었을 때 그가 사용하는 사이렌이다.

나, 브리아나 마리 잭슨이 사이렌을 울렸다.

대박.

"말놀이로 플로우를 탔네요!" 하이프가 말했다. "누구 물 뿌릴 호스 있어요! 열기를 식힐 수가 없네. 가라앉힐 수가 없어요!"

꿈같다. 푸 이모의 친구들과 프리스타일을 했을 때 얻었던 반응이 특별한 거였다고 생각했다. 이건 전혀 새로운 경지다. 마치 루크가 그냥 루크에서 제다이가 됐을 때 같다.

"마일즈, 안됐지만, 브리가 두어 마디로 널 끝내버렸구나." 하이프가 말했다. "지방검사에게 연락해요! 여긴 살인 현장이에요! 판정단 여러분, 어떻게 생각하시나요?"

모두 내 이름이 쓰인 팻말을 들어 올렸다.

관중들은 더욱 흥분했다.

"브리의 승리입니다!" 하이프가 말했다.

마일즈가 초조하게 턱의 솜털을 문질렀다.

나는 활짝 웃었다. 잡았다.

"마지막 라운드 갑시다!" 하이프가 말했다. "지금 동점이니까, 이번에 이기는 사람이 승리하는 거죠. 브리, 누가 먼저 할까?"

"쟤요." 내가 말했다. "계속 똥을 싸지르라고 하죠."

한 무더기의 야유가 주위에서 울렸다. 예에, 내가 뭐랬어.

"마일즈, 더 점잖게 굴어야겠는데." 하이프가 말했다. "자, 갑시다!"

비트가 시작됐다. 맙 딥의 〈슉 원스〉Shook Ones다. 〈딥 커버〉보다 조금 느린 곡이지만, 프리스타일에 안성맞춤이다. 내가 본 유튜브 배틀에서는 그 비트가 시작되면, 뜬금없는 일이 벌어졌다.

마일즈가 랩을 하며 나를 노려보았다. 자기가 돈이 얼마나 많은지, 얼마나 많은 여자애들이 그를, 그의 옷을, 그의 보석을, 그의 갱스터 삶을 좋아하는지에 대한 것이다. 반복되는. 김빠진. 미리 써 놓은 것.

죽기 살기로 달려들어야 한다.

자, 이제, 매너라고는 모른다는 듯 덤벼들기. 매너. 제대로만 전달한다면, 라임이 맞는 단어들은 수없이 많다. 카메라. 래퍼. 기저귀 팸퍼. 해머-엠씨 해머. 바닐라 아이스. 힙합 팬들은 그들을 진정한 래퍼가 아닌 팝스타라 여긴다. 마일즈를 그들에 비유할 수도 있다.

내 이름자를 넣은 가사도 넣어야 한다. 브리는 "밝게 빛나니까" 브리다. 언젠가 푸 이모가 완벽주의자라며 나를 놀리기 전에 그 얘길 한 적이 있다.

완벽. 이 단어를 사용할 수도 있다. 완벽주의자, 보호자, 당선자. 선거-대통령. 대통령은 지도자다. 지도자. 도살자. 희생자. 하늘로 날아오르자, 나스가 제이지를 맹렬히 공격했던 그 노래처럼.

그의 이름에 대해서도 뭔가 집어넣어야 한다. 마일즈. 시속 몇 마일. 속도. 광속. 그런 다음 나 자신에 대한 얘기로 끝내야 한다.

마일즈가 마이크를 내렸다. 두어 번 환호가 터졌다. 수프림은 박수를 쳤지만 표정이 굳어 있다.

"좋아, 그래, 마일즈!" 하이프가 말했다. "브리, 열기를 좀 일으켜야겠는데!"

악기 연주가 다시 시작됐다. 푸 이모는 내가 누구인지 모두에게 알릴 기회는 단 한 번뿐이라고 했다.

나도 그렇게 생각한다.

어, 너한텐 미안. 내가 매너가 좀 없었네.

난 마이크를 잡아 그건 나의 일상. 넌 여자를 좋아 그건 너의 자랑.

넌 래퍼가 아냐, 팝스타 따라쟁이, 바닐라 아이스와 해멀 누가 래퍼래.

쟤가 똥 싸는 소리 다들 들었지? 누가 쟤한테 기저귀 좀 사다줘.

나한텐 왕관을 갖다 줘. 알 만한 사람은 나에 대해 모두 다 알아.

브리가 왜 브린데? 밝게 빛나니까 브리야.

내가 뭘 했다 하면 완벽하게 해치우지.

보호자가 필요하면 보디가들 부르시지.

이 판이 끝나면 새 지도자가 왕관을 쓰겠지.

이렇게 될 줄 몰랐겠지. 네 유령작가도 몰랐겠지.

난 날아오를 거야. 너한텐 미안.

이건 배틀이 아냐, 이건 너의 장례식. 후, 내가 널 해치우는 중.

내 친구들이 날더러 도실자래, 좋은 말 할 때 꺼질래.

까놓고 말해 넌 좀 재미없잖아.

외국인처럼 어리벙벙하잖아. 쉽게 말해줄게.

넌 지금 그냥 브리의 광기의 희생자.

헛소리가 아냐, 난 독설을 내뱉어, 치명적이야.

나한텐 별거 아냐, 까불다가 넌 뼈도 못 추려.

상상하면 이루어져 내 음반 내 수입.

정말로, 진짜로, 래퍼 중에 내가 최고 독설가.

마일즈? 가소롭지. 난 눈 하나 깜짝 안 해.

난 광속으로 움직이지. 넌 시속에 매여 있지.

난 고출력으로 읊어대. 넌 혀짜래기처럼 버벅대.

브리는 미래, 넌 하루살이.

넌 겁쟁이야, 근데 네가 갱이야? 웃긴단 말이야.

넌 옷이나 뽐내며, 돈이나 뽐내며,

권총 들고 으스대며, 혼자 잘난 척이야.

근데 여기 링에선 다들 내 얘기뿐이야,

브리!

관중은 미쳐 날뛰었다.

"내가 뭐랬어!" 푸 이모가 링의 로프 위에 올라서서 외쳤다. "내가 뭐랬냐고!"

마일즈는 나는 물론이고, 그를 노려보는 듯이 보이는 자기 아빠도 쳐다보지 못했다. 어쩌면 나를 노려보고 있었는지도 모르겠다. 선글라스 뒤에 감추어져 있어 알 수가 없다.

"좋아요, 모두." 하이프가 턴테이블 뒤에서 걸어 나오며 모두를 진정시키려 애썼다. "마지막 판정만 남았네요. 이번에 이기는 사람이 승자가 되는 거죠. 판정단 여러분, 누군가요?"

미스터 지미가 팻말을 들었다. '브리'라고 쓰여 있다.

디-나이스가 팻말을 들었다. 브리.

씨지가 팻말을 들었다. 꼬마 로.

대박.

"승자가 탄생했습니다!" 하이프가 천둥소리 같은 환호에 응답했다. 그가 내 팔을 위로 번쩍 들어올렸다. "신사 숙녀 여러분, 오늘밤 루키 로 얄의 승자는, 브리!"

4

배틀이 끝나고 몇 시간 뒤 나는 악몽을 꾸었다.

다섯 살인 내가 엄마의 구형 렉서스에 오르고 있다. 아빠는 거의 1년 전에 하늘나라로 갔다. 푸 이모도 몇 달 전에 떠나버렸다. 그녀는 자기 이모와 함께 살려고 공영주택단지로 갔다

나는 안전벨트를 채웠고, 엄마는 속이 빵빵한 백팩을 집어 들어 내게 내밀었다. 그녀의 팔은 온통 거뭇거뭇한 자국들이다. 언젠가 기분이 좋지 않을 때 그렇게 됐다고 그녀가 내게 말한 적이 있다.

"아직도 아파, 엄마?" 내가 물었다.

그녀가 내 눈길을 따라가더니 소매를 내렸다. "그래, 아가." 그녀가 속삭였다.

오빠가 내 옆에 타자 엄마는 우리가 특별한 곳에 갈 거라고 말했다.

우리는 조부모님네 집 앞 진입로에서 멈췄다.

갑자기 트레이의 눈이 커졌다. 그는 이러지 말라고 엄마에게 애원했다. 그가 우는 것을 보자 나도 울음이 났다.

엄마가 그에게 나를 안으로 데리고 들어가라고 했지만 그는 그러지 않았다. 엄마가 차에서 내려 반대편으로 돌아 그의 안전벨트를 풀고 차에서 끌어내리려 하자 그가 발을 좌석 깊숙이 찔러 넣었다.

엄마가 그의 어깨를 움켜쥐었다. "트레이! 애처럼 굴지 마." 그녀가 떨리는 목소리로 말했다. "동생을 생각해. 알겠니?"

그가 나를 넘겨다보더니 재빨리 얼굴을 훔쳤다. "난…… 난…… 괜찮아. 잠깐만." 딸꾹질에 그의 말이 끊겼다. "괜찮아."

그가 내 안전벨트를 풀더니 내 손을 잡고 내가 차에서 내리는 걸 도왔다.

엄마가 우리의 백팩을 건넸다. "말 잘 들어, 알았지?" 그녀가 말했다. "할아버지, 할머니가 하라는 대로 해."

"언제 올 거야?" 내가 물었다.

그녀가 내 앞에 무릎을 꿇었다. 그녀의 떨리는 손가락이 내 머리카락을 쓸어내리더니 내 뺨을 감쌌다. "나중에 올게. 약속해."

"나중에 언제?"

"나중에. 사랑해, 알지?"

그녀가 내 이마에 입을 맞추고 한참을 그대로 있었다. 트레이에게도 똑같이 하고 나서 몸을 곧추세웠다.

"엄마, 언제 오는데?" 내가 다시 물었다.

그녀는 아무 대답 없이 차에 올라 시동을 걸었다. 눈물이 그녀의 뺨을 타고 흘렀다. 다섯 살이었지만 난 그녀가 오랫동안 오지 않을 거라는 걸 알았다.

나는 백팩을 떨어뜨리고 진입로를 빠져나가는 차를 뒤쫓았다. "엄마, 가지 마!"

하지만 엄마는 도로로 들어섰고, 난 도로로 나가지 못하게 되어 있었다.

"엄마!" 내가 울었다. 그녀의 차는 멀어지고 멀어지더니 이내 사라져 버렸다. "엄마! 엄─"

"브리아나!"

난 퍼뜩 잠에서 깼다.

제이가 침대 가장자리에 앉아 있다. "아가, 괜찮니?"

나는 숨을 고르며 축축한 눈가를 닦았다. "응."

"악몽을 꾼 거야?"

악몽은 옛 기억이었다. 제이는 실제로 나와 트레이를 조부모님께 맡 겼었다. 마약을 하게 되면서부터 우리를 돌볼 수가 없었다. 사람이 죽으 면서 때로 살아 있는 사람도 데려간다는 걸 알게 된 게 그때였다.

몇 달 뒤 공원에서 그녀를 보았는데 우리 엄마가 아니라 빨간 눈의 비늘로 뒤덮인 용처럼 보였다. 그때부터 그녀를 제이라고 부르기 시작했 다. 그녀는 더 이상 엄마가 아니었다. 이제 습관이 돼서 고치기 힘들다. 아직도.

그녀가 돌아오기까지 3년과 재활기간이 걸렸다. 마약을 완전히 끊었 지만, 판사는 그녀가 나와 트레이를 격주 주말과 공휴일에만 데리고 있 을 수 있다고 판결을 내렸다. 직업을 얻고 이 집에 세든 후인 5년 전이 되 어서야 그녀는 우리를 완전히 데리고 올 수 있었다.

그녀와 함께 지낸 지 5년이 지났지만 난 아직도 그녀가 우리를 떠나는 꿈을 꾼다. 그 꿈은 가끔씩 뜬금없이 찾아든다. 하지만 제이는 내가 그런 꿈을 꾸는지 알지 못한다. 그걸 알면 그녀는 죄책감을 느낄 테고, 그럼 그녀가 죄책감을 느끼도록 했다는 데서 나도 죄책감을 느낄 것이다.

　　"별거 아냐." 내가 그녀에게 말했다.

　　그녀가 한숨을 내쉬고는 침대에서 일어났다. "좋아. 그럼 일어나. 너 학교 가기 전에 할 얘기가 있어."

　　"무슨 얘기?"

　　"링에서 우승한 거만 얘기했지, 성적이 네 이모의 똥 싼 바지보다 더 빨리 내려가는 건 얘기 안 했잖아."

　　"허?"

　　"허어?" 그녀가 핸드폰을 내밀며 따라 했다. "너희 시 과목 선생님에게 이메일 받았어."

　　머레이 선생님이다.

　　ACT 자율학습 때의 대화.

　　아, 망할.

　　솔직히 말하면? 잊어버렸다. 배틀 이후 정말이지 붕 떠서 지냈다. 관중들이 내게 환호했을 때의 그 느낌은 아마 약에 취한 기분과 비슷할 거다. 난 중독됐다.

　　엄마한테 뭐라 말해야 할지 모르겠다. "미안?"

　　"전혀 미안해하지 마! 네 가장 중요한 책임이 뭐지, 브리?"

　　"그 무엇보다 학업이지." 내가 웅얼거렸다.

　　"맞아. 랩을 포함해 그 무엇보다 학업. 분명히 한 줄 알았는데?"

　　　　　　　　　　　　　　　　　　　　ON THE COME UP

"근데 그거 별일 아냐!"

제이가 눈썹을 치켜 올렸다. "이봐, 아가씨." 그녀가 경고를 하는 식으로 느리게 말했다. "입 다무는 게 좋을 거야."

"내 말은 다른 부모들은 대수롭지 않게 생각한다고."

"아이구야 이거 정말, 난 다른 부모가 아냐! 넌 더 잘할 수 있고, 더 잘했었어. 그러니 더 잘하도록 해. 내가 보고 싶은 C는 호박씨뿐이고, D는 이 성적에서 나아지고 있는 것들만 그나마 봐 줄 수 있어. 알겠니?"

정말이지 그녀는 내게 너무 엄격하다. "네, 마님."

"고맙다. 학교 갈 준비해."

그녀가 나갔다.

"제길." 난 숨 죽여 투덜거렸다. "아침 댓바람부터 기분 잡치게."

"네가 잡칠 기분이 어디 있는데!" 그녀가 복도에서 소리쳤다.

이 집안에서 쌍욕은 금지다.

난 일어났다. 하지만 곧장 다시 침대 속으로 들어가고 싶었다. 맨 처음 닿는 차가운 공기는 늘 최고로 괴롭다. 이리저리 움직이면 도움이 된다.

힙합 여성들이 침대 옆 벽에서 지켜보고 있다. 아직 전부는 아니지만, 엠씨 라이트에서 미시 엘리엇, 니키 미나즈, 랩소디까지…… 명단은 계속 이어진다. 난 내가 잘 때 나를 내려다보는 여왕들 가운데 한 명이 되고 싶은지 생각해본다.

난 베이더 후드티를 뒤로 젖히고 짝퉁 팀버랜드를 발에 끼웠다. 그래, 이건 진짜가 아니다. 진짜는 수도요금 가격이다. 이건 벼룩시장에서 20달러 줬다. 난 이걸 진짜 팀버랜드처럼 벗어보려 했다. 문제는—

"젠장!" 난 씩씩거렸다. 한쪽 신발의 검은 '가죽' 일부가 떨어져 나가서 하얀 천이 드러나 있다. 저번 주에 있었던 일이다. 난 유성매직을 가지고 일에 착수했다. 후지다, 그래도 할 건 해야 한다.

조만간 난 진짜 팀버랜드를 갖게 될 거다. 과자를 팔아서 돈을 모으고 있다. 푸 이모가 재고를 사 줘서 수익을 내고 있다. 이건 푸 이모가 내게 돈 주는 걸 제이가 가장 상관하지 않을 만한 방법이었다. 미드타운의 아이들 덕분에 새 팀버랜드 값의 절반을 모았다. 엄밀히 따지면 교내에서는 물건을 팔지 못하도록 되어 있지만 난 여태껏 잘 빠져나왔다. 미셸 오바마 만세. 그녀의 건강에 대한 관심 덕에 학교 자판기에서 상당한 물건이 빠져나갔고 내 사업의 수익성이 좋아졌다.

밖에서 경적이 울렸다. 7시 15분이니 버스 기사 왓슨 씨다. 그는 죽어서도 시간을 지키겠노라고 말한다. 어느 날 그의 좀비 나부랭이가 버스 안에서 잔소리를 한다면 난 버스에 오르지 않을 거다.

"나 나가." 내가 제이에게 소리쳤다. 트레이의 침실 문은 닫혀 있다. 그는 아마도 녹초가 되어 있을 것이다. 그는 내가 거의 잠들 무렵 일터에서 돌아와서 내가 학교에 있을 때 일하러 간다.

작은 노란색 버스가 앞에서 기다리고 있다. 미드타운 학교는 미드타운 지역에 있다. 그곳 사람들은 훌륭한 콘도와 고가의 유서 깊은 주택에서 산다. 난 가든 하이츠 지역에 사는데, 제이 말에 의하면 이곳은 사람들이 훨씬 많이 사는데도 교육에 신경 쓰는 사람이 없단다. 우리 형편에 사립학교는 불가능하니 미드타운 예술고등학교가 차선이다. 몇 년 전에 학교 측은 도시 전역에서 학생들을 실어 나르기 시작했다. 그들은 그걸 "다양성 정책"이라 불렀다. 제이는 "돈이 엄청 필요한데 한 무리의 백인 아이들만을 위한 정책에는 아무도 돈을 내지 않아서 하는 정책"이라고 불렀다. 북쪽에서 부잣집 아이들, 도심에서 중류층 아이들이 오고 미드타운에서 나 같은 빈민가 아이들도 온다. 미드타운의 가든에서 오는 아이들은 겨우 열다섯 명이다. 그래서 우리에게는 미니버스를 보낸다.

왓슨 씨는 산타 모자를 쓰고 핸드폰에서 흘러나오는 템테이션스의 〈사일런트 나이트〉Silent Night에 맞춰 콧노래를 부르고 있다. 크리스마스까지 두 주쯤 남았는데 왓슨 씨는 벌써 몇 달째 크리스마스 기분에 빠져 있다.

"안녕하세요, 왓슨 씨." 내가 말했다.

"안녕, 브리아나! 꽤 춥지?"

"너무 추워요."

"어, 그 정도는 아닌데. 이 정도면 완벽한 날씨야."

뭐? 댁의 엉덩이 얼리는데? "그러시다면." 나는 중얼거리며 고개를 돌려 뒤를 보았다. 내가 세 번째 학생이었다. 샤나가 앞에서 졸고 있는데 머리가 창문에 닿을락 말락 한다. 졸든 졸지 않든 그녀가 올림머리를 망치지는 않을 거다. 11학년 무용수들은 요즘 모두 완전히 지쳐 보인다.

디온이 제일 뒤 자기 자리에서 내게 고개를 끄덕였고 그의 색소폰 케이스가 옆으로 삐죽 튀어나와 있다. 디온도 11학년인데, 음악을 하기 때문에 난 그를 버스에서만 본다. "야, 브리. 스니커즈 있어?"

나는 그보다 두어 줄 앞에 앉았다. "스니커즈 살 돈은 있고?"

그가 내게 1달러를 돌돌 말아 던졌다. 나는 초코바를 그에게 던졌다.

"고마워. 너 링에서 작살내더라."

"너도 알아?"

"응. 유튜브에서 배틀 봤어. 내 사촌이 문자해줘서. 걔 말로 다음은 너래."

헐, 그렇게 얘기하는 사람들이 있다고? 난 분명 링에서 얘깃거리가 됐다. 어젯밤엔 모두들 내가 너무 멋졌다는 얘기를 어쩌나 하는지 그곳에서 겨우 빠져나올 수 있었다. 나는 처음으로 내가 이럴 수 있다는 걸 알았다.

그러니까, 뭔가 하기를 원하는 것과 그걸 이룰 수 있다고 생각하는 것은 별개라는 말이다. 랩을 하는 건 나의 영원한 꿈이었지만 꿈은 현실이 아니다. 우린 꿈에서 깨어나게 되거나 아니면 현실로 인해 꿈이 어리석게 느껴진다. 내 말이 맞다. 냉장고가 거의 바닥을 드러낼 때면 내 모든 꿈이 어리석어 보이니까. 하지만 나의 승리와 디-나이스의 계약 사이에서, 이젠 뭐든지 가능하다는 느낌이다. 아니면 내가 변화를 너무도 갈망하고 있든지.

창밖으로 가든이 스쳐지나간다. 나이 든 사람들이 화초에 물을 주거나 쓰레기통을 가지고 나오고 있다. 자동차 두어 대가 음악을 쾅쾅 울려댄다. 특별할 게 없어 보인다. 하지만 그 폭동 이후 모든 게 달라졌다. 지역 주민들은 예전만큼 안전하다고 느끼지 않는다. 가든이 천국은 아니었지만 지옥도 아니었다. 그래도 전에는 GD파와 크라운파만 걱정하면 됐었다. 이제 경찰들까지 걱정해야 하냐고? 그렇다. 이 지역에서 사람들이 살해되었고, 뭐, 경찰이 늘 그러는 건 아니지만, 제이는 이게 마치 집 안에 생판 모르는 사람이 들어와 아이를 훔치고서 네 가정이 문제라며 그걸 네 탓으로 돌리는데, 침착하지 못했다며 세상이 너를 비판하는 거나 마찬가지랬다.

코걸이를 한 12학년 제인이 버스에 올랐다. 그는 엄청 거들먹거린다. 소니 말로는 제인이 스스로 잘생겼다고 생각한다는데, 소니와 나도 그가 잘생겼다는 건 인정한다. 그의 엉덩이 때문에 괴로워하는 것과 그의 얼굴을 보며 넋을 놓고 있는 것은 일종의 내적 투쟁이다.

진짜로 나는 그의 엉덩이를 보며 넋을 놓고 있다. 그는 엉덩이가 아주 탐스럽다.

그는 절대 내게 말을 걸지 않는데, 오늘은 말을 걸어왔다. "네 배틀 말이야, 개쩔었어!"

오, 대박. "고마워."

얼마나 많은 사람이 그걸 봤을까?

1학년 아야도 봤다. 그녀는 버스에 타자마자 내게 찬사를 보냈다. 2학년의 키오나, 네바에, 자바리도 봤다. 나도 모르게 나는 이 미니버스의 화젯거리가 되었다.

"넌 재능이 있어, 브리!"

"내내 넋을 잃고 쳐다봤어!"

"장담하는데 배틀에서 쟤가 난 못 이길걸. 하나님께 맹세해."

저 쪼그만 녀석은 커티스 브링클리로, 키가 작고 곱슬머리에 갈색 피부인 녀석은 하나님께 수많은 거짓 맹세를 한다. 5학년 때 그는 리하나가 자기 사촌이고, 자기 엄마가 그녀의 헤어스타일리스트로 일하면서 함께 순회공연을 하고 있다고 주장했다. 6학년 때는 자기 엄마가 비욘세의 헤어스타일리스트이고 같이 투어를 하고 있다고 했다. 실제로 그의 엄마는 감옥에 있었다. 아직도 감옥에 있다.

왓슨 씨가 소니와 말릭의 집 앞에 차를 댔다. 그들은 옆집에 사는데, 두 사람 다 말릭네 현관에서 나왔다.

난 스냅백을 벗었다. 부스스한 머리카락 뿌리는 여전히 손질이 필요했지만 미리 될 수 있는 한 그것들을 가라앉혀 놓았다. 립글로스도 발랐다. 이건 정말이지 멍청한 짓이지만, 난 말릭의 주의를 끌고 싶다.

나는 그를 지나치게 의식한다. 그의 눈이 가끔씩 반짝거리는 것 같으

면 난 그가 나의 비밀을 모조리 알고도 그것들에 무심한 거라고 생각한
다. 그가 잘생겼다는 사실과 동시에 자신이 잘생겼다는 걸 깨닫지 못한
다는 사실은 왠지 그를 더 잘생겨보이게 한다. 그가 "브리지"라고 할 때
마다 내 심장이 빨라지는 것과 마찬가지다. 나를 그렇게 부르는 사람은
그뿐인데, 내 이름을 부를 때면 다른 누구도 흉내 낼 수 없게 살짝 늘려
부른다. 마치 그 이름이 자기에게만 속하기를 바란다는 투다.

이 모든 감정은 우리가 열 살 때 시작됐다. 말릭네 정원에서 우리가
레슬링을 했던 때를 또렷이 기억한다. 난 더록이고 그는 존 시나였다. 우
리는 유튜브의 레슬링 동영상에 푹 빠져 있었다. 말릭을 꼼짝 못하게 하
고 위에 올라타 있었는데, 갑자기 그에게 키스가 하고 싶어졌다.

정말. 기겁하는. 줄. 알았다.

나는 그를 세게 치고는 최대한 더록의 목소리를 흉내 내 말했다. "박
살을 내주겠다, 겁쟁아!"

요컨대 나는 더록을 흉내 냄으로써 나의 성적 자각을 무시하려 애
썼던 것이다.

그 모든 게 너무도 기이하게 느껴졌다. 그런 느낌들은 사라지지 않았
다. 하지만 난 그가 말릭이라고 내 자신에게 거듭거듭 말했다. 나의 레아
공주와 루크처럼 최고의 절친이라고.

근데 이러고 있다. 핸드폰을 이용해 핑크빛 립글로스를 살펴며, 어쨌
거나 그가 날 봐주기를 고대하고 있다. 한심하다.

"왜 내가 이긴 걸 인정 안 하는 거야?" 차에 탄 후 소니가 물었다.

"내가 말했잖아. 조종기가 이상해졌었다고." 말릭이 말했다. "다시
붙어."

"좋아. 그래도 내가 네— 브리이이이!" 소니는 아무에게도 들리지 않

는 박자에 맞춰 춤을 추며 통로를 지났다. 가까이 오더니 숭배하듯 내게 절을 했다. "링의 여왕 만세."

난 웃음을 터뜨렸다. "여왕이라니."

"음, 죽여줬어, 요다." 우리는 손바닥을 친 다음 와칸다 인사로 마무리를 했다. 와칸다 포에버.

말릭이 어깨를 으쓱했다. "난 너한테 그렇게 말하지는 않을게. 하지만 그렇게 말 안 했다고 안 할 거라고도 안 할 거야."

"이해가 안 되는데." 내가 그에게 말했다.

소니가 내 앞 좌석에 앉았다. "전혀!"

말릭은 내 옆에 철퍼덕 앉았다. "이중 부정이야."

"음, 아냐, 영화 전공자 씨." 내가 말했다. "문학 전공자로서, 그건 엉터리야. 넌 그냥 네가 그렇게 말했다고 하지 않을 거라고 말한 거야."

그가 눈썹을 가운데로 모으고 입을 살짝 벌렸다. 혼란스러워하는 말릭은 완전 귀엽다. "뭐라고?"

"정확해. 어이, 영화에나 신경 쓰셔."

"동감이야." 소니가 말했다. "어쨌든, 그 배틀은 정말 가소로웠어, 브리. 1라운드에서 네가 그냥 서 있기만 했을 때는 빼고. 머라이어 캐리처럼 널 두고 '나 쟤 몰라요'라고 할 뻔했다니까."

내가 그의 팔을 쳤다. 장난꾸러기.

"근데 너 진짜 죽여줬어." 소니가 말했다. "그리고 마일즈는 랩 그만해야겠더라."

말릭이 고개를 끄덕였다. "자자 빙크스 같았어."

말릭은 스타워즈 우주에서 자자 빙크스가 최악의 캐릭터이기 때문에 허접한 것을 묘사하기 위해 동사와 형용사, 부사가 되어야 한다고 주장했다.

"야, 전혀 이해 안 되는데?" 소니가 말릭에게 물었다.

"말이 왜 안 돼! 허접한 것에 대해 말하고 싶어? 그럼 그걸 자자 빙크스라고 부르라고."

말릭이 소니의 이마를 쳤다. 소니는 말릭의 어깨를 때렸다. 그들은 엎치락뒤치락 서로 치고받았다.

완전히 정상이다. 사실 소니와 말릭의 싸움은 죽음, 세금, 카니예 웨스트의 장광설과 더불어 인생에서 몇 안 되는 확실한 것들 중 하나다.

전화기가 부르르 떨리자 소니는 갑자기 말릭이 안중에도 없어졌다. 그의 얼굴은 핸드폰 화면만큼이나 밝아졌다.

나는 약간 몸을 세워 앉으며 목을 쭉 뺐다. "누구야?"

"헐, 잘못 온 거야. 참견쟁이야."

목을 좀 더 빼 화면의 이름을 보려 했지만, 소니가 화면을 어둡게 해 볼 수 없었다. 이름 옆에 눈이 하트로 된 이모지Emoji만 보였다. 난 눈썹을 치켜 올렸다. "선생, 내게 얘기하고 싶은 사람 없소이까?"

소니는 마치 누가 내 말을 들었을까 봐 걱정하듯이 주변을 둘러보았다. 하지만 모두들 자기네끼리 대화 중이었다. 그래도 그는 "나중에, 브리"라고 말했다.

초조해하는 모습을 보니, 분명 남자애일 거다. 우리가 열한 살이었을 때 소니는 내게 커밍아웃했다. 우리는 무슨 시상식 쇼에 나온 저스틴 비버를 보고 있었다. 난 그가 귀엽다는 생각은 했지만 소니처럼 빠져들지는 않았다. 소니가 내게 몸을 돌리더니 불쑥 내뱉었다. "난 남자애들만 좋아하는 거 같아."

뜬금없었다. 뭐 그랬다. 나를 놀라게 한 일들이 몇 가지 있기는 했다.

가령 비버의 사진을 출력해서 몰래 지니고 다녔다거나 우리 오빠를 대하는 행동들이다. 트레이가 뭘 좋아하면 소니도 갑자기 그것에 열광했다. 트레이가 말을 걸면 얼굴이 빨개졌다. 트레이에게 여자 친구가 생겼을 때는 마치 세상이 끝난 듯이 행동했다.

하지만 거짓말은 못하겠다. 난 당시 뭐라고 해야 할지 몰랐다. 그래서 그냥 "괜찮아"라고만 말하고 덮어두었다.

그는 오래지 않아 말릭에게도 말하고 여전히 친구로 지낼 수 있는지 물었다. 말릭은 분명 "같이 플레이스테이션을 할 수 있다면"이라고 했을 것이다. 소니는 부모님에게도 말했다. 그들은 늘 침착했다. 하지만 나는 가끔씩 그가 다른 사람들이 알게 되면 하게 될 행동들을 두려워한다고 생각했다.

버스가 교차로에서 한 무리 흐리멍텅한 눈의 아이들 옆에 멈췄다. 가든 하이츠 고등학교로 가는 버스를 기다리는 그들 주위로 입김이 연기처럼 피어올랐다.

커티스가 창문을 내렸다. "어이, 밑바닥들! 어제 했던 말 해봐!"

학교에 대한 자존심이 우리의 패를 갈랐다. 우리는 가든 하이츠 고등학교의 애들을 "밑바닥들"이라고 불렀는데, 그들이 "바닥에 깔려" 있다고 생각했기 때문이었다. 그들은 우리를 "미니버스 멍청이들"이라고 불렀다.

"야, 좆나 막대사탕 대갈머리 같은 짜샤." 패딩 조끼를 입은 사내애가 말했다. "너 분명 그 버스에서 내리지도 못할 거면서 얼굴에 대고 욕만 하는 거지."

난 히죽 웃었다. 키안드레는 거짓말 하는 법이 없다.

그가 나를 쳐다봤다. "어이, 브리! 링에선 늘 하던 대로 잘하던데, 꼬마 아가씨!"

나는 창문을 열었다. 다른 애들 몇이 고개를 끄덕이거나 말을 걸었다. "잘 지내, 브리?"

학교에 대한 자존심 때문에 패거리가 나뉘었어도 아빠 덕분에 나는 중립이었다. "배틀 봤어?" 내가 키안드레에게 물었다.

"예에, 굉장했어! 지지한다, 여왕."

보시라. 이 지역에서 난 왕족이다. 모두가 내게 사랑을 보여준다.

하지만 버스가 미드타운에 도착하면 난 아무것도 아니다.

미드타운에서는 누구든 이목을 끌려면 훌륭해야 한다. 사실상 밝은 빛이 뿜어 나와야 한다. 더군다나 모두들 다른 사람을 능가하려고 애쓰고 있는 것 같다. 이 연극에서든 저 연주회에서든 앞서가는 애들이 최고다. 글과 그림에서 상을 받은 애들, 음역대가 최고인 애들. 여기는 최고의 인기 경연장이다. 아주 뛰어나지 않으면, 별 볼 일 없다.

난 뛰어난 것과는 정반대다. 성적은 그저 그렇다. 상도 받지 못했다. 충분히 잘하는 일은 아무것도 없다. 선생님들이 다루기에 너무 벅차서 교장실로 보낼 때를 제외하고는 난 충분하지 않다.

학교 계단에서 남자애 둘이 휴대폰으로 마일즈의 "스웩, 스웩, 스웩"을 틀어놓고 '난 깔끔해'를 추고 있다. 쟤들은 왜 저런 쓰레기 같은 노래로 스스로를 고문하고 있는지 모르겠다.

"그럼……." 난 백팩의 끈을 잡았다. "너네 점심 때 뭐할 거야?"

"난 SAT 자율학습이 있어." 소니가 말했다.

"젠장, 둘 다?" 내가 물었다. 소니는 대학 관련 수업에 제이보다 더 집착하고 있다.

그가 어깨를 으쓱했다. "할 일은 해야지."

ON THE COME UP

"넌 어때?" 내가 말릭에게 물었다. 그런데 갑자기 그와 단 둘이서만 점심을 먹게 된다는 생각에 심장이 빠르게 고동쳤다.

하지만 말릭 역시 미간을 찌푸렸다. "미안, 브리. 랩에 가서 다큐멘터리 작업해야 해." 그가 자신의 카메라를 들어올렸다.

그래, 김칫국은 여기까지. 어쩌면 이따 버스로 돌아갈 때까지 둘 다 종일 보지 못할 수도 있다. 소니와 말릭은 미드타운에 자신들이 속한 그룹이 있었다. 불행히도 난 소니와 말릭이 내 그룹이다. 그들이 자기네 그룹과 함께하는 동안, 나는 별 볼 일 없는 사람이 되는 외에는 할 일이 없다. 게다가 두 사람 모두 엄청 훌륭하다. 시각예술을 하는 애들은 모두 소니의 그래피티를 좋아한다. 말릭은 단편영화로 두어 번 상을 받았다.

난 이곳에서 1년을 더 보내야 한다. 잠자코 1년을 더, 친구들이 환골탈태하는 동안 혼자 계속 그대로인 채 주제넘게 나서지 않는 브리로.

그렇다.

우리는 보안 검색을 위해 줄을 섰다. "어제부터 롱과 테이트가 조용해지지 않았어?" 소니가 물었다.

"아닐걸." 그들은 항상 힘을 과시하고 다닌다. 지난주에는 금속탐지기를 통과할 때 아무 소리가 안 났는데도 커티스에게 특별 검색 절차를 거치게 했다. 그들은 "확실히" 하고 싶었다고 주장했다.

"저들의 보안 방식은 정상이 아니야." 말릭이 말했다. "우리 엄마는 사람들에게 이렇게 하지 않아. 엄만 범죄자를 다루는데도."

말릭의 엄마인 첼 이모는 법원의 보안요원이다.

"저 두 사람 작년부터 더 심해진 거 알아?" 말릭이 말했다. "살인을 하고도 처벌을 면한 그 경찰을 보고 자기들도 천하무적이라고 생각하게 됐나 봐."

"네가 뭔가 해낼 수 있을 거야, 말릭 X." 소니가 말했다.

폭동 이후 우리는 말릭을 이렇게 불렀다. 모든 상황이 그를 흔들어 일깨웠다. 솔직히 말해, 그 일은 나도 흔들어 놓았지만 말릭은 차원이 달랐다. 그는 늘 사회 정의를 말하고 블랙 팬서(흑표범당, 미국의 극좌익 흑인 과격파-역주)에 관한 것들을 읽었다. 폭동 전에 그가 관심 있는 블랙 팬서라고는 티찰라(마블코믹스의 영웅-역주)뿐이었다.

"우리가 뭔가 해야 해." 그가 말했다. "이건 말이 안 돼."

"그냥 무시해." 소니가 말했다. "말로만 그러는 거니까."

커티스가 금속탐지기를 아무 문제없이 통과했다. 그 다음으로 샤나, 디온, 제인, 10학년 3명. 다음으로 소니, 이어서 말릭이 뒤따랐다. 난 그의 뒤를 따라 걸었다.

금속탐지기는 울리지 않았다. 그런데 롱이 내 앞으로 팔을 들어올렸다. "돌아가."

"왜요?" 내가 물었다.

"하라면 해." 테이트가 말했다.

"삐 소리도 안 났잖아요!" 내가 말했다.

"상관없어." 롱이 말했다. "되돌아가라고 했다."

좋다. 난 금속탐지기를 다시 통과했다. 삐 소리 안 남.

"가방 이리 내." 롱이 말했다.

아, 좆됐다. 숨겨둔 사탕들. 저들이 그걸 찾아낸다면, 교내에서 물건을 판 것 때문에 정학을 당할 수도 있다. 다른 문제들로 정학 당했던 것까지 고려하면, 망할, 제적을 당할지도 모른다.

"가방. 이리. 내놔." 롱이 말했다.

난 침을 삼켰다. "그럴 필요는—"

"오, 너 뭐 숨기는 거 있어?" 롱이 말했다.

"아니에요!"

"그 카메라 치워!" 테이트가 말릭에게 말했다.

말릭이 카메라를 꺼내 우리를 향했다. "녹화하는 건 내 마음이에요!"

"가방 이리 내!" 롱이 내게 말했다.

"싫어요!"

"너 말야—"

그가 내 백팩의 끈을 잡으려 손을 뻗었지만 내가 먼저 낚아챘다. 그의 눈에 번쩍 불이 일었다. 그러지 말았어야 했다.

그가 내 팔을 움켜쥐었다. "백팩 이리 내놔!"

내가 홱 잡아챘다. "손 저리 치워요!"

모든 일이 순식간에 벌어졌다.

그가 내 팔을 움켜잡아 뒤로 당겼다. 다른 한쪽도 뒤로 넘겼다. 난 몸을 당겨 빼내려 애썼지만 그의 손아귀가 더욱 단단히 조여들 뿐이었다. 나도 모르는 사이, 먼저 가슴이 땅을 치더니 얼굴이 차가운 바닥에 눌렸다. 롱이 무릎으로 내 등을 누르더니 백팩을 벗겼다.

"와! 씨, 뭐하는 거야!" 소니가 소리를 질렀다.

"놔줘요!" 말릭이 말하고는 카메라를 우리에게로 향했다.

"너, 여기 뭐 가져왔지. 어?" 롱이 말했다. 그가 내 손목에 비닐을 감더니 단단히 조였다. "그래서 우리가 못 보게 하는 거잖아, 어? 이 불량배 새끼! 어제 나불대던 입은 어디 갔나?"

난 한마디도 할 수 없었다.

그는 경찰이 아니다.

총도 가지고 있지 않다.

하지만 그 애처럼 끝장나고 싶지 않다.

엄마.

아빠.

집에 가고 싶어요.

5

결국 로즈 교장선생님의 사무실이다.

나는 팔이 뒤에서 묶여 있다. 몇 분 전에 롱이 이리로 나를 질질 끌고 와 자리에 앉혔다. 그도 지금 로즈 박사의 사무실에 있다. 로즈 박사는 비서인 미즈 클라크에게 우리 엄마에게 전화하고 나서 날 계속 지켜보라고 지시했다. 마치 내가 감시할 필요가 있는 사람이라도 된다는 식이다.

미즈 클라크는 제이의 직장 전화번호를 찾느라 컴퓨터의 내 파일을 훑어보았다. 아직도 번호를 못 외운다니 놀랍다.

나는 앞을 똑바로 응시했다. 교장실의 사방 벽에는 고무적인 포스터가 붙어 있다. 하나는 완전한 사기다. "당신은 다른 사람의 행동을 통제할 수 없습니다. 오직 당신의 반응만을 통제할 수 있습니다."

아니, 할 수 없다. 팔이 뒤로 꺾여 있거나 무릎에 등이 눌려 바닥에 엎드려 있을 때는 안 된다. 그땐 내 몸을 통제할 수 없다.

미즈 클라크가 전화기를 집어 들고 다이얼을 돌렸다. 몇 초 후, 그녀가 말했다. "안녕하세요. 여기는 미드타운 예술고등학교인데요. 제이다 잭슨 부인과 통화할 수 있을까요?"

제이가 크라이스트 템플에서 전화를 받으면 미즈 클라크가 상황 설명에 들어갈 거라고 생각했다. 헌데 그녀가 이마를 찡그렸다. "아. 알겠어요. 고맙습니다."

그녀가 전화를 끊었다.

이상하다. "엄마가 뭐래요?"

"너네 엄마가 이제 그곳에서 일하지 않는다는구나. 연락할 다른 방법 있니?"

난 최대한 바짝 몸을 펴고 앉았다. "뭐라고요?"

"핸드폰으로 걸까, 집전화로 걸까?"

"크라이스트 템플 교회로 건 거 확실해요?"

"확실해." 미즈 클라크가 말했다. "핸드폰, 아님 집 전화?"

난 심장이 멎었다.

팝켄처치.

제이는 뭔가 안 좋은 일이 일어났을 때만 그걸 산다.

직장을…… 직장을 잃은 걸까?

그럴 리 없다. 미즈 클라크가 어쩜 틀렸을 거다. 아마도 전화를 잘못 걸어놓고 알아차리지 못하는 걸 거다.

그래. 그거다.

나는 미즈 클라크에게 제이의 핸드폰으로 걸어보라고 했다.

약 15분 후, 교장실 문이 활짝 열리더니 제이가 뛰어 들어왔다. 사무용 복장인 것을 보니 교회에서 온 것이 틀림없다.

"브리아나, 세상에나, 무슨 일이니?"

그녀가 내 앞에 무릎을 꿇고는 중독치료를 마치고 돌아왔을 때처럼 나를 살펴보았다. 그녀는 내게서 눈을 떼지 못했다. 하나하나 빠짐없이 살폈다. 손만 빼고. 그녀가 비서에게로 빙그르르 몸을 돌렸다. "세상에, 우리 딸 손이 왜 묶여 있는 거죠?"

로즈 박사가 문간에 모습을 드러냈다. 안경이 얼굴을 거의 차지하고 있고, 빨간 곱슬머리는 틀어 올렸다. 그녀는 트레이가 이곳에 다닐 때도 교장이었다. 난 그녀를 신입생 환영의 밤에 만났다. 그녀는 내게 환한 미소를 짓더니 말했다. "몇 년 후엔 너도 우리 학교에 오길 바란다."

그녀는 자신의 사무실에 "저 애들"이 "이 학교"에 "저 물건"을 가져왔다는 등의 고함을 지르는 보안요원이 있을 거라는 얘기는 하지 않았다.

저 애들. 이 학교. 마치 서로 속하지 않는다는 투다.

"잭슨 부인." 로즈 박사가 말했다. "제 사무실에서 얘기 좀 나누실까요?"

"딸아이부터 먼저 풀어주시죠."

로즈 박사가 어깨 너머로 고개를 돌렸다. "롱 씨, 브리아나 좀 풀어주시겠어요?"

그가 느릿느릿 움직여 허리춤의 클립에 매달린 가위를 빼냈다. 그가 낮은 소리로 으르렁거렸다. "일어나."

난 일어났고 한 번의 싹둑 소리에 손이 풀렸다.

제이가 곧장 내 뺨을 손으로 감쌌다. "괜찮니, 아가?"

"잭슨 부인, 제 사무실로 오세요." 로즈 박사가 말했다. "너도, 브리아나."

우리는 그녀를 따라 들어갔다. 그녀는 롱에게 눈짓을 보내 밖에 머무르게 했다.

내 백팩이 그녀의 책상 위에 있었다. 지퍼가 열려 있고 캔디 꾸러미들이 전부 드러나 있다.

로즈 박사가 그녀 앞의 의자 두 개를 가리켰다. "앉으세요."

우리는 앉았다. "내 딸이 왜 손이 묶였는지 얘기해 주시겠어요?" 제이가 물었다.

"사고가 있었어요—"

"그렇겠죠."

"제가, 경비가 힘을 남용했다는 걸 인정하는 최초의 교장이 되겠군요. 저들이 브리아나를 바닥에 쓰러뜨렸어요."

"내동댕이쳤어요." 내가 웅얼거렸다. "저들이 날 바닥에 대동댕이쳤다고요."

제이의 눈이 커졌다. "뭐라고?"

"불법 마약을 가져오는 학생들로 문제가 되고 있거든요—"

"그걸로는 저들이 우리 애를 거칠게 다룬 데 대한 설명이 안 되겠는데요!" 제이가 말했다.

"먼저 브리아나가 비협조적이었어요."

"그것도 설명이 안 되겠네요!" 제이가 말했다.

로즈 박사가 숨을 깊게 들이마셨다. "다시는 이런 일 없을 겁니다, 잭슨 부인. 행정처의 적절한 조사와 징계조치가 있을 거라고 장담합니다. 하지만 브리아나도 징계를 받게 될 수 있습니다." 그녀가 내게로 몸을 돌렸다. "브리아나, 교내에서 캔디를 팔았니?"

난 팔짱을 끼었다. 난 대답 안 할 거다. 문제를 내 탓으로 돌리려고? 흥, 천만에.

"대답해." 제이가 내게 말했다.

"그냥 캔디일 뿐이에요." 내가 웅얼거렸다.

"그렇겠지." 로즈 박사가 말했다. "하지만 교내 밀매에 대한 학교 정책에 위배되는 거야."

밀매? "학교에서 그걸 밝혀낼 수 있었던 건 롱과 테이트가 흑인과 라틴계 아이들 뒤만 쫓기 때문인 걸요!"

"브리아나." 제이가 말했다. 그건 경고가 아니었다. 그건 "그렇구나" 의 의미였다. 그녀가 로즈에게 몸을 돌렸다. "언제부터 캔디가 밀매품이 됐죠? 처음부터 그들이 우리 딸 뒤를 쫓은 이유는 뭐죠?"

"보안요원은 무작위로 검색할 권리가 있습니다. 브리아나를 '표적'으로 삼은 게 아니었다고 장담할 수 있습니다."

"헛소리!" 난 참을 수 없었다. "저들은 항상 우릴 괴롭혀요."

"그렇게 보일 수도—"

"그래요!"

"브리아나." 제이가 말했다. 이건 경고다. 그녀가 교장에게 몸을 돌렸다. "로즈 박사님, 우리 아들이 그러더군요. 자기가 여기 다닐 때도 경비들이 특정 아이들만 괴롭혔다고요. 난 우리 아이들이 없는 소릴 한다고 생각하지 않아요. 선생님이 이렇게 말하는 건 생각도 하기 싫네요."

"조사가 있을 겁니다." 로즈 박사가 차분히 말하자 난 열이 받았다. "하지만 제가 한 말은 맞습니다, 잭슨 부인. 경비원들은 모든 학생들을 똑같이 대합니다."

"오." 제이가 말했다. "모든 학생들을 바닥에 패대기친다는 건가요,

네?"

침묵.

로즈 박사가 헛기침을 했다. "다시 말씀드리지만, 브리아나가 협조적이지 않았어요. 시비조에 공격적이었다고 들었습니다. 그런 행동이 문제가 된 게 처음도 아니죠."

또 시작이군.

"지금 무슨 말씀을 하시려는 거죠?" 제이가 물었다.

"오늘의 행동이 일정한 패턴을 따르고 있다는—"

"그러니까, 내 딸의 일정한 패턴이 표적이 됐다는—"

"다시 말씀드리지만, 아무도 표적이 되지는—"

"여우처럼 말하는 백인 여자애들도 2주에 한 번씩 교장실에 불려오나요?" 제이가 물었다.

"잭슨 부인, 브리아나는 종종 공격적이 됩니다—"

공격적. 세 음절, 한 단어. 극단적과 라임이 맞다.

난 너무 극단적이지,

그래서 너무 공격적이지.

'공격적'은 나를 언급할 때 자주 사용된다. 위협적이라는 의미가 되지만 난 누구도 위협한 적이 없다. 그저 선생님들이, 모든 선생님이 좋아하지 않는 말들을 할 뿐이다. 어쩌다 유일한 흑인 선생님이 된 머레이 선생님은 제외다. 역사 수업에서 흑인 역사의 달이었다. 난 킨케이드 선생님에게 왜 노예가 되기 전의 흑인들에 대한 이야기는 하지 않는 것인지 물었다. 그의 창백한 볼이 붉어졌다.

"교안에 따라야 하기 때문이란다, 브리아나." 그가 말했다.

"네, 근데 교안은 선생님이 작성하시지 않나요?" 내가 물었다.

"수업 중의 돌출행동은 묵과하지 않겠다."

"전 그냥 흑인들이 이전에는 존재하지 않았다는 듯이 행동하지 마시라는 말을—"

그는 내게 교장실로 가라고 했다. 나에 대해서는 '공격적'이라는 기록을 남겼다.

소설 수업. 번스 선생님이 문학 정전에 대해 이야기하고 있을 때, 책들이 하나같이 좆나 지루해 보여서 내가 눈을 굴렸다. 선생님이 무슨 문제가 있는지 물었고 나는 '좆나'만 빼고 정확히 그대로 대답했다. 그녀는 나를 교장실로 보냈다. 난 교실을 나가면서 나직이 뭔가를 중얼거렸고 그녀는 내가 공격적 행동을 보였다고 기록했다.

선택과목인 연극 시간에 있었던 사건을 잊을 수 없다. 우리는 똑같은 장면을 백 번은 반복했다. 이토 선생님은 처음부터 다시 하라고 말했다. 난 혀를 찬 다음 "와 세상에"라고 하며 손을 옆으로 털썩 늘어뜨렸다. 내 대본이 손에서 빠져나가 날리더니 그를 쳤다. 그는 맹세코 내가 일부러 던졌다고 그랬다. 그것 때문에 난 이틀 정학을 당했다.

모두 올해 일어난 일들이다. 9학년과 10학년도 사고들로 가득했었다. 이제 난 또 다른 것들을 목록에 추가했다.

"학교 정책에 의하면 브리아나는 허락 없이 교내에서 판매 금지된 물품을 팔았기 때문에 3일간 정학에 처해질 겁니다." 로즈 박사가 말했다. 그녀는 백팩의 지퍼를 잠가 내게 건넸다.

2교시 끝을 알리는 종이 울렸을 때 우리는 복도로 들어섰다. 교실 문들이 열렸고 모두들 자기네 엄마와 함께 복도로 쏟아져 나온 듯이 보

였다. 난 이전에 결코 한 번도 받아본 적 없는 눈길과 응시와 수군거림을
받았다.

난 이제 더 이상 투명인간이 아니군. 하지만 이제는 안 보였으면 좋
겠다.

난 집에 돌아가는 내내 아무 말도 하지 않았다.

깡패. 두 음절. 한 단어. 수많은 단어들과 라임을 맞출 수 있다. 동의
어: 폭력배, 불량배, 건달, 범죄자, 조폭, 그리고 롱에 따르면, 브리아나도
있다.

좋은 건 나올 수가 없다네,

이 깡패한텐.

아니. 깡패라니 엿이나 먹으라지.

학교도 엿이나 먹으라지.

전부 엿이나 먹으라지.

난 가든에 남아 있는 것들을 응시했다. 우리는 클로버 거리에 산다.
이곳은 가든 하이츠에서 가장 번화한 거리였지만 그 폭동 이후 새까맣
게 탄 수많은 잔해 더미와 판자를 덧댄 건물들만 남았다. 메가달러스토
어가 맨 처음 공격을 받았다. 셀룰라익스프레스는 처음으로 약탈을 당
하고 불에 탔다. 숍앤세이브는 골조까지 타버려서 식료품을 사려면 이제
가든의 끝에 있는 월마트까지 가거나 서쪽의 작은 상점으로 가야 한다.

난 아무것도 아닌 것투성이 출신의 깡패다.

"저들이 이 일을 제대로 해결할까 싶다." 제이가 말했다. "마치 선을

벗어났을 때 무슨 일이 생기는지 우리가 기억하기를 바라는 것 같아." 그녀가 나를 흘낏 보았다. "괜찮니, 부키?"

우리 할아버지에 따르면, 잭슨 집안 사람은 울지 않는다. 우린 받아들이고 대처한다. 눈이 얼마나 화끈거리는지는 중요하지 않다. "난 나쁜 짓은 아무 짓도 안 했어."

"그래, 안 했지." 제이가 말했다. "넌 네 백팩을 지킬 권리가 있었어. 하지만 브리…… 약속해. 그런 일이 또 생긴다면 저들이 하라는 대로 하겠다고."

"뭐?"

"나쁜 일이 생길 수도 있어, 아가. 사람들은 때로 자신의 힘을 남용하고 싶어 하거든."

"그럼 난 아무 힘도 없어?"

"네가 아는 것보다 훨씬 많지. 하지만 그런 순간에는, 난—" 그녀가 침을 삼켰다. "난 네가 아무 힘도 없다는 듯이 행동했으면 해. 그런 상황에서 한번 안전하게 빠져나오면 다음엔 대처할 줄 알게 되지. 그래서 난 네가 그런 상황에서 안전하게 빠져 나왔으면 해. 알겠니?"

이건 그녀가 경찰에 대해 내게 해준 것과 같은 얘기다. 그들이 하라는 건 뭐든 해. 그녀가 말했다. 네가 위협적인 존재라고 생각하게 만들지 마. 기본적으로, 힘을 빼고 뭐가 주어지든 그걸 받아들이면 그 순간에 살아남을 수 있다는 거였다.

난 내가 뭘 하든 중요하지 않다는 생각을 하게 됐다. 난 계속해서 사람들이 나라고 생각하는 사람일 터이다. "학교에서는 늘 나한테 이래라 저래라 해."

"알아." 제이가 말했다. "그건 옳지 않아. 하지만 넌 2년을 더 보내야 돼, 아가. 이 모든 사건으로…… 네가 제적될 위험을 감수할 수는 없어, 브리. 그게 네가 입을 다물어야 한다는 걸 의미하더라도 난 네가 그랬으면 해."

"나 자신을 변호해서도 안 된다는 거야?"

"싸움은 선택적으로 해야 해." 그녀가 말했다. "모든 일에 토를 달거나 눈을 굴리거나 고집을 부릴 건 없—"

"나만 그런 짓 하는 거 아니잖아!"

"아니지, 하지만 그들이 영원히 기록으로 남기는 건 너 같은 여자애들뿐이야!"

차 안이 조용해졌다.

제이가 코로 한숨을 쉬었다. "가끔씩 흑인들을 위한 규칙은 다르단다, 아가." 그녀가 말했다. "우리는 엄청 복잡한 체스 판에 있는데, 가끔씩 저들은 체커를 하는 거야. 끔찍한 삶의 진실이지. 하지만 진실이란다. 불행히도 미드타운이 그런 곳 중 하나야. 넌 체스를 두면서도 일련의 다른 규칙에 따라야 해."

난 그런 게 싫다. "그곳으로 다시 돌아가고 싶지 않아."

"이해해. 하지만 우리에겐 다른 선택지가 없어."

"가든 고등학교는 왜 갈 수 없는데?"

"네 아빠와 난 너와 트레이를 그 학교에 발도 들여놓지 않게 하겠다고 맹세했거든." 그녀가 말했다. "미드타운의 경비원들만 나쁠 거 같니? 가든 고등학교에는 진짜 경찰이 있어, 브리. 그 망할 학교는 교도소처럼 관리되고 있다고. 거기선 어느 누구도 성공에 이를 수 없어. 미드타운에 대해 할 말이야 있겠지. 하지만 더 나은 기회가 있는 곳은 거기야."

"뭘 위한 더 나은 기회? 봉제인형처럼 이리저리 내던져질 기회?"

"더 성공할 기회!" 그녀가 나보다 더 크게 소리쳤다. 그녀가 숨을 깊게 들이마셨다. "넌 평생 동안 수많은 롱과 테이트를 만나게 될 거야, 아가. 내가 생각하는 것보다 더 많겠지. 하지만 절대 그들의 행동에 따라 네가 할 일을 결정하지는 마. 네가 그렇게 하는 순간, 넌 그들에게 힘을 실어주게 되는 거야. 알겠니?"

그래, 그런데 엄마는 내 말이 들릴까? 우린 서로 오랫동안 입을 열지 않았다.

"난…… 난 너에게 더 많은 선택지를 만들어주고 싶어, 아가. 그러고 싶어. 하지만 우리에겐 선택의 여지가 없어. 특히 지금 당장은."

특히 지금 당장은. 내가 그녀를 쳐다보았다. "무슨 일 있어?"

그녀가 자리에서 자세를 살짝 바꾸었다. "왜 그런 말을 하는데?"

"미즈 클라크가 교회에 전화했어. 엄마가 더 이상 그곳에서 일하지 않는다고 했대."

"브리아나, 그 얘기는 하지 말―"

맙소사. "직장에서 잘렸어?"

"일시적인 거야, 알겠니?"

"직장에서 잘렸구나?"

그녀가 침을 삼켰다. "그래, 맞아."

오, 안 돼.

안 돼.

안 돼.

안 돼.

"교회 어린이집이 폭동 때 피해를 입었는데 보험회사에서 피해 보상을 해주지 않겠대." 그녀가 말했다. "목사와 장로들로 이루어진 위원회에서 수리비를 부담하기 위해 예산을 조정해야 했고, 그래서 날 내보낸 거야."

젠장.

난 바보가 아니다. 제이는 모든 게 괜찮다는 듯이 행동하려 하지만 우린 고군분투 중이다. 우린 이미 가스가 끊겼다. 지난달에는 퇴거 통고를 받았다. 제이는 세를 내느라 수표를 대부분 써버려서 우리는 그녀의 다음 월급날까지 샌드위치만 먹었다.

그런데 그녀가 직업을 잃는다면, 월급날도 없을 것이다.

그녀의 월급날이 없다면 다시는 가스가 들어오지 않을 것이다.

음식도.

집도.

만일—

"걱정 마, 브리." 제이가 말했다. "우리한텐 하나님이 있어, 아가."

교회에서 그녀를 해고시킨 신과 같은 신 말인가?

"면접을 보고 있어." 그녀가 말했다. "실은 면접 보러 갔다가 널 데리러 간 거야. 그리고, 벌써 실업수당도 신청했어. 많지는 않지만, 어느 정도는 돼."

벌써 신청했다고? "교회에 나가지 않은 지 얼마나 됐는데?"

"그건 중요하지 않아."

"중요해."

"아냐, 중요하지 않아." 그녀가 말했다. "트레이와 내가 이리저리 신경 쓰고 있어."

"트레이도 알아?"

그녀가 두어 차례 입을 벌렸다가 오므렸다. "응."

생각한 대로다. 가스가 끊겼을 때, 무슨 일이 생길지 트레이는 알고 있었다. 난 썰렁한 집에서 눈을 뜬 후에야 알아차렸다. 퇴거 통고? 트레이는 알고 있었다. 난 두 사람이 얘기하는 소리를 어쩌다 듣고 알게 되었다. 신경 쓰고 싶지 않은데 신경이 쓰인다. 제이는 그런 중요한 문제를 내게 얘기할 정도로 나를 믿지는 않는 것 같다. 그런 일을 감당하기엔 내가 너무 어리다고 생각하는 듯하다.

그녀가 몇 년 동안 떠났던 일도 감당해냈다. 난 그녀가 생각하는 것보다 더 많은 일을 감당할 수 있다.

그녀는 우리 집 진입로에 있는 트레이의 구형 혼다 시빅 뒤에 주차하고 내게로 몸을 돌렸지만 난 창밖만 보았다.

그래, 뭐 내가 좀 미성숙한지도 모른다. 어쨌든.

"네가 걱정하는 거 알아." 그녀가 말했다. "당분간 모든 게 힘들 테지. 하지만 좋아질 거야. 어떻게든, 어떤 식으로든. 믿어야 돼, 아가."

그녀가 내 뺨으로 손을 뻗었다.

난 몸을 멀리하며 차문을 열었다. "나 산책 갈 거야."

제이가 내 팔을 잡았다. "브리아나, 잠깐."

난 떨고 있었다. 난 현실적인 문제들이 걱정인데, 내게 '믿어' 달라고? "제발, 보내줘."

"아니. 나와 얘기하지 않고 달아나게 둘 순 없어. 오늘 많은 일이 있었잖니, 아가."

"난 괜찮아."

그녀가 내 팔 위로 엄지손가락을 움직였고, 마치 나를 얼러서 눈물이 터지게 하려는 것 같았다. "아니, 넌 괜찮지 않아. 괜찮지 않아도 괜찮아. 항상 강해야 할 필요 없는 거 알지, 응?"

어쩌면 항상은 아니겠지만, 지금은 강해야 한다. 난 그녀에게서 몸을 빼냈다. "난 괜찮아."

"브리아나―"

난 머리 위로 후드를 뒤집어쓰고 보도를 따라 걸어 내려갔다.

가끔씩 난 물에 빠지는 꿈을 꾼다. 늘 바닥을 볼 수 없을 정도로 깊고 넓은 푸른 바다다. 하지만 혼잣말을 한다. 아무리 많은 물이 폐에 들어찬다고 해도 아무리 깊이 가라앉는다고 해도 죽지 않을 거야, 난 죽지 않아. 왜냐하면 내가 그렇게 말했으니까.

갑자기 물속에서 숨이 쉬어진다. 수영도 할 수 있다. 바다도 더 이상 두렵지 않다. 정말이지 멋지다. 바다를 통제하는 법도 배웠다.

하지만 잠에서 깨니, 난 익사하는 중이고, 이 모든 걸 어떻게 통제해야 할지 모르겠다.

6

메이플 그로브 공영주택단지는 완전히 다른 세계다.

난 가든의 동쪽에 산다. 그곳의 집들은 더 근사하고, 집주인들은 나이가 더 많고, 총격은 잦지 않다. 메이플 그로브 공영주택단지는 서쪽으로 걸어서 15분 거리에 있는데, 할머니 말마따나 "오래되고 황량한 지역"이다. 그곳은 뉴스에 자주 등장하고, 많은 집들이 그 안에 아무도 살지 않는 듯이 보인다. 하지만 그건 데스 스타(영화 스타워즈에 등장하는 죽음의 별-역주)의 한쪽 면이 다른 쪽보다 더 안전하다고 말하는 식이다. 그건 그냥 죽음의 별이다.

메이플 그로브에는 3층 건물 여섯 동이 고속도로에 가까이 붙어 있는데, 푸 이모 말로는 사람들이 지붕에 올라가 지나가는 차에 돌을 던진다고 한다. 거친 사람들이다. 원래 일곱째 동이 있었는데 몇 년 전에 불에 탔고, 주정부는 그걸 재건축하지 않고 부수었다. 이제는 잡초가 우거지고 아이들의 놀이터가 되었다. 그 놀이터는 마약쟁이들이 찾는다.

"잘 지내지, 꼬마 로." 주차장을 가로지를 때, 너덜너덜해진 차 안에서 한 사내가 외쳤다. 내 평생 한 번도 본 적이 없지만 난 손을 흔든다. 적어도 난 항상 우리 아빠의 딸일 것이다.

그가 여기 있어야 하는데. 만일 그렇다면, 제이가 직업이 없다고 해서, 우린 이제 어떻게 살아야 하나 걱정하고 있지는 않을 것이다.

단언컨대, 우리가 반드시 '좋은' 상태일 리는 없다. 일은 늘 생기는 법이니까. 음식을 구하기 어렵기도 했었고 뭔가 끊기기도 했었다. 일은. 늘. 있다.

우리는 아무 힘이 없을 수도 있다. 그러니까 생각해 보자는 거다. 내가 만난 적 없는 이 모든 사람들이 나보다 내 삶을 훨씬 더 많이 통제한다. 만일 크라운파가 우리 아빠를 죽이지 않았다면 그는 유명한 랩 스타가 되어 돈 따윈 아무 문제가 되지 않았을 수도 있다. 만일 마약 판매상이 임마에게 맨 처음 마약을 팔지 않았더라면 그녀는 벌써 학위를 따서 좋은 직업을 얻었을 터이다. 만일 그 경찰이 그 소년을 죽이지 않았더라면 사람들은 폭동을 일으키지 않았을 테고, 어린이집이 불타지 않았을 테고, 교회는 제이를 해고하지 않았을 것이다.

내가 만난 적 없는 이들이 내 삶을 주관하는 신이 되었다. 이제 난 다시 힘을 되찾아야겠다.

푸 이모가 방법을 알고 있으면 좋겠다.

셀틱스 셔츠 아래에 후드티를 입은 남자애가 먼지 쌓인 자전거를 타고 내게 가까이 왔다. 땋은 머리에 매단 구슬들이 투명하다. 그는 내게서 겨우 몇 센티 떨어져 브레이크를 밟았다. 몇 센티.

"야, 진짜로 칠 뻔했어." 내가 말했다.

조조가 숨죽여 낄낄거렸다. "치려는 거 아니었어."

조조는 열 살이 채 안 됐을 것이다. 얘는 푸 이모의 바로 위층 아파트에서 엄마랑 사는데 내가 여기 올 때마다 찾아와서 내게 말을 건다. 푸 이모는 얘가 내게 빠졌다고 생각하지만, 그건 아니다. 내 생각엔 이야기할 사람이 필요한 것 같다. 오늘은 아마도 내게 사탕을 달라고 할 것이다.

"킹 사이즈 스키틀즈 있어, 브리 누나?" 조조가 물었다.

"옙. 2달러야."

"2달러? 엄청 비싸네."

상당한 돈을 셔츠 앞에 핀으로 꽂아둔 걸 보니 분명 이 꼬마의 생일일 텐데, 간도 크게 가격을 불평하는 건가?

"하나, 입조심해." 내가 말했다. "둘, 가게에서도 똑같은 가격이야. 셋, 왜 학교에 안 간 거니?"

조조가 앞바퀴를 들어 올렸다. "누난 왜 안 갔는데?"

할 말 없군. 내가 백팩을 벗었다. "있잖아? 네 생일이니까, 내 규칙에 어긋나지만 한 봉지 공짜로 줄게."

내가 사탕을 건네자마자 조조는 봉지를 열고는 입 속에 몽땅 털어 넣었다.

내가 고개를 갸웃 젖혔다. "그럼?"

"고마워." 조조가 입 안 가득 사탕을 머금고 말했다.

"넌 예절을 배워야 해. 진짜로."

조조가 건물 사이의 뜰까지 나를 따라왔다. 사람들이 차를 주차한 탓에 이제 그곳은 대부분 흙투성이고 푸 이모와 그녀의 친구 스크랩이 앉아 있는 곳도 마찬가지였다. 스크랩은 머리의 반은 땋고 반은 아프로

스타일이어서, 마치 머리를 땋는 도중에 다른 일을 보러 자리에서 일어난 듯 보였다. 알고 보니 진짜 그랬다. 양말이 조리 샌들 바깥으로 삐져나온 채, 그는 믹싱볼에서 시리얼을 한 숟가락 가득 떠서 입에 밀어 넣고 있었다. 그와 푸 이모는 두 사람을 둘러싸고 서 있는 다른 GD 일당과 이야기하고 있었다.

푸 이모가 나를 보더니 차에서 뛰어내렸다. "왜 학교에 안 간 거야?"

스크랩과 GD 일당이 내게 일제히 고개를 돌렸다. 마치 내가 그들 가운데 하나라도 된다는 투다. 그런 말은 많이 들었다. "정학 맞았어." 내가 푸 이모에게 말했다.

"또? 뭣 때문에?"

난 차 위로 뛰어올라 스크랩 옆에 앉았다. "엉터리 같은 일."

그들에게 보안요원이 흑인과 갈색 아이들을 표적 삼아 감시하는 것에서부터 나를 어떻게 메다꽂았는지까지 전부 얘기했다. GD 일당이 고개를 지었다. 푸 이모는 피를 원하는 듯이 보였다. 조조가 자기라면 "그 경비들의 엉덩이를 걷어찼을" 거라고 하자 나만 빼고 모두가 웃었다.

"넌 아무것도 못했을 거야, 꼬맹아." 내가 말했다.

"울 엄마를 걸고 맹세하지." 푸 이모가 단어 하나하나마다 손뼉을 쳤다. "울 엄마를 걸고 맹세하는데 걔들 사람 잘못 건드렸어. 걔네가 누군지 알려줘, 내가 그 멍청이들 확실히 손봐줄게."

푸 이모는 0에서 곧바로 100으로 가는 게 아니라, 냉정함에서 곧바로 없앨 준비됨으로 넘어간다. 하지만 난 그녀가 롱과 테이트 때문에 감옥에 가기를 바라지 않는다. "그럴 가치도 없는 사람들이야, 이모."

"며칠 받았어, 브리?" 스크랩이 물었다.

헐. 그는 마치 내가 교도소라도 가게 된 듯이 말했다. "3일."

"나쁘지 않군." 그가 말했다. "캔디도 빼앗겼어?"

"아니, 왜?"

"그럼 스타버스트 좀 줘."

"1달러야." 내가 그에게 말했다.

"현금 없는데. 그럼 내일 줄게."

이 멍청이가 줄 리가 없다. "그럼 스타버스트도 내일 받아."

"젠장, 고작 1달러 가지고." 스크랩이 말했다.

"젠장, 고작 24시간 가지고." 내가 스크랩의 목소리를 최대한 흉내 내 말했다. 푸 이모와 다른 사람들이 마구 웃어댔다. "외상은 안 줘. 과자 십계명에 위배되는 거야, 친구."

"과자 뭐?" 그가 말했다.

"요오! 그거야!" 푸 이모가 손등으로 내 팔을 쳤다. "얘들아, 얘가 비 아이지의 〈텐 크랙 커맨드먼츠〉Ten Crack Commandments를 개작했어. 이것도 엄청 끝내줘. 브리, 읊어 봐."

이런 식으로 흘러간다. 내가 쓴 라임들을 푸 이모에게 들려주면 이 모가 대대적으로 선전을 하고 자기 친구들 앞에서 랩으로 불러보라고 한다. 믿으시라, 으웩일 경우, 건달이 맨 먼저 알려줄 것이다.

"좋아." 난 후드를 급히 뒤집어썼다. 푸 이모는 자동차의 보닛을 두드려 리듬을 맞췄다. 뜰에 있던 많은 사람들이 서서히 모여들었다.

난 리듬에 맞춰 고개를 까닥였다. 취한 듯 붕 뜬 기분이었다.

이 사업도 이제 몇 달 됐어, 돈도 점점 쌓였어.

규칙도 몇 개 만들었지, 비아지를 참고했지.

새로 만든 것도 두어 개 있어, 내가 지킬 것들이야.

군것질 장사가 잘 굴러가야 하니까.

첫째로, 아무도 몰라야 해,

내가 얼마나 벌었는지, 사실이잖아.

돈에 눈 뒤집히는 게 사람이잖아, 그렇잖아.

돈 없으면 아무것도 못하잖아. 금방 채갈 거잖아.

둘째로, 다음 계획은 비밀에 부쳐야 해.

모르잖아, 적수의 야심과 야망.

나랑 같을지 모르는 거잖아?

목 좋은 자릴 차지해버릴지 모르는 거잖아.

셋째로, 소니와 릭만 믿어야 해.

걔들을 보면 기운이 솟아. 그래, 재미가 있어.

후드와 마스크를 써. 어, 2달러를 버는 거야

텅 빈 운동장에 불쑥 등장하는 거야.

넷째는 정밀로 중요해.

장사하는 동안 장사할 물건은 먹지 말아야 해.

다섯째, 동네에선 저질 물건을 팔지 말아야 해.

취급 불가 물건을 달라고 하면, 전염병 얘길 해.

여섯째, 환불요구? 절대 불가야.

물건을 팔고, 돈을 챙기고, 사람들을 떠나보내고, 그러면 끝.

일곱째, 이걸 들으면 사람들이 들고 일어날 거야.

외상은 안 돼, 할인도 안 돼, 울 엄마한테도 안 돼.

가족과 사업은 내 맘대로 안 돼, 방귀와 꼬르륵 소리처럼 내 맘대로 안 돼.

난 소릴 지르게 돼, "젠장, 이거 뭐야?"

여덟째, 돈은 절대 주머니에 보관하지 않는 거야.

지갑은 안 돼. 예금해. 금고는 돼, 금고에 보관해.

아홉째는 첫째 규칙만큼이나 내겐 나쁜 거야.

어디 있든 경찰을 경계해야 해.

경찰한테 한번 의심을 사면, 내 말 따윈 안 들을 거야.

총알이 튀어나가고 난 소셜미디어의 얘깃거리가 될 거야.

열 번째로, 두 단어―완벽한 타이밍.

줄이 늘어서길 원한다면? 일찍 일어나는 새가 돼야 해.

고객을 놓친다면? 그건 정말 안 될 일이야.

날 못 만난다면, 곧장 가게로 직행하겠지.

이 규칙들을 따른다면, 난 돈을 쓸 수 있게 돼.

필요한 걸 사고, 청구서를 지불하고,

더 많은 쿠키를 팔 거야, 유명한 에이모스보다 더 많이 팔 거야.

엄마와 아빠를 걸고, 최고로 위대한 비아이지에게 맹세해.

"어때?" 난 랩을 끝냈다.

입을 모은 "오오오!" 소리가 커졌다. 조조의 입이 크게 벌어졌다. GD 일당 두어 명이 내게 절을 했다. 결단코 여기에 비길 만한 건 없다. 그래, 이들은 건달들이고 온갖 역겨운 짓들을 해서 난 알고 싶지도 않다. 하지만 아주 솔직히, 난 이들이면 충분하고 그들도 나로 충분하다.

"좋아, 좋아." 푸 이모가 그들에게 소리 내어 말했다. "슈퍼스타에게 개인적으로 할 얘기가 있어. 너희들은 가 봐."

스크랩과 조조만 빼고 모두들 떠났다.

푸 이모가 조조의 머리를 가볍게 밀었다. "가 봐, 이 꼬마 말썽쟁이야."

"헐, 푸! 언제쯤 날 승인해줄 거야?"

가든 디사이플파 조직원에게처럼 색깔을 승인해 달라는 뜻이다. 이 꼬맹이는 항상 가든 디사이플파에 들어가려고 열심인데, 그게 메이플 그로브 야구팀이라도 되는 줄 아는 모양이다. 얘는 내가 아는 동안 내내 GD파의 신호인 녹색을 두드러지게 하고 다녔다.

"절대 안 돼." 푸 이모가 말했다. "이제 가."

조조가 타이어펌프에서 바람 빠지는 소리를 냈다. "이런." 그가 신음 소리를 내더니 페달을 밟으며 멀어졌다.

푸 이모가 아직도 떠나지 않고 있던 스크랩에게 몸을 돌렸다. 그녀가 고개를 젖혔다. 마치 너는? 이라고 하는 듯했다.

"뭐?" 그가 말했다. "이건 내 차야. 내가 원하면 있을 수 있어."

"이런, 어쨌든지." 푸 이모가 말했다. "괜찮겠니, 브리?"

내가 어깨를 으쓱했다. 이상하다. 롱이 나를 '깡패'라고 부른 이후, 마치 그 단어가 내 이마에 낙인으로 찍힌 듯했고, 난 그걸 떨쳐버릴 수 없었다. 내가 거기에 지나치게 신경 쓰는 게 싫다.

"너 정말 내가 그 경비들 손봐주지 않아도 되겠어?" 푸 이모가 물었다.

그녀가 너무 진지해서 겁이 날 정도였다. "정말이야."

"좋아. 알았어, 언제든 말만 해." 그녀가 블로우 팝의 껍질을 벗겨서 입에 넣었다. "제이는 이 일을 어떻게 할 거야?"

"제이는 내가 그 학교를 그만두게 하지 않을 테니까, 그건 중요하지 않아."

"뭐라고? 너 가든 고등학교에 가고 싶은 거야?"

난 무릎을 당겼다. "적어도 거기서는 투명인간은 아닐 테니까."

"넌 투명인간이 아냐." 푸 이모가 말했다.

내가 콧방귀를 끼었다. "내 말 맞아, 난 본래가 투명 망토를 걸치고 돌아다니는 사람이야."

"투명 뭐?" 스크랩이 물었다.

내가 그를 노려보았다. "제발 농담한 거라고 해줘."

"일종의 괴짜들 얘기야, 스크랩." 푸 이모가 말했다.

"음, 인정. 하지만 해리포터는 하나의 문화 현상이야."

스크랩이 계속했다. "오오오. 개랑 반지랑 친구들 나오는 그거 맞지? '마이 프레에서스.'" 그가 최대한 골룸 목소리를 흉내 내며 말했다.

난 포기다.

"말했듯이, 괴짜들 얘기야." 푸 이모가 말했다. "어쨌든, 미드타운의 멍청이들이 널 알아보지 못한다고 해서 걱정하지 마, 브리. 들어 봐." 그녀는 자동차 범퍼에 발을 기댔다. "고등학교는 끝도 시작도 아냐. 중간도 아니지. 사람들이 알든 모르든 넌 이제 막 큰일을 시작하려는 중이야. 난 알아. 어젯밤에 모두들 지켜봤어. 네가 그걸 알고 있는 한, 그게 중요한 거야."

가끔씩 그녀는 나만의 요다가 된다. 여자이고 골드 그릴을 한 요다. 불행히도 그녀는 요다가 누군지 모른다. "그래, 이모가 맞아."

"내가 어떻다고?" 그녀가 손을 귀에 가져다댔다. "잘 안 들려. 뭐라고?"

내가 웃었다. "이모가 맞다고, 이런!"

그녀가 내 후드를 잡아당겨 내 눈을 가렸다. "나도 그렇게 생각해. 근데 여기는 어떻게 왔어? 엄마가 일하러 가는 길에 떨어뜨려 준 거야? 너네 고집불통 씨 대신 애보기 해야 한다고 나한테 말했어야지."

오.

처음에 내가 왜 이곳에 왔는지 잊고 있었다. 난 짝퉁 팀버랜드를 노려보았다. "제이가 해고됐어."

"오, 망할." 푸 이모가 말했다. "진짜야?"

"옙. 교회에서 엄말 내보내야 어린이집을 수리할 수 있대."

"젠장, 이런." 푸 이모가 얼굴을 훔쳤다. "괜찮아?"

잭슨 집안 사람은 울 수는 없지만, 진실을 말할 수는 있다. "아니."

푸 이모가 나를 끌어안았다. 이모만큼이나 냉정한 방식이지만 그녀의 포옹은 최고다. 왠지 "널 사랑해"와 "널 위해서라면 뭐든 할 거야"를 동시에 말하는 듯한 포옹이다.

"괜찮아질 거야." 푸 이모가 속삭였다. "나도 거들게, 알겠지?"

"알잖아, 제이가 그렇게 하게 두지 않을 거야." 제이는 푸 이모의 돈은 절대 받지 않는다. 그 돈이 어디서 나는지 알기 때문이다. 이해한다. 마약 때문에 거의 망가질 뻔했다면 나라도 마약으로 벌어들인 돈은 받지 않을 것이다.

"고집불통." 푸 이모가 중얼거렸다. "지금 엄청 무서울 거라는 거 알아. 하지만 언젠가 돌아볼 날이 있겠지. 그러면 아주 오래 전처럼 느껴질 거야. 이건 2보 전진을 위한 1보 후퇴야. 그렇다고 우리가 날아오르는 걸 막지는 못해."

그게 바로 우리가 목표라고 부르는 것이다, 날아오르는 것. 마침내 랩으로 성공했을 때를 가리킨다. 난 지금 '가든을—벗어나서—다시는—돈—걱정—않을—만큼—충분히—돈을—번—성공'을 말하는 거다.

"나도 뭔가 해야겠어, 이모." 내가 말했다. "제이가 일자리를 찾고 있는 건 알아. 트레이도 일하고 있고. 하지만 난 버거운 짐이 되고 싶진 않아."

"무슨 소리 하는 거야? 넌 버거운 짐이 아냐."

아니, 짐이다. 엄마와 오빠가 힘껏 애썼기에 내가 먹을 수 있고 내 머리를 누일 곳이 있다. 그런데 내가 할 일은 뭐가 있을까? 전혀 없다. 제이는 내가 일 하기를 바라지 않는다. 내가 온전히 학업에만 집중하기를 바란다. 난 캔디 장사를 골랐다. 내 스스로 몇 가지 것들을 해결하면 도움이 될 거라고 생각했다.

더 많은 걸 해야 하는데 내가 할 줄 아는 거라고는 랩뿐이다.

자, 현실적으로 생각해 보자. 나도 모든 래퍼가 부자가 아니라는 건 안다. 그들의 모습 전부가 카메라 앞에서 꾸며낸 거지만, 그런 가짜들조차 나보다 돈이 많다. 게다가 백만 달러짜리 계약도 고마운 척할 필요가 없는 디-나이스 같은 사람들도 있다. 그는 패를 적절히 써서 성공을 거머쥔 것이다.

"랩 관련 일로 풀려야 해." 내가 푸 이모에게 말했다. "지금처럼."

"알겠어, 좋지? 안 그래도 너한테 전화하려던 참이었어. 그 배틀 때문에 다들 난리야. 바로 좀 전에 널 위해 일을 좀 벌였어."

"진짜?"

"우후. 우린 널 링에 다시 세울 거야. 네 이름을 알리는 데 도움이 되겠지."

이름? "그래, 근데 돈은 못 벌겠지."

"나만 믿어, 알겠지?" 그녀가 말했다. "게다가 그게 전부가 아냐."

"또 뭐가 있는데?"

그녀가 턱을 문질렀다. "근데 네가 이걸 할 수 있을지 모르겠다."

세상에. 지금이 질질 끌 땐가? "그냥 말해, 참내!"

푸 이모가 웃었다. "알았어, 알았어. 어젯밤 배틀이 끝나고 어떤 프로듀서가 나한테 와서 명함을 주더라. 아까 일찍 그에게 전화해서, 그가 비트를 만들고 넌 내일 스튜디오에 가는 걸로 약속을 잡았어."

난 눈을 깜박였다. "내가…… 내가 스튜디오에 간다고?"

푸 이모가 활짝 웃었다. "옙."

"내가 노래를 만든다는 거야?"

"그렇지."

"예에에에에!" 난 주먹을 입에 가져다 댔다. "진짜? 진짜지?"

"그래 진짜! 내가 일 벌일 거라고 했잖아!"

헐. 열 살 때부터 줄곧 스튜디오에 가는 걸 꿈꿨다. 귀에는 헤드폰을 끼고 손에는 브러시를 마이크처럼 들고 니키 미나즈의 랩을 따라 하면서 목욕탕 거울 앞에 서 있곤 했다. 그런데 이제 내 노래를 만들게 된 거다.

"젠장." 작은 문제가 하나 있다. "근데 어떤 노래를 해야 하지?"

공책에 노래가 너무 많다. 게다가 아직 적어 놓지 못한 아이디어는 훨씬 더 많다. 이건 내 최초의 진짜 노래다. 딱 어울리는 곡이어야 한다.

"봐봐, 어떤 곡을 하든 끝내줄 거야." 푸 이모가 말했다. "불안해하지 마."

스크랩이 시리얼을 한 숟가락 가득 떠서 입에 넣었다. "너랑 배틀을 벌였던 개의 노래 같은 그런 곡이 필요해."

"그 쓰레기 같은 〈스웨저리픽〉 말이야?" 푸 이모가 물었다. "야, 여기서 나가자! 저 놈은 도대체 깊이를 모르네."

"깊이 있을 필요 없어." 스크랩이 말했다. "어젯밤 마일즈는 졌지만 그 노래는 정말 기억하기 쉬워서 더욱 더 많은 사람들이 그 노래 얘기를 하고 있어. 오늘 아침엔 그 쓰레기 같은 노래가 열풍이야."

"잠깐." 내가 말했다. "그러니까 내가 배틀에서 이겼고 분명 더 훌륭한 래퍼지만 사람들은 걔한테 열광하고 있다는 거지?"

"말하자면 그렇지." 스크랩이 말했다. "링에서는 모두들 널 좋아했으니까 네가 인기투표에서는 이긴 거야. 하지만 그래도 선거에서는 진 거지. 유명해진 건 괜찮아?"

내가 머리를 흔들었다. "속단하지 마."

"정곡을 찔렀지?" 그가 말했다. 그는 스크랩이다. 가끔씩 정곡을 찌르는 말을 하니까 스크랩인 거다.

"야, 그건 걱정하지 마, 브리." 푸 이모가 말했다. "그 멍청이가 그런 쓰레기 같은 노래 덕분에 부풀려질 수 있다면 내가 알기로 넌—"

"푸!" 비쩍 마른 나이 든 남자가 뜰을 지그재그로 가로질러 왔다. "얘기 좀 할까!"

"이런, 토니!" 푸 이모가 투덜거렸다. "지금 한창 중요한 얘기 중이야."

그렇게 중요하진 않은가 보다. 그녀가 그에게 갔다.

나는 입술을 깨물었다. 나는 그녀가 어떻게 그런 일을 하는지 모르겠다. 실제로 약을 파는 부분을 말하는 게 아니다. 그녀는 그들에게 물건을 건네고 그들은 그녀에게 돈을 건넨다. 간단하다. 내 말은 한때 다른 불법 마약 판매상을 통해 우리 엄마이자 그녀의 언니가 마약중독자가 됐던 걸 알면서 어떻게 그 일을 할 수 있는지 모르겠다는 거다.

하지만 이번 랩 관련 일이 잘 되면 그녀가 모든 걸 관둘 수도 있을 것이다.

"진지하게 말하는데, 브리." 스크랩이 말했다. "마일즈가 온통 관심을 받고 있지만, 넌 자부심을 가져도 돼. 넌 재능이 있어. 내 말은, 갠 부풀려져 있다는 거야. 그리고 나도 너한테 무슨 일이 생길지는 모르지만 암튼 넌 재능이 있어.”

이건 도대체 무슨 이도저도 아닌 칭찬이란 말인가? “고마워?”

“가든에는 네가 있어야 해, 진짜.” 그가 말했다. “너네 아빠가 막 뜨려고 했을 때가 기억나. 근처에서 뮤직 비디오를 찍을 때마다 어린 난 거기에 끼려고 애를 썼지. 그냥 그가 있는 곳에 있고 싶었어. 그는 우리에게 희망을 줬어. 여기는 좋은 일이라고는 생기기 힘든 곳이잖아, 알지?”

푸 이모가 토니의 떨리는 손에 뭔가를 넘기는 게 보였다. “그래, 알아.”

“근데 넌 좋아질 수 있어.” 스크랩이 말했다.

난 그런 식으로 생각해 보지 못했다. 그렇게 많은 사람들이 우리 아빠를 우러러봤다는 사실도. 그의 음악을 즐겼을까? 그랬겠지. 그런데 그가 사람들에게 희망을 줬다고? 그가 ‘가장 깨끗한’ 래퍼여서는 아니었던 듯하다.

하지만 가든에서 우리는 우리만의 영웅을 만든다. 공영주택단지에 사는 아이들은 푸 이모가 돈을 주기 때문에 푸 이모를 사랑한다. 그들은 그녀가 그 돈을 어떻게 버는지 상관하지 않는다. 우리 아빠는 더러운 일에 대해 얘기했다, 그렇다. 하지만 그건 이 주변에서 일어나는 일들이다. 그게 그를 영웅으로 만들었다.

어쩌면 나도 영웅이 될 수 있겠지.

스크랩이 그릇에 남은 우유를 후루룩 마셨다. “스웨저리픽, 그래 날 멋쟁이라 불러.” 그가 어깨를 살짝 들썩이며 랩을 했다. “스웨저-리픽, 스웨저-리픽……, 스웩, 스웩, 스웩…….”

7

우리 오빠의 차에 대해 이야기하자면, 나타나기 전에 먼저 소리부터 들린다.

스크랩은 계속 〈스웨저리픽〉의 랩을 하고 있었고 너무나도 익숙한 털털거리는 소리가 점점 가까워졌다. 할아버지는 트레이가 배기관을 갈아야 한다고 했다. 트레이는 새 배기관으로 바꾸려면 돈이 있어야 한다고 했다.

구형 혼다 시빅이 메이플 그로브 주차장으로 들어오자 늘 그렇듯 사람들이 그 방향으로 고개를 돌렸다. 트레이는 주차를 하고 내려서는 나를 곧장 쳐다보는 듯했다.

이런. 좋지 않다.

그가 주차장을 가로질렀다. 집으로 다시 이사를 들어온 이후 그는 머리와 수염을 자르지 않았다. 할아버지는 그가 위기에 처한 중년처럼 보인다고 했다.

할머니는 트레이가 우리 아빠를 쏙 빼닮았다고 했다. 둘은 심지어 보조개까지 거의 똑같아 보인다. 제이는 그의 걸음걸이도 아빠와 같다고 주장하는데, 그는 마치 벌써 모든 걸 안다는 듯이 거들먹거리며 걷는다. 그는 샬즈 피자가게의 유니폼인 가슴에 피자 조각 로고가 박힌 녹색 폴로셔츠와 맞춤 모자를 쓰고 있었다. 그는 일하러 가는 중이어야 했다.

뜰에 있던 GD파 하나가 그를 알아보고 무리 가운데 하나를 찔렀다. 곧이어 모두가 트레이를 쳐다봤다. 능글능글 웃으며.

내게 가까워졌을 때 트레이가 말했다. "핸드폰은 폼으로 가지고 다니니, 어?"

"오빠도 좋은 아침."

"널 찾느라 여기저기 운전을 얼마나 하고 다녔는지 알아, 브리? 우리 모두 걱정돼서 죽을 뻔했어."

"제이한테 산책 간다고 했어."

"어디로 가는지 얘기했어야지." 그가 말했다. "전화는 왜 안 받은 거야?"

"무슨 말이야─" 난 후드티의 주머니에서 핸드폰을 꺼냈다. 젠장. 그와 제이한테서 엄청난 문자와 부재중 전화가 들어와 있었다. 소니와 말릭도 문자를 했다. 맨 위쪽 귀퉁이의 조그만 반달 모양이 내가 몰랐던 이유를 설명해주었다. "미안. 학교에서 방해금지 모드로 설정해뒀었는데 푸는 걸 깜박했어."

트레이가 피곤한 듯이 얼굴을 훔쳤다. "너─"

뜰 건너편 GD파 일당들 사이에서 웃음이 터져 나왔다. 그들 모두 트레이를 쳐다보고 있었다.

트레이는 곧장 그들을 되쏘아보았다. 마치 **무슨 문제 있어?** 라는 듯이.

푸 이모가 왔다. 역시나 능글능글 웃고 있었다. "여어 친구." 그녀가 돈을 주머니에 찔러 넣으며 말했다. "뭐하는데?"

"동생 찾으러, 왜?"

"아니, 인마." 그녀의 눈이 그를 머리에서 발끝까지 훑었다. "이거 말야! 너 피자가게 종업원이야? 야아, 트레이. 진짜야?"

스크랩이 웃음을 터뜨렸다.

난 하나도 웃기지 않다. 오빠는 일을 찾느라 한참이 걸렸고, 피자 만드는 건 '목표'가 아니고 해나가는 '과정'이다.

"내 말은, 젠장." 푸 이모가 말했다. "대학에서 그 시간을 보내는 동안 훌륭한 성적의 교내 실력자였는데, 젠장 결과가 이거냐는 거지!"

트레이의 턱이 움찔거렸다. 둘이 싸우는 건 별일도 아니다. 트레이는 보통 참지 않는다. 푸 이모가 그보다 나이가 아주 많지 않기 때문에 "어른을 공경하라" 따위는 쓸모없는 말이다.

하지만 오늘은 그가 말했다. "있지? 미성숙하고 불안정한 사람들 상대할 시간 없어. 가자, 브리."

"미성숙? 불안정?" 푸 이모가 그 단어들이 불쾌하다는 듯이 말했다. "지금 무슨 소리 하는 거야?"

트레이가 나를 끌고 주차장으로 향했다.

우리는 GD 일당을 지났다. "어째서 그 대단한 사람 아들이 피자나 만들고 있는 거야?" 그중 하나가 말했다.

"이런 나약한 녀석인 걸 알면 로가 무덤에서 벌떡 일어날걸." 다른 하나가 머리를 흔들며 말했다. "그나마 아줌마가 쟤라면 껌벅 죽으니 다행이지."

트레이는 그들에게 대꾸하지 않았다. 그는 늘 "로의 아들이 되기에는 너무 범생이"였다. 너무 무르고, 이 거리에도 맞지 않고, 이 지역에도 어울리지 않았다. 하지만 그는 신경 쓰는 것 같지 않았다.

우리는 차에 탔다. 사탕 껍질, 영수증, 패스트푸드 봉지, 그리고 종이가 온통 여기저기 널려 있었다. 트레이는 엄청 너저분했다. 내가 안전벨트를 매자 트레이가 차를 뺐다.

그가 한숨을 쉬었다. "너한테 덤벼든 것처럼 보였다면 미안해, 쪼끔아."

나를 이렇게 부른 건 우리 가족 중에 트레이가 처음이었다. 우리 부모님이 나를 집에 데려왔을 때, 모두들 나한테 왜 그렇게 홀딱 빠졌는지 그는 이해하지 못했다. 왜냐하면 난 그저 "많이가 아니라 쪼끔 귀여웠기" 때문이다. 그게 습관이 됐다.

분명히 말하는데, 난 아주 많이 귀여웠다.

"걱정 많이 했어." 그가 말했다. "엄만 널 찾으려고 할아버지 할머니에게 물어보려고까지 했어. 알잖아, 그렇게 할 경우 안 좋은 거."

"정말?" 할머니는 엄마가 그 일을 결코 잊게 내버려두지 않았을 것이다. 진지하게 말하는데, 할머니는 내가 자라 아이가 생기고, 자신의 죽음이 코앞에 닥쳐서까지 제이에게 "내 손자손녀들을 찾지 못해 도와달라고 내게 전화했을 때 기억하지?"라고 할지도 모른다.

이런 일에서 옹졸함은 힘이 세다.

"그래, 진짜." 트레이가 말했다. "그런데, 공영주택단지에서는 어슬렁거리지 않는 게 좋아."

"그렇게 나쁜 곳은 아냐."

"가슴에 손을 얹고 생각해 봐. 그리 나쁘지 않다고? 충분히 나빠. 푸가 하는 온갖 일들을 생각하면, 그 주위에서 얼쩡거리는 건 도움이 되지 않아."

"나한테는 아무 일도 없게 할 거야."

"브리, 푸는 자기 자신에게 일어나는 일도 막지 못해." 그가 말했다.

"이모가 아까 한 말은 정말 유감이야."

"신경 쓰지 않아." 그가 말했다. "자신이 처한 상황에 자신이 없어서 스스로 기분을 달래려고 날 괴롭힌 거야."

심리학 학위 덕분에 우리 오빠는 전문가처럼 사람들의 마음을 읽는다. "그렇다고 그게 정당화되지는 않아."

"어쩔 수 없지. 근데 난 내가 아니라 네 얘기를 하고 싶은데. 엄마가 학교에서 일어난 일을 얘기해 줬어. 기분 어때?"

눈을 감으면 아직도 롱과 테이트가 나를 땅바닥에 메다꽂던 일이 눈앞에 생생하다. 아직도 그 단어가 들린다. '깡패.'

망할 단어 하나에 내가 온통 휘둘리는 느낌이다. 하지만 난 트레이에게 "괜찮아"라고 했다.

"그래, 그럼 덴젤 워싱턴이 내 아빠다."

"젠장, 진짜야? 좋은 유전자는 거르고 받은 거야, 어?"

그가 나를 흘겨보았다. 난 씩 웃었다. 그의 화를 부추기는 게 내 취미다.

"멍청이." 그가 말했다. "근데 진짜로, 말해 봐, 브리. 기분이 어때?"

나는 머리를 뒤로 기댔다. 오빠가 심리학을 전공한 데는 두 가지 이유가 있다. 첫째, 누군가 우리 엄마처럼 끝장나는 일을 막고 싶어서라고 했다. 트레이는 만일 제이가 아빠의 죽음을 목격한 후에 상담을 받았더라면 그 트라우마를 처리하느라 마약의 도움을 구하지는 않았을 거라

장담했다. 둘째, 그는 늘 다른 사람의 감정에 관심이 많다. 항상. 이제 그는 참견꾼 면허를 보증하는 학위도 있다.

"난 그 학교에 질렸어." 내가 말했다. "늘 나만 지목해, 트레이."

"그들이 너를 지목할 만한 빌미를 제공하지 않아야 한다는 생각은 해봤어?"

"잠깐, 오빠 내 편이어야 하는 거잖아!"

"난 네 편이야, 브리. 그들이 널 항상 교장실로 보내는 건 엿 같은 일이야. 하지만 너도 조금은 냉정해야 해. 넌 전형적인 적대적 반항 장애야."

트레이 박사 납시오. "진단하려 들지 마."

"난 그냥 사실을 말하는 거야." 그가 말했다. "넌 따지기 좋아하고 반항하는 성향이 있어, 충동적으로 말하고 쉽게 화를 내."

"안 그래! 취소해!"

그가 입술을 오므렸다. "내가 말했지, 적대적 반항 장애."

난 뒤로 기대 앉아 팔짱을 끼었다. "뭐든."

트레이가 웃음을 터뜨렸다. "넌 이 지점에서 예측 가능하지. 근데 어젯밤에는 적대적 반항 장애가 네게 도움이 된 것 같더라. 링에서 승리한 거 축하해." 그가 내게 주먹을 내밀었다.

내가 주먹을 부딪쳤다. "배틀 본 거야?"

"시간이 없었어. 카일라가 문자해 줬어."

"누구?"

그가 눈을 굴렸다. "미즈 티크."

"오오오오." 그녀의 진짜 이름을 잊고 있었다. "둘이 같이 일하다니, 짱 멋진데." 미즈 티크처럼 멋진 사람이 먹고 살려고 피자를 만들어야 한다는 게 좀 슬프긴 하다. "난 미즈 티크 주위를 맴도는 팬이 될 거야."

트레이가 킬킬거렸다. "마치 비욘세라도 된다는 투네?"

"맞아! 미즈 티크는 링의 비욘세야."

"그래, 특별하지."

그 순간 보조개가 파였다는 걸 아마 그는 깨닫지 못했을 것이다.

난 눈썹을 치켜 올리며 머리를 조금 뒤로 당겼다.

내가 지켜보는 걸 트레이가 알아차렸다. "왜?"

"그녀의 제이지가 되려고 노력하는 중이야?"

그가 웃었다. "그만해. 너에 대해 얘기하기로 했었잖아." 그가 내 팔을 찔렀다. "네가 달아나기 전에 엄마가 직장에 대한 뉴스를 터뜨렸다고 그러던데. 그거에 대해선 기분이 어때?"

트레이 박사가 아직 근무 중이다. "무서워." 내가 인정했다. "우린 벌써 힘든데, 이제 더 힘들어질 일만 남았잖아."

"그렇겠지." 그가 말했다. "나도 거짓말은 못 해. 학자금 대출과 자동차 할부 사이로 내 수표 대부분이 이미 사라져버렸어. 엄마가 새 직장을 구하거나 내가 더 나은 직장을 구할 때까지 상황은 훨씬 더 빡빡해질 거야."

"구직은 어떻게 돼 가는데?" 그는 살즈에서 일한 첫날부터 쭉 뭔가를 찾고 있다.

트레이가 손가락으로 머리카락을 빗었다. 그는 정말로 머리를 잘라야 할 필요가 있었다. "괜찮아. 그냥 시간이 좀 걸리는 거야. 학교로 돌아가 석사 공부를 하는 걸 생각해봤어. 그러면 훨씬 더 많은 문을 열 수 있을 거야, 그치만......."

"그치만 뭐?"

"일할 시간을 몇 시간 줄여야 해. 그래도 문제없어."

아니, 그렇지 않다.

"하지만 너한테 이건 약속해." 그가 말했다. "무슨 일이 생기든, 잘될 거야. 너의 신, 전지전능한 오빠가 장담할게."

"나한테 또 다른 오빠가 있는 줄 몰랐는데?"

"이런 까탈쟁이!" 그가 웃었다. "하지만 잘 될 거야, 알겠지?" 그가 다시 주먹을 내게 내밀었다.

내가 주먹을 부딪쳤다. 트레이 박사의 시계에서는 모든 일이 잘못 될 수가 없다.

그래도 이 일까지 해결해야 하다니 안 됐다. 그는 가든 하이츠로 돌아오지 말았어야 했다. 마캄에서 그는 왕이었다. 문자 그대로, 그는 동창회의 왕이었다. 모두들 그를 교내 제작 영화의 주연으로, 고적대의 지휘자로 알고 있다. 그는 대학을 우등으로 졸업했다. 처음엔 그곳에 가기 위해 필사적이었지만, 결국엔 이곳으로 돌아와 피자가게에서 일하는 것으로 끝이 났을 뿐이다.

말도 안 되는 일이다, 그리고 그게 나를 두렵게 한다. 모든 일을 '제대로' 하는 트레이도 할 수 없는데 누가 할 수 있단 말인가?

"좋아. 그럼 너의 적대적 반항 장애." 그가 말했다. "그 근원을 캐볼 필요가 있어. 그 다음에—"

"난 적대적 반항 장애가 아냐." 내가 말했다. "그 얘기는 그만해."

"그 얘기는 그만해." 그가 따라했다.

"내 말 따라하지 마."

"내 말 따라하지 마."

"넌 멍청이야."

"넌 멍청이야."

"브리가 맞아."

"브리가 마—" 그가 나를 쳐다보았다.

내가 씩 웃었다. 잡았다.

그가 내 어깨를 밀었다. "똑똑한 녀석."

내가 웃음을 터뜨렸다. 상황이 끔찍할수록, 오빠가 골칫덩이에게 관대할수록, 같이 겪어낼 오빠가 있어서 기쁘다.

8

다음날 아침 일어났을 때, 헤드폰이 미끄러져 머리에 걸려 있었고 그 안에서는 아빠의 랩이 흘러나왔다. 난 아빠의 랩을 들으며 잠이 들었다. 그의 목소리는 할아버지만큼이나 깊었고 때로 쉿소리가 났으며, 그가 랩으로 읊어대는 것들만큼이나 견고했다. 내게 그것은 포옹만큼이나 포근했다. 늘 나를 잠들게 했다.

핸드폰에 따르면 지금은 아침 8시. 푸 이모가 한 시간쯤 후에 이리로 와서 나를 스튜디오에 데리고 갈 것이다. 난 어젯밤 내내 공책을 훑어보며 어떤 노래를 녹음할지 생각해봤다. 〈비무장이지만 위험해〉Unarmed and Dangerous라는 곡이 있다. 그 소년이 살해당한 후에 그 곡을 썼다. 하지만 처음부터 내가 정치색을 띠고 싶은 건지는 모르겠다. 〈사실을 말해〉State the facts라는 곡도 있다. 이건 개인사를 너무 드러낸다. 난 아직 거기까지는 준비가 안 됐다. 〈나아가 일 하라〉Hustle and Grind라는 곡도 있다. 이건 잠재력이 있다. 특히 후크 부분이.

하지만 모르겠다. 진짜로 모르겠다.

집안 어디선가 웃음소리가 들리고, 곧바로 "쉬! 우리 애들 깨겠다!"는 소리가 이어졌다.

나는 헤드폰을 벗었다. 토요일 아침이니 그 웃음소리가 누구의 것인지 알고 있다.

난 트위티가 그려진 슬리퍼를 발에 끼웠다. 파자마와도 맞춤이다. 난 언제까지나 요 작은 노랑새를 좋아할 것이다. 난 목소리를 따라 부엌으로 갔다.

제이가 식탁에, 마약 중독 회복자들에게 둘러싸여 있었다. 한 달에 한 번 토요일에 그녀는 거리에서 지낼 때 알던 사람들과 모임을 갖는다. 그녀는 그 모임을 출석체크 모임이라고 불렀다. 커뮤니티센터에서 그 모임을 했었는데 자금이 바닥나 중지할 수밖에 없었다. 제이는 자신이 그 프로그램을 계속해야겠다고 마음먹었다. 이들 가운데 몇은 장족의 발전을 이루었다. 미스터 다릴 같은 경우인데 6년 동안 약을 하지 않았고 지금은 건축현장에서 일한다. 미즈 팻은 최근에 대학 입학자격 검정시험에 합격했다. 미즈 소냐와 같은 다른 사람들은 가끔씩 모습을 보인다. 제이는 그녀가 다시 약에 손을 대는 게 부끄러워 멀어졌다고 했다.

소니와 말릭의 엄마도 있다. 지나 이모는 무릎 위에 팬케이크 접시를 놓은 채 조리대에 앉아 있다. 첼 이모는 벌써 싱크대에서 접시를 닦기 시작했다. 그들은 마약에 손을 댄 적이 없지만 제이를 도와 아침을 만들고, 달리 식사를 제대로 할 방도가 없는 미즈 소냐 같은 사람들을 위해 점심 도시락을 만드는 것까지 기꺼이 도맡았다.

때로 우리도 간신히 음식을 먹을 때가 있지만, 제이는 우리와 이 사람들을 먹일 방법을 찾아냈다.

난 그게 감동적인지 짜증스러운지 모르겠다. 어쩌면 둘 다일 것이다.

"정말이야, 팻." 제이가 말했다. "너네 엄마가 와서 아이들을 보여줄 거야. 엄마의 신뢰를 얻기 위해 계속 노력해. 그래 절망감도 이해해. 아무렴 이해하고말고. 재활 치료가 끝나고 우리 시부모님 때문에, 우리 애들 문제로 나도 애 많이 먹었어."

내가 이런 이야기를 들어도 되는지 모르겠다.

"내가 말하는 건 소송들, 감독관 동반 방문 그런 거예요. 우리 애들이랑 시간을 보낼 때 모르는 사람이 감독하면 어떨 거 같아요? 이 튼 살자국들은 걔네 큰 머리통을 세상에 데려오느라 생긴 거예요. 걔네에 대한 내 말을 안 믿는군요?"

다른 사람들이 킬킬댔다. 음, 내 머리는 보통 크기다, 감사하게도.

"난 화가 났어." 제이가 말했다. " 모두들 내 실수들을 내게 들이미는 것 같았지. 아직도 가끔씩 그런 느낌이 들어. 특히 이렇게 구직을 하고 있으면."

"사람들이 힘들게 해?" 미스터 다릴이 물었다.

"면접 시작할 때는 좋아." 제이가 말했다. "내 경력 단절에 대해 물을 때까진. 난 진실을 말하지. 그러면 갑자기 그들 눈에 난 또 다른 마약쟁이가 되는 거야. 그러곤 연락이 없지."

"엿 같군." 첼 이모가 미즈 팻의 빈 접시를 집어 들며 말했다. 말릭은 엄마를 하나도 닮지 않았다. 그녀는 작고 통통하고, 그는 키가 크고 호리호리하다. 그녀는 그가 아빠와 판박이라고 했다. "돈 많은 백인들이 얼마나 많이 마약 소지죄로 법원에 오는지 알아?"

"수도 없지." 제이가 말했다.

"엄청 많아." 첼 이모가 말했다. "모두 가벼운 질책만 받고 곧장 사회로 복귀하지. 마치 아무 문제없다는 듯이. 흑인이나 가난한 사람들이 마약을 하면?"

"삶이 황폐해지지." 제이가 말했다. "옳은 말씀."

"백인에 대해 편견이 있는 거 같은데." 지나 이모가 포크로 가리키며 말했다. 소니는 엄마랑 쌍둥이처럼 닮았다. 짧고 곱슬거리는 머리까지.

"으흠. 하지만 내가 뭘 할 수 있겠어?" 제이가 말했다. "다음에 어떤 일이 벌어질지 모른다는 게 싫―"

그녀가 문간에 있는 나를 보았다. 그녀가 헛기침을 했다. "봤지? 너네가 우리 애기를 깨웠잖아."

난 조금 움직여 부엌으로 들어갔다. "아니, 그러지 않았어."

"안녕, 쪼끔아." 지나 이모가 상대를 안쓰러워할 때 하는 식으로 조심스럽게 말했다. "잘 지내지?"

무슨 일이 있었는지 아는 게 분명하다. "좋아요."

제이는 그 정도로 끝나지 않았다. 그녀가 내 손을 당겼다. "일루 와."

난 그녀의 무릎 위에 앉았다. 이렇게 하기에는 내가 너무 클 테지만 어쨌든 난 늘 그녀의 팔에 꼭 들어맞는다. 그녀가 내게 찰싹 달라붙자 베이비파우더와 코코아 버터 냄새가 났다.

"우리 부키." 그녀가 중얼거렸다.

가끔씩 그녀는 나를 아기처럼 다룬다. 함께 있지 못했던 때를 보상하는 그녀의 방식인 듯하다. 난 그렇게 하도록 내버려 둔다. 하지만 그녀가 나를, 잠이 들 때까지 그녀에게 파고들던 어린 딸로만 여기는지 궁금하다. 난 그런 파고듦이 지금의 나에게 맞는지 모르겠다.

이제 파고듦은 그녀를 위한 것이지 싶다.

푸 이모가 계획대로 나를 태우러 왔다. 난 제이에게 그냥 둘이 나갔다 오겠다고만 했다. 만일 스튜디오에 간다고 했다가는 성적이 떨어졌으니 못 간다고 할 것이다.

스튜디오는 서쪽 지역의 페인트가 벗겨진 오래된 집에 있었다. 푸 이모가 현관을 두드리자 나이 든 여자가 방충망 사이로 우리에게 말을 해줘서 나와 푸 이모와 스크랩은 뒤편의 차고로 갔다.

그래, 스크랩도 왔다. 푸 이모는 만일을 대비해 그를 데려와야 했다. 왜냐하면 이 집…….

이 집은 엉망이다.

누가 산다고 믿기 어려웠다. 창문 두어 개는 판자로 덧대어 있었고 잡초와 덩굴이 벽을 타고 올랐다. 잔디에는 맥주 캔이 흐트러져 있었다. 난 주삿바늘들을 본 건가 하고 생각했다.

잠깐. "이거 트랩 하우스야?" 내가 푸 이모에게 물었다.

"그건 네가 상관할 바 아냐." 그녀가 말했다.

뒤뜰에 엎드려 있던 핏불이 갑자기 고개를 쫑긋 들더니 우리에게 짖어댔다. 그러고는 우리가 갈 길로 달려들었지만 사슬 때문에 울타리 근처를 벗어나지 못했다.

거의 오줌을 지릴 뻔한 사람이 누굴까? 나다. "이 사람 누군데?" 내가 푸 이모에게 물었다.

"이름은 닥이야." 그녀가 양 엄지손가락을 바지허리에 찔러 넣은 채 말했다. 손가락을 들어 올리거나 해서 무기를 쉽게 잡을 수 있기 위해서다. "일류나 뭐 그런 건 아니지만 재능이 있어. 돈을 꿰 주고 멋진 비트를 샀어. 그가 그걸 믹스한 다음 전부 다 할 거야. 네가 프로처럼 보이게 해

ON THE COME UP

줄 거야." 그녀가 활짝 미소를 띠고 나를 위아래로 쳐다보았다. "특별 복장을 멋지게 소화했네."

"허?"

"오래 전, 내게 빨강과 검정 체크무늬 럼버잭 셔츠가 있었을 때.'"

그녀가 비기의 가사를 읊조리면서 패딩 조끼 밑의 내 체크무늬 셔츠를 잡아당겼다. "모자도 옷에 맞췄네." 그녀는 내 사냥꾼 모자도 잡아당겼다. "이모한테 스타일을 좀 배웠구나, 응?"

그녀는 내가 잘한 건 뭐든 자기 공으로 돌리는 법을 알고 있다. "바지를 엉덩이에 걸치는 것만 배우면 말이 통하겠어."

차고는 온통 그래피티로 덮여 있다. 푸 이모가 쪽문을 두드렸다. 발을 질질 끄는 소리가 나더니 누군가 소리를 질렀다. "누구야?"

"P." 푸 이모는 이렇게만 말했다.

자물쇠 몇 개가 철컥거리고 문이 열렸다. 마치 블랙 팬서에서 홀로그램을 통과해 실제 와칸다로 들어가는 순간 같았다. 사람들에게 트랩하우스를 보여주는 홀로그램을 통과해 스튜디오로 들어가기 위해 막 발을 떼는 느낌이었다.

최고로 멋지지는 않았지만 기대 이상이었다. 벽은 카페에서 음료를 옮길 때 쓰는 판지 컵홀더로 덮여 있다. 방음용이다. 탁자 위에는 모니터 몇 대가 있고 드럼 패드, 키보드, 스피커들이 있다. 마이크는 구석의 단위에 놓여 있다.

배가 불뚝 나오고 턱수염을 기른 사내가 흰색 민소매 셔츠를 입고 탁자에 앉아 있다. "잘 있었어, P?" 말하는 입 안 가득 금이다. 단어들은 천천히 흘러나왔다. 마치 누군가 그의 목소리에서 박자를 늦춘 듯하다.

"잘 있었어, 닥?" 푸 이모가 그와 또 다른 사내들과 손뼉을 부딪쳤다. 예닐곱 명쯤 된다. "브리, 여기는 프로듀서 닥이야." 푸 이모가 말했다. 닥이 내게 고개를 끄덕였다. "닥, 여기는 내 조카 브리야. 네가 준비한 비트를 애가 죽여줄 거야."

"잠깐, 이 꼬맹이를 위해서 그걸 한 거야?" 소파에 있던 사내가 물었다. "쟤가 뭘 하겠어, 놀이방 전용 라임을 할 건가?"

능글맞은 웃음과 킬킬거림이 일었다.

이건 내가 맨 처음 래퍼가 되고 싶다고 했을 때 푸 이모가 경고했던 진부하고 예측 가능한 일이었다. 그녀는 두 배로 노력해야 절반의 인정이나마 받을 수 있을 거라고 했다. 그 밖에, 살인자 같아져야 하고 나약함은 드러내지 않는 편이 좋다. 기본적으로 사내들 가운데 하나가 돼야 하고 그런 다음에는 살아남기 위해서 대단해져야 한다.

난 소파 위에 앉아 있는 사내의 눈을 빤히 쳐다보았다. "아니, 놀이방 전용 랩은 댁을 위해 남겨두지. 아빠 거위 씨."

"오오." 두어 명이 소리를 냈고 두어 명은 웃으며 내 손바닥을 쳤다. 갑자기 난 그들 가운데 하나가 됐다.

닥이 킬킬거렸다. "쟤가 이 비트를 갖고 싶어 했어, 그뿐이야. 들어가 볼까."

그가 컴퓨터 한 대에서 뭔가를 클릭하자 베이스가 무겁게 깔리는 빠른 속도의 비트가 스피커로 터져 나왔다.

와, 짱. 엄청 좋은데. 난 왠지 행진하는 군인들이 떠올랐다.

내게 없는 마약을 찾느라 나를 더듬는 학교 보안요원의 손도.

랏-탓-탓-탓 타-타-탓-탓

랏-탓-탓-탓 타-타-탓-탓

난 공책을 꺼내 휘리릭 넘겼다. 젠장. 이 비트에 맞는 게 없는 것 같다. 새 곡이 필요하다. 이 비트에 꼭 맞는.

푸 이모가 발뒤꿈치를 두드렸다. "우우우ㅡ위이이! 이 일이 끝나기만 하면 우린 정말로 날아오르는 거야."

비상하는 거다.

"둔ㅡ둔ㅡ둔ㅡ둔, 비상하는 거야." 내가 웅얼거렸다. "둔ㅡ둔ㅡ둔ㅡ둔, 비상하는 거야."

난 눈을 감았다. 가사가 보였다. 진짜다. 내가 발견해 주기만 기다리고 있다.

롱이 나를 바닥에 패대기치는 게 보였다. 잘못된 움직임 하나가 비상의 기회를 막을 수도 있다.

"하지만 넌 나의 비상을 막을 수 없어." 내가 중얼거렸다. "넌 나의 비상을 막을 수 없어."

눈을 떴다. 모두 하나같이 나를 보고 있다.

"넌 나의 비상을 막을 수 없어." 내가 더 크게 소리 질렀다. "넌 나의 비상을 막을 수 없어. 넌 나의 비상을 막을 수 없어. 넌 날 막을 수 없어. 없어. 없어."

천천히 미소들이 떠오르고 머리가 끄덕거리고 까닥거렸다.

"넌 나의 비상을 막을 수 없어." 닥이 에코를 넣었다. "넌 나의 비상을 막을 수 없어."

한 명 한 명, 끼어들었다. 조금씩 머리를 더 세게 끄덕이고 이 단어들은 구호가 되었다.

"요오! 바로 이거야!" 푸 이모가 내 어깨를 흔들었다. "그래 이게 우릴ㅡ"

그녀의 핸드폰이 울렸다. 그녀는 화면을 흘깃 보더니 다시 주머니에 넣었다. "가봐야겠어."

잠깐, 뭐라고? "나랑 같이 있을 줄 알았는데?"

"처리해야 할 업무가 있어. 스크랩이 여기 있을 거야."

그가 그녀에게 고개를 끄덕였다. 그러기로 미리 약속이라도 한 것 같 았다.

그가 여기 같이 온 이유가 그거였군. 알게 뭐야? "이건 우리 두 사람 의 사업이잖아." 내가 말했다.

"나중에 온다니까, 브리. 괜찮지?"

그녀는 걸어 나갔고, 더 이상 아무 말 말라는 투였다.

"실례할게요." 난 사람들에게 말하고 튀어 나갔다. 푸 이모를 따라잡 기 위해 뛰다시피 해야 했다. 그녀는 이미 차 문을 열고 있었지만, 나는 그녀가 타기 전에 붙잡아 차 문을 닫았다. "어디 가는 거야?"

"말했잖아, 처리해야 할 업무가 있다고."

'업무'는 내가 일곱 살 때부터 마약 판매를 이르는 그녀의 암호였고, 난 비싼 스니커즈를 살 돈을 어떻게 버는지 그녀에게 물었었다.

"이모는 내 매니저야." 내가 말했다. "지금은 못 가."

"브리, 비켜." 그녀가 이 틈새로 말했다.

"나랑 같이 있기로 했잖아. 그러기로—"

다른 일은 모두 제쳐 놓기로. 하지만 사실 그녀는 그러겠다고 말한 적이 없다. 나 혼자 그렇게 생각했을 뿐.

"브리, 비켜." 그녀가 반복했다.

내가 옆으로 비켜섰다.

잠시 후 그녀의 커트라스가 거리로 사라졌고 난 매니저 없이 어둠 속에 남겨졌다. 이모도 없다니, 설상가상이다.

스튜디오에서는 호기심 어린 눈들이 나를 기다렸다. 하지만 나약해 보이면 안 된다. 여기까지다. 난 헛기침을 했다. "괜찮아요."

"좋아." 닥이 말했다. "이번에는 좀 더 어려워질 거야. 이번엔 세상에 널 소개하는 거야. 내 말 알겠지? 세상이 널 알기를 바라니?"

난 어깨를 으쓱했다.

그는 의자를 굴려 내게 가까이 다가오더니 몸을 앞으로 기울이고 물었다. "최근에 세상이 네게 어떻게 했지?"

우리 가족을 궁지에 몰아넣었다.

나를 땅에 메다꽂았다.

나를 깡패라고 불렀다.

"수많은 일들을 했죠." 내가 말했다.

닥이 미소를 띤 채 뒤로 기대앉았다. "그때 네 기분이 어땠는지 사람들에게 알려줘."

난 공책과 펜을 가지고 구석에 앉았다. 닥이 반복해서 비트를 틀었다. 덕분에 마루가 진동하고 내가 앉은 바닥도 가볍게 쿵쿵 울렸다.

난 눈을 감고 그걸 받아들이려 애썼지만, 그럴 때마다 롱과 테이트가 나를 비웃었다.

내가 푸 이모라면, 그들을 갈겨줬을 거다. 거짓말이 아니다. 그 겁쟁이들이 나를 두 번 쳐다본 것마저 후회하게 될 뭔가를 했을 것이다.

하지만 난 푸 이모가 아니다. 난 땅바닥에 엎드려 있는 것 말고는 아무것도 할 수 없었던 약하고 힘없는 브리다. 하지만 내가 푸 이모라면, 그들에게 말할…….

"덤벼 봐, 끝장내주지." 난 입으로 중얼거린 다음 가사를 썼다. 끝장내. 좋은 소식은? "끝장내"에 맞는 라임이 엄청 많다는 것이다. 나쁜 소식은? "끝장내"에 맞는 라임이 엄청 많다는 것이다. 나는 손바닥에 대고 펜을 두드렸다.

차고 건너편에서 스크랩이 딕과 그의 친구들에게 자신의 총 두 자루를 보여주었다. 하나는 소음기도 달려 있어서 다들 침을 질질 흘렸다. 푸이모는 스크랩이 용광로보다 더 뜨겁다고 했다.

잠깐.

"덤벼 봐, 끝장내주지. 우리 분대는 용광로보다 더 뜨거워." 나는 중얼거리며 가사를 썼다. "소음기는 필수, 사람들에게 우리 소린 안 들려."

우리 소리.

이 주변에서 우리 소리는 아무에게도 들리지 않는다. 로즈 박사나 폭동 이후 주변에 넘쳐나는 그 모든 정치가들에게는. 그들은 온통 '총기 폭력 근절'을 이야기하며, 마치 그 소년의 죽음에 우리가 책임이 있다는 식이었다. 그게 우리의 잘못이 아니었다는 건 상관도 하지 않았다.

"우린 공격하지 않는데, 우리 땜에 살인이 일어났대." 난 목소리를 낮춰 읊었다.

스크랩이 자신의 글록 권총으로 문을 겨누며 으스댔다. 공이치기까지 당겼다. 내게도 한 자루 있다면 어제 그걸 겨누고 공이치기를 당겼을 것이다.

"이 권총, 그래, 공이치기를 당겨 총을 겨눠볼까." 난 가사를 적었다. 잠깐, 아니다. 그 전에 뭔가 나와야 된다. 총을 겨누다. 틀을 씌우다. …… 내세우다.

실제로 저 글록 권총이 내 거였다면, 그건 테이트와 롱에게 나를 폭력배라 부를 또 다른 빌미만 제공했을 것이다. 음, 알겠지?

"네 눈에 난 폭력배지? 흥, 나도 그런 척 내세우지." 내가 중얼거렸다. "이 권총, 그래, 공이치기를 당겨 총을 겨눠볼까. 그게 네가 바라는 거지, 젠장, 맞지? 네가 그린 그림에 난 틀을 씌워 맞추지."

됐다.

삼십 분 후, 난 마이크로 다가가 헤드폰을 귀에 썼다.

"준비 됐어?" 닥이 헤드폰을 통해 말했다.

"준비 됐어요."

음악이 시작됐다. 난 다시 눈을 감았다.

그들은 날 깡패라고 부르고 싶어 한다.

좋다.

망할 깡패가 되어 주지.

넌 나의 비상을 막을 수 없어.

넌 나의 비상을 막을 수 없어.

넌 나의 비상을 막을 수 없어.

넌 날 막을 수 없어, 없어, 없어.

넌 나의 비상을 막을 수 없어.

넌 나의 비상을 막을 수 없어.

넌 나의 비상을 막을 수 없어.

넌 날 막을 수 없어, 없어, 없어.

덤벼봐 끝장내주지.

우리 분대는 용광로보다 더 뜨거워.

소음기는 필수, 사람들에게 우리 소린 안 들려.

우리는 공격하지 않는데, 우리 땜에 살인이 일어났대.

네 눈에 난 폭력배지? 흠, 나도 그런 척 내세우지.

이 권총, 그래, 공이치기를 당겨 총을 겨눠볼까.

그게 네가 바라는 거지, 젠장, 맞지?

네가 그린 그림에, 난 틀을 씌워 맞추지.

내가 다가가면, 넌 샅샅이 살피지, 난 위협적인 존재.

넌 내가 쾅 칠 거라, 욕을 할 거라, 패거리가 있을 거라 주장해.

경찰은 엮어 넣을 수 있어, 법을 어길 수 있어, 화가 났을 테니까.

분명 후회조차 안 하겠지.

하지만 넌 나의 비상을 막을 수 없어.

넌 나의 비상을 막을 수 없어.

넌 나의 비상을 막을 수 없어.

넌 날 막을 수 없어, 없어, 없어.

넌 나의 비상을 막을 수 없어.

넌 나의 비상을 막을 수 없어.

넌 나의 비상을 막을 수 없어.

넌 날 막을 수 없어, 없어, 없어.

땅바닥에 날 메다꽂아, 이봐, 넌 좆 됐어.

넌 날 너절하게 봤지, 네 패거리를 불렀어, 근데 다행인 줄 알아.

내가 원하는 대로 기운이 넘치는 대로 한다면,

넌 땅으로 향하게 될 거야, 파헤쳐진 무덤으로.

파란 옷을 입은 사내들이 우리 지역을 둘러쌌어.

우리를 쓸모없다고 생각하는 거 같아.

우리는 맞서 싸워, 공격했어, 그랬더니

공익을 위해 군화 발로 짓밟겠대.

하지만 까놓고 말할게, 약속해.

경찰이 내게 덤빈다면, 난 법을 무시하게 될 거야.

우리 아빠처럼, 아무것도 두렵지 않아. 위안을 찾아,

내 명예를 지키기 위해 최선을 다하는 내 패거리 속에서.

그러니까 넌 나의 비상을 막을 수 없어.

넌 나의 비상을 막을 수 없어.

넌 나의 비상을 막을 수 없어.

넌 날 막을 수 없어, 없어, 없어.

난 여왕이야, 그걸 증명하는데 회색은 필요 없어.

왕관을 마구 흔들어도, 빼앗지는 못할 거야.

내게 흐르는 왕족의 피, 내가 선택한 게 아냐,

우리 아빠 여전히 왕이고 최고로 진실한 사람이거든.

백팩처럼 끈에 묶여, 난 방아쇠를 당겨.

내 엉덩이의 장전된 탄창들이 내 모습을 바꾸지.

어차피 날 킬러라고 여기는 거 알아.

다 때려 부숴볼까, 고릴라처럼.

난 우리 엄마가 힘겹게 사는 게 싫어.

청구서와 음식, 엄마가 부여잡고 애쓰는 것들이지.
하지만 맹세해, 난 펑하고 터뜨릴 거야.
엄마에게 더 이상 문제없게 할 거야.

그러니 넌 나의 비상을 막을 수 없어.
넌 나의 비상을 막을 수 없어.
넌 나의 비상을 막을 수 없어.
넌 날 막을 수 없어, 없어, 없어.

9

푸 이모는 돌아오지 않았다. 스크랩이 나를 집까지 걸어서 바래다주었다.

난 이모에게 음성 메일을 남기고 문자를 보내고 모든 걸 다 했다. 그게 어제였는데 아직까지도 답이 없다. 이모의 여자 친구 레나도 마찬가지로 답을 받지 못했다. 근데 푸 이모는 가끔씩 이런다. 잠깐 동안 소리 없이 사라졌다가 어디선가 홀연히 나타나서는 아무 일 없다는 듯이 행동하곤 한다. 그동안 어디 있었는지 물으면 이모는 "걱정 마"라고 하고는 다른 주제로 말을 돌릴 것이다.

솔직히 그게 제일 좋은 방법이다. 그래, 난 이모가 더러운 일을 한다는 걸 알고 있다, 그렇지? 하지만 난 이모를 다른 누군가의 악당으로서가 아니라 나의 영웅으로 보고 싶다. 솔직히 말하면, 이모가 그런 식으로 날 버려두고 가버려서 난 정말로 무지 화났다.

내가 노래를 다 마치자 닥이 그걸 다듬어서 USB에 담아주었고, 그걸로 끝이었다. 아무 문제도 없었다. 하지만 푸 이모가 거기 있어야 했다. 어떤 가사가 빠졌는지 얘기해주거나 벌스가 좋을 땐 나를 부추겨 줬어야 했다. 그걸로 뭘 어떻게 해야 할지 말해줬어야 했다.

난 노래를 인터넷에 올리지 않았다. 첫째, 뭘 어떻게 해야 할지 몰랐다. 홍보는 어떻게 해야 하는 거지? 난 트위터의 아무나가 되고 싶지는 않다. 타래로 길게 트윗을 쓰고 누구도 청하지 않은 닷클라우드 링크를 거는 짓은 하고 싶지 않다.

둘째, 이건 바보처럼 들릴 테지만, 난 두렵다. 내게 그건 마치 인터넷에 누드 사진을 올리는 거나 마찬가지다. 물론 비약일 수 있지만, 다시는 숨길 수 없는 나의 일부를 드러내는 거 같다.

그런데 숨길 수 없는 나의 일부는 이미 드러나 있었다. 학교의 누군가가 롱과 테이트가 나를 땅바닥에 꼼짝 못하게 하고 있는 걸 찍은 동영상을 업로드했다. 그들이 나를 패대기치는 것이나 그전에 무슨 일이 있었는지는 보여주지 않았다. 그걸 녹화한 작자는 "미드타운 예술고등학교에서 붙잡힌 마약 판매책"이라는 제목을 붙여놓았다.

마약 판매책. 단 두 단어.

저들이 나를 마약 판매책이라고 생각하니
아무도 정말로 상관할 수 없었을 테지.

동영상은 조회수가 거의 없었다. 망할! 그래도 아무도 보지 않으니 다행이다.

트레이가 목욕탕 안을 들여다보았다. "이런, 아직도 준비 안 했어?"

120   ON THE COME UP

"트레이이이!" 내가 신음소리를 냈다. 이제 막 서서 잔머리에 젤을 바르고 있던 참인데, 외출 준비를 하는 동안 오빠가 목욕탕으로 고개를 디밀고 참견하길 바라는 사람이 누가 있겠는가? "프라이버시가 뭔지는 알아?"

"알맞은 때가 뭔지는 아니?" 그가 자신의 시계를 들여다보았다. "20분 후면 예배 시작이야, 브리. 엄만 준비 끝났어."

난 잔머리를 잡아채 빗어 올렸다. "우선 우리가 왜 가야 하는지 모르겠어." 정말이다, 나를 내보낸 교회로 다시 돌아가게 하려면 예수가 직접 와야 할 거다. 진짜, 진짜. 설령 그렇다고 해도 난 이렇게 말할 거다. "한번 생각해 볼게요!"

"나도 엄마가 왜 가려고 하는지 모르겠어." 트레이가 말했다. "어쨌든 엄만 갈 거야. 그러니 서둘러."

맹세코 이건 말이 안 된다. 트레이가 바깥으로 향했고, 내가 곧바로 뒤쫓았다. 제이는 벌써 지프에 올라타 있었다.

"좋아, 모두." 그녀가 말했다. "사람들이 내가 실직한 이야기들을 할 거야. 그냥 무시해, 속상해 하지 말고, 알겠지?"

그녀가 백미러로 나를 물끄러미 쳐다보았다.

"왜 쳐다보는데?"

"오, 너도 알잖아." 그녀가 트럭을 후진했다. "네가 아빠 닮아 수다스러운 거."

엄마도 닮았다. 어쨌든.

크라이스트 템플은 차로 겨우 5분 거리다. 주차장이 가득 차서, 차들이 교회 옆의 자갈이 깔린 교회 소유지에 주차되어 있었다. 우리도 그곳에 주차했다. 제이가 교회 비서로 있을 때 사용하던 장소는 표시가 치워져 있었다.

제이는 아무 일도 없다는 듯이 내부의 사람들과 웃으며 인사했다. 심지어 엘드리지 목사를 껴안기까지 했다. 그는 내게도 팔을 벌렸다. 난 그에게 잘 지내냐는 인사로 고갯짓을 하고는 지나쳐갔다. 트레이도 그렇게 했다. 우리의 옹졸함이 표가 나지는 않았다.

뒤쪽에는 우리의 이름이 새겨진 거나 다름없는 신도석이 있다. 거기서는 모든 게 보였다. 예배 시작 전이었지만 제단 주변 곳곳에서 사람들이 무리를 이루어 이야기를 나누고 있었다. '어머니들'이라 불리는 노인들이 커다란 모자를 쓰고 맨 앞줄에 앉아 있었다.

제리 컬을 한 터너 집사를 포함해 집사 몇 명이 구석에 있었다. 난 그를 눈이 찢어져라 째려보았다. 몇 달 전, 그가 신도들 앞으로 나와서 부모들은 아들들을 껴안을 필요도 그들에게 키스할 필요도 없다고 부르짖었는데, 그게 그들을 게이로 만들기 때문이라는 것이었다. 소니의 부모는 그런 설교는 '순전히 헛소리'라고 했다. 그때부터 그들은 소니와 그의 여동생들을 교회에 데려오지 않았다. 난 그때부터 기회 있을 때마다 터너 집사에게 가운데 손가락을 먹였다.

지금처럼. 그런데 그는 안경을 쓰고 있지 않아서 내게 손을 흔들었다. 그래서 나는 그에게 특별히 가운데 손가락 두 개를 먹여주었다.

트레이가 내 손을 아래로 밀쳤다. 그의 어깨가 웃음을 참느라 들썩거렸다.

할머니가 장식위원회 사람들과 함께 앞줄에 있었다. 할머니의 모자는 그중에서도 가장 컸다. 할머니가 친구들에게 무슨 얘긴가를 하자 그들이 우리를 돌아보았다.

"저 뚱보가 내 얘기를 하는 건 아니겠지." 제이가 말했다. "머리 위

인조 장식 때문에 가발이 로드킬 당한 동물 시체 같은걸."

"엄마!" 트레이가 소리쳤다. 난 코웃음을 웃었다.

할아버지가 중앙 통로로 올라왔다. 그는 한 발 내디딜 때마다 누군가와 이야기를 나누었다. "안녕하세요, 잭슨 집사님!" 여기는 사람들이 그를 '시니어'라고 부르지 않는 유일한 곳이었다. 둥근 배는 조끼 밖으로 터져 나올 기세였다. 보라색 타이와 손수건은 할머니의 드레스와 모자와 맞추었다. 할머니와 할아버지는 항상 옷을 맞춰 입는다. 일요일만 그러는 게 아니다. 두 분은 마캄 풋볼 경기에 똑같은 운동복을 입고 트레이를 보러 갔다. 트레이는 선수가 아니라 드럼 주자였지만 밴드는 HBCUs(미국 내 흑인 지역사회의 교육을 위해 1964년 이전에 흑인들이 모여 있는 지역에 세워진 고등교육기관 연합–역주)의 풋볼 팀만큼이나 중요하다. 제길, 훨씬 더 중요하다.

"잘 지내지, 얘들아." 할아버지가 우리에게 말했다.

아침 인사를 하는 할아버지만의 방식이다. 그는 신도석 너머로 몸을 구부려 제이의 볼에 키스했다. "오늘 모두 제 시간에 온 걸 보니 기쁘구나."

"당연하죠, 잭슨 씨." 제이가 말했다. "주님의 성전으로부터 나를 막을 건 아무것도 없어요. 영광 있으라!"

나는 그녀를 흘겨보았다. 제이가 주님을 사랑하지 않아서가 아니라 교회에 있는 동안엔 더 심한 기독교인이 되기 때문이다. 지나 이모와 첼 이모와 함께 어젯밤 우리 집 거실에서 바운스 뮤직에 맞춰 트월킹을 추지는 않았다는 식이다. 24시간도 채 지나지 않아, 제이의 입에서 나오는 말은 전부 '영광'이나 '할렐루야'였다. 예수도 그렇게 말하지는 않을 것 같다.

할아버지가 내게로 몸을 굽히며 자신의 볼을 가리켰다. 난 거기에 키스했다. 아빠의 볼처럼 도톰하고 보조개가 파였다.

"난 늘 우리 쪼끔이한테서 당분을 얻어야 해." 할아버지가 미소를 띤 채 말했다. 그의 시선이 트레이에게로 옮겨가며 미소가 사라졌다. "얘야, 이발소에 가야 한다는 거 알지? 하이킹 도중에 길을 잃은 백인보다 더 많이 잘라야겠구나."

난 싱글싱글 웃었다. 역시 할아버지다.

"꼭 오늘 말씀하셔야겠어요?" 트레이가 말했다.

"머리에서 들짐승이 튀어나올 것 같구나, 모두 잘 이겨내고 있는 거냐, 제이다?"

그가 알고 있다. 놀랄 일도 아니다. 교회 집사로서 할아버지는 모든 일을 알게 된다.

"네." 제이가 주장했다. "우린 괜찮을 거예요."

"난 너희가 괜찮을지를 물은 게 아니다. 지금 어떻게 하고 있는지를 물었어."

"제가 처리하고 있어요." 트레이가 말했다.

"네가 직업이라고 부르는 그 형편없는 일을 가지고서 말이냐?" 할아버지가 물었다.

할아버지는 트레이가 '진짜 직업'을 가져야 한다고 생각했다. 지난주에는 얼마나 "신세대가 열심히 일하려 하지 않는지", 그리고 피자를 만드는 일은 "사내의 일이 아니라는 것"에 대해 상세히 논했다. 할아버지는 40년 동안 도시 정비 노동자였다. 또 그 분야에서 일한 최초의 흑인 중 한 명이었다. 그의 말을 빌자면, 만일 트레이가 땀과 더러움에 절어 집에 돌아오지 않는다면 그만큼 열심히 일하지 않은 것이다.

ON THE COME UP

"제가 처리하고 있다고 했잖아요." 트레이가 말했다.

"잭슨 씨, 우린 괜찮아요." 제이가 말했다. "관심 감사해요."

할아버지가 지갑을 꺼냈다. "그나마 내가 이거라도 주게 해다오."

"받을 수—"

그가 20달러짜리 두 장을 세어 제이의 손에 놓았다. "바보짓 그만해라. 주니어도 내가 이러길 바랄 거다."

주니어는 우리 아빠고, 우리 엄마와의 언쟁을 끝내는 열쇠이다.

"아녜요." 제이가 말했다. "그가 여기 있다면, 아버님에게 용돈을 드렸을 거예요."

할아버지가 싱긋 웃었다. "그 아이는 마음이 넓었지, 안 그러냐? 요전 날 그 아이가 사준 이 시계를 들여다보며 그런 생각을 했었다." 그는 팔목에 자리한 금빛 시계를 톡톡 두드렸다. "그 아이가 내게 준 마지막 물건인데, 받지 않을 뻔했지 뭐냐. 후회했을 거다. 그럴 줄 알았더라면⋯⋯."

할아버지가 입을 다물었다. 슬픔은 우리 조부모님을 떠난 적이 없다. 어둠 속에 숨어 있다가 일격을 가할 때를 노린다.

"그 돈 넣어둬라, 제이다." 할아버지가 말했다. "더 이상 다른 말은 듣고 싶지 않구나, 알겠니?"

할머니가 들렀다. "허투루 쓰지 말아라."

제이가 눈동자를 굴렸다. "안녕하세요, 잭슨 부인."

할머니가 엄마를 머리에서 발끝까지 훑어보더니 입술을 오므렸다. "으-흠."

먼저 할머니의 거만함에 대해서 말하겠다. 유감스럽게도 할머니는 거만하다. 할머니가 제이를 좋아하지 않는 주된 이유는 제이가 메이플 그로브 출신이기 때문이다. 할머니는 자주 제이를 "공영주택단지 출신의 허접한 시골 쥐"라고 불렀다. 그만큼 자주 제이는 그녀를 "저 늙은 뚱보 부르주아"라고 불렀다.

"난 네가 저 돈을 내 손자들을 위해서 쓰기를 바란다. 네가 벌여놓은 다른 일들이 아니라." 할머니가 말했다.

"무슨 말씀이세요?" 제이가 말했다. "무슨 다른 일이요?"

"루이즈, 이제 그만." 할아버지가 말했다.

할머니가 입술로 이를 문질러 쯧 소리를 내더니 나를 보았다. "브리아나, 아가, 우리랑 같이 앉지 않겠니?"

일요일마다 하는 똑같은 질문이다. 감사하게도 난 이 질문에 대처할 시스템을 갖추고 있다. 2주에 한 번씩 할아버지 할머니와 같이 앉는 것이다. 그 방식은, 할머니를 제치고 제이를 선택하지 않았으므로 할머니를 실망시키지 않았고, 제이를 제치고 할머니와 할아버지를 선택하지도 않았으므로 제이를 실망시키지도 않았다. 기본적으로 이건 교회 신도석을 둘러싼 공동 보호권이었다.

교활하긴 해도 그게 내 삶이다. 따라서 지난주에 제이와 함께 있었으니 이번 주에는 할아버지와 할머니를 따라가야 한다. "네, 할머니."

"착하구나." 할머니가 매우 자랑스럽게 말했다. 할머니는 분명 내 술책을 알아차리지 못한 것이리라. "넌 어떠니, 로렌스?"

트레이를 말하는 것이다. 그는 로렌스 마샬 잭슨 3세다. 할머니는 그의 별명을 거의 부르지 않는다.

트레이는 팔로 엄마를 감쌌다. "전 괜찮아요."

그건 매주 반복되는 그의 대답이다.

할머니는 입술을 오므렸다. "좋다, 가자, 브리아나."

제이는 내가 지나갈 때 내 손을 살짝 쥐었다 놓았다. "이따 보자, 아가."

그녀는 내가 그들 사이에서 일요일을 둘로 나누어 놓았다는 걸 안다. 그리고 내게 그럴 필요 없다고 말했었다. 하지만 평화를 유지하기 위해서라면 난 무슨 일이든 할 것이다.

난 할머니를 따라 제단 앞으로 갔다. 할머니와 할아버지는 두 번째 줄에 자리가 있었다. 그러니까, 첫 번째 줄은 대놓고 으스대고 싶은 사람들 차지다. 두 번째 줄은 으스대고 싶기는 하되 좀 더 교묘하게 드러내고 싶어 하는 사람들이 차지한다.

할머니는 눈을 가늘게 뜨고 나를 위아래로 훑어보았다. "피곤해 보이는구나. 눈 밑의 그늘하며 온통. 저 애가 널 못 자게 하는구나, 그렇지?"

먼저, 헐, 그늘이다. 둘째로, "적당한 시간에 잠자리에 들어요." 가끔. 그건 제이의 잘못이 아니다. 플레이스테이션 탓이다.

할머니가 계속했다. "쯧! 분명한데 뭐. 옹삭한 사람처럼 보이는구나."

옹색한이 아니고 옹삭한이라니. 깡마르지 않았듯이, 난 옹삭하지 않다. 이건 옹색하다의 사투리다. 할머니 정도의 부르주아는 가식을 부리고 싶어 한다. 할아버지에 따르면 그녀는 막 '오지에서 한 발을 뺐었고 무지에서는 발가락 하나를 뺐냈다.'

"잘 먹고 있어요, 할머니." 내가 말했다.

"으-흠. 그렇게 쳐다보지 말거라. 요리는 안 하지, 하니? 요즘 젊은 엄마들은 드라이브스루에서 살잖니. 아마도 매일 밤 햄버거나 주겠지. 엉망이야!"

대구를 안 하는 것 말고는 방법이 없다.

할머니가 내 머리카락을 집었다. "그리고 왜 늘 네 머리를 이렇게 구식으로 땋아놓는다니? 넌 머리카락이 좋은데! 이렇게 망쳐놓다니."

도대체 '좋은' 머리카락이라니? 그럼, '나쁜' 머리카락은 뭐지?

"맙소사, 저 여자는 널 보살필 줄도 모르는 게로구나." 할머니가 계속했다. "집으로 돌아와도 된다는 거 알지, 응?"

할머니 생각으로는, 할머니와 할아버지의 집이 늘 '내 집'이다. 실제로 그녀는 내가 잠깐 제이를 방문하는 중이라는 듯이 행동한다. 사실을 말하면, 나도 할아버지 할머니에게 돌아가고 싶어지곤 했다. 엄마는 겨우 주말과 공휴일에만 엄마이니, 이방인에서 겨우 한 단계 앞으로 나아갔을 뿐이었다. 그녀와 함께 사는 일은 완전히 생소했다.

최근에 난 그녀가 우리를 되찾기 위해 우선 얼마나 힘들여 싸웠는지, 우리가 떠난다면 얼마나 상처받을지 알게 됐다. 그래서 난 할머니에게 말했다. "알아요, 하지만 엄마와 지내고 싶어요."

할머니는 의심스럽다는 듯이 말했다. "흠!"

대니얼스 자매님이 가던 길의 방향을 바꾸었다. 그녀는 '구원받은 부르주아' 팀의 일원이다. 그녀는 마치 매일 밤 메이플 그로브 공영주택단지에 머리를 누이지 않는 척 행동하려 했다. 기회만 있으면 대니얼스 자매님을 헐뜯는 걸 아는데도 할머니는 그녀를 껴안고는 얼굴 가득 미소를 지었다. 실제로 그녀의 집에 바퀴벌레가 있다는 소문을 퍼뜨린 것도 할머니다. 그런 까닭으로 음식위원회는 더 이상 대니얼스 자매에게 요리를 청하지 않고 이제 할머니에게 청한다.

"자기, 오늘 멋져 보이네!" 대니얼스 자매님이 말했다.

난 실제로 할머니의 머리가 부풀어 오르는 것을 볼 수 있었다. 교회에서는 칭찬에도 주의해야 한다. 사람들은 어쩌면 하는 말과 정반대로 생각하면서도 좋은 말만 하고 있을 수 있다. 예수님이 듣고 있으니까.

"고마워, 자기." 할머니가 말했다. "우리 조카가 저 좋아하는 아웃렛 매장에서 사줬어."

"그런 거 같더라니."

오, 그늘이다. 할머니의 얼굴을 재빨리 훑어보고는 그녀도 그것을 알아차렸다.

그녀는 치마를 잡아 폈다. "여긴 웬일이야, 자기?" 이것도 교회 용어로서 '일어나서 꺼지는 게 좋을 거야'라는 뜻이다.

"오, 브리아나가 괜찮은가 싶어서." 대니얼스 자매님이 말했다. "커티스가 학교에서 있었던 일 얘기해주더라. 괜찮니, 아가?"

난 통로 건너편을 넘겨다보았다. 커티스가 활짝 웃으며 내게 손을 흔들었다.

커티스는 대니얼스 자매님의 하나뿐인 손자다. 엄마가 감옥에 있어서 할머니와 살고 있고, 뭐든 할머니에게 시끄럽게 지껄여댄다. 5학년 때도 날 화나게 하는 말을 해서 내가 그의 입을 쥐어박았다. 그가 달려가서 자기 할머니에게 일러바치는 바람에 그의 할머니가 우리 할머니에게 얘기하고 나는 한바탕 난리가 났다. 고자질쟁이.

할머니가 휙 나를 돌아보았다. "학교에서 무슨 일이 있었니, 브리아나?"

난 말하고 싶지 않았다. 대답하고 싶지 않은 수많은 질문들로 이어질 테니까. "별일 아녜요, 할머니."

"오, 별일이지." 대니얼스 자매님이 말했다. "커티스 말로는 경비가 너를 땅바닥에 패대기를 쳤다던데."

할머니가 헉하고 숨을 몰아쉬었다. 헉하는 숨소리는 대니얼스 자매님의 삶의 목적이었다.

"널 패대기쳐?" 할머니가 말했다. "도대체 그 사람들이 왜 그런 거냐?"

"마약을 가지고 있다고 생각했다는데." 내가 입을 떼기도 전에 대니얼스 자매님이 말했다.

헉하는 숨소리. 난 눈을 감고 손으로 이마를 짚었다.

"브리아나, 마약으로 뭘 한 게냐?" 할머니가 말했다.

"마약은 없었어요, 할머니." 내가 중얼거렸다.

"물론, 그랬지." 대니얼스 자매님이 말했다. "캔디를 팔고 있었다는군. 커티스 얘기로는 그들이 처음부터 문제를 일으키고 싶어 했대. 잘못은 그들한테 있는 거지. 헌데 브리아나도 정학을 맞았다는군."

이런, 내 얘기를 이렇게까지 하실 필요는 없는데. 이쯤에서 대니얼스 자매님에게서 그냥 넘겨받아야겠다. 사실, 자세히 알지도 못하는 그녀가 내 자서전을 쓰도록 내버려 둘 건 없지 않은가?

"정학이 3일이지, 그렇지 아가?" 그녀가 물었다.

"3일?" 할머니가 비명을 질렀다.

연극이 따로 없군. 나는 턱을 손으로 고였다. "네."

"그나저나 캔디는 왜 판 거냐?" 할머니가 말했다.

"엄마를 돕겠다고 그런 거겠지." 브리 전문가께서 말씀하셨다. 놀랍다! 그건 분명 내가 아니다.

"맙소사, 안 좋아 보이더라니." 할머니가 말했다. "우리랑 같이 살 때는 그러지 않았잖니!"

"캐롤과도 얘기했는데." 대니얼스 자매님이 목소리를 낮추었다. "이 모든 게 이상하잖아, 안 그래? 목사는 자기 주머니에서라도 월급을 지불하곤 했었어. 사람을 쉬이 내보내는 사람이 아냐. 만일······."

그녀는 마치 눈썹 뒤에 감추어진 메시지라도 있다는 듯 눈썹을 치켜올렸다.

할머니가 말했다. "흠!"

"으-흠."

음, 허? "만일 뭐요?" 내가 말했다.

"놀랄 일도 아니지." 할머니의 말과 함께 그들은 제이를 흘낏거렸다. "사람들이 뭐라는지 알아, 그런 데 한번 손을 대고 나면 절대로 깨끗해질 수가 없대."

잠깐만, 뭐라고?

"진정해." 대니얼스 자매님이 말했다. "눈과 귀를 활짝 열어 놓아야 할 거야, 루이즈. 자기 손자들을 위해서."

내가 바로 앞에 앉아 있는데, "엄마 약 안 해요."

대니얼스 자매님이 손을 엉덩이에 가져다 댔다. "확실한 거니?"

"네"라는 말이 혀끝까지 올라왔다가 잠시 거기에 머물렀다.

내 말은······ 한다고 생각하지 않는다는 거다.

첫째, 8년은 깨끗해지기에 충분히 긴 시간이다. 둘째, 제이는 그 모든 일을 다시 시작하지 않을 것이다. 그녀는 그 일로 우리가 얼마나 망가졌는지 안다. 나와 트레이가 두 번 다시 그런 일을 겪게 하지 않을 것이다.

하지만.

처음엔 그녀도 우리가 그런 일을 겪게 만들었다.

성가대가 무대를 채우고 밴드가 흥겨운 노래를 시작했다. 제단 주변에서 사람들이 그에 맞춰 손뼉을 쳤다.

대니얼스 자매님이 할머니의 무릎을 톡톡 두드렸다. "조심해, 루이즈, 내가 할 말은 그게 다야."

네 시간 후, 예배가 끝났다.

성령이 시간 개념을 잊었다. 내 말은, 성령이 엘드리지 목사님을 강타했다는 뜻이다. 그가 숨을 헐떡이자 찬양이 터져 나왔다. 할머니는 늘 그렇듯이 잽싸게 달려 나갔고, 늘 그렇듯이 가발이 날아갔다. 할아버지가 그걸 팔 밑에 끼워 넣자, 겨드랑이 털이 자라난 듯이 보였다.

예배가 끝난 후에는 모두들 '친목'을 위해 교회 지하로 줄을 지어 들어갔다. 난 이곳에 내려올 때마다 살짝 한기가 든다. 마치 귀신이라도 나올 것 같다. 벽에는 돌아가신 목사님들의 오래된 초상화가 걸려 있다. 아무도 웃고 있지 않은데, 십일조를 충분히 내지 않는다고 우리를 꾸짖는 듯하다. 이곳을 장례식장처럼 꾸며 놓은 것은 도움이 되지 않는다. 어느 날 예수님이 구석에서 뛰어나와 날 놀라게 할 거라고 확신한다.

질문: 만일 예수님이 놀라게 한다면, 예수님을 부를 것인가? "오 하나님 맙소사"라고 말할 것인가?

생각해 볼 문제다.

어쨌든 크라이스트 템플의 친목 시간은 간식 시간을 뜻했고, 간식 시간은 튀기거나 구운 치킨, 감자 샐러드, 껍질 콩, 파운드케이크, 탄산수를 의미했다. 난 과연 교회 사람들이 '간식'의 정의를 아는지 모르겠다.

우리 할머니와 두 명의 할머니가 음식을 덜어주었는데, 대니얼스 자매님도 있었다. 비닐장갑을 끼고 머리에 비닐 망을 썼는데 결벽 성애자인 내가 보기에 조금 모자라 보였다. 할아버지와 집사 몇 명이 구석에서 담소를 나누었다. 할아버지는 다이어트 음료를 홀짝였다. 다이어트 음료가 아니면 할머니가 할아버지에게 당 수치를 신경 쓰지 않는다고 버럭 화를 낼 것이다. 트레이는 멀지 않은 곳에서 다른 두 명의 집사에게 둘러싸여 있었다. 그는 자신이 보이지 않았으면 하고 바라는 듯했다. 제이는 마치 아무 일도 없다는 듯이 엘드리지 목사와 이야기를 나누며 웃음을 터뜨리고 미소를 지었다.

난 아직도 음식을 받으려 줄을 서 있다. 조부모님이 음식을 덜어줄 때에는 줄의 맨 끝에 서야 한다는 암묵적인 규칙이 있기 때문이다. 난 불만 없다. 할머니가 치킨 담당이었고 내 몫으로 큰 조각을 남겨 놓을 테니까. 그랜트 자매님에게는 복숭아 코블러(위에 밀가루 반죽을 두껍게 씌운 과일 파이-역주)의 가장자리 부분을 내게 주라고 얘기할 것이다. 내 사랑 복숭아 코블러, 가장장리 부분은 완벽 그 자체다.

누군가 내 뒤로 왔다. 그의 숨결이 내 귓가를 스치며 말했다. "할머니한테 많이 혼나지는 않았군. 안 그래, 공주님?"

난 주저없이 팔꿈치를 뒤로, 그의 배 속까지 곧장 밀어붙였다. "오우!" 소리에 난 미소 지었다.

커티스는 우리가 일곱 살 때부터 나를 '공주님'이라고 불렀다. 사람들이 우리 아빠를 '가든의 왕'이라고 부르기 때문이라고 했다. 그건 늘 나를 괴롭게 했다. 공주님이라고 불리는 것 때문이 아니라 -믿으시라, 난 거칠어지고 싶다- 그가 그 말을 하는 방식 때문이었다. 공주님, 이건 자기만 아는 농담 같은 것으로 그 말고는 아무도 그걸 알아차리지 못했다.

그가 내 팔꿈치에 '당했기'를 바란다.

"이런." 그가 말했다. 내가 뒤로 돌자 그가 허리를 굽혔다. "폭력적인 녀석."

"고자질쟁이 자식." 내가 이 사이로 내뱉었다. "무슨 일이 있었는지 너네 할머니에게 달려가서 고해바쳤어야 했냐, 어? 너네 할머니가 우리 할머니한테 떠벌릴 거라는 걸 너도 알잖아."

"아이, 난 학교에서 있었던 일을 말한 것뿐이야. 착한 손자들은 그렇게 하니까. 네가 땅바닥에 메다 꽂힌 걸 할머니가 여기저기 말하고 다닌 건 내 잘못이 아냐."

"와우. 넌 그 사람들이 내게 한 짓이 우스워?"

능글거리던 미소가 사라졌다. "아니. 정말로, 그렇지 않아."

"물론 안 그렇겠지."

"진짜야, 브리, 안 그래. 말도 안 되는 일이야. 난 그들이 우리에 대해 마음대로 생각하는 데에 질렸어."

그의 마음이 느껴졌다. 정말로 내가 어떤 사람인지 아는 사람들보다 자기들 생각에 따라 내가 어떤 사람이라고 생각하는 사람들이 더 많다.

"하나님께 맹세해, 친구." 커티스가 말했다. "그 경비들은 언젠가 대가를 치르게 될 거야. 맹세해."

그가 하나님께 거짓말하고 있지 않다고 생각한 순간이었다. "바보짓하지 마, 커티스."

"이것 보라지. 공주님께서 소인 걱정을 다 하시네?"

"하! 절대 아냐. 그런데 그 사람들이 나쁘다고 생각한다면? 일이 벌어지게 돼. 그들이 우릴 다시 문으로 통과시킨다면 다행이고."

현실적으로 따져 보자. 우리는 이 도시 최악의 지역에서 온 흑인 아이들이다. 우리 중 하나만 망가지면 되는데, 갑자기 모두가 엉망이 돼버렸다. 어쩌면 내가 벌써 사태를 악화시켰을 수도 있다.

"네 말이 맞아." 커티스가 인정했다. "그런 일이 있었으니 어떻게 할 건지 네게 묻고 싶었어. 근데 바보 같은 질문이겠지. 학교에서 떠도는 소문은 아마 도움이 안 될 거야, 응?"

"무슨 소문?"

"네가 마약을 판다는, 그래서 롱과 테이트가 너를 뒤쫓았다는."

그렇다면 그 동영상을 업로드한 사람은 하나가 아니다. "뭐라고? 자기들이 그걸 어떻게 알고?"

"뻔하잖아. 복도에서 캔디를 넘겨주는 게 마리화나를 넘겨주는 것으로 어떻게든 둔갑한 거지."

"와아아우."

"이봐, 말도 안 되는 얘기들은 무시해." 커티스가 말했다. "네가 아무 잘못도 저지르지 않았다는 것만 기억해."

난 기분이 좋아졌다. 이것 봐라. 진짜로 날 걱정하는 것 같잖아.

그가 입술을 깨물더니 한참 동안 나를 바라보았는데, 이 어색한 순간에, 그는 이전에 한 번도 나를 바라본 적이 없다는 식이었다. 마침내 그가 말했다. "난 네가 걱정 돼, 브리."

뭐?

커티스가 나를 빙 둘러 손을 뻗자 그의 팔이 내 팔을 스쳤고, 그는 탁자 위의 스티로폼 접시를 집어 들었다. 그의 눈과 내 눈이 만났다.

"브리아나, 아가." 대니얼스 자매님이 말했다. 내 차례였다. "뭐 줄까? 그린 샐러드, 감자 샐러드?"

하지만 내 눈은 여전히 커티스의 눈에 고정되어 있었다.

그가 싱글싱글 웃으며 자세를 바로 했다. "계속 쳐다볼 거야, 음식 받을 거야?"

10

"커티스 귀엽지?"

내 머리 위로 다른 머리가 하나 더 솟기라도 한 것처럼 소니가 나를 쳐다보았다. "어떤 커티스?"

난 턱으로 앞쪽을 가리켰다. "저 커티스."

오늘은 수요일이고, 정학이 끝나고 복귀한 첫날이다. 커티스는 버스 맨 앞줄에 앉아 있었다. '다이아몬드' 귀걸이가 그의 한 쪽 귀에서 반짝거렸고 스냅백은 스니커즈와 잘 어울렸다. 그는 비디오 농구 게임의 순위를 코걸이를-한-제인에게 자랑하고 있다. 늘 그렇듯이 시끄럽고, 게임에서 제인을 이길 때면 늘 그렇듯이 "하나님을 걸고, 친구"라고 했다.

소니가 눈을 가늘게 떴다. 그는 고개를 한쪽으로 젖혔다가 다른 쪽으로 젖혔다. "내 생각엔? 그는 마이클 B. 조던이 아냐."

맙소사. 블랙 팬서 이후 소니는 마이클 B. 조던이 건강한 신체의 표준이라고 단언했다. 하지만 이유를 모르는 건 아니다. 영화에서 그가 셔츠를 벗었을 때 소니와 나는 서로를 바라보며 외쳤다. "대박!" 그 장면 내내, 소니는 내 손을 꼭 쥐고 외쳤다. "브리…… 브리!"

잊지 못할 순간이었다.

"어느 누구도 마이클 B. 조던이 아냐, 소니." 내가 그에게 상기시켰다.

"맞아. 그건 일종의 유례를 찾기 힘든 훌륭함이지." 그가 말했다. "하지만 커티스는 설치류가 묘하게 사랑스러운 것과 같은 식으로 귀여운 거 같은데? 그런 거 있잖아, 생쥐를 보고 '어머, 귀여워!'라고 하는 거. 그 녀석이 캐비닛을 급습해서 여동생 몰래 숨겨 놓은 할로윈 캔디를 먹어치울 때까지기는 하지만."

"그건 비유가 이상한데."

"음, 커티스가 귀여운지 네가 나한테 물었어. 이상한 건 너야, 브리."

정곡을 찔렀다. 지난 일요일 이후 그 질문이 나를 괴롭히고 있다. 그러니까, 어쩌면 그 아이가 조금쯤 귀여울 수도 있는 걸까? 걔는 키가 작고 다부진 편인데, 솔직히 말해 내가 좋아하는 스타일이고, 입술은 도톰한데 특히 웃을 때면 입술을 자주 깨문다. 눈빛은 생각보다 부드러워서 쓸데없는 소리를 꽤 지껄이긴 해도 정말로 테디 베어 같다. 꽃미남은 아니다. 그리고 어쨌든 난 꽃미남은 참을 수가 없다. 개네들은 보통 자기들이 예쁘게 생겼다는 걸 안다는 듯이 행동한다. 그 아이는 괜찮다고 여겨질 수 있는, 딱 그 정도로 귀엽다.

하지만 커티스다.

커티스.

소니가 자신의 전화기를 흘낏 보더니 재킷 주머니에 도로 집어넣었다. 오늘 아침 그는 혼자 버스에 탔다. 말릭이 학교에 가기 전에 랩에서 다큐멘터리 작업을 하고 싶어 해서였다.

"커티스가 잘생겼는지 못생겼는지가 왜 궁금한데?" 소니가 물었다. "정학 후유증으로 이런 자포자기 상태가 된 거야?"

내가 그를 세게 밀치자 소니는 넘어지면서도 웃음을 그칠 줄 몰랐다.

소니가 몸을 일으켜 앉았다. "이런 폭-력적인. 진지하게 말할게, 왜 그러는데?"

"교회에서 내가 정학 맞은 것에 대해 이야기를 나눴거든, 쟤 정말로 괜찮더라."

"이런, 브리. 쟤는 한 인간으로서 너에게 얘기한 건데, 갑자기 넌 쟤를 갈망한다는 거야? 이건 도대체 뭔 놈의 이성애인 거냐?"

내가 입술을 오므렸다. "그런 뜻이 아냐, 소니. 내 말은…… 그 대화 덕분에 내가 쟤를 조금 달리 보게 됐다는 거지, 그게 다야."

"그러니까 말야, 갑자기 쟤한테 홀딱 빠질 만큼 네 기준이 그렇게 낮은 거야?"

"빠지지 않았어. 퍽이나 고맙다."

"네가 저 장난꾸러기를 장난꾸러기 이상으로 보고 있잖아. 그걸로 충분히 좋지 않아." 소니가 말했다. "어휴, 완전, 후져."

내가 눈을 굴렸다. 소니는 쿠키의 말을 인용하기 위해 엠파이어(폭스 채널의 힙합 드라마-역주)를 보는 것처럼, 네네의 말을 인용하기 위해 리얼 하우스와이브즈 오브 애틀랜타(미국 TV 채널 '브라보'의 리얼리티 쇼 프로그램-역주)를 보았으며, 그것들을 활용할 순간을 위해 살았다.

"아무튼, 스튜디오 일이 어떻게 됐는지 말 안 했잖아." 그가 말했다. "노래 녹음했어?"

"옙."

소니가 눈썹을 치켜올렸다. "들어 봐도 돼? 안 돼?"

"음……."

"안 돼"라고 말하지 않으려 진땀을 뺐다. 마이크 앞에 선 이후 난 완전히 새로운 사람이 되었다. 그건 랩을 할 때마다 일어나는 일이다. 하지만 소니가 〈온 더 컴 업〉On the Come Up을 듣게 되면, 래퍼 브리의 노래를 듣는 게 아니다. 절친인 브리의 노래를 듣는 것이다.

내가 쓴 라임을 어차피 얘와 말릭에게 들려줄 거라면, 여기에 익숙해져야 한다. 하지만 내가 아는 사람들에게 나의 다른 면을 보여주는 것은 항상 두렵다. 그들이 그 모습을 좋아하지 않으면 어쩌지?

"제발, 브리?" 소니가 두 손을 모으며 말했다. "제에에에에발?"

글쎄? 좋다. 아니면 얘가 하루 종일 날 괴롭힐 거다. "좋아."

무슨 까닭인지 손이 떨렸지만 핸드폰에서 〈온 더 컴 업〉을 찾아냈다. 플레이 버튼을 누른 다음, 난 버스에서 뛰어내리고 싶었다.

젠장. 내가 왜 그랬지?

그런데 좋은 조짐인가? 소니가 활짝 미소 지은 채 비트에 맞춰 고개를 끄덕였다. "브리이이이!" 그가 내 어깨를 흔들었다. "이거 진짜 멋져어어어!"

"대박." 디온이 우리 뒤에서 거들었다. 그도 따라서 고개를 끄덕였다. "이거 너야, 브리?"

심장이 몸 밖으로 튀어나오려고 했다. '예에.'

그가 느릿하게 휘파람을 불었다. "이 부분은 진짜 좋은데?"

"소리 좀 키워!" 소니가 말했다. 녀석이 내 핸드폰을 가져가더니 볼륨을 높였다. 모두에게 들릴 만큼 크게, 그렇다, 버스의 모두가 들을 정도로 크게.

대화가 멈추고, 고개들이 뒤를 향하고, 사람들이 음악에 맞춰 고개를 끄덕였다.

"요오, 이건 누구 노래야?" 제인이 물었다.

"브리 노래야!" 디온이 말했다.

"대박, 제목이 뭔데?" 1학년 아야가 물었다.

난 땀이 났다. 진짜다. "온 더 컴 업"

"'넌 나의 비상을 막을 수 없어.'" 소니가 자리에 앉은 채 최대한 몸을 흔들었다. "'넌 막을 수 없어, 없어, 없어.'"

그가 부르는 노래는 뭔가 색다르게 들렸는데, 내가 부른 게 아니라 진짜 노래 같았다.

땅바닥에 날 메다꽂아, 이봐, 넌 좆 됐어.

날 실패자라 생각했지, 네 무리를 불렀어, 근데 너 운이 좋았어.

내가 원하는 대로 기운이 넘치는 대로 한다면,

넌 땅으로 향하게 될 거야, 파헤쳐진 무덤으로.

"와, 짜아아앙." 커티스가 주먹을 입에 가져다대며 말했다. "공주님, 롱과 테이트를 비난한 거야?"

"대박! 예에, 사람들이 알아야 해."

반응만 보면, 모두들 자기들이 천 달러를 벌고 있다는 걸 막 발견한 것 같다고 할 법했다. 디온이 막 나에게 죽임을 당한 듯한 모양으로 의자에 널브러졌다.

"네가. 해냈어!" 소니가 말했다. "맙소사, 네가 해냈다고!"

난 입이 귀에 걸렸다. 애들이 노래를 두 번 틀어달라고 했고 난 붕 떠 있었다.

마침내 버스가 미드타운 앞에 멈췄다.

모두들 우르르 버스에서 내렸다. 크리스마스 휴가가 내일부터 시작이어서 다들 오늘 하루를 벌써 끝마칠 준비가 된 듯했다. 난 자리에 머물며 학교 건물을 응시했다. 마지막으로 여기 왔을 때가 마지막으로 여기 온 것이기를 바랐지만, 제이는 오늘 아침 내게 "고개 빳빳이 들고 걸어 들어가"라고 말했다.

하지만 어떻게 하면 그렇게 할 수 있는지 방법은 말해주지 않았다.

"너 괜찮아?" 소니가 물었다.

난 어깨를 으쓱했다.

"그 두 사람 걱정은 하지 마." 그가 말했다. "말했잖아, 그 사람들 일주일 내내 여기 없었어."

롱과 테이트. 소니와 말릭이 월요일에 문자를 해서 그들이 그림자도 안 보인다고 알려주었다. 어쨌든 정말로 그들을 걱정한 것은 아니다. 그들이 돌아올 방법은 없다. 내가 신경 쓰이는 것은 쑥덕거림과 흘낏거림과 소문들이다.

"내가 도와줄게." 소니가 내게 팔을 내밀었다. "갈까요, 아가씨?"

내가 미소 지었다. "가시죠."

난 소니의 팔에 내 팔을 걸었고 우리는 함께 버스에서 내렸다.

여느 때처럼, 이 학교의 절반이 앞에 있었다. 우리가 버스에서 발을 내딛자마자 흘낏거림과 쑥덕거림이 시작되었다. 한 사람이 다른 사람을 쿡쿡 찌르며 나를 쳐다보면 곧바로 둘 다 나를 쳐다보았고, 마침내 모두가 나를 쳐다보았다.

눈에 띄고 싶다고 한 건 이런 의미가 아니었다.

"저." 소니가 입을 열었다. "내가 말했던 애 있잖아—"

난 그를 향해 재빨리 고개를 돌렸다. "성명, 생년월일, 주민등록번호."

"맙소사, 브리. 끝까지 좀 들을래?"

"아니." 교내 구설수에 오른 것에서 내 주의를 돌리는 게 그의 목적이었다면 성공했다. "어디서 만났어?" 내가 물었다.

"아직 만나지 않았어. 인터넷으로 얘기만 했어."

"이름이 뭔데?"

"인터넷 아이디만 알아."

"몇 살인데?"

"열여섯, 나랑 동갑."

"어떻게 생겼어?"

"사진 못 봤어."

내가 눈썹을 치켜 올렸다. "남자가 있기는 한 거야?"

"그럼. 몇 주 동안이나 대화를 나눴는—"

내가 진지하게 가슴을 움켜쥐었다. "잭슨 엠마누엘 테일러, 몇 주 동안 대화를 나눈 사내가 있는데, 내가 지금 막 그 얘기를 듣고 있다는 거지?"

그가 눈을 굴렸다. "너무 호들갑 떨지 마. 오지랖도. 게다가 비밀로 간직하지도 않을 거잖아. 그러니까 응, 그냥 듣기만 해."

내가 그의 팔을 주먹으로 쳤다.

그가 이를 드러내며 미소 지었다. "나도 널 사랑해. 문제는 내가 이 남자의 아이디만 알고 있다는 거야, 래퍼드_원, 그리고— 뭐하는 거야?"

난 핸드폰의 스크롤을 내렸다. "사이버 스토킹. 얘기 계속 해."

"섬뜩하군. 아무튼, 몇 주 전에 걔가 내게 문자를 했어. 내가 오크 파크에 그린 무지개 주먹 사진을 찍어서 보냈더라."

소니는 가든 여기저기에 그래피티를 하고 "손_샤인"이라는 가명으로 인스타그램에 올린다. 그게 소니라는 걸 아는 사람은 말릭과 나뿐이다. "오오! 걔 여기 사는구나. 주소는?"

"넌 찾을 수 있을 거야, 올리비아 노프(미국 ABC방송사의 정치스릴러 드라마 스캔들의 주인공 올리비아 포프의 이름을 바꿔 부름-역주)."

소니와 나는 스캔들에 빠졌었다. 캐리 워싱턴이 목표다. "있잖아, 그러니까 나 지금 완전 으쓱한데."

"당연히 그래도 돼. 아무튼 그 그림이 연이 돼서 내 앞에 나타나게 됐다고 했어. 그때부터 매일 DM을 주고받고 있어."

그는 계단을 오르며 수줍게 소니 같지 않은 미소를 지었다.

"맙소사, 너 걔 좋아하는구나!" 내가 말했다.

"당연하지. 걔도 날 좋아해. 하지만 엄밀히 말해 우린 서로 모르는 사이야, 브리. 심지어 사진도 교환하지 않았거든. 그러는 사람들이 있을까?"

"얄팍하고 허영심 강하다는 꼬리표에도 불구하고 실제로는 최고로 남을 의식하고 스스로를 드러내기보다 아바타 뒤에 숨어 지내는 소셜미디어 세대인 두 사람이군."

소니가 나를 물끄러미 쳐다보았다.

난 어깨를 으쓱했다. "인스타그램에서 봤어."

소니가 고개를 갸우뚱했다. "지금 나한테 덤비는 건지 아닌지 모르겠다. 아무튼 최근에 이메일로 서로에게 빠져든 두 남자에 대한 책을 읽었어. 그 덕분에 계속할 수 있었어. 어쩌면 우리 두 사람도 잘 될 수 있겠지."

"하지만?" 내가 물었다. 하지만은 분명히 존재한다.

"다른 일을 할 수가 없어. 완전히 위기야."

"대입 준비반에 관한 거라면—"

"인생 준비에 관한 거야, 브리. ACT와 SAT 점수가 좋아야 좋은 아트 스쿨에 갈 수 있어, 장학금 받을 때도 도움이 되고. 날 가든에서 벗어나게 해줄 거야. 알아, 아무것도 보장된 건 없지. 하지만 젠장, 적어도 4년 동안은 거지같은 이곳 말고 다른 곳에서 살 수 있을 거야. 피부색, 유탄, 동성애 혐오자를 걱정하지 않아도 되는 곳에서."

알 것 같다……. 그런데 모른다. 난 소니와 푸 이모 두 사람이 이곳에서 감당해내는 일들을 얼핏 보았다. 하지만 내 삶이 아니기 때문에 절대 알지 못할 것이다.

"게다가 난 여동생들에게 모범이 돼야 해." 소니가 말했다. "내가 해내는 걸 보지 않으면 자기들도 해낼 수 있다고 생각 못할 거야."

"사람들은 대학에 가. 그리고 관계들을 맺어, 소니."

"그래, 하지만 운에 맡길 수는 없어, 브리. 다행히, 래피드는 이해하고 있어. 우린 서두르지 않을 거야, 아니면 뭐 그런 식일 거야. 너와 말릭에게 그에 관해 말하지 않은 것도 뭔가 설명할 필요 없이 그냥…… 존재하는 게 좋아서 그런 것 같아. 알겠지?"

그러니까 얘는 나나 말릭과 함께는 "그냥 존재한다"고 느끼지 못하는 거다. 알 것도 같다. 내게 랩의 존재가 그렇다. 설명할 필요를 느끼지 못한다. 그냥 그러고 싶은 거다.

난 그의 뺨에 키스했다. "음, 너한테 걔가 있어서 기뻐."

소니가 곁눈질로 나를 저지했다. "나한테 너무 무르게 구는 거 아냐?"

"절대."

"확실해? 이 일이 특별히 감상적인 느낌을 불러일으킨 건 아니고?"

"그렇지 않았어."

"사실, 난 그랬다고 생각하는데." 그가 말했다.

"이게 감상적이야?" 난 그에게 가운데 손가락을 들어 보였다.

"아, 이래야 브리지."

장난꾸러기.

우린 검색대 통과를 위해 줄을 섰다. 한 번도 본 적이 없는 여자와 남자가 사람들을 차례차례 금속탐지기로 안내하고 있었다.

갑자기 속이 메슥거렸다.

난 그날 잘못된 건 아무것도 가지고 있지 않았다. 오늘도 잘못된 건 아무것도 없다. 심지어 캔디도. 사람들이 날 마약 판매책이라고 생각하는 것 때문에 판매를 중단했다.

그런데 마치 진짜 마약 판매책이기라도 한 듯이 떨고 있다. 미드타운 지역의 가게에 들어가면 점원들이 나를 한층 주의 깊게 지켜보며 내 주위를 따라다닐 때와 같은 식이다. 내가 훔치지 않을 거라는 걸 난 알지만, 사람들이 내가 훔칠 거라고 생각한다는 게 두려움을 불러일으킨다.

이 새로운 경비원들이 그렇게 생각하길 바라지 않는다. 특히 롱과 테이트가 나를 메다꽂았던 곳이 보이는 데서는. 피를 흘리거나 뭐 그런 건 아니었지만 절대 잊을 수 없는 사건이다. 난 고민할 필요도 없이 똑같은 자리에 내 얼굴을 갖다 댈 수도 있다.

숨쉬기가 더 힘들어졌다.

소니가 내 등을 쳤다. "괜찮아."

여자가 금속탐지기를 통과하도록 내게 손짓을 했다. 경보음은 울리지 않았고 난 내 갈 길을 가도 좋았다. 소니도 마찬가지였다.

"첫 시간이 시 과목이지, 맞아?" 내가 공황발작을 일으키기 일보직전이었다는 건 안중에도 없이 그가 말했다.

난 가까스로 침을 삼켰다. "옙, 넌 역사 시간이지?"

"아니, 수학. 그런 과목이 나한테 무슨 필요가……."

"롱과 테이트를 석방하라!"

우리는 몸을 돌려 뒤를 보았다. 빨간 머리의 백인 남자애가 우리를 보며 주먹을 흔들었다. 그의 친구들은 웃음을 터뜨렸다.

친구들에게 웃음을 선사한다는 명목으로 멍청이 같은 소리를 지껄이는 백인 남자애는 어디나 있다. 보통은 트위터에 악의적인 글을 써댄다. 우리는 지금 막 야생에서 그 실례를 목격한 것이다.

"너나 너네 혐오주의자 조상을 위해 이걸 석방시키는 건 어떠냐?" 소니가 자신의 사타구니를 움켜쥔 채 말했다.

난 그의 팔을 잡았다. "무시해버려."

난 그를 끌고 복도를 내려가 사물함으로 향했다. 말릭이 이미 꽉 들어찬 자신의 사물함에 책을 욱여넣고 있었다. 그는 매번 그 일을 기적적으로 해낸다. 그와 소니가 손바닥을 마주치고 와칸다 인사로 마무리했다.

"너희들 괜찮아?" 이렇게 말하면서 말릭이 나를 쳐다보았다.

"우린 좋아." 내가 말했다.

"좋은 것 이상이지." 소니가 말했다. "브리가 버스에서 모두에게 자기 노래를 들려줬어. 그거 진짜 끝내줘."

"뭐 그럭저럭 괜찮은 정도야." 내가 말했다.

"괜찮다고? 겸손이야." 소니가 말했다. "마일즈의 쓰레기 같은 〈스웨저리픽〉보다 훨 좋아."

난 싱글싱글 웃었다. "그 정도야 뭐."

말릭이 눈을 반짝이며 나를 보았다. "놀랄 일도 아니지."

그의 미소 ……. 맙소사, 머릿속이 완전히 뒤죽박죽이 돼버렸다.

하지만 말릭이다.

말릭.

젠장, 말릭이다. "고마워."

"난 언제 들려줄 거야?" 그가 물었다.

이 많은 사람들이 벌써 나를 쳐다보고 있는데? 분명 지금은 아니다. "나중에."

그가 고개를 갸우뚱하면서 눈썹을 치켰다. "얼마나 나중에?"

나도 역시 고개를 갸우뚱 젖혔다. "나중에-내가-그러고-싶을-때."

"정확히 말해. 점심시간 어때?"

"점심 때?" 내가 물었다.

"그래. 살즈 피자 때릴래?"

생각해 보니 내 몫의 피자값으로 낼 2달러는 있었다. "그래. 모두 열두 시에 여기서 만날까?"

"난 안 돼." 소니가 말했다. "SAT 준비반이 있어."

"그래." 말릭이 벌써 알고 있다는 듯이 말했다. "우리끼리 시간 보낼 수 있겠다, 브리."

잠깐. 이건…….

얘가 지금 나한테 묻는 건가?

데이트—하자고 물어보는 건가?

"음, 어." 무슨 단어를 뱉어야 할지 모르겠다. "물론이지."

"좋아, 좋아." 말릭이 이를 드러내지 않고 미소 지었다. "열두 시에 여기서 만날까?"

"옙. 열두 시."

"좋아, 그래."

종이 울렸다. 소니가 우리의 손바닥을 치고 나서 시각예술동으로 떠났다. 말릭과 나는 가볍게 껴안고는 각자의 길로 갔다. 복도를 절반쯤 가더니 그가 뒤를 돌아보았다.

"아, 그리고 공식적으로 하는 말인데, 브리지?" 그가 뒷걸음질을 치며 외쳤다. "그 노래가 끝내줄 거라는 걸 믿어 의심치 않아."

11

내 머릿속은 있어야 할 곳만을 제외하고 온갖 곳을 돌아다녔다.

말릭이 내게 데이트를 신청했다.

그렇게 생각한다.

좋아, 고백이다. 할아버지에 따르면 난 "백인 아이들 머리 사이를 건너서 뛰어다니는 머릿니보다 더 빨리 결론으로 뛰어든다." 우리 할아버지만 할 수 있는 말이지만, 그 말은 일리가 있다. 내가 아홉 살 때 할아버지가 처음 그 말을 했는데, 할아버지는 나와 트레이에게 당신이 당뇨병에 걸렸다고 말했다. 난 갑자기 눈물을 터뜨리며 울었다. "다리가 모두 잘려나가고 죽게 될 거예요!"

난 감상적인 아이였다. 게다가 처음으로 소울 푸드(1997년에 방영된 미국의 코미디 드라마—역주)를 봤던 때였다. 빅마마의 명복을 빈다.

어쨌든 내 비약일 수도 있지만, 말릭이 데이트 신청 없이 나한테 데이트 신청을 한 듯하다, 그런 거지? 아무렇지 않게 "야, 우린 친구잖아, 친구끼리 같이 점심 먹는 거야 흔한 일이지, 하지만 우리 둘이서만 점심을 먹게 돼서 기뻐", 이런 식이다.

그런 거 같다. 혹은 그 비슷한 거든지. 난 그런 거라고 할 거다. 이렇게 해서 난 복도에서 사람들이 날 쳐다보던 눈길을 무시할 수 있었다.

동정도 있었고 놀라움도 있었다. 마치 내가 감옥이나 뭐 이런 데 있어야 한다는 투다. 어떤 이들은 내게 말을 걸고 싶은데 무슨 말을 해야 할지 몰라서 묵묵히 지켜보기만 하는 듯이 보였다. 한둘은 귓속말을 주고받았다. 어떤 멍청이는 내가 지나가자 "마약 판매책"이라는 말을 하고는 기침으로 그 말을 덮었다.

난 엄마 말처럼 고개를 쳐들고 걷지는 못했다. 사실은 예전처럼 다시 눈에 띄지 않기를 바랐다.

시 수업에 들어갔을 때, 교실이 갑자기 조용해졌다. 남자애 다섯 명이 내 얘기를 하는 중이었다고 말했다.

머레이 선생님은 책상에 앉아 책 너머로 나를 쳐다보았다. 그녀는 책을 덮더니 거의 얼굴이 찌그러질 듯 동정에 찬 미소를 지으며 책을 내려놓았다. "안녕, 브리. 돌아온 걸 보니 좋구나."

"고마워요."

이어서 그녀는 무슨 말을 해야 할지 난감한 듯 보였고, 난 이게 문제 상황이라는 걸 안다. 머레이 선생님은 항상 무슨 말을 해야 할지 아는 사람이다.

교실의 모든 눈이 책상으로 가는 나를 좇았다.

이 정도는 벌써 극복했다.

정오가 되자, 난 사물함으로 직행했다.

핸드폰을 이용해 머리를 살폈다. 월요일에 제이의 다리 사이에 몇 시간 동안 앉아서 콘로 스타일로 땋은 다음 한 가닥으로 모아 땋아 마무리했다. 귀여운가? 그냥저냥. 망가지기 시작했나? 불행히도. 너무 꽉 조여서 머릿속 생각들까지 느껴졌다.

말릭은 키가 커서 복도를 걸어오는 모습이 몇 사람 뒤에서도 우뚝 보였다. 웃으며 누군가와 이야기를 나누고 있다. 혹시, 소니?

하지만 소니는 키가 작지 않다. 똥머리를 한 짙은 피부색의 여자애였다.

"늦어서 미안." 말릭이 말했다. "샤나를 데려오느라고."

같은 버스를 타는 샤나가 코트를 입었다. 말릭은 그녀가 코트 입는 걸 도왔다. "굉장하다, 이 순간을 얼마나 기다렸는지 몰라. 한-번-도 살즈에 가본 적이 없거든."

풍선에서 바람이 빠져나갈 때 어떤 느낌일지 알 것 같았다. "음……, 샤나가 오는 줄은 몰랐네."

"와우, 정말이야, 말릭?" 샤나가 그의 팔을 쳤다. "맨날 까먹어."

그녀가 그를 쳤다. 나도 늘 그를 친다.

그가 자신의 팔을 움켜쥐며 웃었다. "헐, 여자들이란. 그래 내가 까먹었어, 됐지? 준비됐니, 브리?"

젠장 일이 어떻게 돼 가는 거야? "그래. 물론."

난 그들을 앞서 걸었다. 둘이 은근히 친하다는 건 알았다. 무용수들은 방과 후에 리허설이 있었고 말릭은 다큐멘터리 작업 때문에 늦게까지 머물렀기 때문에 샤나와 그는 가끔 가든으로 돌아가는 시티버스를 함께 타곤 했는데— 하지만 그들이 이렇게까지 친한지는 몰랐다.

둘은 내 뒤에서 웃고 떠들었고 우리는 보도를 따라 내려갔다. 난 백팩의 끈을 그러쥐었다. 살즈는 겨우 몇 블록 거리다. 보통 미드타운-부근 어딘가를 가게 되면 지켜야 할 규칙이 있다. 암묵적으로 받아들여지는 규칙들이다.

1. 가게에 들어가면, 주머니와 백팩 밖으로 손을 꺼내야 한다. 도둑질을 할 거라 생각하게 할 빌미를 제공하지 말아야 한다.

2. 항상 '아주머니'나 '선생님'이라는 말을 사용하고 늘 차분해야 한다. 공격적이라고 생각하게 할 빌미를 제공하지 말아야 한다.

3. 무언가를 살 계획이 없으면, 가게나 커피숍에 들어가지 말아야 한다. 강도질을 할 거라고 생각하게 할 빌미를 제공하지 말아야 한다.

4. 사람들이 가게에서 뒤를 졸졸 따라다니더라도 차분해야 한다. 못된 짓을 할 거라고 생각하게 할 빌미를 제공하지 말아야 한다.

5. 근본적으로, 빌미를 제공하지 말아야 한다. 끝.

실은, 가끔씩 나도 규칙을 따르고 지금까지 헛소리들에 대처하고 있다. 소니와 말릭과 내가 몇 달 전에 만화가게에 갔는데, 그 가게를 떠날 때까지 점원이 우리를 졸졸 따라다녔다. 말릭은 그걸 자기 카메라로 모두 녹화했다.

살즈는 그런 규칙이 적용되지 않는 유일한 곳이다. 벽은 사방이 우중충하게 그을려 있고 칸막이 자리마다 가죽에 구멍이 뚫려 있다. 첨가할 수 있는 토핑 중에 가장 건강에 좋은 메뉴는 양파와 피망이었다.

빅 샬이 계산대에서 주문을 받고 뒤에 있는 사람들에게 고함을 질렀다. 만일 음식이 나오는데 시간이 너무 오래 걸리면, 그녀는 "내가 뒤로 가서 직접 만들어야겠어?"라고 말한다. 그녀는 체구는 작지만 미드타운과 가든의 모두가 그녀와 엮이지 않는 게 좋다는 걸 안다. 여기는 절대 재촉하면 안 되는 몇 안 되는 곳 중 하나다.

"안녕, 브리, 말릭." 우리 차례가 됐을 때 그녀가 말했다. 트레이가 고등학교 때 여기서 일을 시작하면서부터, 살은 우리한테 없었던 이탈리아계 이모가 됐다. "같이 온 이 사랑스러운 아가씨는 누구냐?"

"샤나예요." 말릭이 말했다. "여기 처음 온 거래요. 그러니 잘 좀 봐주세요."

샤나가 그를 팔꿈치로 슬쩍 찔렀다. "그런 말을 뭐하러 해?"

음, 쟤는 얘가 엄청 편한가 보다.

"아, 괜찮아. 전혀 언짢지 않아." 살이 말했다. "한 조각씩 먹으면 금세 다시 주문하게 될 텐데. 어떻게 할래?"

"페퍼로니 중간 크기에 치즈 토핑?" 내가 말릭에게 물었다. 우린 늘 그렇게 먹었다.

"오오, 캐나다식 베이컨 추가해도 돼?" 샤나가 말했다.

"난 괜찮아." 말릭이 말했다.

첫째: 누가 피자에 캐나다식 베이컨을 얹는단 말인가?

둘째: 그딴 건 베이컨도 아니다. 캐나다에는 감정 없다. 그건 그냥 저지방 햄이다.

살이 우리의 주문을 넣은 다음, 말릭의 돈을 받고(자기가 내겠다고 고집했다) 우리에게 컵을 주고는 자리를 잡으라고 했다. 그녀는 또 트레이가 여기 없다고도 했다. 그는 점심을 먹으러 갔단다. 당연히 피자에 질렸을 법하다.

탄산음료 기계에서 컵을 채우고, 말릭과 나는 소니와 함께 올 때 우리가 늘 앉는 구석의 좁은 자리로 샤나를 이끌고 갔다. 어쨌든 그곳은 늘 비어 있었다. 솔직히 다른 곳에 앉는 것은 상상할 수 없다. 우리는 자리에 있어서는 크라이스트 템플의 나이 든 숙녀 분들과 같은 식이었다. 누군가 선수를 쳐서 우리 자리를 차지한다면, 우린 그들을 그 자리에서 넘어뜨릴 수 있을 만큼 고약한 눈초리를 했을 것이다.

말릭이 칸막이 뒤편 너머로 팔을 뻗쳤는데, 정확히 말하자면 샤나 어깨에 팔을 빙 두른 것이다. 하지만 난 그게 칸막이를 가로지른 것뿐이라는 식으로 볼 것이다. "지금 노래 들어 봐도 돼, 브리?" 그가 물었다.

샤나가 소다를 홀짝였다. "무슨 노래?"

"며칠 전에 브리가 자기 첫 곡을 녹음했어. 오늘 아침에 버스에서 모두에게 들려줬대."

"오오, 나도 듣고 싶어." 샤나가 말했다.

얘가 오늘 아침에 버스에 있었다면, 아무 문제없이 노래를 들려줬을 것이다. 지금? 지금은 다르다. "다음에."

"어어, 제발, 브리." 말릭이 말했다. "나만 빼고 다들 들었잖아. 나 기분 안 좋아지려고 한다."

난 벌써 기분이 안 좋은 상태다. "그다지 좋지 않아."

"네가 쓴 라임들이 내가 태어나서 들어본 중에 최고였다는 걸 생각하면, 그것도 분명 최고일 거야." 그가 말했다. "그거 있잖아, '나의 거리를 어슬렁거리는 짐승이 있다네―'"

"그는 크랙 코카인이라는 이름으로 통한다네―" 내가 가사를 읊었다.

"그의 마음이 동해서 엄마들을 이름만 같은 이방인으로 바꿔놓은 건 이상한 일이라네.'" 말릭이 마무리했다. "최고로 좋아했던 건데 잊을 수 없어, '비무장이지만 위험해, 하지만 미국, 네가 우릴 이렇게 만들었어, 우리가 유명해질 때는―'"

"우리가 죽고 너희가 우리를 비난할 때뿐.'" 내가 마무리했다.

"깊이가 있네." 샤나가 말했다.

"브리는 재능이 있어." 말릭이 말했다. "그러니까 이 곡도 아마 굉장할 거야. 뜨고 난 다음에 완전 모른 체하지 않겠다고만 약속해. 난 네가 빅버드를 무서워했던 때를 알아."

샤나가 콧방귀를 끼었다. "빅 버드?"

"그래." 말릭이 키득거렸다. "얘는 세서미 스트리트에서 빅버드가 나올 때마다 눈을 감았거든. 한번은 소니의 아빠가 소니의 생일파티에서 빅버드 의상을 입었는데, 얘가 비명을 지르면서 도망갔잖아."

샤나가 웃음을 터뜨렸다.

난 턱을 앙 다물었다. 이건 그가 말할 문제가 아니다. 더군다나 나에 대한 농담거리로는. "새가 그렇게 크다는 건 논리에 맞지 않아." 내가 톡 쏘았다.

말릭의 웃음이 사라졌다. 내가 볼 때 우스울 거라곤 하나도 없다. "진정해, 브리. 농담이야."

"알았어." 내가 중얼거렸다. "뭐가 됐든."

난 핸드폰을 꺼내 노래를 찾아냈다. "오우케이. 비트가 아주 좋아."

첫 구절이 시작되자 말릭이 눈썹을 모았다. 그들은 함께 노래가 끝날 때까지 그대로 있었다. 그 사고에 대한 대목에 이르렀을 때, 말릭과 샤나가 나를 쳐다보았다.

노래가 끝나고 샤나가 말했다. "넌 네가 좋아하고 잘하는 걸 했구나, 브리." 말릭이 입술을 깨물었다. "예에, 멋져."

그런데 그의 얼굴은 말보다 훨씬 많은 것을 말해주었다. "뭐가 문젠데?" 내가 물었다.

"이건 그냥…… 네가 실제로 하지 않은 일에 대해 얘기한 거잖아, 브리."

"내 생각엔 네가 초점을 놓친 거 같은데, 말리키." 샤나가 말했다.

말리키?

"얘는 실제로 그 일을 했다고 말하는 게 아냐. 그게 그들이 애한테 기대했던 거라고 말하는 거지."

"정확해." 내가 말했다.

"알겠어, 하지만 많은 사람들이 그렇게 생각하지 않을 거 같아." 말릭이 말했다. "총에 대한 건 또 뭐야?"

맙소사. 진짜라고 생각한다는 말인가? "그게 중요해, 말릭?"

그가 손을 들어 올렸다. "내 말은 잊어버려."

그의 이런 행동에 난 열이 받았다. "뭐가 문젠데?"

그가 나를 쳐다보았다. "그건 내가 너한테 물어야지."

웨이트리스가 뜨거운 피자를 테이블 위에 올려놓았다. 우리는 조용히 먹기만 했다.

잠시 후, 샤나가 피자 조각을 내려놓더니 냅킨으로 손을 닦았다. "사실은 너한테 얘기하고 싶은 게 있어, 브리."

"어?"

"그래, 며칠 전 일에 대해서야."

"아."

"그러니까……." 샤나의 목소리가 점점 잦아들더니 말릭을 쳐다보았다. 그가 고개를 끄덕였다. 그녀에게 계속하라는 뜻 같았다. "우리들 여럿이서 롱과 테이트가 특별히 어떤 학생들을 표적으로 삼는지에 대해 얘기해 봤거든."

그건 말해도 좋다. "흑인과 갈색 피부 애들."

"맞아." 그녀가 말했다. "말도 안 되잖아, 그렇지? 당연히 너도 이제 알다시피……." 그녀가 눈을 감았다. "세상에, 그건 잘못이었어. 난 이 일엔 최악이다."

말릭이 그녀의 손 위에 자신의 손을 얹었다. "넌 잘하고 있어. 장담해."

난 그들의 손에만 온통 정신이 쏠렸고 온 세상이 멈췄다.

그가…… 그들이…….

둘 사이에 뭔가 있다.

난 너무 어리석었다. 그는 레아 공주에게 루크와 같은 존재였다. 그 이상은 아니었던 것이다.

그가 샤나의 손을 따라 엄지손가락을 문지르자 그녀가 웃더니 나를 바라보았다. 난 왠지 눈에 눈물이 고였다. "여럿이서 얘기했는데 이 일에 대해 뭔가 해야겠다고 결정했어."

난 말하는 법을 기억해내려 애쓰고 있다. 내 심장은 뛰는 법을 기억해내려 애쓰고 있다. "어떤?"

"우리도 아직은 몰라." 그녀가 말했다. "작년의 폭동과 시위 이후, 뭔가 해야 한다는 영감을 받았어. 더 이상은 그냥 죽치고 앉아서 일이 굴러가는 대로 내버려둘 수 없어. 우린 너도 같은 생각이기를 바라고 있어."

"우린 비공식적으로 흑인과 라틴계 학생 연합을 결성했어." 말릭이 말했다.

이건 처음 듣는 이야기다.

"우린 학교 당국에 변화를 요구할 거야. 사실 학교에는 우리가 필요하거든. 여러 다른 지역에서 아이들을 버스로 실어 나르고 있는 것도 보조금을 받을 수 있어서야. 만일 흑인과 라틴계 아이들이 괴롭힘을 당했다는 말이 새 나가면—"

"그건 미드타운에 문제가 된다는 의미야." 샤나가 말했다.

"맞아." 말릭이 말했다. "그리고 너한테 있었던 일에 대한 구체적인 이야기가 새 나간다면—"

워, 워, 워. "내가 이 일의 상징적 인물이 되기를 바란다고 누가 그랬는데?"

"내 말 끝까지 들어 봐, 브리." 말릭이 말했다. "두어 명이 그때 일어난 일을 녹화했어, 하지만 네가 벌써 바닥에 내동댕이쳐진 후부터야. 난 그 사건을 처음부터 전부 찍었어. 그걸 인터넷에 올릴 수 있어."

"뭐?"

"그걸 보면 네가 그런 일을 당할 만한 일은 아무것도 하지 않았다는 걸 알 수 있어." 그가 계속했다. "그 영상은 그때 있었던 일을 해명할 수단이 될 거야."

"그래." 샤나가 말했다. "어떤 부모들은 네가 마약 판매책이라는 말을 듣고 그 일에 대해서도 괜찮다고 했대. 그 사람들은 롱과 테이트가 돌아오기를 바란대."

그야말로 뺨을 한 대 맞은 것 같았다. "진짜야?"

이제야 그 남자애가 고함을 지른 게 설명이 된다. '롱과 테이트를 석방하라.' 음, 그 녀석은 개자식이지만 그래도 어떤 통찰을 주기는 한다.

"말도 안 되는 일이야." 말릭이 말했다. "내가 동영상을 올리기만 하면 무슨 일이 일어날지 누가 알겠어?"

오, 무슨 일이 벌어질지 짐작이 간다. 온통 뉴스와 소셜미디어를 장식하게 되겠지. 온 세상 사람들이 내가 땅바닥에 메다 꽂히는 걸 보게 될 것이다. 결국은 잊힐 테지만 무슨 일 때문이겠나? 와플 하우스나 스타벅스나 뭐 그런 곳에서 비슷한 일이 또 다른 흑인에게 일어나고 모두들 그 일로 관심이 옮겨가서일 터이다.

난 그 일을 완전히 잊어버리고 싶다. 더욱이 그런 일을 걱정할 여유도 없다. 우리 가족은 난방도 못하고 있다.

말릭이 몸을 앞으로 기울였다. "여기서 뭔가를 바꿀 기회가 너에게 달려 있어, 브리. 이 동영상이 알려지고 네가 목소리를 높이잖아? 그러면 실제로 우리 학교의 일들을 바꿀 수 있어."

"그럼 네가 목소리를 내." 내가 말했다.

그가 뒤로 물러나 앉았다. "와우. 똑바로 얘기해 볼까. 넌 실제로 네게 일어난 일에 대해 긍정적인 방식으로 목소리를 내는 게 아니라 네가 하지도 않은 일이나 총에 대해 랩을 하는 편이 좋은 거지? 그건 일종의 배신이야, 브리."

난 그를 위아래로 훑어보았다. "다시 말해 볼래?"

"현실적으로 따져 보자." 그가 말했다. "네가 그런 식으로 랩을 하는 유일한 이유는 모두가 그렇게 해서야, 그렇지? 넌 그게 노래를 히트시키고 돈을 벌 쉬운 방법이라고 생각한 거야."

"아냐, 모두가 망할 땅바닥에 메다 꽂히는 것에 대해 가사를 쓰지는 않거든!"

내가 너무 크게 소리를 질러서 몇 명이 우리 쪽을 돌아보았다.

"내가 왜 랩을 하든, 뭘 랩으로 부르든 너하고는 상관없는 일이야." 내가 이 사이로 내뱉었다. "그래도 난 그 사건에 대한 이야기를 포함해 내가 하고 싶은 말을 했어. 그 일에 대해 하려는 얘기는 그게 다야. 하지만 내가 '히트'를 치고 돈을 벌기 위해 그런 식으로 랩을 한다고 하더라도, 나한테는 잘 된 일이야. 우리 가족이 처해 있는 온갖 거지같은 일들을 생각한다면 말이지. 너도 얼어붙은 집에서 일어나보기 전까지는 날 비난 마. 인마."

몇 초 동안 그는 얼이 빠진 듯 보였다. 눈이 커지면서 아마도 제이가 직장을 잃은 걸 기억해낸 듯싶더니 우리 집에 가스가 끊긴 걸 잊어버린 데에 충격을 받은 듯하다가 자신이 한 말을 후회하는 듯이 입을 뻐끔거렸다. "브리, 미안해—"

"엿이나 먹어, 말릭." 내가 말했다. 여러 가지 복합적인 이유에서였다.

난 칸막이 좌석을 빠져나와 머리 위로 후드를 뒤집어쓰고는 가게 밖으로 뛰어나갔다.

12

난 그 뒤로 말릭과 말을 하지 않았다. 우리는 복도에서 서로 스쳐 지나갔고, 나에게 그는 낯선 사람이었다. 그는 그날 오후에 버스에 탔고, 내가 그와 이야기를 하지 않으려고 한 것 때문에 그는 앞자리에 샤나와 함께 앉았지 싶다.

소니는 질색을 했다.

"너희 둘이 싸울 때면, 캡틴 아메리카와 아이언 맨 같아. 난 둘을 두려워하는 피터 파커고." 그가 말했다. "어느 한쪽도 선택할 수가 없잖아, 젠장."

"난 네가 그러길 바라지 않아. 하지만 피터 파커는 엄밀하게 말해 아이언 맨 편이라는 거 알아, 응?"

"그런 말이 아니잖아, 브리!"

난 얘의 이런 태도가 싫지만 어쩔 수 없는 일이다. 난 말릭이 사과할 때까지 그와 말하지 않을 것이다. 내 말은, 세상에, 배신이라니? 난 그가 나를 이용해 샤나를 웃게 만든 것 때문에 먼저 그에게 열이 받아 있었다.

그래, 걔가 그녀를 데려온 것부터 조금 열이 받았다. 그렇다고 날 비난할 수 있을까? 둘 사이에 뭔가 있는 줄 꿈에도 몰랐으니, 절친과 둘이 먹을 거라 생각한 점심에서 난 갑자기 꼽사리가 된 것이다.

게다가 바보같이 데이트가 될 거라 생각하다니. 난 그것 때문에 나 자신에게 더욱 더 화가 났다. 난 항상 나한테 결코 아무 감정도 느끼지 않을 남자애들에게 감정을 느낀다. 그냥 그런 사람으로 타고났나 보다.

아무튼, 난 말릭을 걱정할 겨를이 없다. 당장 내 앞에 있는 거의 텅 빈 냉장고가 훨씬 걱정이다.

싸운 지 이틀째다, 그리고 난 지금 1분째 이러고 있다. 안에 몇 개의 물품이 있는지 세기에 충분한 시간이다. 정확히 열여덟 개다. 달걀 여덟 개, 사과 네 개, 버터 두 조각, 딸기 젤리 한 병(찬장에 있는 땅콩버터와 어울린다), 우유 한 통, 오렌지 주스 한 통, 빵 한 덩어리. 냉동고도 더 나을 게 없다. 4.5kg짜리 닭 한 봉지, 완두콩 한 봉지, 옥수수 한 봉지. 오늘과 내일 저녁거리다. 그 다음엔 저녁으로 뭘 먹게 될지 알 수 없다. 크리스마스는 커다란 의문부호다.

트레이가 나를 지나 손을 뻗었다. "찬 공기 빠져나가게 하지 마, 브리."

달걀이 일곱 개가 됐다. 그가 달걀 하나와 빵을 집었다.

"할머니 같아." 냉장고를 10초만 열고 있어도 할머니한테서 "음식 다 상하기 전에 문 닫아라!"는 소리가 나온다.

"그래, 할머니 말이 맞아." 트레이가 말했다. "그렇게 하고 있으면 전기요금도 올라가는 거야."

"어쨌거나." 난 냉장고를 닫았다. 냉장고 문은 새로운 고지서들로 빼곡했다. 가스요금은 지불했고, 덕분에 집은 따뜻한데 냉장고가 거의 텅비었다. 음식이냐 난방이냐의 문제가 닥쳤을 때, 추운 날씨 때문에 제이는 난방을 선택했고, 다음 주에는 눈보라가 몰아칠 예정이다. 제이는 가진 음식을 아껴서 '늘려' 먹을 수 있을 거라고 했다.

늘리거나 둘 중에 하나를 선택하지 않아도 되는 날이 하루빨리 왔으면 좋겠다. "아침으로 뭘 먹어야 돼?"

트레이가 지글거리는 프라이팬에 달걀을 깨 넣었다. "내가 하는 식으로 달걀 익혀 먹어."

"난 달걀 싫어." 그도 안다. 달걀은 너무…… 달걀 같다.

"그럼 땅콩버터와 잼 샌드위치 만들어 먹어." 트레이가 말했다.

"아침에?"

"아무것도 안 먹는 거보단 나아."

제이가 들어오더니 머리를 하나로 올려 묶었다. "무슨 얘기야?"

"먹을 게 거의 없어." 내가 말했다.

"알아. 커뮤니티센터에 가려고 해. 지나 말로는 거기서 음식 나눔 행사를 한대. 거기서 먹을 걸 얻으면 새해를 날 수 있을 거야."

트레이가 빵 조각 위에 달걀을 얹었다. "엄마, 시내에도 곧 가야 할 거야."

시내는 '복지관'에 대한 암호다. 가든 지역 사람들은 그곳을 그렇게 부른다. '시내'라고 함으로써 사람들의 관심에서 벗어날 수 있다. 하지만 그게 정말로 뭘 뜻하는지 모두들 알고 있다. 그러니 그게 무슨 의미가 있는지 모르겠다.

"거긴 절대 안 갈 거야." 제이가 말했다. "내가 도움을 청할 만큼 뻔뻔하다는 것 때문에 그 복지관의 사람들이 날 비하하는 건 사절이야."

"그래도 도움을 받을 수 있다면—"

"아니, 브리아나. 날 믿어, 아가. 미국 정부는 아무것도 공짜로 주지 않아. 푼돈 몇 푼 쥐어주고는 존엄성을 박탈할 거란다. 게다가 난 얻을 것도 없는걸. 대학생은 직업이 없다 해도 식량 배급표를 받을 수 없대. 난 학교를 그만두지는 않을 테니까."

맙소사! 정말이지, 이건 마치 개미지옥 같다. 빠져나오려 몸부림칠수록 빠져나오기 힘든 개미지옥.

"난 그냥 도움이 될 거라 말하는 거야, 엄마." 트레이가 말했다. "받을 수 있는 도움은 뭐든 필요하잖아."

"음식은 반드시 구해 올게." 그녀가 말했다. "그 걱정은 이제 그만 해, 알겠지?"

트레이가 코로 한숨을 쉬었다. "오케이."

"고맙구나." 제이가 그의 볼에 키스하고는 립스틱 자국을 지웠다. "브리, 음식 나눔 행사에 같이 가면 좋겠는데."

"왜?"

"그러자고 하면 그렇게 해."

친애하는 전 세계의 흑인 부모님께.

그건 충분히 좋은 대답이 아닙니다.

서명: 전 세계 흑인 아이들 대표 브리아나 잭슨.

추신: 우리는 부모님 면전에 대고 말을 할 만큼 용감하지 않아서 옷을 입으러 방으로 가는 동안 하고 싶은 말을 계속 중얼거릴 겁니다.

"뭐라고?" 제이가 외쳤다.

"아냐!"

젠장. 중얼거리는 소리까지 알아듣는구나.

복지관은 애쉬 가에서 거리 두 개를 지나서 있다. 아직 여덟 시도 되기 전이지만 주차장은 차들이 빼곡히 들어찼고 대형 트레일러 트럭에는 상자들이 가득했고 문에는 줄이 하나 쳐져 있었다.

뉴스방송 차량도 있었다.

오, 젠장. "뉴스엔 나오고 싶지 않은데!" 제이가 주차를 하는 동안 내가 말했다.

"얘, 넌 뉴스에 안 나올 거야."

"카메라가 좌우로 이동해서 나든 뭐든 찍겠지."

"그래서?"

제이는 이해하지 못했다. "학교 사람들이 날 보면 어떡해?"

"그 사람들이 어떻게 생각하는지가 왜 그렇게 걱정인데?"

난 입술을 깨물었다. 누군가 날 알아보면, 순식간에 난 땅바닥에 메다 꽂혔을 뿐 아니라 나눔 행사에서 음식을 받아야 할 정도로 찢어지게 가난한, 짝퉁 팀버랜드를 신은 계집애가 될 것이다.

"봐봐, 사람들이 어떻게 생각하는지는 걱정하지 않아도 돼, 아가." 제이가 말했다. "말할 거리가 있는 사람들은 늘 있는 법이지만, 그걸 귀담아 들어야 한다는 뜻은 아냐."

난 뉴스방송 차량을 노려보았다. 그녀는 귀담아 듣지 않는 게 쉽다는 듯이 말한다. "우리—"

"안 돼. 우린 여기로 들어가서 음식을 받은 다음, 그것에 감사할 거야. 그렇지 않으면, 먹을 게 거의 없다고 말할 수 없게 될 거야. 먹을 게 아무것도 없게 될 테니까. 알겠니?"

내가 한숨을 쉬었다. "알겠어."

"좋아. 가자."

줄은 꽤나 재빨리 움직였지만, 곧 짧아질 것 같아 보이지도 않았다. 우리가 줄을 서고 채 1분도 지나지 않아서 네 명이 우리 뒤로 줄을 섰다. 줄에는 온갖 종류의 사람들이 있었는데, 아이들과 함께 온 엄마들, 보행기를 끌고 온 노인들이 있었다. 어떤 이들은 코트로 꽁꽁 싸매고 있는가 하면 또 어떤 이들은 쓰레기나 다름없어 보이는 옷과 신발을 두르고 있었다. 건물에서는 크리스마스 음악이 크게 퍼져 나왔고 산타 모자를 쓴 자원봉사자들이 트럭에서 짐을 내렸다.

주차장에서 한 남자가 줄을 따라 카메라를 움직였다. 어딘가의 누군가가 빈민가의 가난한 사람들이 음식 구걸하는 모습을 보는 걸 좋아하나 보다.

난 내 신발을 내려다보았다. 제이가 내 턱과 입을 쿡쿡 찔렀다. 고개. 들어.

뭣 때문에? 이건 자랑스러워할 일이 아니다.

"댁의 애예요?" 우리 뒤의 여자가 물었다. 집업 코트에 실내화를 신고 머리를 롤러로 말고 있는 것이 침대에서 나오자마자 이리로 온 듯했다.

제이가 손가락으로 내 머리카락을 빗었다. "옙, 우리 막내딸이에요. 하나뿐인 딸!"

"엄마를 돕겠다고 오다니 기특하네요. 우리 애들은 TV 앞에서 꼼짝도 안 하는데."

"오, 말도 마세요. 나도 억지로 데려왔어요."

"요 애들은 축복을 눈으로 보면서도 그게 축복인 줄 모르죠. 우리가 가지고 돌아가는 건 뭐든 잘 먹으면서."

"설마, 진짜요?" 제이가 말했다. "애가 몇인데요?"

정말이지, 그녀는 어디를 가든 전혀 모르는 사람하고 이야기를 시작하지 않은 적이 없다. 제이는 사람들과 잘 어울린다. 난 '그래, 사람들이 존재하지만, 그렇다고 해서 내가 그들과 꼭 얘기를 해야 한다는 건 아니지'라는 쪽에 가깝다.

우리가 건물로 들어갈 무렵, 난 이 여인의 인생 이야기를 전부 들었다. 그녀는 또 제이에게 음식을 배급하는 교회와 단체들도 알려주었다. 제이는 하나하나 빠짐없이 적었다. 지금 우리의 삶을 상상해 보시라.

체육관 여기저기에 천으로 덮인 테이블들이 있었고, 장난감, 책, 포장된 음식이 놓여 있었다. 자원봉사자 한 명이 제이의 신상정보를 확인하고 상자를 하나 주면서 진행 방향을 말해주었다. 다른 자원봉사자들은 물건을 나누어주었다. 농구대 근처에서는 흑인 산타가 아이들에게 캔디를 자루에서 꺼내어 나누어주고 있었다. 머리에 지그재그로 스크래치를 넣은 남자애가 그를 도우며 셀카를 찍고 있었다. 그의 운동복 앞에 '미스터 스웨저리픽'이라고 쓰여 있다.

난 하나님이 말도 안 되는 상황 속에 날 빠뜨리는 시트콤작가라는 생각을 늘 해왔다. 이런 식이다. "하하하, 얘는 음식을 구걸해야 하는 건 물론이고, 마일즈가 보는 앞에서 그렇게 하도록 해야 해. 아주 재미있군!"

새로운 방향의 전개가 필요하다.

제이가 마일즈에게로 향한 내 눈을 따라왔다. "네가 배틀한 애가 재

아냐? 그 바보 같은 노래 부른 애?"

엄마가 그걸 어떻게 알지? "그래."

"무시해버려."

그럴 수 있다면. 〈스웨저리픽〉만큼 어이없는 건, 이 지역 어디를 가든 그 노래가 들린다는 거다.

난 〈온 더 컴 업〉을 가지고 어떻게 할지 푸 이모가 말해주기를 기다리고 있다. 이모는 아직도 행방을 알 수 없다. 걱정은 하지 않는다. 말했듯이 이모는 가끔씩 그러니까.

"가자." 제이가 내 팔을 당겼다. "그냥 음식만 얻는 거야. 필요한 건 그게 다야. 어떤 사람들은 그런 행운마저 없어."

첫 번째 테이블은 통조림으로 덮여 있다. 흑인과 백인의 나이 지긋한 여성 둘이 그 테이블에 배치되어 있다. 그들은 크리스마스에 어울리는 스웨터를 입고 있다.

"식구가 몇이에요?" 흑인 여성이 제이에게 물었다.

다른 한 명은 살짝 미소를 띤 채 우리를 지켜보았고, 그녀의 눈빛에 난 비명을 지를 뻔했다.

동정.

난 우리도 보통은 이러지 않는다고 그녀에게 말하고 싶었다. 보통은 커뮤니티센터에서 줄을 길게 서지도 음식을 구걸하지도 않는다고. 그래, 가끔씩 냉장고가 비긴 하지만 반드시 다시 채워지곤 했다고.

난 그녀에게 그런 식으로 쳐다보지 말라고 말하고 싶었다.

언젠가 내가 해결할 거라고.

이곳을 박차고 나가고 싶다고.

"좀 걷고 싶어." 내가 제이에게 중얼거렸다.

체육관 한쪽에 음식이 있었고, 다른 쪽에는 옷, 장난감, 책이 있었다. 장난감과 책 근처에서는 어린 아이들이 마일즈를 둘러싸고 그의 춤을 추었다. 카메라를 든 여자가 그 장면을 찍었다.

난 그들로부터 최대한 멀리 떨어진 신발 테이블로 갔다. 거의 미드타운 카페테리아의 테이블만큼 길었고 사이즈별로 나뉘어 있었다. 어쨌든 모든 신발이 중고였다. 난 그냥 재미 삼아 여성용 6호 부분을 둘러보았다.

그때, 그게 보였다.

그건 다른 신발들보다 튀어나와 있었다. 왼쪽 앞부리에 작은 흠집이 있기는 했지만 거의 새거나 다름없어서 작은 가죽 꼬리표가 체인에 매달려 있었다.

팀버랜드다.

난 그걸 집어 들었다. 중고시장에서 샀던 그런 짝퉁이 아니었다. 측면에 새겨진 작은 나무가 증거였다.

필시 내 것이 될 진짜 팀버랜드.

눈이 내 신발로 옮겨갔다. 제이는 음식만 얻을 거라고 했다. 이 팀버랜드는 신발이 아예 없는 누군가에게 돌아가야 한다. 난 이게 꼭 필요하지는 않다.

아니 나도 필요하다. 내 신발은 안창이 거의 닳아 없어졌다. 며칠 전부터 닳아 없어지기 시작했다. 제이에게는 말하지 않았다. 조금 불편한 건 참을 수 있었고, 그녀에게 지금 당장 내 신발을 사 줄 걱정을 하게 할 필요는 없었다.

난 볼 안쪽을 깨물었다. 이걸 가지고 나갈 수는 있지만, 이걸 가지고 여길 나서는 순간, 난 좆 되는 거다. 우린 좆 되는 거다. 그건 다른 사람이 기부한 신발이 우리에게 필요하다는 뜻이 되는 거다.

난 그런 사람이 되고 싶지 않다. 하지만 그런 사람인 것 같다.

난 울음을 참기 위해 입을 가렸다. 잭슨 집안 사람은 울지 않는다. 특히나 비참한 순간을 찾아 헤매는 뉴스 카메라와 동정이 가득한 눈들이 지켜보는 커뮤니티센터에서는. 난 울음을 삼켰다. 문자 그대로 숨을 크게 들이쉬어 울음을 빨아들이고는 테이블 위에 신발을 내려놓았다.

"신어 보지 그래, 꼬마 로?" 내 뒤에서 누군가 말했다.

난 뒤돌아 보았다. 산타가, 두 눈을 감춘 짙은 선글라스를 쓰고, 입속에 금 송곳니를 번쩍이며, 금줄 두 개를 쩔거덕거리고 있었다. 전통적인 산타의 모습이 바뀌었다고 아무도 얘기하지 않은 걸 보면, 이건 우리아빠의 예전 매니저 수프림이다.

"진짜 팀버랜드만큼 좋은 건 없지." 그가 말했다. "어서, 신어 봐."

난 팔짱을 꼈다. "아니, 됐어요."

배틀에도 규칙이 있지만, 배틀이 끝난 후에도 규칙이 있다.

제1 규칙? 경계를 늦추지 않는다. 수프림을 마지막으로 보았을 때난 링에서 그의 아들의 엉덩이를 걷어차 주었었다. 그게 기분 좋았을 리없다. 의도를 갖고 접근한 게 아니란 걸 어떻게 알겠나?

제2 규칙? 아무것도 잊지 마라. 난 쓰레기 같은 마일즈가 우리 아빠에 대해 말할 때 그가 웃던 모습을 잊지 않고 있다. 절대 넘어갈 수 없다.

수프림이 혼자서 빙그레 웃었다. "야, 너 진짜, 너희 아빠랑 똑같구나. 싸우려는 거야? 난 너한테 별 말도 안 했는데?"

"싸울 준비를 해야 되나요?" 내 말은 그러니까, 덤빈다면 받아주겠다는 거다.

"아니, 난 화 안 났어. 링에서 네가 마일즈를 아주 바보로 보이게 했지만 그걸로 널 나쁘게 생각할 수는 없지. 걔는 생각이 딴 데 가 있거든."

"그다지 딴 데 가 있었던 건 아니죠. 우리 아빠에 대해 무례한 가사를 읊었잖아요."

"옙, 너도 분명 로구나. 가사에 화를 내는 걸 보니."

"그건 그냥 가사가 아니었어요."

"그래, 하지만 그건 그냥 배틀이었어. 마일즈는 그저 네 신경을 건드리려고 한 거야. 개인적인 감정은 없었어."

"그럼, 개인적으로, 댁이고 걔고 엿이나 드세요." 난 몸을 돌렸다.

잠시 침묵이 흐른 뒤에 수프림이 말했다. "너 그 신발 필요하지, 안 그래?"

거짓말이 술술 흘러나왔다. "아뇨."

"그렇다고 해도 창피할 건 없어. 나도 겪어 본 일이야. 내가 꼬맹이였을 때 우리 엄마도 이렇게 나를 온갖 자선 행사에 끌고 다녔거든."

"우리 엄마는 수많은 자선행사에 날 '끌고 다니지' 않았어요."

"아, 첫 참가로구나." 그가 말했다. "늘 처음이 가장 어려운 법이지. 특히 사람들이 네게 보내는 동정 어린 눈길은. 그래도 나중에는 그걸 무시하는 법을 알게 될 거다."

불가능하다.

"들어 봐, 네 일에 참견하려고 온 건 아냐." 그가 말했다. "너와 제이다가 들어오는 걸 보고 예의를 차려야겠다고 생각했다. 링에서 넌 끝내줬어."

"알아요." 아니, 모른다. 하지만 아는 것처럼 행동해야 한다.

"오랫동안 보지 못했던 특별한 걸 네게서 봤지." 그가 말했다. "우리 업계 사람들은 그걸 '그거'라고 불러. '그거'가 뭔지 아무도 설명할 수 없지만, 우린 그거를 보면 알 수 있단다. 너한텐 그거가 있어." 그가 웃었다. "젠장, 넌 그거가 있어."

내가 돌아섰다. "정말요?"

"오, 그래. 로도 엄청 자랑스러워했을 거다. 틀림없어."

가슴에 찌릿한 통증이 느껴졌다. 고통인지 기쁨인지 알 수 없었다. 어쩌면 둘 다였으리라. "고마워요."

그가 이쑤시개를 입에 물었다. "그걸 가지고 아무것도 하지 않는 건 부끄러운 일이다."

"무슨 뜻이죠?"

"널 찾아봤지. 음악도 뭐도 아무것도 내놓지 않았더구나. 넌 기회를 차버렸어. 망할, 마일즈는 배틀에 지고 나서도 아직까지 소문이 도는데. 너한테 좋은 기획사만 있었어도 당장 개보다 더 잘나갈 텐데."

"우리 이모가 내 매니저예요."

"누구? 로 주위에서 얼쩡거리던 그 꼬마 아가씨?"

푸 이모는 우리 아빠를 숭배했다. 마치 그림자처럼 그에게 찰싹 달라붙어 있었다고 한다. "예, 맞아요."

"아. 어디 한번 보자. 네 이모는 디−나이스가 백만 달러짜리 계약을 하는 걸 봤고, 이제는 널 링에 계속 올려놓고 싶어 하고, 그렇게 해서 너도 계약을 따기를 바라겠구나."

그럴지도. 하지만 그가 상관할 바 아니다.

수프림이 손을 들어 올렸다. "여어, 난 방해할 생각 없다. 젠장, 요즘 엔 주변 사람 절반이 그러려고 들지. 하지만 정직하게 말할게, 꼬마 아가씨. 성공하고 싶다면 링보다 더 나은 게 필요하단다. 음악을 만들어야 해. 디−나이스에게도 그렇게 말했지. 지금 그를 봐."

"잠깐만요, 아저씨가 그의 매니저예요?"

"옙. 1년 전에 나한테 왔었지." 수프림이 말했다. "링이 계약을 따주지는 않았어. 그냥 주의를 끌게 해줬지. 그는 음악으로 계약을 딴 거야. 네 아빠도 마찬가지였단다. 적당한 소문만 있으면 됐지, 딱 맞는 시기에 딱 맞는 노래, 그 다음엔 빵! 터진 거지."

딱 맞는 노래라. "어떤 게 '딱 맞는' 노래인지 어떻게 알아요?"

"히트곡은 들으면 알지. 아직은 한 번도 틀린 적이 없어. 〈스웨저리 픽〉을 보렴. 엄청 단순한 곡인 건 인정하지. 하지만 히트곡이야. 가끔은 한 곡이면 충분해."

나도 한 곡 있다.

"아무튼." 수프림이 말했다. "그냥 지지를 보내야겠다고 생각했다. 네 아빠가 없었다면 난 어쩌면 지금 이 자리에 있지 못했을 거야. 그러니 내 도움이 필요하거든 날 찾으렴." 그가 내게 명함을 건넸다.

그가 멀어져 갔다.

그는 히트곡을 들으면 알고, 난 히트곡이 필요하다. 그럼 어쩜 내년에는 이 자선행사에 다시 오지 않을 수 있을 것이다. "잠깐만요." 내가 말했다.

수프림이 뒤로 돌았다.

난 주머니에서 핸드폰을 꺼냈다. "나도 노래가 있어요."

"그래?"

그가 뒷말을 기다리는 사이, 의미심장한 침묵이 흘렀다.

"저, 음……." 갑자기 말이 나오지 않았다. "저…… 좋은지 어떤지 모르겠어요……. 학교 친구들은 좋아하는데 난……."

그가 히죽 웃었다. "내가 어떻게 생각하는지 알고 싶은 거구나?"

그렇다, 아니 아니다. 그가 쓰레기라고 하면 어쩌지? 또 한편으로, 난 왜 갑자기 그의 생각에 신경 쓰는 거지? 우리 아빠는 그를 잘랐었다. 그의 아들은 날 모욕했고.

하지만 그는 우리 아빠를 전설로 만들어 놓았다. 그는 디-나이스에게 백만 달러짜리 계약을 따주었다. 게다가 마일즈가 쓰레기일지는 몰라도 수프림은 그에게 뭔가 딱 맞는 일을 해주고 있다. "네." 내가 말했다. "아저씨 의견을 듣고 싶어요."

"좋아." 그가 호주머니에서 이어폰을 꺼냈다. "들어 보자."

나는 노래를 찾아 핸드폰을 그에게 건넸다. 수프림이 이어폰을 소켓에 꽂고 귀에 이어폰을 끼운 다음 재생 버튼을 눌렀다.

난 팔짱을 끼고 가만히 있었다. 보통 난 사람들의 표정을 읽을 수 있는데, 그의 얼굴은 새 공책만큼이나 무표정했다. 음악을 따라 고개를 끄덕이지도 않고 아무것도 하지 않았다.

토할 것 같았다.

내 생의 가장 긴 3분이 지나고, 수프림이 귀에서 이어폰을 빼낸 다음 내 핸드폰에서 이어폰을 빼더니 핸드폰을 내게 돌려주었다.

난 침을 삼켰다. "그렇게 나빠요?"

그의 입술 꼬리가 올라가더니 천천히 활짝 웃었다. "이런 게 히트곡이야, 꼬마 아가씨."

"진짜요?"

"진짜지! 젠장. 히트곡이 바로 여기 있는데? 네 경력에 활력소가 될 거다."

이런 맙소사. "사람 놀리지 마요."

"놀리는 거 아냐. 후크는 귀에 꽂히고 가사는 좋아. 아직 인터넷에 올리지 않았지?"

"네."

"내 말 들어 봐." 그가 말했다. "인터넷에 올린 다음에 나한테 링크를 문자로 보내. 난 전화를 두어 통 해서 네가 소문을 탈 수 있을지 알아볼게. 지금은 모두들 휴가 중이라 연휴가 끝나야 할 거야. 하지만 임자만 만나면 넌 네 길을 갈 수 있어."

"그렇게 갑자기요?"

그가 미소를 짓자 송곳니가 반짝였다. "그렇게 갑자기."

제이가 상자를 들고 다가왔다. "브리, 자—"

그녀가 눈을 가늘게 뜨고 산타를 보았다. 잠시 시간이 걸렸지만 그녀가 말했다. "수프림?"

"오랜만이에요, 제이다."

그녀는 그에게 미소로 화답하지 않았지만 불쾌한 표정을 짓지도 않았다. "여기서 뭐하는 거예요?"

수프림이 산타 자루를 어깨에 들쳐 멨다. "나도 꼬맹이 때 이렇게 자선행사에 오곤 했다는 말을 브리에게 하고 있었어요. 내 아들과 난 이제 더 나은 상황이 됐으니 보답하는 게 좋다고 생각해요. 게다가 자기가 얼마나 축복받았는지 아들 녀석이 잊지 않게 하기에도 좋죠."

난 거의 눈알을 굴릴 뻔했다. 우리가 얼마나 엉망인지 보고서 자신이 얼마나 좋은 상황인지 상기하려고 마일즈가 여기 왔다는 걸 알면 이 사람들은 어떤 느낌일까? 그는 좋은 집으로 돌아가 끽해야 일주일이면 이곳을 잊어버릴 테고, 우리는 여전히 고군분투할 것이다.

내 상황은 그의 방과 후 특별활동이 될 수 없다.

"좋아 보이네요." 수프림이 제이에게 말했다. 추근대는 말투가 아닌 전혀 사심이 없는 사람이 하는 말투였다. "모두 그렇게 견디고 있는 거요?"

"옙." 제이가 말했다. "다른 선택의 여지가 없으니까요."

"있잖아요, 도움이 필요하면 언제든 내게 부탁해도 돼요." 수프림이 말했다. "로는 내게 막내 동생이나 마찬가지였어요. 우리 사이가 어떻게 됐든, 로도 내가—"

"브리아나와 난 가 봐야 돼요." 제이가 말했다.

아빠에 대한 이야기는 바로 '때에 따라 좌우되는' 주제였다. 어떤 날엔 제이가 내게 없는 기억들을 메꿔줄 이야기들을 해준다. 또 어떤 날엔 그의 이름이 입 밖에도 내면 안 되는 나쁜 말 같다. 오늘 그는 나쁜 말임에 틀림없다.

제이가 내게로 몸을 돌렸다. "가자."

난 그녀를 따라 체육관을 가로지르며 수프림을 흘낏 돌아보았다. 그는 내게 최고로 슬픈 미소를 지어 보였다.

자선행사의 줄이 중단되었다. 자원봉사자 두 명이 기다리던 사람들에게 떠나라고 말했다. 난무하는 욕설을 포착하거나 먹을 걸 달라는 아이를 엉덩이에 걸치고 있는 엄마를 찍는 카메라도 주변에 없었다.

최악은 엄마가 음식 상자를 들고 그들을 지나쳐 가는데도 상자 속 물건이 절실히 필요하기 때문에 하나도 꺼내 줄 수 없다는 걸 내가 알고 있다는 점이다.

난 제이가 지프에 상자를 싣는 걸 도왔다. 지프는 통조림과 박스 포장된 제품과 냉동 칠면조로 꽉 찼다.

"한동안은 괜찮을 거야." 그녀가 말했다. "저 칠면조가 있으면 포레스트 검프에 나오는 부바 같겠네."

포레스트 검프는 내가 제일 좋아하는 영화다. (잠깐, 아니다. 두 번째로 좋아하는 영화다. 와칸다 포에버.) 아무튼, 이 단순한 친구가 그 엄청난 역사의 목격자라는 아이디어에는 특별한 뭔가가 있다. 뭐든 할 수 있다는 생각을 갖게 만든다. 그러니까 내 말은, 포레스트 검프가 대통령을 셋씩이나 만날 수 있다면, 나도 언젠가 가든 탈출에 성공할 수 있을 거라는 뜻이다.

우리가 떠날 때까지도 계속해서 차들이 주차장으로 들어왔다. 뉴스 방송 카메라가 어쩌면 돌아와야 할지도 모른다. 이런 속도면 누군가 소동을 일으키게 될 것이다.

"제때 도착해서 우린 운이 좋았네." 제이가 말했다.

음식을 얻고 못 얻고가 운에 달렸다니 섬뜩하다. 하지만 포레스트 검프에서 발생하는 일이 바로 그거다. 그가 알맞은 때에 알맞은 장소에 있었던 것도 역시 운 덕분이었다.

수프림과의 시간이 포레스트 검프의 순간이었다면 어떻게 될까?

제이가 나를 흘낏 쳐다보았다. "수프림과 무슨 얘기 한 거야?"

난 자세를 고쳐 앉았다. 난 제이에게 노래 이야기는 하지 않았다. 문제는, 내가 너무 빨리 결론으로 뛰어든다면, 제이는 거의 순간이동 수준이라는 거다. 사실 뭐에 대한 노래냐는 중요하지 않다. 글록 권총에 대한 가사 딱 한 줄만으로도 그녀는 나를 2.5미터 깊이의 땅속에 묻어버릴 거다. 2미터로는 어림도 없다.

난 먼저 그 노래로 내가 뭘 할 수 있을지 알고 싶다. 그러니까 만일 그 곡으로 디-나이스처럼 백만 달러짜리 계약을 하게 된다면 그녀가 화를 내기는 어려울 거라는 말이다, 그렇지 않은가?

"그냥 배틀에 대해 얘기했어." 내가 말했다. "수프림은 나한테 그거가 있대. 알지, 보통 사람을 스타로 만들어주는 그거."

"그건 그가 맞아. 나도 그 배틀 동영상 봤어."

"내 배틀을 봤다고?"

"당연하지, 내가 안 볼 이유가 뭔데?"

"한마디도 안 했잖아."

"네 성적 때문에 화가 났었거든. 그게 더 중요하니까. 그래도 링 유튜브 페이지에 동영상이 올라오자마자 봤어. 너 정말 굉장하더라, 브리. 놀랄 일도 아냐. 어렸을 때 넌 뭐든지 마이크로 삼았거든. 헤어브러시가 없어지면 네가 어딘가에서 거기에 대고 웅얼거리고 있는 거였지. 네 아빠가 그랬단다." 그녀의 목소리가 잠겼다. "우리 기적이는 나중에 수퍼스타가 될 거야.'"

"기적?"

"널 갖기 전에 내가 유산을 네 번이나 했거든."

"오."

기적. 한 단어. 이적과 라임이 맞는다.

그건 일종의 이적이었어,
그래서 난 기적이라 불렸어.

제이는 눈을 재빨리 깜빡이면서도 길에서 눈을 떼지 않았다. 가끔 그녀는 자신을 찾아 헤매는 듯 나를 응시하고, 그녀가 날 보지 않을 때면 내가 그녀를 응시한다. 이상하게 보는 건 아니고 그녀가 어떤 사람이었을지 생각할 수 있을 만큼, 또 내가 어떤 사람이 될지 얼핏 볼 수 있을

ON THE COME UP

정도로.

그녀는 내게 희망을 주기도 하고 두렵게도 한다.

"우리 꼬마 기적이." 그녀가 나를 넘겨다보았다. "사랑해. 너도 알지, 응?"

난 다시 가슴이 찌릿해졌다. 이번에는 분명 기쁨의 감정이었다.

"알아." 내가 말했다. "나도 사랑해."

13

크리스마스는 간신히 크리스마스가 되었다.

일요일이었고, 예수의 생일을 맞아 교회에 갈 의무가 있었지만, 11시가 될 때까지 일어난 사람이 아무도 없었기에 우리는 예배에 빠졌다. 꼭 두새벽부터 일어나서 "예에, 크리스마스다!"라며 하나같이 즐거워하는 가족들을 보여주는 영화를 난 도무지 이해할 수 없다. 우리 가족은 "예에, 잠이다!"라며 환호한다. 진지하게 말하지만, 늦잠은 크리스마스에서 최고의 부분이다. 거의 하루 종일 파자마를 입고 지내는 건 최고의 보너스다. 내 피카추 우주복이야말로 완벽 그 자체인 것 같다.

정오가 지나고 나서야 우리는 아침을 먹었다. 제이는 크리스마스에 늘 애플시나몬 팬케이크를 만드는데 커뮤니티센터 상자에서 나온 밀가루 덕분에 오늘도 별반 다르지 않았다. 베이컨도 먹어야 하는데, 합법이기만 하다면 난 두꺼운 종류의 베이컨과 결혼이라도 할 거지만 상자에 베이컨은 없었다.

우리는 각자의 접시를 가지고 방으로 가서, 모두 소파에 앉아 팬케이크에 젤리와 버터를 듬뿍 발랐다. 아침을 먹고 나면 보통 선물을 주고받는 시간이지만, 올해엔 나무 밑에 아무것도 놓여 있지 않다. 제이는 크리스마스 선물을 살 돈이 없었고 트레이도 그럴 수 없었던 게 분명하다. 더욱이 난 여기에 익숙하다. 나무 밑에 선물 세 개가 놓여 있으면 그건 기적이다. 아무것도 없다고 해서 그 반대인 것도 아니니.

괜찮다.

제이는 침실로 가서 아직까지 살아 있는 게 기적인 나이 든 친척들에게 전화를 하고 트레이와 나는 우리가 어렸을 때 아빠가 사준 닌텐도 위^{wii}의 마이클 잭슨 비디오 게임을 시작했다. 하나님께 맹세컨대, 이 게임은 세상에 존재하는 게임 중 최고다. 이건 엠제이처럼 춤추는 법을 가르쳐준다. 엄밀히 말해 맞는 방향으로 조종기를 움직이기만 하면 이길 수 있지만 트레이와 나는 게임에 열중한다. 발차기와 골반 튕기기 등 전부 다. 우리 둘 다 경쟁심이 몹시 강하다는 사실은 도움이 안 된다.

"이거 봐!" 트레이가 발차기를 하며 말했다. 게임에서는 '완벽'의 점수를 받았다. 그의 발차기는 언제나 엄청 높다. 그건 고적대장 시절에 익힌 기술이다. "우우우우-이이이! 이건 못 따라할걸!"

"개뺑!" 난 트월을 춰서 '완벽'의 점수를 받았다. 당연하다. 난 모든 동작을 외우고 있다. 마이크를 향한 나의 사랑은 그의 〈빌리 진〉$^{Billie Jean}$ 공연을 유튜브 동영상으로 처음 보았을 때부터 시작됐다. 난 여섯 살이었고 마이클 잭슨은 마법 같은 존재였다. 전혀 힘들이지 않는 움직임. 킥과 스텝마다 반응하는 대중들. 그가 나와 성이 같다는 것도 전혀 기분이 상하지 않았다. 나는 그를 알기라도 하는 듯 사랑했다.

난 모든 동작을 익힐 때까지 그 공연을 보았다. 우리 할아버지 할머니는 가족 모임에서 〈빌리 진〉을 틀어놓았고, 난 공연을 펼쳤다. 야외 파티, 일요일 저녁 식사, 장례식 식사 등 가리지 않았다. 모두들 내 공연을 즐겼고 난 사람들의 반응을 즐겼다.

뭐, 그에겐 문제도 있었고 어떤 문제들은 이해하고 싶지도 않았지만 재능만은 한결같았다. 어찌 됐든 그는 항상 위대한 마이클 잭슨이었다.

나도 그렇게 되고 싶다. 잠깐, 마이크의 기분을 상하게 하고 싶지는 않지만, 완전히 똑같이는 아니고, 언젠가 사람들이 나를 보고 이렇게 말하는 걸 듣고 싶다. "아빠를 총기폭력으로 잃었고 엄마는 마약 중독자였고, 엄밀히 말해 빈민가에 사는데도 불구하고 그녀, 위대한 브리아나 잭슨은 놀라운 일들을 해냈어."

난 트레이의 가슴을 밀치며 문워크로 그에게서 멀어진 다음 스핀을 한 바퀴 돌고는 그를 향해 가운데 손가락 두 개를 들어 올리며 발끝으로 착지했다. 전설이 하던 그대로.

트레이가 마구 웃어댔다. "그건 엠제이의 동작이 아니잖아!"

"그래, 이건 비제이의 동작이야." 내가 말했다.

"그건 옳지 않아."

"알아, 입 다물어."

그가 소파로 물러났다. "좋아, 이 판은 네가 이겼어. 그건 못 이기겠다."

"알아." 난 그의 옆에 털썩 주저앉았다. "내가 이겼으니까, 뭘 해야 하는지 알지."

"헐, 싫어."

"규칙이잖아!"

"오늘은 예수님 생일이잖아. 그러니까 그 규칙은 적용 안 돼, 십계명을 완전히 어기는 거니까."

내가 고개를 젖혔다. "지금 나한테 설교하는 거야?"

"네가 이긴 게 아니잖아! 내가 양보한 거지."

"내가. 이긴. 거야." 난 한마디 한마디 뱉을 때마다 손뼉을 쳤다. "그러니까 해."

"야," 그는 신음소리를 내면서도 무릎을 꿇고 나를 찬양했다. "최고로 뛰어난 브리, 만세."

"최고의 엠제이 춤꾼." 내가 덧붙였다.

"최고의 엠제이 춤꾼."

"미모를 따를 자 없어라."

"미모를……" 그는 나머지를 얼버무리고 말았다.

난 손을 귀에 가져다 댔다. "뭐라고?"

"미모를 따를 자 없어라." 그가 더 크게 외쳤다. "자? 행복해?"

내가 빙그레 웃었다. "예에!"

"어쨌거나." 그가 소파로 돌아가며 중얼거렸다. "다음 판 준비 됐지?"

제이가 어깨와 뺨으로 수화기를 받쳐 든 채 방으로 돌아왔다. 손에는 상자가 들려 있었다. "여기들 있어요. 얘들아, 에드워드 삼촌에게 인사해." 그녀가 상자를 한 손으로 옮기더니 수화기를 내밀었다.

"아직 살아계셔?" 트레이가 물었다.

내가 팔꿈치로 그를 찔렀다. 무례한 자식. "안녕하세요, 에드워드 삼촌." 우리가 말했다. 그는 제이의 엄마의 삼촌으로 내게는 외증조부뻘이다. 평생 한 번도 본 적이 없지만 제이는 통화할 때마다 내게 말을 시킨다.

그녀가 수화기를 다시 귀에 댔다. "그래요, 낮잠 계속 주무세요. 크리스마스 인사하려고 전화했어요. ……그래요, 네. 또 통화해요." 그녀가 전화를 끊었다. "맙소사. 나랑 통화하다가 잠이 드시지 뭐니."

"엄마랑 통화하다가 돌아가시지 않은 게 다행이야." 트레이가 말했다. 제이가 그를 째려보았다. 그가 턱으로 상자를 가리켰다. "그건 뭐야?"

"너희들에게 주는 크리스마스 깜짝 선물."

"엄마, 우린 선물 안 살 거라고 얘기했―"

"아무것도 안 샀어, 얘. 팔 만한 게 있나 보려고 창고를 뒤졌는데, 아빠 물건들을 발견했어."

"이게 아빠 거였어?" 내가 물었다.

제이가 책상다리를 하고 바닥에 앉았다. "옙. 너네 할머니 눈에 띄지 않게 숨겨야 했지. 그 사람 건 뭐든 원했거든. 내 눈에도 띄지 않게 해야 했고." 그녀가 눈길을 떨구었다. "그러지 않았으면, 아팠을 때 그 물건들을 팔았을지도 몰라."

그건 그녀가 마약에 중독됐을 때를 말한다.

난 상자를 응시했다. 안에 아빠의 물건들이 있다. 어느 때인가 그의 손길이 닿았을, 그의 일상의 한 부분을 차지했을 물건. 그를 그가 되게 해주었던 물건.

난 상자의 덮개를 잡아당겼다. 초록색 벙거지 모자가 맨 위에 놓여 있었다. 멋지다, 내 스타일이다. 그리고 분명 그의 스타일이다.

"로는 모자를 쓰지 않은 모습은 보여줄 수 없다는 듯 굴었지." 제이가 말했다. "그런 모습이 신경에 거슬렸어. 어딜 가든 모자가 필요했거든. 로는 자기 머리 모양이 이상하다고 생각했단다."

나도 그렇다. 난 피카추 우주복의 후드를 내리고 벙거지 모자를 썼다. 좀 크고 약간 헐렁했지만 완벽했다.

난 소파 끝으로 돌진한 다음 몇 가지를 더 끄집어냈다. 아직도 그의 향수 냄새가 남아 있는 운동복 셔츠가 있었다. 작문 노트도 한 권 있었다. 페이지마다 글씨라고 부를 수도 없을 만큼 휘갈겨 쓴 글씨로 뭔가 적혀 있었다. 그래도 읽을 수는 있었다. 내 거랑 너무 비슷했다.

노트가 더 있었고, 운전면허증이 들어 있는 낡은 가죽 지갑, 셔츠, 재킷, 뭔지 알아보기 힘든 CD와 DVD들이 있었다. 그리고 제일 밑바닥에 금이 있었다.

난 그걸 들어올렸다. 왕관 모양의 반짝이는 펜던트가 금줄에 매달려 있었다. 맨 아래에 다이아몬드로 '로'라고 쓰여 있어서 마치 그의 이름 위에 왕관이 놓여 있는 듯했다.

세상에. 대박. "이거 진짜야?"

"옙." 제이가 말했다. "맨 처음 발행한 고액 수표로 아빠는 이걸 샀단다. 늘 하고 다녔어."

이 물건은 수천 달러 가치는 돼야 맞다. 트레이가 "이거 팔면 되겠네"라고 한 것도 그래서일 거다.

"안 돼, 어림없어." 제이가 고개를 저었다. "브리에게 줄 거야."

"정말?" 내가 말했다.

"브리에겐 음식과 아늑한 집이 있어야 해." 트레이가 말했다. "으응, 엄마. 팔아! 지금은 가치가 더 올랐을 거야."

"너. 입. 조심해." 제이가 으르렁거리듯 말했다.

아빠에 관해서라면, 트레이는 팬이 아니다. 아빠의 음악을 듣지 않는다는 말이 아니라, 물론 음악도 듣지 않지만, 트레이 생각에 아빠는 피할 수도 있었을 바보 같은 일 때문에 죽은 거다. 트레이는 그런 이유로 절대 아빠 얘기를 하지 않았다.

트레이가 피곤한 듯이 손으로 얼굴을 훔쳤다. "난…… 그래."

그가 소파를 떠나 자기 방으로 갔다.

제이는 그가 앉았던 자리를 쳐다보았다. "상자 안에 있는 건 뭐든 가져도 좋아, 브리. 네 오빠는 분명 아무것도 원하지 않을 테니. 난 저녁 준비를 해야겠다."

예에, 벌써 저녁 준비를 한다고? 크리스마스는 예수의 영광 속에서 먹는 날이다.

난 소파 반대편에 앉았다. 손에는 목걸이를 늘어뜨리고 머리에는 벙거지를 썼다. 펜던트를 들어 올려 거실의 불빛에 비추자 햇살 좋은 날의 호수처럼 다이아몬드가 빛났다.

현관 벨이 울렸다. 난 커튼을 젖히고 밖을 내다보았다. 푸 이모가 산타 모자를 쓰고 두 팔을 한쪽 방향으로 들어 올린 산타가 그려진 셔츠를 입고 있었다. 다른 쪽 팔은 레나와 팔짱을 끼고 있었다.

난 문을 열어 그들을 맞았다. "어디 갔었어?"

푸 이모가 나를 지나 집안으로 들어왔다. "너도 메리 크리스마스."

"신경 쓰지 마, 브리." 레나가 말했다. "늘 그러잖아."

레나가 푸 이모한테 참아주는 것의 반만 따져도 그녀는 이미 성자다. 두 사람은 열일곱 살 때부터 함께했다. 푸 이모가 레나의 입술을 목에 문신으로 새겼듯이 레나도 가슴에 '푸'라고 문신을 했다.

"난 성인이야." 푸 이모가 소파에 앉으며 말했다. "브리, 넌 그걸 알아야 돼."

레나가 이모의 무릎 위로 철퍼덕 주저앉았다.

"오우! 엉덩이 저리 치우지 못해!"

"나한테도 성인이라며 떠들 거야, 응?" 레나가 말했다. 그녀가 푸 이모를 꼬집자 이모가 곧바로 움찔대며 웃었다. "허?"

"내가 네 성가신 엉덩이를 좋아하니 다행인 줄 알아." 푸 이모가 그녀에게 키스했다.

"아니지. 네가 다행이지." 레나가 말했다.

사실이다.

제이가 들어오며 수건에 손을 닦았다. "너희들일 거라고 생각했어."

"메리 크리스마스, 제이." 레나가 말했다. 푸 이모가 손가락으로 평화 신호를 만들었다.

"저녁 식사를 시작하자마자 푸가 나타나겠거니 했어. 그나저나 어디 있었니?"

"이런, 모두들 내 일에 신경 꺼줄래?" 푸 이모가 물었다.

제이가 엉덩이 위에 손을 짚더니, 용기 있으면 다시 한 번 말해 볼래, 라는 눈빛으로 쳐다봤다.

푸 이모가 눈치를 살피고는 눈길을 피했다. 이모가 몇 살이 되건 상관없이, 제이는 언제나 그녀의 큰언니일 거다.

제이가 입술로 이를 문질러 쯧 소리를 냈다. "그래야지. 그리고 내 소파에서 신발 신지 마." 그녀가 푸 이모의 발을 찰싹 때렸다.

"언제가 돼야 애 취급을 안 할까."

"음. 오늘은 안 되겠는데!"

레나가 터져 나오는 웃음을 참느라 입을 손으로 가렸다. "제이, 저녁 차리는 거 도와줄까?"

"그래, 애." 말을 하면서도 제이의 눈은 푸에게 고정되어 있었다. "가자."

두 사람은 부엌으로 들어갔다.

푸 이모가 발을 다시 들어 올리려 하자 제이가 소리를 질렀다. "내 소파에서 너절한 신발 치우라고 얘기했다."

"젠장!" 푸 이모가 나를 보았다. "어떻게 아는 거냐?"

난 어깨를 으쓱했다. "육감 같은 거지."

"진짜—" 아빠의 목걸이가 그녀의 눈길을 끌었다. "오, 대박! 너 그거 어디서 났어?"

"제이가 줬어. 아빠 물건을 넣어둔 상자에 있었어."

"이런." 푸 이모가 손가락으로 목걸이를 집었다. "아직까지도 엄청 깨끗하네. 근데 그거 안 하고 다니는 게 좋아."

내가 이마를 찌푸렸다. "어째서?"

"내 말 믿어, 알았지?"

난 이렇게 아무 답도 해주지 않는 대답에 질렸다. "이모가 스튜디오에 날 두고 떠났을 때도 '그냥 이모만 믿었어야' 했어?"

"스크랩이 있었잖아, 아냐?"

"하지만 이모가 거기 있었어야 했어."

"말했잖아, 난 처리해야 할 일이 있었다고. 넌 노래를 완성했고 스크랩 얘기로는 폭발적이었다고 하던데. 그럼 됐잖아."

그녀는 이해를 못한다.

푸 이모는 나이키 조던 운동화를 벗고 다리를 소파 반대편으로 뻗었다. 그녀가 열정적으로 두 손을 비볐다. "들어 보자. 지난주부터 이 순간만 기다렸어."

"분명 이게 최우선이긴 했나 보네." 내가 말했다.

"브리, 내가 미안해, 됐지? 자 얼른. 노래 좀 들어보자."

난 노래를 찾아 이모에게 핸드폰을 넘겼다.

그녀가 자신의 이어폰을 꺼냈다. 난 노래가 시작되는 걸 알 수 있었고, 이모가 소파에 누운 채 몸을 흔들었다.

"후크 짱." 그녀가 크게 외쳤다. 혼자 잠자코 들을 수가 없나 보다. "대박 짱 좋아!"

갑자기 그녀가 춤을 멈췄다. 내 핸드폰을 가리켰다.

"이건 뭐야?"

"뭐가 뭐야?"

그녀가 이어폰을 잡아 빼더니 부엌 쪽을 봤다. 제이와 레나는 이야기하느라 여념이 없었고 R&B 크리스마스 곡이 흘러나오고 있었다. "노래 속에서 하는 이 얘기는 뭐냐?" 푸 이모가 목소리를 낮추고 물었다. "이건 네 삶이 아니잖아!"

설마 진심은 아니겠지. 말릭은 그렇다고 쳐도, 푸 이모는 항상 총을 가지고 다니는데? 마약 관련 일을 처리하느라 며칠씩 사라지면서? "아니지, 근데 이모는 그렇게 살잖아."

"이건 나랑은 눈곱만치도 상관없어, 브리. 이건 너 아닌 다른 사람이 아니라 너 자신을 보여주는, 너에 대한 곡이야."

"그게 나라고는 안 했는데! 요점은 전형적인 이미지를 표현하고 있다는 거야."

그녀가 자세를 바로 하고 앉았다. "넌 길거리의 바보 녀석들이 '숨은 의미'에 귀 기울일 거라 생각하니? 브리, 넌 거리 얘기를 하고 돌아다닐 순 없어. 누군가 널 분석해주기를 기대할 수도 없고. 그리고 왕관 이야기는 뭐야? 문제 일으키고 싶어?"

"잠깐만, 뭐라고?"

"여왕이 되기 위해 회색은 필요없다고 했잖아."

"난 그러니까!" 제길, 이모에게 그것까지 설명해야 하나? "어떤 틀도 필요하지 않다는 말을 그렇게 한 거야."

"하지만 사람들은 그걸 다른 식으로 받아들일 수 있어!" 그녀가 말했다.

"그렇다고 해도 그건 내 알 바 아냐! 그냥 노래잖아."

"아니, 성명서나 같아!" 푸 이모가 말했다. "이게 사람들이 너에 대해 생각하길 바라는 모습이야? 방아쇠를 당기고 끈에 묶여 있는 거? 그게 네가 바라는 평판이야?"

"그게 네가 바라는 그런 거야?"

침묵. 완전한 침묵.

그녀가 방을 가로지르더니 얼굴을 바짝 들이밀었다. "노래 지워." 그녀가 이 사이로 내뱉었다.

"뭐?"

"지우라고." 그녀가 말했다. "노랜 또 만들면 돼."

"오, 그럼 이번엔 옆에 있을 거야?"

"날 맘껏 비난해도 되지만, 넌 좆 된 거야." 그녀가 내 가슴을 쿡 찔렀다. "새 노래를 녹음하는 거야. 꾸밈없고 단순한 걸로."

난 팔짱을 꼈다. "새 곡으로 뭘 어떻게 할 건데?"

"뭐?"

내 마음속엔 수프림이 떠올랐다. "새 곡이 좋으면, 다음 계획이 뭐냐고?"

"인터넷에 업로드하고 무슨 일이 벌어지는지 보는 거지." 그녀가 말했다.

"그게 다야?"

"진짜 네 노래를 부르기만 한다면, 넌 뜰 거야." 그녀가 말했다. "난 방법을 알 필요도 없어."

난 그녀를 응시했다. 정말일 리 없다. 그래선 날씨가 좋다고 해도 날지 못할 것이다. 하물며 가족의 잃어버린 수표가 밑바닥 멀리에 있다면? 날개가 있더라도 날 수 없을 것이다.

"난 그걸로 충분하지 않아." 내가 말했다. "이게 얼마나 중요한 일인지 알아?"

"브리, 나도 알아. 알겠어?"

"아니, 이모는 몰라!" 제이와 레나가 부엌에서 무슨 얘긴가로 웃었다. 난 목소리를 낮추었다. "울 엄만 거지같은 음식 자선행사에 가야 했어, 푸 이모. 내가 이 순간을 얼마나 별렀는지 알아?"

"나도 벼르고 별렀어!" 그녀가 말했다. "나라고 좋아서 공영주택단지에 눌러 살고 있는 거 같니? 나라고 남은 평생 그 망할 물건을 팔며 살고 싶을 거 같아? 천만에, 아냐! 매일 매일 그 날이 내 마지막 날이 될 수 있다는 것도 알아."

"그럼 하지 마!" 젠장, 말은 쉽다.

"봐봐, 난 내가 해야 할 일을 하고 있어."

망할! 망! 할!

"이 랩으로 우리가 같이 올라가는 거?" 그녀가 말했다. "그게 전부야."

"그럼 그런 식으로 행동을 해! 난 '상황을 보며' 기다릴 수 없어. 확실한 게 필요해."

"내가 보장할게. 연휴가 지나면 널 다시 링에 세울 거야, 인기 스타로 만들 거라고."

"어떻게?"

"그냥 날 믿어!" 그녀가 말했다.

"그걸로는 어림도 없어!"

"거기." 제이가 외쳤다. "너네 괜찮은 거니?"

"으응." 푸 이모가 말했다. 그녀가 나를 보았다. "노래 지워."

그녀가 부엌으로 가더니, 마치 모든 게 괜찮다는 듯이 제이와 레나에게 농담을 했다.

아니, 이건 아니다. 수프림은 이 곡이 히트할 거라고 했다. 그런데 푸이모는 내가 이걸 손가락 사이로 흘려보내야 한다는 건가?

그녀에게 말보다 행동으로 보여주겠다.

난 내 방으로 가서 문을 걸어 잠그고 노트북컴퓨터를 켰다. 〈온 더컴 업〉을 닷클라우드에 업로드하는 데 10분이 걸렸고, 수프림에게 링크를 보내는 데는 20초가 걸렸다.

그가 1분도 안 돼서 답을 했다.

받았어, 꼬마 아가씨.

준비 됐지.

넌 이제 뜨는 일만 남았어.

GOLDEN AGE

골든 에이지

14

크리스마스 연휴가 지나고 첫날 아침, 현관을 시끄럽게 두드리는 소리에 잠이 깼다.

"누군지, 제 정신이야?" 제이가 집안 어딘가에서 쏘아붙였다.

"아마 여호와의 증인일 거야." 트레이가 자기 방에서 비몽사몽간에 외쳤다.

"월요일인데?" 제이가 말했다. "말도 안 돼. 만일 그 사람들이면, 특별한 걸 목격하게 해주겠어, 어때?"

으음. 재밌어야 할 텐데.

그녀의 쿵쿵거리는 발소리가 거실로 향했고, 주변이 조용한 덕에 "오, 제길"이라고 투덜거리는 소리가 들렸다. 현관 자물쇠가 딸각 하더니 문이 삐그덕 열렸다.

"내 돈 어딨어?"

망할. 집주인 미즈 루이스다.

난 일어나서 구멍이 숭숭 뚫린 스파이더맨 파자마 차림으로(편하면 그만이다) 현관으로 돌진했다. 트레이도 침대에서 빠져 나오고 있었다. 그는 눈에서 눈곱을 떼고 있다.

"미즈 루이스, 시간을 조금만 더 주세요." 제이가 말했다.

이른 시간이지만 미즈 루이스는 우리 집 현관에서 담배를 한 모금 빨았다. 난 그녀의 얼굴에 있는 점이 몇 갠지 세려다 놓치고 말았다. 그녀의 머리는 희끗희끗한 아프로 스타일인데, 이발사인 오빠가 꾸준히 다듬어 주었었다. 그가 최근에 이사를 가서 그녀의 아프로 스타일은 지금 엉망이다.

"시간을 더? 춧!" 그녀는 목에 걸린 듯한 웃음소리를 냈다. "오늘이 며칠인지 알아?"

9일이다. 집세는 1일까지였다.

"지난달 집세도 두 주치를 미뤄 주고 여태 기다리고 있는데." 그녀가 말했다. "이제 이번 달도 미뤄 달라, 구걸 짓거리는 낯 두껍게—"

"'구걸 짓거리'?" 내가 따라했다.

"잠깐만요." 트레이가 말했다. "우리 엄마한테 그런 식으로 말하지—"

"얘들아!" 제이가 말했다.

공개적으로 말하면, 난 미즈 루이스를 좋아한 적이 없다. 뭐, 엄밀히 말해 우리 집이 그녀의 집이기는 하지만, 그녀가 자기 침에 숨 막혀 죽는다 해도 내 알 바 아니다. 그녀는 늘 거들먹거리며 우리가 자기 집에 세를 산다는 것만으로 우리보다 더 우월하다는 듯이 행동한다. 자기도 빈민가에서 두 블록 거리에 살고 있으면서.

"미즈 루이스," 제이가 차분히 말했다. "돈은 꼭 드릴 거예요. 하지만 제발 선처를 좀 해주셔서 시간을 조금만 더 주세요."

미즈 루이스가 담배로 제이의 얼굴을 가리켰다. "이봐, 너희 수많은 흑인들이 잘못된 게 바로 그거야. 누군가 너희에게 선처를 베풀어야 한다고 생각하는 거."

음, 그녀도 흑인인 건 마찬가지다.

"왜? 다시 그거라도 하시나? 내 돈을 마약하는 데 쓰려고?"

"잠깐만—"

"브리아나!" 제이가 쏘아붙였다. "아니. 다시 마약하는 거 아니에요, 미즈 루이스. 다만 지금은 사정이 좀 안 좋아요. 간청할게요, 엄마 대 엄마로서. 시간을 조금만 더 주세요."

미즈 루이스가 담배를 현관 바닥에 떨어뜨리더니 신발 끝으로 눌러 껐다. "좋아. 내가 구원을 받아서 다행인 줄 알아."

"정말이에요?" 내가 물었다.

제이가 그녀의 어깨 너머로 나를 노려보았다.

"이러는 건 이번이 마지막이야." 미즈 루이스가 경고했다. "돈 안 낼 거면, 모두 나가."

미즈 루이스는 화가 나서 계단을 내려가는 내내 뭐라고 중얼거렸다.

제이는 문을 닫고 이마를 문에 기댔다. 그녀의 어깨가 내려앉았고, 그녀는 마치 하고 싶었던 말을 전부 풀어 놓듯 깊은 숨을 내쉬었다. 싸우지 않는 건 싸우는 것보다 더 어렵다.

"걱정하지 마, 엄마." 트레이가 말했다. "점심시간에 수표를 미리 쓸 수 있는 곳에 가볼게."

제이가 자세를 곧추세웠다. "아니, 아가. 그런 곳은 덫이란다. 그런 종류의 빚은 갚는 게 불가능해. 내가 해결해 볼게."

"못하면 어떻게 할 건데?" 내가 물었다. "만일 퇴거를 당한다면, 우린—"

나는 말을 할 수 없었다. 하지만 그 단어가 마치 악취처럼 방 안을 가득 채웠다. 노숙자. 세 음절, 한 단어.

이 온갖 혼란에
까딱하면 우린 노숙자라네.

"어떻게든 잘 풀릴 거야." 제이가 말했다. "어떻게든, 무슨 수로든, 해결될 거야."

그녀는 우리가 아니라 스스로에게 말하는 듯했다.

이 일 때문에 난 뒤죽박죽이 되었다. 왓슨 씨가 버스의 경적을 울렸을 때, 난 아직 옷을 입는 중이었다. 제이가 날 학교에 데려다주었다.

그녀는 진입로에서 후진을 하며 내 의자의 머리받침대를 붙잡았다. "넌 집세 문제에 신경 쓸 거 없어, 브리. 내가 말한 대로, 잘 해결될 거야."

"어떻게?"

"방법은 알 필요 없어."

난 사람들이 이렇게 말하는 데 아주 질렸다. 먼저, 푸 이모와 지금의 제이. 그들은 일을 풀어나갈 방법은 하나도 모르고 그저 기적적으로 그렇게 되기만을 바라고 있다. "내가 일을 하면 어떨까?" 내가 말했다. "도움이 될 텐데."

"안 돼. 네가 할 일은 공부야." 그녀가 말했다. "난 열세 살에 처음 일을 시작했어, 엄마가 죽은 뒤였지. 그렇게 해서 아빠를 도울 수 있었어. 난 청구서에 너무도 얽매인 나머지 10대 소녀처럼 지내지 못했단다. 내가 어른이라고 생각했어. 트레이를 열여섯에 갖게 된 데는 그런 이유도 조금 은 있어."

오, 우리 엄마와 아빠가 그런 전형적인 10대 부모였다니. 내가 생겼 을 때는 그들도 성인이었지만, 그 전에 트레이가 그들을 어른으로 만든 거였다. 할아버지 말로 우리 아빠는 열여섯 살 때 두 가지 일을 하면서도 랩을 계속 해나갔다고 한다. 그의 결심은…….

음, 이런 식으로 되지 않는 것이었겠지.

"난 네가 너무 빨리 자라지 않았으면 좋겠어, 아가." 제이가 말했다. "난 너무 빨리 자랐거든, 그건 되돌릴 수 없는 거더라. 될 수 있으면 네가 어린 시절을 많이 즐겼으면 좋겠어."

"난 노숙자가 되느니 얼른 자라는 편이 좋은데."

"그렇게까지 생각하다니 유감인걸." 그녀가 중얼거렸다. 그녀가 헛기 침을 했다. "하지만 이건 내 책임이야. 트레이나 네 책임이 아냐. 내가 어 떻게든 해결할 거야."

난 목에 걸린 아빠의 오래된 목걸이를 내려다보았다. 어쩌면 가든 지 역에서는 ─강도를 부르는 짓일 테니─ 목걸이를 하지 말아야 할지 모른 다. 하지만 학교에서는 괜찮지 싶다. 더욱이 모두들 크리스마스 선물로 받은 새 옷과 새 신발을 뽐낼 테니. 나도 뭔가를 자랑하고 싶다. 하지만 집세가 필요하다면……. "전당포에 잡히면─"

"그 목걸이는 없애지 않을 거야." 젠장. 제이는 내 마음속을 꿰뚫어 본다.

"하지만─"

"어떤 것들은 돈보다 귀하단다, 아가. 네 아빠는 네가 그걸 갖기를 바랄 거야."

아마도 그럴 거다. 하지만 우리가 노숙자가 되기를 바라지도 않을 것이다.

우리는 미드타운 학교 앞에서 멈췄다. 날씨가 너무 추워서 밖에서 서성이는 사람이 많지 않았다. 그런데 소니가 밖에 있었다. 그가 계단에서 내게 손을 흔들었다. 그는 아침 일찍 내게 문자를 보내 할 말이 있다고 했다.

"이따 봐." 차에서 뛰어내리며 내가 제이에게 말했다.

"잠깐," 그녀가 말했다. "키스 같은 거 안 해줄 거야?"

보통은 그런 걸 전혀 하지 않지만, 나보다도 그녀에게 그게 필요한 날이지 싶다. 난 그녀의 볼에 키스했다.

"사랑해." 그녀가 말했다.

"나도 사랑해."

그녀가 내 관자놀이에 가볍게 입을 맞추었다. 내가 계단을 반쯤 올라갔을 때 그녀가 창문을 내리고 말했다. "좋은 하루 보내, 부키!"

난 얼어붙었다.

오, 맙소사. 제이가 한 건가?

도대체 무슨 뜻인지 모르겠지만, 내가 기억하는 한 "부키"는 제이만 내게 사용하는 애칭이었다. 그녀가 얼마나 많이 그렇게 불렀는지를 생각하면, 어렸을 때 내 진짜 이름이 "부키"라고 생각하지 않은 게 놀라운 일이다.

밖에 있던 몇몇은 분명 그녀의 말을 들었을 것이다. 난 머리 위로 후드를 뒤집어쓰고 서둘러 계단을 올랐다.

소니가 능글맞게 웃었다. "넌 이제 계속 부키라고 불릴 거야, 알지?"

"입에 지퍼 채워, 소니 버니." 이건 그의 엄마가 그를 부르는 애칭이다.

"엿 먹어." 그가 내 펜던트를 집었다. "대박. 이거 로 삼촌 거구나, 어?"

"옙. 엄마가 나 줬어. 무슨 일이야? 할 얘기 있다고 했잖아."

우리는 계단을 올랐다. "너한테 무슨 일 있나 해서. 연휴 내내 말릭의 문자에 답을 안 했잖아."

그랬다. 그가 날 배신자라고 하고 나를 이용한 농담으로 샤나를 웃긴 이후 난 그에게 말을 하지 않고 있다. "뭐야, 걔가 지금 너한테 중재자 역할을 맡긴 거야?" 내가 소니에게 물었다.

"불행히도, 난 자동적으로 중재자야. 너 아직도 걔가 살즈에서 한 말에 화가 나 있는 거야, 어?"

난 스스로에게 더 화를 내야 하지만, 뭐, 여전히 화가 나 있다. 그리고 상처 입었다. 하지만 그걸 인정하라고? 안 되지. 바보같이 그에게 감정을 품었고 우리에게 가망이 있다고 생각했었던 걸 인정하는 편이 낫다.

우린 이제 분명히 아무 감정도 없다. 1일에 소니가 보낸 문자에 따르면, 샤나와 말릭은 공식적으로 커플이 됐다.

어쨌든.

"난 괜찮아." 난 나 자신에게 들려주었던 말을 소니에게 했다. "너 정말 말릭에 대한 얘기나 하려고 이 추운데 밖에서 기다린 거야?"

"허. 전혀 아냐. 그렇게까지 너희들 걱정 안 해."

내가 그를 흘겨보았다. 그가 히죽 웃었다. 요런 장난꾸러기.

"근데 진짜로 너와 얘기하고 싶었던 건 이거야." 그가 말했다.

소니가 자신의 핸드폰을 내게 보여주었다. 오늘 아침 래퍼드에게서 온 문자였고, 단순하지만–그리–단순하지–않은–질문으로 이루어져 있었다.

만나고 싶어?

난 입이 떡 벌어졌다. "진지하게?"

"진지하게." 소니가 말했다.

"대박." 하지만 문제가 하나 있었다. "왜 대답 안 했어?"

"모르겠어." 그가 말했다. "한편으로는 그러니까, 엄청 좋아. 근데 다른 한편으로는 이렇게 좋은 일이 과연 일어날까 싶은 마음이 들어. 실은 자기 엄마네 지하실에 사는 오십 먹은 남자인데, 날 죽여서 토막 내고 뒤뜰 여기저기에 흩뿌려 두려는 사악한 계획을 세워서, 아무도 모른 채 지금으로부터 20년이 지나서야 떠돌이 개가 냄새를 맡고 나를 찾아내면 어떻게 해?"

내가 그를 노려보았다. "네가 드는 구체적인 예들은 가끔씩 충격적이야."

"가능한 일이야. 그럼 난 어떻게 하지?"

"음, 그가 널 죽이기 전에 미친 듯이 도망치면 되겠네."

소니의 입술이 얇아졌다. "그 다음엔?"

"경찰을 부르는 거지."

"브리!" 그가 웃음을 터뜨리며 말했다. "난 진지해. 사기꾼일 수도 있잖아."

"뭐, 그럴 수도." 인정해야 했다. 내 말은, 인터넷에는 온갖 소름끼치는 거짓말쟁이들이 가득하다는 말이다. 딱 소니의 예와 같지 않을지는 모르겠지만 위험할 수도 있다.

"게다가, 다시 말하면, 이게—"

"정신을 산만하게 해?" 내가 대신 말했다.

"맞아. 말릭이 래피드가 진짜로 누군지 알아내는 중이야. 내가 정보를 조금 줬는데 벌써 그걸로 알아보기 시작했더라. 저번 날 같이 검색을 꽤 했어."

"오, 근사한데."

난 가슴이 철렁했다. 소니가 내게는 한 적 없는 래피드에 관한 얘기를 말릭에게 했다. 그리고 둘이 함께 그에 대해 검색도 했다. 나 없이.

바보 같지만 기분이 상했다.

소니는 이미 너덜너덜해진 자신의 손톱을 깨물었다. "래피드에게 만나는 건 조금 기다리자고 할 거야. 그 사이에 말릭과 함께 계속 검색해 보려고."

그와 말릭. 불경한 삼총사들처럼 이제는 둘이 되었다.

젠장. 난 왜 이렇게 감정적인 걸까?

"이건 의외로 어떤 멍청이가 날 당황스럽게 하려는 걸 수도 있어." 소니가 계속했다. "내가 그와 공유했던 것들을 생각해 보면…… 내가 바보처럼 보일 거야."

그의 눈에 스치는 수치심에 난 무덤덤해졌다.

난 팔꿈치로 가볍게 그를 찔렀다. "넌 바보가 아냐. 그가 널 속인 거라면 그가 멍청이인 거지. 약속해, 내가 그녀석의 엉덩이를 실컷 패줄게."

"지하실에서 사는 오십 먹은 사람이라도?"

"지하실에서 사는 오십 먹은 사람이라도. 내가 직접 그 사람의 손가락을 뜯어서 목구멍 속에 쑤셔 박아 주겠어."

소니가 내 볼에 키스했다. "내 대신에 그렇게 폭력적이 돼준다니, 고맙다."

"오, 언제든지. 내가 너의 사소한 불안거리를 되찾아준 거네."

"그런 일이 일어날 수 있다는 걸 알기 때문에 불안한 거야."

보안검색은 순조로웠다. 새 경비원들이 아직도 있었다. 모두들 보통 때보다 천천히 복도를 통과했다. 우리는 크리스마스 휴가 때문에 여름을 훨씬 더 그리워하는 것 같다.

소니가 나를 살짝 찔렀다. 앞쪽에, 말릭이 내 사물함 앞에서 기다리고 있었다.

"너희들 잘 지낼 거지?" 소니가 물었다.

"옙." 난 거짓말을 했다. 사실은 잘 모르겠다.

소니는 수업 전에 선생님과 면담이 있어서 시각예술동을 향해 자리를 떴다. 난 사물함을 향해 갔다.

사물함을 열고 백팩을 벗었다. "안녕."

말릭의 눈이 살짝 커졌다. "나한테 더 이상 화 안 났어?"

난 (백인의) 미국 역사책을 집어서 백팩에 집어넣었다. "응. 괜찮아."

"네 말 안 믿어. 넌 구두쇠가 돈을 움켜쥐듯이 꽁한 마음을 품고 있는 애잖아."

얘는 우리 할아버지의 촌철살인 강좌라도 듣고 있는 건가? "괜찮다고 했잖아."

"아니, 우린 괜찮지 않아. 브리지, 봐." 말릭이 내 팔을 잡았다. "내가 정말로 미안해, 응? 너랑 말 안 하는 동안 내내 지옥이었어."

실은 이게 지옥이다. 그가 내 팔을 잡고 있는 방식. 그가 내 피부를 따라 엄지손가락을 움직이고 있다. 온 몸이 나를 만지는 그의 손길을 의식하고 있다.

안 돼. 털어버려. 날 만지고 있는 건 샤나의 남자친구야.

난 그의 손아귀에서 빠져나왔다. "우린 괜찮아, 말릭. 마음 쓰지 마!"

왜냐하면 난 그를 떨쳐버리려는 중이니까.

그가 한숨을 쉬었다. "적어도 무슨 일이 있는지는 말해줄―"

"여! 공주님!"

커티스가 우리에게 다가왔다. 오직 커티스만이 떠올릴 수 있는 바보 같은 농담을 하려는 게 뻔하다.

"왜, 커티스?" 내가 물었다.

그의 스냅백과 나이키 조던 운동화는 여느 때처럼 잘 어울렸고 새 것처럼 보였다. 아마 크리스마스 선물이리라. "너 지금 네가 엄청 잘났다고 생각하지, 어? 그러려니 한다."

"무슨 소리 하는 거야?"

"블랙아웃 아직 안 봤어?" 그가 물었다.

"블랙아웃?" 말릭이 말했다.

블랙아웃은 흑인 유명인사들을 (자기네 표현대로) "헐뜯고 씹어서" 가십에 목말라하는 모든 이들에게 던져주는 가십 블로그다. 터무니없지만…… 중독성이 있다. 내가 달리 어떻게 해서 이번 주에 카다시안이 어느 흑인 유명인사의 아이를 임신했다는 걸 알 수 있겠는가?

"그래. 좀 전에 브리의 노래가 거기 올라왔어." 커티스가 말했다.

내가 잘못 들은 게 틀림없다. 말도 안 된다. "뭐라고?"

커티스가 자기 핸드폰으로 그 사이트를 열었다. "봐!"

거기 블랙아웃의 첫 화면에, 내가 있었다. 내가 링에 올랐을 때 찍은 사진을 올려놓았다. 표제는? "살해된 전설의 언더그라운드 래퍼 로리스의 10대 딸, 죽여주는 새 히트곡!"

여담: 내가 이름이 없었던가? 안성맞춤인 짧은 이름이 있는데.

당분간 성차별적인 헛소리는 기꺼이 눈감아주겠다. 그 사진 바로 아래에 내 닷클라우드 페이지로 바로 연결되는 〈온 더 컴 업〉의 플레이어가 있었다. 재생 횟수로 말할 것 같으면…….

세!

상!

에!

"2만 번!" 내가 소리를 질렀다. "2만 번이나 재생됐어!"

복도의 모든 눈이 나를 보았다. 로즈 박사가 몇 발짝 떨어진 곳에서 안경 너머로 나를 쳐다보았다.

그래, 너무 시끄러웠다. 하지만 상관없다.

"이만 번에서 계속 올라가고 있어." 커티스가 말했다. "너도 뜬 거야."

"근데…… 어떻게…… 누가……?"

수프림이다. 그가 약속을 지킨 거다.

말릭의 입술이 살짝 치켜 올라갔다. "진짜 멋지다, 브리."

"멋지다고?" 커티스가 말했다. "친구야, 네가 아는 가든 사람 중에 몇 명이나 이런 관심을 받고 있을 거 같냐? 이건 엄청난 일이야, 공주님. 경의를 표한다."

이보다 더 충격적인 일이 있을까. 내 노래는 입소문을 탔고, 커티스는 내게 경의를 표했다.

커티스가 내 앞에서 손을 흔들었다. 그가 내 이마를 두드렸다. "거기 아무도 없어—"

내가 그의 손을 찰싹 때렸다. "야, 네가—"

그가 웃음을 터뜨렸다. "난 네가 몇 초 동안 우리 눈앞에서 죽은 줄 알았어."

"아냐." 하지만 내 영혼이 몸 밖으로 빠져나온 경험을 하고 있는 건 아닌지 의심스럽다. 난 이마를 짚었다. "이상해."

"그래······." 말릭이 말꼬리를 흐렸다. "난 교실로 가야겠다. 축하해, 브리."

그가 복도를 따라 사라졌다.

"니 친구 이상해, 요오." 커티스가 말했다.

"왜 그렇게 말하는데?"

"어, 만일 너한테 쟤가 가깝다고 생각되는 만큼, 내가 그렇게 가깝다면 난 지금쯤 난리를 치고 있을 텐데. 쟤는 고작 축하한다는 말뿐이잖아."

난 입술을 깨물었다. 나도 그걸 느꼈다. "노래에서 내가 한 말이 맘에 들지 않는대, 그래서 그래."

"네가 한 말이 뭐가 문젠데?"

"총에 대한 얘기 말야, 커티스. 사람들이 그게 나라고 생각하는 게 싫대."

"어차피 사람들은 좋을 대로 생각할 거야. 네가 여기서 뭔가를 얻을 수 있다면, 바보 같은 생각은 잊어버리고 밀고 나가."

내가 그를 응시했다. "와우."

"왜?"

"너, 실은 생각보다 괜찮은 애구나."

"넌 미워하는 걸 좋아하지, 어? 아무튼." 그가 주먹으로 가볍게 내 어깨를 쳤다. "이걸로 너무 머리에 힘주진 마. 네 머린 이미 충분히 크니까."

"웃기시네. 자기 거시기에 대해선 그렇다고 못할 거면서."

"앗!" 그가 이마를 찌푸렸다. "잠깐, 그런 생각을 하고 있었던 거야, 공주님?"

그를 귀엽다고 생각했던 이유가 뭐였더라. "천만에, 전혀 아냐."

"까칠하긴. 그래도 네 덕분에 행복해. 진짜로, 거짓말 아냐."

내가 입술을 일그러뜨렸다. "그래 알았어."

"진짜야!" 그가 말했다. "가든에서 뭔가 좋은 게 나올 때가 된 거지. 비록." 그가 어깨를 으쓱했다. "내가 배틀에서 그 엉덩이를 걷어차 줄 거지만."

내가 웃음을 터뜨렸다. "난 그렇게 생각 안 해."

"난 그렇게 생각해."

"좋아." 내가 말했다. "증명해."

"좋아." 그가 말했다.

그가 내게 얼굴을 들이밀었다. 엄청 가까이.

처음에 뭣 때문에 얘를 쳐다본 거지?

얘는 뭣 때문에 날 빤히 쳐다보는 거야?

"가 봐." 내가 말했다.

"아니." 그가 말했다. "숙녀 먼저."

"꽁무니 빼는 거야?"

"아님 내가 신사든가."

우리 사이에 공간이 거의 없어서 그의 말을 거의 느낄 수 있을 정도였다. 내 눈이 그의 입술로 옮겨갔다. 그가 입술을 축였고 사실상 그의 입술은 내게 키스를―

종이 울렸다.

내가 커티스에게서 물러났다. 맙소사?

그가 히죽 웃고는 걸음을 떼었다. "다음에, 공주님."

"넌 날 못 이겨." 내가 그의 뒤에 대고 소리쳤다.

그가 뒤를 돌았다. "물론이야, 잰."

쟤가 지금 날 또 하나 만들어낸 건가?

난 그에게 가운데 손가락을 들어보였다.

* * *

비기의 가사대로, 이건 전부 꿈이다.

학교 안을 걸을 때면 항상 누군가 나를 알아보거나 나를 가리키는데 이건 그 사건이나 마약 판매책이라는 소문과는 하나도 상관없다. 나한테 말도 걸지 않던 사람들이 갑자기 인사를 한다. 우리 아빠의 목걸이를 흘끗거리거나 빤히 쳐다보기도 한다. 장편소설 시간에는 수업 시작 전에 누군가 내 노래를 틀었다. 번즈 선생님이 애들에게 "그 엉터리 같은 노래 꺼"라고 했지만 난 황홀경에 취해 혀를 깨물었다. 난 속으로 이 교실에서 유일하게 엉터리 같은 건 그녀의 가발이라고 말했다.

브리아나 잭슨은 오늘 교장실에 가지 않을 것이다.

머레이 선생님도 그 노래를 들었다. 내가 시 수업에 들어가자 그녀가 말했다. "우리의 엠씨가 납시셨구나!" 그리고 덧붙였다. "힙합도 시니까, 넌 절대 낙제하지 않을 거야."

아무튼.

재생 횟수가 올라가고 학교 친구들이 난리를 떠는 걸 보면서 난 내가 꿈꾸던 모든 일들이 실제로 이루어질 수 있다고 생각하게 됐다. 난 정말로 래퍼로 성공할 수 있을 거다. 이건 내 상상이 만들어낸 터무니없는 꿈이 아니다. 이건……

가능한 일이다.

15

블랙아웃에서 내 노래를 포스팅한 지 2주가 조금 넘었다. 재생 횟수는 계속 올라가고 있다. 난 팔로어니 재생 횟수니 온통 그런 얘기들만 하고 있다. 어제는 저녁을 먹기 위해 조부모님 집에 갔는데(할머니가 고집하셨다) 지나가는 차에서 내 노래가 쾅쾅 울려 나왔다.

그런데 오늘밤 우리 집 앞에 멈춘 차는 내 노래를 틀고 있지 않았다. 푸 이모가 자신의 커트라스에서 나를 기다리고 있었다. 난 오늘밤 링에서 또 다른 배틀이 있다. 누구와 붙게 될지 모르지만 그게 링이다. 어떤 상황이든 준비가 되어 있어야 한다.

제이는 학교에 갔고 트레이는 일하는 중이어서 나는 문단속을 꼼꼼히 했다. 내 노래가 인터넷에서 주목을 끌고 있지만 두 사람 모두 내 노래에 대해 모르는 것 같다. 더구나 제이는 유튜브 동영상을 볼 때나 페이스북에서 친구나 가족들을 몰래 검색할 때를 제외하고는 인터넷을 하지 않는다. 트레이는 소셜미디어가 불안을 조장한다고 생각해서 그다지 쓰지 않는다. 우선은 난 좋다.

스크랩이 푸 이모의 조수석에 비스듬히 기대 앉아 있었다. 그는 내가 뒤쪽으로 올라탈 수 있게 의자를 앞으로 당겨주었다. "넌 나의 비상을 막을 수 없어. 아이이이이이이이!" 그가 말했다. "머릿속에서 떠나지를 않아, 꼬마 로. 이거 완전 폭발적이야."

"고마워. 안녕, 이모."

"잘 있었지." 그녀가 앞을 바라본 채 중얼거렸다.

블랙아웃에서 〈온 더 컴 업〉을 포스팅한 날, 난 그녀에게 전부 다 말했다. 그녀는 내내 아무 대꾸도 없다가 어제 내게 문자를 보내 오늘밤 링에 갈 거라고 날 태우러 오겠다고 했다.

자기 말에 따라 노래를 지우지 않은 것 때문에 기분이 상한 것 같다. 우리가 같은 목표를 향해 가고 있는 거라면 그게 뭐가 중요하지? 내 말은, 젠장. 그게 목표라는 거다. 안 그런가?

스크랩이 나를 돌아보았다. "좋아, 좋아. 너네 아빠 목걸이 했네."

난 금줄에 매달린 왕관 펜던트를 내려다보았다. 갖게 된 날부터 난 매일같이 목에 걸었다. 이걸 목에 거는 건 이를 닦는 거나 마찬가지로 습관이 되었다. "아빠의 일부가 함께하는 거 같아 좋아."

"우우우우-이이!" 스크랩이 입에 주먹을 대고 말했다. "로가 맨 처음 그걸 샀을 때가 기억나. 모든 사람들이 그 얘길 했었어. 그때 그가 성공했다고 생각했지."

푸 이모가 백미러로 나를 쏘아보았다. "그거 하지 말라고 말했을 텐데?"

뭐가 걱정인 걸까, 강도라도 당할까 봐? 그래서 대개 이 지역에서는 셔츠 아래로 넣어두는데. 하지만 링에서는? "아무도 채가지 못해, 푸 이모. 얼마나 안전한지 알잖아."

그녀가 고개를 저었다. "가끔씩 고집불통인 네가 얼마나 성가신지 넌 모를 거다."

우리는 체육관에서 멈추었다. 최고로 터무니없어 보이는 차들이 주차장에서 모습을 뽐내고 있었다. 푸룻룹스 상자처럼 보이도록 칠을 한 로우라이더와 내 생전 처음 보는 커다란 휠을 장착한 트럭이 있었다. 처음엔 보라색으로 보였다가 가로등 불빛이 비치자 형광색으로 변하는 차도 지나쳤다.

푸 이모가 빈자리를 발견했고 우리 셋은 차에서 내렸다. 사방에서 음악소리가 들렸다. 사람들은 자동차만큼이나 음향기기 뽐내길 좋아한다. 어쩌면 더 좋아하는지도 모르겠다. 어떤 차에서 내 목소리가 밖으로 쾅쾅 울려 나왔다.

넌 나의 비상을 막을 수 없어.

"애이이이이!" 차 안에서 한 남자가 소리치고는 나를 가리켰다. "가든을 위해 하는 거야, 브리!"

많은 사람들이 나를 알아보고 온갖 사랑과 지지를 외쳤다.

스크랩이 나를 찔렀다. "봤지? 사람들이 온통 네 이야기야."

푸 이모는 잠자코 막대사탕을 입안에 밀어 넣었다.

권투체육관 안으로 들어가려는 줄이 인도까지 늘어서 있었지만 여느 때처럼 우린 곧장 문으로 향했다. 보통 대개는 괜찮았는데, 사내들 몇이 말했다. "너네들 뒤로 썩 꺼지는 게 좋을 거야."

우리 셋은 뒤로 돌았다.

"너 내가 누군지 알아?" 푸 이모가 물었다.

"쌍년이지." 사내가 말했다. 그는 입 안에 은 이빨이 가득했고 회색 야구 셔츠를 입었다. 주변의 녀석들 전부 회색의 뭔가를 입고 있었다. 크 라운파다.

"다시 생각해 보는 게 좋을 거야, 동업자." 스크랩이 경고했다.

"그럼 그게 뭔지, 깜—" 크라운파 한 놈의 눈이 곧장 우리 아빠의 목 걸이로 향했다. "와아, 이런." 그의 입꼬리가 올라갔다. "여기 누가 있는지 봐."

그의 친구들도 목걸이를 보았다. 그들의 눈이 반짝였고 난 갑자기 굶주린 사자 굴에 던져진 고깃덩이가 되었다.

"너 그 멍청이 로리스의 딸이구나, 맞지?"

푸 이모가 앞으로 나서자 스크랩이 그녀의 셔츠를 붙들었다. "너 우 리 형한테 뭐라는 거냐?"

형부. 하지만 내버려 두자, 그저 조그만 글자에 불과하니까.

"이모." 내 목소리가 떨렸다. "안으로 들어가자, 응?"

"그래, 이모, 들어가." 크라운파 녀석이 흉내를 냈다. 그가 다시 나를 쳐다보았다. "저 노래 부른 게 너지, 안 그래?"

난 갑자기 말을 할 수 없었다.

"그러면 어쩔 건데?" 푸 이모가 물었다.

크라운파가 턱을 문질렀다. "진짜 거리 이야기를 했던데. 우릴 좀 걸 고넘어지는 가사가 있더라고. 여왕이 되기 위해 회색이 필요하진 않다나 뭐라나. 지랄, 그건 뭔 뜻이냐?"

"그건 얘가 원하는 건 좆나 뭐든 될 수 있다는 뜻이야." 푸 이모가 말했다. "별 뜻 없는 가사야, 그래서 뭐가 문젠데?"

"뭔가 기분이 좀 나빠서 말야." 크라운파 녀석이 말했다. "몸조심 하는 게 좋을 거야. 지네 아빠처럼 끝장나고 싶지 않다면 말이지."

"너 말 다했어?" 푸 이모가 그를 향해 달려들었다.

그도 그녀를 향해 달려들었다.

"오, 젠장!"이라고 외치는 고함소리와 비명소리가 터졌다. 핸드폰들이 우리를 향했다.

푸 이모가 허리 뒤로 팔을 뻗쳤다.

크라운파 녀석도 뒤로 팔을 뻗쳤다.

난 얼어붙었다.

"어이! 그만 둬!" 체육관 기도 프랭크가 고함을 질렀다.

그와 레기가 서둘러 달려왔다. 레기가 푸 이모를 뒤로 밀쳤고 프랭크가 크라운파 녀석을 밀쳤다.

"안 돼! 이봐, 안 되지." 프랭크가 말했다. "여기서 이런 짓거리는 안돼. 너희들은 안으로 못 들어가."

"저 자식들이 먼저 우리한테 걸었어!" 푸 이모가 말했다. "울 조카가 배틀이 있어서 우린 안으로 들어가려고 한 것뿐이야."

"상관없어." 레기가 말했다. "그런 길거리 짓거리는 못 봐줘, 푸. 알잖아. 모두 돌아가."

어, 잠깐. 모두? "하지만 난 오늘 여기서 배틀이 있는데?"

"이젠 아냐." 프랭크가 말했다. "규칙 알지, 브리? 너나 너네 패거리가" —그는 스크랩과 이모를 가리켰다— "여기에서 갱들이 하는 바보짓을 벌이면, 너도 가야 돼. 간단하고 분명해."

"하지만 난 아무 짓도 안 했는걸!"

"규칙이야." 레기가 말했다. "너네 모두, 당장 여기서 나가."

크라운파 일당이 욕을 하며 떠났다. 늘어선 줄을 따라 수군거림이 일었다.

"와아, 저기요." 내가 프랭크와 레기에게 말했다. "제발! 들여보내줘요."

"미안해, 브리." 프랭크가 말했다. "너희도 가야 돼."

"규칙은 규칙이야." 레기가 말했다.

"하지만 난 아무 짓도 안 했어요! 근데 우리 패거리가 한 일 때문에 날 내쫓는 거야?"

"규칙이 그래!" 프랭크가 주장했다.

"좆나 거지같은 규칙!" 내가 생각 없이 말하는 건가? 언제나. 내 성미는 몇 초 만에 영에서 백까지 치솟는 건가? 확실히. 하지만 모여 있는 사람들이 중얼거리는 모양새를 보니 그들도 동의하는 듯했다.

"안 돼, 브리. 너도 돌아가." 레기가 엄지손가락으로 도로를 가리켰다. "당장."

"왜?" 내가 소리를 지르자 군중들의 웅성거림도 커졌다. 이번에는 스크랩이 내 셔츠를 붙들었다. "왜?"

"우리가 그렇게 말했으니까!" 프랭크가 나와 군중을 향해 말했다.

하지만 그들은 듣지 않고 있었다. 누군가 자동차에서 〈온 더 컴 업〉을 틀자 모두들 광분했다.

그래서 말인데, 알게 뭐란 말인가.

"덤벼 봐, 끝장내주지." 내가 크게 외쳤다.

"우리 분대는 용광로보다 더 뜨거워." 군중이 뒤따랐다.

"소음기는 필수, 사람들에게 우리 소린 안 들려." 내가 말했다.

"우린 공격하지 않는데, 우리 땜에 살인이 일어났대." 군중이 외쳤다.

이 후크가 언제 히트를 친 거지? 세상에나. 거의 모든 사람이 아는 것 같은데. 사람들이 나와 함께 이리저리 몸을 흔들며 고래고래 노래를 불렀다. 주차장이 바로 작은 콘서트 장이었다.

프랭크와 레기가 고개를 젓더니 문 안으로 들어갔다. 난 그 둘에게 가운데 손가락을 들어올렸다. 누군가 고함을 질렀다. "너넨 개자식들이야!"

난 사방에서 응원을 받았다. 우리 아빠가 가든의 왕이라면 난 진정한 공주님이다.

하지만 푸 이모는 날 뚫어져라 쏘아보았다. 그녀는 주차장을 향해 걸어갔다.

도대체 뭐지? 내가 그녀의 팔을 잡았다. "도대체 뭐가 문젠데?"

"젠장, 네가 문제야!"

난 뒤로 물러났다. "뭐?"

"그 노래 발표하지 말라고 했지!" 그녀가 고함을 질렀고 입에서 침이 튀었다. "이제 여긴 다신 못 올 거야!"

"잠깐만, 지금 내 노래를 탓하는 거야? 내가 크라운파랑 쌈박질하라고 한 거 아니잖아!"

"오, 그래 내 잘못이다?" 그녀가 고함을 질렀다.

"그들에게 방아쇠를 당기려고 한 건 이모야!"

"그래, 널 보호하려고!" 푸 이모가 소리쳤다. "이야, 웃기지 마. 멍청이 같은 네가 일으킨 일이니까."

난 그녀가 걸어가는 걸 지켜보았다. 얼마나 많은 사람들이 내 노래를 좋아하는지 보지 못한 건가? 근데 크라운파 몇이 내 가사에 기분이 상한 걸로 내게 화를 낸단 말인가?

어떻게 해서 내가 멍청이지?

푸 이모가 나를 돌아보았다. "가자고!"

나한테 저렇게 쏘아대는데 같이 간다고? "아니. 난 괜찮아. 아무 잘못한 것도 없는 날 멍청이라고 부르는 사람이랑 같이 차를 타고 가면 내가 뭐가 되겠어?"

푸 이모가 하늘을 노려보았다. 그녀가 두 손을 들어올렸다. "좋아! 너 하고 싶은 대로 해."

"좋은 생각 같지 않은데—"스크랩이 말을 꺼냈다.

푸 이모는 자기 차를 향해 쿵쿵 걸어갔다. "저 멍청이는 내버려 둬! 머릿속에 똥만 가득해."

스크랩이 그녀와 나를 번갈아 보더니 그녀를 따라갔다. 그들은 차에 뛰어올랐고, 푸 이모는 떠났다.

솔직히? 난 어쩌면 여기 밖에 혼자 있어서는 안 될 것이다. 내가 크라운파와 싸운 건 아니지만 기분이 안 좋을 때 갱들이 무슨 일을 할지 모른다. 그저 계속 고개는 숙이고 눈은 부릅뜨고 귀는 활짝 열어놓아야 한다. 아무튼 집에까지 무사히 가야 한다.

난 인도로 향했다.

"야! 꼬마 로!"

난 고개를 돌렸다. 수프림이 내게로 어슬렁어슬렁 걸어왔다. 밖이 칠흑같이 어두운데도 선글라스를 쓰고 있다.

"태워다 줄까?" 그가 물었다.

수프림은 전면에 금빛 그릴이 달린 검은색 허머를 몰았다. 마일즈가 조수석에 앉아 있었다. 수프림이 운전석 문을 열더니 자기 아들을 향해 손가락을 딱딱 튕겼다.

"뒤에 타. 브리가 앞에 타게."

"왜 쟤가—"

"야, 뒤에 타라고 했지!"

마일즈가 안전벨트를 풀고 뒤로 넘어 가며 낮게 구시렁거렸다.

"할 말이 있으면 가슴 쫙 펴고 말해!" 수프림이 말했다.

으음, 이거 어색하다. 말릭과 소니네 집에 있을 때, 첼 이모나 지나 이모가 뭔가를 가지고 걔네들에게 버럭 화를 낼 때 같다. 가야 하는지, 있어도 되는지, 아니면 아무 일도 없다는 듯이 행동해야 하는지 모르겠다.

난 아무 일도 없다는 듯이 행동했다. 이건 내가 타 본 차 중에 가장 비싼 차다. 수프림의 계기판은 스크린과 버튼들로 가득해서 밀레니엄 팔콘(스타워즈에 나오는 우주선 – 역주)에서 튀어나온 듯이 보였다. 좌석은 흰색 가죽이었는데, 그가 작동을 시키자 몇 초 후에 내 자리가 따뜻해졌다.

수프림이 백미러로 자기 아들을 보는 것 같았다. "적어도 사람을 보면 말은 해야지."

마일즈가 한숨을 쉬더니 내게 손을 내밀었다. "마일스야. 즈가 아냐. 배틀에서 너네 아빠에 대해 한 말 사과할게."

그가 달리…… 보였다. 마치 교외에 있는 근사한 식료품가게에 할머니와 같이 갔을 때, 할머니가 내게 "뭐 좀 아는 듯이 말하라"고 했던 때 같았다. 그녀는 사람들이 우리를 "자기네 시설에 출몰하는 불한당"이라고 생각하지 않기를 바랐다. 트레이는 그걸 코드 스위칭이라고 불렀다.

마일스에게는 이게 코드 스위칭이 아닌 듯했다. 자연스럽게 말하는 듯했고 교외에 속해 보였다. 그러니까 몇 주 전 링에서는 완전히 건달처럼 보였지만, 그는 교외 출신이라는 말이다.

내가 그의 손을 붙잡고 흔들었다. "괜찮아. 더 이상 감정 없어."

"더 이상?"

"어이, 뭔가 있었다는 건 알았어야지. 그래서 사과한 거잖아, 맞지?"

"맞아." 그가 말했다. "개인적인 감정은 아니었어. 네가 그렇게 강하게 반격할 거라고 예상하지 못했어."

"뭐? 여자애가 널 이겨서 놀랐다는 거야?"

"아니, 네가 여자인 거하고는 아무 상관없어." 그가 말했다. "내 말 믿어, 내 플레이리스트는 니키와 카디로 가득하니까."

"와, 너도 그 두 사람을 동시에 좋아하는 드문 경우구나?" 나도 그렇다. 그 둘 사이에 문제가 있을지도 모르지만, 두 사람이 서로 좋아하지 않는다고 해서 내가 두 사람을 동시에 좋아할 수 없다는 뜻은 아니다. 더욱이, 그 두 여자 가운데 하나를 '선택'하는 건 사양한다. 지금으로서는 힙합 가수가 너무 적으니까.

"오 예에." 마일스가 조금 앞으로 다가왔다. "하지만 현실적으로는, 릴 킴이 궁극적인 여왕벌이라고 할 수 있어."

"음, 물론이야." 제이도 릴 킴을 몹시 좋아한다. 나도 그녀를 들으며 자랐다. 킴의 노래는 여자들이 랩을 할 수 있을 뿐 아니라 남자들에게 지지 않을 수 있다고 말해준다.

"하드 코어는 표지만으로도 상징적이야." 마일스가 말했다. "시각적인 관점에서, 심미적인—"

"얘야." 수프림이 말했다. 그 말 한마디에 마일스는 뒤로 물러나 조용히 핸드폰을 만지작거렸고, 마치 우리가 좀 전까지 대화를 하고 있지 않았다는 투였다. 이상했다.

"어디로 갈까, 브리?" 수프림이 물었다.

내가 주소를 알려주자 그가 그걸 GPS에 입력했다. 그가 출발했다. "아까 거기서 너랑 네 이모에게 무슨 일이 있었던 거니?" 그가 물었다.

"봤어요?"

"엡. 네가 한 작은 공연도 봤지. 넌 군중을 움직이는 법을 알더구나. 사람들 입에 오르내리는 삶이 널 제대로 대접하고 있는 것 같던데, 어?"

난 머리를 뒤로 기댔다. 대박. 머리받침까지 따뜻했다. "꿈같아요. 뭐라고 감사해야 할지 모르겠어요."

"그런 말 마." 그가 말했다. "네 아빠가 아니었으면 난 이 일을 할 수 없었을 거야. 이건 내가 할 수 있는 최소한이야. 그래 이제 계획이 뭐냐? 이 기회를 이용해야 하잖아."

"알아요. 그래서 링에 갔던 거예요."

"아, 그래? 그걸로는 충분하지 않아." 수프림이 말했다. "오늘밤 있었던 일로 사람들 입에는 오르내리겠지. 주차장에 있던 모두의 핸드폰이 너희들을 향했었으니. 벌써부터 헤드라인이 눈앞에 그려지는걸. '빈민가 래퍼, 빈민가에서 무력 충돌'" 그가 웃었다.

"잠깐만요. 난 그저 내 생각을 거리낌 없이 밝힌 것뿐—"

"진정해, 꼬마 아가씨. 그건 나도 알아." 수프림이 말했다. "하지만 사람들은 자기가 받아들이고 싶은 대로 받아들여. 사람들은 그래. 너한테 중요한 건 연기를 하는 거야, 배역이 뭐가 됐든."

난 혼란스러웠다. "연기를 하라고요?"

"연기를 하라고." 그가 되풀이했다. "날 봐. 난 경영자들과의 회의에 참석해, 알아? 고급 맞춤 양복에 너희 엄마의 1년 수입에 맞먹는 디자이너 슈즈를 신어. 그런데도 그들은 여전히 날 빈민가 깜둥이라고 생각하지. 하지만 생각해 봐! 난 거기서 무일푼의 깜둥이로 퇴장하지 않아. 내 장담하지. 그들이 생각하는 대로 내 역할을 연기하기 때문이야. 그렇게 해서 우린 이 게임을 우리에게 유리하게 만드는 거야. 사람들이 생각하는 건 뭐든 우리에게 이롭게 이용하는 거지. 힙합 시장의 최대 소비자가 누군지 아니?"

"교외에 사는 백인 아이들." 마일스가 이전에 들었다는 투로 건조하게 대답했다.

"그렇지! 교외에 사는 백인 아이들이야." 수프림이 말했다. "교외에 사는 백인 아이들이 좋아하는 건 뭔지 아니? 자기 부모들이 두려워하는 걸 듣는 거야. 넌 그 사람들을 무서워서 똥오줌 지리게 만든 거야, 애들이 네게 벌떼처럼 모여들 테고. 오늘밤 영상? 그 사람들을 두려움에 떨게 하겠지. 재생 횟수가 급증할 거다."

사실 교외에 사는 백인 아이들이 그 영상을 좋아할 거라는 건 말이 된다. 하지만 롱과 테이트는 날 "깡패"라고 불렀고 난 그 단어를 떨쳐버릴 수가 없다. 이제 사람들이 날 게토라 부를 거라고? 두 음절. 한 단어.

그저 내가 말랑하지 않다는 이유로,
그들은 나를 게토라고 여기겠지.

"사람들이 그게 나라고 생각하는 건 싫어요." 내가 수프림에게 말했다.

"말했다시피, 그건 중요하지 않아." 그가 말했다. "사람들이 널 좋을 대로 부르게 돼, 꼬마 아가씨. 그렇게 할 때 대가를 지불하게만 하면 돼. 넌 대가를 받는 거야, 알겠지?"

대가? "뭐에 대해서요?" 내가 물었다.

"누군가 너의 공연을 예약하겠지." 그가 말했다. "다른 가수의 노래에 가사도 쓰고. 네 이모가 그런 일을 할 수 있겠어?"

모르겠다. 푸 이모는 그런 건 얘기한 적이 없다.

"자 봐봐, 내가 가족 사업에 끼어들려는 건 아냐." 수프림이 말했다. "하지만 네 이모가 네 매니저로 최고라고 확신하니?"

"이모와 처음부터 같이 했어요." 그와 나 자신에게 말했다. "내가 랩을 하고 싶어 하는 걸 어느 누구도 신경 쓰지 않을 때, 이모가 있었어요."

"아, 넌 신의가 있구나. 존중한다. 네 이모는 GD파지, 안 그래?"

아빠가 죽고 얼마 되지 않아 푸 이모는 녹색을 몸에 걸치기 시작했다. "네. 내 인생 통틀어 거의 유일하죠."

"그건 최악의 문제야." 그가 말했다. "길거리를 떠났더라면 훨씬 더 나았을 사람들을 수없이 알고 있단다. 하지만 우리 아버지가 늘 말씀하셨지. '구원을 원하지 않는 사람을 구하려다가 익사하지는 마라.'"

아니, 그의 생각이 틀렸다. 푸 이모는 가망 없는 경우가 아니다. 그래, 이모는 지금 한창이고 길거리에 지나치게 얽혀 있긴 하지만, 내가 성공만 하면 이모도 모든 걸 그만둘 거다.

그렇게 생각한다.

그러길 바란다.

16

수프림이 옳았다. 수많은 사람들이 어젯밤 링에서의 일을 찍은 동영상을 인터넷에 올렸고, 그보다 더 많은 사람이 내 노래를 들었다. 재생 횟수는 계속 상승 중이다.

또 많은 이들이 나를 내가 아닌 다른 누군가로 생각하고 있다. 난 싸구려, 허접쓰레기, 가정교육을 받지 못한 불한당 등으로 불렸다. 그 모든 것으로도. 난 내가 화가 난 건지 상처를 받은 건지 모르겠다. 난 내 자신을 변호할 수 없었고, 누군가 나를 우습게 여기면 흥분을 했다.

그래, 수프림이 옳았다. 푸 이모에 대해서도 맞을까?

물론 그렇게는 생각도 하지 말아야 한다. 그녀는 내 이모다. 처음부터 나의 1호 팬이었다. 하지만 그녀 역시 자기가 뭘 하고 있는지를 모른다. 그녀는 공연 예약이나 다른 사람의 노래에 내가 할 역할에 대해 아무 얘기도 없었다. 내가 대가를 지불받는 방법에 대해서도 전혀 아무런 말이 없었다. 이모는 내가 처음에 노래를 업로드한 걸로 아직도 기분이 상해 있다.

하지만 우리 이모다. 난 그녀를 놔버릴 수 없다. 접시 위의 소시지를 포크로 찌르면서 내 자신에게 할 수 있는 최소한의 말은 이거다.

제이가 그 옆으로 팬케이크를 올려주었다. "마지막 남은 밀가루야. 이번 주말쯤 푸가 식료품을 좀 갖다 주겠다고 했어. 난 매번 됐다고 했는데……."

우리 집 냉장고와 찬장은 거의 텅 비었다. 이것도 내가 푸 이모를 놔버릴 수 없는 또 다른 이유다. 이모는 늘 내가 반드시 음식을 먹도록 해주었다.

트레이가 커피에 크림을 넣고 저었다. 그는 와이셔츠를 입고 목에는 타이를 걸쳐놓았다. 오늘 아침에 입사 면접이 있다. "푸와 마약 판 돈으로 겨우 궁지에서 벗어나는군."

뭔가 뒤죽박죽이다. 여기 우리 오빠는 옳은 일만 하는데도 거기서는 아무것도 나오지 않는다. 한편, 푸 이모는 하면 안 된다고 하는 것들은 죄다 하는데 필요할 때 우리에게 음식을 가져다준다.

하지만 세상이 그렇다. 우리 지역의 마약 판매상들은 힘들지 않다. 다른 사람들은 힘든데.

제이가 트레이의 어깨를 꽉 쥐었다. "아가, 넌 애쓰고 있어. 넌 지금 네가 할 수 있는 것 이상으로 너무 많은 일을 하고 있어."

그녀는 조용해지더니 거의 멍해져서는 얼굴에 미소를 다시 지으려 애썼다. "오늘 인터뷰는 잘 될 거 같은 느낌이 드는데. 인터넷으로 네 대학원 과정도 찾아보고 있어."

"엄마, 말했잖아, 당분간은 대학원에 안 갈 거라고."

"아가, 최소한 몇 군데 지원이라도 해야 해. 상황을 보자."

"벌써 했어." 그가 말했다. "붙었고."

난 소시지에서 눈을 들었다. "진짜?"

"으응. 살즈에서 일을 시작하기 전에 지원했어. 아주 최근에 합격통지서 두 통을 받았는데, 가장 가까운 학교가 세 시간 거리야. 난 여기서 지내야 하고 또—"

그는 말을 끝맺지 못했지만 끝맺을 필요가 없었다. 그는 여기에 머물면서 우리를 도와야 한다.

제이가 눈을 몇 번 껌벅거렸다. "합격했다고 말 안 했잖아."

"큰일도 아니잖아, 엄마. 난 내가 원하는 곳에 있는 거야. 진짜야."

한참 동안 트레이가 커피를 홀짝이는 소리만 들렸다.

제이가 팬케이크 접시를 식탁 위에 올려놓았다. "모두 먹던 거 마저 먹어."

"엄마—"

"인터뷰 잘하길 바란다, 아가."

그녀는 자기 방으로 들어가더니 문을 닫았다.

난 심장이 튀어나올 만큼 놀랐다. 그녀가 맨 처음 아팠을 때를 자세히 기억하지는 못하지만 늘 자기 방으로 갔던 건 기억한다. 지금처럼 나와 트레이만 남겨두고 몇 시간씩 방에 있었다.

"하는 거 아냐." 트레이가 말했다.

어떨 땐 그도 나처럼 생각하는 듯하다. "확실해?"

"다시는 스스로에게 그런 짓 하지 않을 거야, 브리. 엄마는 그냥 혼자만의 공간이 필요한 거야. 부모는 아이들이 보는 앞에서 쉬려고 하지 않아."

"오."

트레이가 이마를 짚었다. "젠장, 아무 말 말았어야 했는데."

그에게 무슨 말을 해야 할지 도무지 모르겠다. "합격 축하해."

"고마워. 솔직히, 지원한 건 바보짓이었어. 그냥 호기심이었던 거 같아."

"아님 진짜로 가고 싶었거나."

"결국엔, 가고 싶어." 그가 인정했다. "하지만 지금은 아냐."

내 생각대로 한다면, 그는 곧 가게 될 거다. "걱정 마. 오빠가 알지도 못하는 사이에 가 있을 테니까."

"네가 이제 막 뜨려는 참이니까, 맞지?"

"음, 뭐?"

"네 노래에 대해서 나도 알아, 브리." 그가 말했다. "어젯밤에 링에서 쫓겨난 것도 알고."

"난…… 어떻게……?"

"소셜미디어는 안 해도 동굴 속에 사는 건 아니거든." 트레이가 말했다. "동료들 중 절반이 내게 링크를 보내서 지미네에서 GD파와 어울리는 게 내 여동생인지 물었어. 카일라는 그 일이 있은 직후에 내게 문자했고."

"누구— 오, 미즈 티크!" 젠장. 자매님을 좀 더 공경하고 진짜 이름을 기억해야겠다. "트레이, 내가 설명할게."

"푸와 어울리지 말라고 했지?" 그가 말했다. "내가 말하지 않았어? 아무 일도 없어서 다행이지."

"이모는 날 보호하려고 한 것뿐이야."

"아니, 늘 그렇듯이 푸가 성질 급하게 굴었어. 총 먼저 쏘고, 생각은 나중에 감옥에서 하겠지. 네가 바보같이 군 것도 도움이 안 돼."

그는 내 기분을 상하게 하는 법을 잘 안다. "난 그냥 스스로를 방어했던 것뿐이야."

"방어할 때도 방법이 있어, 브리. 그걸 알아둬." 그가 말했다. "그리고, 네 노래 들어봤어. 가사가 멋진 건 나도 인정해."

내 입꼬리가 살짝 올라갔다.

"하지만." 그가 내 얼굴에서 미소를 지워버리라는 투로 말했다. "난네 노래의 비유를 이해하지만, 지금 사람들은 네 가사를 액면 그대로 받아들이고 있어. 실제로 따져 보자. 네가 랩으로 부른 것들 중 절반은 네가 전혀 모르는 것들이야. 엉덩이엔 탄창?" 트레이가 입술을 일그러뜨렸다. "탄창이 뭔지 모른다는 거 너도 인정하지, 브리."

"나도 알아!" 그 뭐냐, 총에 들어가는 그거다.

"어련하려고. 그보다도 이건 여러 가지로 방해만 되는 거야." 그가말했다. "네가 이런 엄청난 에너지를 학교 공부에 쏟았다면, 엄청나게 발전했을 거라는 거 알아?"

이 노래가 데려다 줄 수 있는 만큼은 아니다. "이건 우리의 탈출구야, 트레이."

그가 눈을 굴렸다. "브리, 전혀 가능성 없어. 그래, 래퍼가 되고 싶다면, 좋아. 개인적으로 네가 뭔가 다른 걸 더 잘할 수 있다고 생각하지만, 그건 네 꿈이야. 내가 방해할 생각은 없어. 하지만 네 노래가 뜨더라도 그건 로또가 아냐. 네가 갑자기 부자가 된다는 뜻은 절대 아니라고."

"그래도 난 내 길을 가겠어."

"그래, 그런데 무슨 대가를 치르더라도?" 그가 물었다.

트레이가 식탁을 밀치고 나오더니 내 머리 꼭대기에 키스를 하고 떠

ON THE COME UP

났다.

내가 탔을 때 버스에는 디온과 커티스 둘뿐이었다.

"브리, 너 정말 링에서 쫓겨났어?" 내가 발을 올리자마자 디온이 물었다.

"어머, 너도 안녕, 디온." 난 거짓 미소까지 띠고 말했다. "난 아주 좋아. 넌 어때?"

커티스가 웃음을 터뜨렸다.

"근데 진짜." 내가 늘 앉던 자리에 앉을 무렵 디온이 말했다. 오늘은 커티스가 공교롭게도 앞자리에 있다. "너 정말로 출입금지 당했어?"

내가 한 말은 아무 소용없었다.

"동영상 봤으니 알고 있잖아." 커티스가 말했다. "진정해."

"야, 어떤 사람들은 그것도 계획된 거였다고 생각하더라." 디온이 말했다. "그건 아니지. 그렇지, 브리? 너 정말로 그렇게 GD파와 어울리는 거야, 어? 가입 요청한 거야, 아님 가입했어?"

"있잖아? 여기." 커티스가 물병을 버스 맨 뒤로 던졌다. "목마를 거다."

내가 코웃음을 쳤다. 커티스가 교회에서 괜찮은 인간처럼 내게 이야기한 이후로 그에 대한 내 인내심의 한계가 훨씬 높아졌다. 어떤 농담엔 웃기까지 한다. 이상한 일이다. 그리고 내가 이런 말을 할 거라고는 전혀 생각지도 못했다. "고마워, 커티스."

"천만에. 내 경호 업무에 대한 청구서 보낼게."

내가 눈을 굴렸다. "잘 가, 커티스."

그가 웃었다. "구두쇠. 아무튼 다 좋아."

"어쨌든." 내가 말했다. "그런데 이렇게 일찍 버스에서 뭐하는 거야?

보통은 맨 나중에 타잖아."

"어젯밤 아빠네 집에서 보냈어."

분명 내 얼굴은 내가 말로 하지 않은 걸 묻고 있을 터이다. 그에게 아빠가 있는 줄은 몰랐다. 잠깐, 그러니까 아빠야 있겠지만 아빠가 근처에 사는 줄은 몰랐다는 말이다.

"트럭 운전사야." 커티스가 설명했다. "늘 길 위에 있지, 그래서 할머니랑 사는 거야."

"오, 이런."

"괜찮아. 적어도 좋은 이유로 같이 있지 못하는 거잖아."

난 늘 그에게 물어보고 싶은 게 있었지만, 솔직히 말해 내가 상관할 일은 아니다. 커티스가 꺼낸 얘기니까 어쩜 괜찮을까? "대답 안 해도 되는데." 내가 말했다. "진짜야, 안 해도 돼. 근데 엄마는 만나러 가니?"

"2주에 한 번씩 갔었는데. 몇 달 동안 안 갔어. 하지만 우리 할머니는 주말마다 가."

"어, 무슨 일이었는데?"

"걸핏하면 자기를 두들겨 패던 남친을 찔렀어. 어느 날 밤 갑자기 폭발해서 그가 잠든 사이에 찔러버렸어. 하지만 그 당시에 그는 아무 짓도 안 했기 때문에 그건 정당방위도 뭣도 아니었지. 엄만 유치장에 갇혔고. 그런데 그는 아직도 가든에 있어, 아마 누군가의 엄마를 두들겨 패고 있겠지."

"젠장. 완전 말도 안 돼."

"세상이 그렇지."

난 최고의 오지라퍼가 되었다. "왜 엄마 보러 안 가는데?"

"너라면 껍데기만 남은 엄마의 모습을 보고 싶겠니?"

"난 벌써 봤어."

커티스가 고개를 갸우뚱 젖혔다.

"우리 엄마가 마약을 했을 때. 어느 날 공원에 늘어져 있더라. 내게 다가와서 안으려 했었지. 난 비명을 지르며 달아났고."

"이런."

"그래." 그 기억은 아직도 생생하다. "근데 이상했어. 겁을 집어먹었던 만큼 한편으로는 보는 게 좋았어. 내가 발견하고 싶은 신화적인 존재나 뭐 그런 거라도 된다는 듯이 엄마를 찾아 나서곤 했어. 난 엄마가 자기 자신이 아니었던 때조차 내 엄마였다고 생각해. 말이 되는지 모르겠지만?"

커티스가 머리를 뒤로 젖혀 창문에 기댔다. "말 돼. 오해는 마. 난 엄마 보는 게 좋아. 하지만 내가 구해줄 수 없다는 게 싫어. 세상에서 제일 끔찍한 느낌이야."

제이의 침실 문이 닫히는 소리가 실제로 들리는 듯했다. "알아. 너네 엄마도 분명 그럴 거야."

"모르겠어." 그가 말했다. "너무 오랫동안 떨어져 있어서, 가기가 망설여져. 왜 그렇게 찾아가지 않았는지도 얘기해야겠지. 엄마한테 그게 전혀 도움이 안 될 수도 있겠지만."

"엄마한테 이유가 중요할까, 커티스. 네가 거기 찾아왔다는 것만 중요할 거야."

"어쩌면." 그가 중얼거리는 순간 제인이 버스에 올라탔다. 커티스는 그에게 고개를 끄덕였다. "네가 내 일에 간섭을 했으니까, 이제 내 차례야."

시작이군. 사람들은 로리스가 아빠인 게 어떤 건지 내게 묻고 싶어

한다. 그들은 그게 "너 말고 다른 사람 모두가 기억하는 아빠를 둔 게 어떠니?"라는 질문이라는 걸 깨닫지 못한다. 나는 늘 그가 너무도 훌륭했다고 거짓말을 한다. 거의 알지도 못하면서.

"좋아. 솔직해야 해." 커티스가 몸을 살짝 곧추세워 앉았다. "너한테 최고의 래퍼 다섯 명은 누구야? 죽었어, 살았어?"

새로운 질문이다. 역시나 고맙다. 울 아빠한테 감정이 있어서는 아니고, 그냥 모르는 사람에 대해서 거짓말을 꾸며댈 기분이 아닐 뿐이다. "이거 엄청 어려운 질문인데?"

"야아, 그렇게 어렵지는 않잖아."

"그렇지. 두 가지로 꼽아볼 수 있어." 난 손가락 두 개를 들어올렸다. "하나는 영원한 최고 다섯 명이고, 하나는 영원한 최고가 될 다섯 명이야."

"헐, 넌 진정한 힙합 팬이구나. 좋아. 영원한 최고가 될 다섯 명은 누구야?"

"진정해." 내가 말했다. "무작위로 레미 마, 랩소디, 켄드릭 라마, 제이콜, 그리고 조이너 루카스."

"만장일치. 그럼 영원한 최고 다섯 명은 누군데?"

"좋아. 단서를 달자면 실은 열 명인데 다섯 명으로 줄일 거야." 내가 말하자 커티스가 킬킬거렸다. "이번에도 특별한 순서는 없어. 비기, 투팍, 진 그래, 로린 힐, 그리고 라킴."

그가 이마를 찌푸렸다. "누구?"

"맙소사! 라킴이 누군지 모르는 거야?"

"진 그래도 모르는데." 그의 말에 난 거의 심장마비가 올 뻔했다. "하지만 라킴이라는 이름은 귀에 익어……."

"라킴은 지금까지 마이크를 잡은 사람들 중에 최고야!" 아마도 내 목소리가 조금 컸을 것이다. "세상에 라킴도 모르면서 어떻게 힙합 팬이라고 할 수 있는 거야? 세례 요한을 모르는 기독교인이나 마찬가지야. 스폭이 누군지 모르는 스타트랙 팬이거나. 덤블도어를 모르는 해리포터 팬이거나. 덤블도어 말야, 커티스."

"알았어, 알았어. 라킴이 다섯 명에 들어간 이유는 뭔데?"

"우리가 아는 플로우를 만들었어." 내가 말했다. "라킴에 대해선 우리 이모가 알려줬어. 그 사람의 랩을 듣는 건 물 소리를 듣는 거나 같다고 맹세해. 절대로 억지로 짜내거나 뚝뚝 끊기지 않아. 게다가 라킴은 중간 라임의 고수야. 그건 행의 끝이 아니라 중간에 있는 라임 같은 거야. 재능 있는 래퍼들은 죄다 그의 후손이지. 이상 끝."

"대박. 너 이거 진짜로 좋아하는구나." 커티스가 말했다.

"그래야지. 나도 언젠가 영원한 최고 중에 한 명이 될 건데."

그가 미소 지었다. "넌 될 거야." 그가 좌석 너머로 머리에서 발끝까지 나를 쳐다보았고, 더 나은 표현이 없다면 그가 나를 탐색했다고 말해야겠다. "아무튼, 너 오늘 귀여워 보인다."

음, 이런. 그는 날 탐색하고 있었다. "고마워."

"솔직히 말하면, 항상 귀여워."

내가 눈썹을 치켰다.

커티스가 웃었다. "뭐?"

"너 그거 나한테 관심 보이는 거야?"

"어. 그래. 예를 들어, 넌 항상 바보 같은 후드티를 입어. 근데 뭔가를 감추거나 하려는 거 같지는 않아. 그게 그냥 네 모습이야. 또 보조개가 하나 있어, 바로 여기." 그가 입 꼬리 바로 옆의 내 뺨을 만졌다. "웃음을 터뜨릴 때는 보이는데 미소 지을 때는 안 보이는 게 마치 특별할 때에만 나타나고 싶어 하는 거 같아. 그게 정말 귀여워."

왜 뺨이 갑자기 뜨거워지는 거야? 무슨 말을 해야 하지? 나도 얘를 칭찬해줘야 하나? 어떻게 칭찬해주지? "네 머리도 멋져."

와우, 브리. 나머지는 멋져 보이지 않는다고 말하는 거니? 좋다. 하지만 그의 머리는 완벽하다. 하루 이틀 전에 라인업 스타일로 한 게 분명하다.

그가 머리 꼭대기를 손으로 빗었다. 머리카락의 곱슬기가 사라져서 마치 끝을 누가 손으로 비튼 것 같았다. "고마워, 올 여름에는 길러서 레게머리나 콘로를 해볼까 생각 중이야. 할 줄 아는 사람을 찾아야 해."

"나 할 줄 알아." 내가 말했다. "콘로 말이야. 레게머리는 할 줄 몰라."

"널 믿고 내 머리를 주저없이 맡겨도 될지 모르겠다."

"야, 관둬. 나도 할 만큼은 해. 소니 엄마가 미용사야. 옛날 옛적에 배웠어. 내 인형 머리들도 내가 해줬었어."

"알았어, 알았어. 믿을게." 커티스가 말했다. 그가 좌석 위로 몸을 좀 더 가까이 기울였다. "그래서, 뭐야? 네 다리 사이에 앉아서 네가 하는 대로 맡기라고?"

내 입꼬리가 올라갔다. "그래. 근데 내가 하고 싶은 대로 하게 내버려 둬야 해."

"네가 하고 싶은 대로?"

"내가 하고 싶은 대로."

"좋아. 그래, 어떻게 하고 싶은데?"

난 너무 크게 미소 짓지 않으려 애써야 했다. "기다려 봐."

이거 작업 거는 건가? 작업 거는 거 맞다.

잠깐. 내가 커티스에게 작업을 걸고 있다고? 게다가 커티스에게 작업을 걸고 있다는 사실이 아무렇지도 않다고?

어느새, 왓슨 씨가 소니와 말릭네 집 앞에 멈추었고 두 사람이 올라 탔다. 소니가 통로에 섰고 그의 눈썹이 올라갈 수 있는 만큼 최고로 올라갔다. 말릭은 맨 앞자리 근처에 있었다. 벌써부터 앉아 있던 샤나가 그에게 얘기를 건네는 듯했지만 그는 나를 똑바로 쳐다보고 있었다. 커티스도.

그가 앞으로 돌더니 자리에 슬며시 앉았다.

소니는 우리 앞자리로 천천히 몸을 앉히며 앉는 내내 나를 노려보았다. 사라지기 바로 직전 눈썹을 꿈틀거렸다.

이 얘기를 끝도 없이 하겠지. 끝도 없이.

마침내 버스가 학교 앞에 멈췄다. 소니가 자기 자리에서 날 기다리고 있어서 난 나보다 먼저 커티스를 내리게 했다. 소니는 눈썹을 치켜 뜬 채 나를 쳐다보기만 했다.

"입 다물어." 버스에서 내려가며 내가 그에게 말했다.

"난 아무 말도 안 했어."

"그럴 필요도 없지. 얼굴에 다 쓰여 있으니까."

"아니, 네 얼굴에 죄다 쓰여 있는데?" 그가 내 뺨을 찔렀다. "아우, 너 좀 봐, 빨개졌어. 커티스 때문에? 진짜야, 브리?"

"입 다물라고 했다!"

"야, 난 편견은 없어. 난 그냥 내 이름을 따서 네 아들과 딸의 이름을 지어줄지 묻는 거야. 소니와 소니타."

"도대체 어떻게 해서 버스 위에서 애 둘을 갖는 걸로 넘어간 거야,

소니?"

"애 둘과 개 한 마리. 소닝엄이라는 이름을 갖게 될 퍼그."

"네 머릿속엔 뭐가 들었니?"

"커티스에게 작업 거는 네 머릿속에 든 거보다는 나아."

내가 그의 팔을 쳤다. "있지? 너와 래피드가 너네 아이들에게 그 바보 같은 이름을 붙이게 해줄게. 어때?"

소니가 눈을 내리깔았다. "어…… 내가, 그러니까 래피드의 연락을 씹었어."

"뭐? 왜?"

"저번 날 SAT 모의고사를 봤는데, 걔 생각을 하느라고 집중을 할 수가 있어야지. 시험을 망칠 순 없어, 브리."

어느 누구도 소니에게 소니보다 더 모질 수는 없을 거다. 난 그가 자신의 성적과 심지어 자신의 예술 작품에 대해 말 그대로 발작을 일으키는 걸 본 적도 있다. "그건 그냥 모의고사일 뿐이야, 손."

"실제 시험에서의 내 실력을 반영해주는 거야." 그가 침울하게 말했다. "브리, 만일 낮은 점수를 받게 되면ㅡ"

내가 그의 뺨을 손으로 감쌌다. "야, 날 봐."

그가 날 봤다. 내 눈이 그의 눈길을 붙잡았다. 난 그가 발작을 일으키는 걸 수없이 지켜봤기 때문에 완전히 무르익기 전에 알아차릴 수 있었다. "숨 쉬어." 내가 말했다.

소니가 한참을 깊이 숨을 들이 마신 다음 내쉬었다. "시험을 망칠 순 없어."

"네가 망칠 리 없어. 그래서 그와 연락을 끊은 거야?"

"그게 다는 아냐. 저번 날 말릭과 내가 같이 어울려서 검색을 더 했어. 래피드의 IP 주소를 가든에서 추적할 수 없다는 걸 발견했어."

나만 빼고 그와 말릭이 어울렸다. 이건 아직도 기분이 좀 상한다. 하지만 털어버려야 한다. "그게 뭐가 문젠데?"

"래피드는 자기가 이 지역에 산다고 생각하게 만들었어. 직접 찍은 사진들도 전부 그렇고."

"잠깐만. 가든에 산다고 실제로 자기가 말한 거야, 아님 가든에 산다고 네가 추측한 거야?

"좋아, 내가 추측했어. 하지만 내가 래피드에 대해 얼마나 모르고 있는지 보여준 거지." 소니가 주머니에 손을 쑤셔 넣었다. "마음 쓸 가치 없어."

하지만 가라앉은 그의 목소리는 다른 말을 했다.

학교 밖에는 평소보다 많은 사람들이 있었다. 주로 입구 쪽이었다. 수많은 재잘거림이 있었다. 무슨 일이 일어나고 있는지 얼핏 보기만 하려 해도 군중을 헤치며 지나가야 했다.

"이건 말도 안 돼!" 누군가 앞쪽에서 외쳤다.

소니와 나는 말릭과 샤나를 찾았다. 말릭의 키 덕분에 군중 너머의 그를 발견할 수 있었다.

"무슨 일이야?" 소니가 물었다.

학교 안을 똑바로 들여다보던 말릭의 턱이 움직였다. "그들이 돌아왔어."

"누구?" 내가 물었다.

"롱과 테이트."

17

"도대체 뭐야?" 소니가 말했다.

말도 안 된다.

난 발뒤꿈치를 들어올렸다. 롱이 한 학생을 안내해 금속탐지기를 지나가게 하는데, 마치 결코 떠난 적이 없다는 식이었고, 테이트는 백팩을 확인하고 있었다.

난 온몸이 긴장되었다.

로즈 박사 말로는 조사가 있을 것이고 행정당국에서 적절하다고 생각한다면 징계조치가 취해질 것이라고 했다. 롱과 테이트가 나를 땅바닥에 패대기친 것은 그들이 생각하는 나쁜 행동에 '적절히' 들어맞지 않은 게 분명하다.

로즈 박사는 문 가까이에서 질서정연하게 안으로 들어오라고 모두에게 말하고 있었다.

"도대체 저들이 어떻게 돌아올 수 있어?" 소니가 물었다.

"저들이 한 행동에 대해 충분히 소동이 일지 않아서였어." 말릭이 말했다. 그가 나를 보았다.

아니, 절대 아니다. "이건 내 책임이 아냐."

"그렇다고 안 했는데."

"차라리 그렇다고 하지 그래!"

"너희들!" 소니가 말했다. "지금은 안 돼, 알겠어?"

"우리가 뭔가 해야 해." 샤나가 말했다.

난 주위를 둘러보았다. 전교생 절반이 여기 바깥에 있고 대부분 나를 보고 있다.

내가 빡쳤냐고? 이게 맞는 표현인지조차 모르겠다. 하지만 사람들이 내게 원하는 게 뭐든 난 그렇게 할 마음이 없다. 젠장, 어떻게 해야 할지 모르겠다.

말릭이 오랫동안 날 쳐다보았다. 내가 아무 말도 아무 행동도 않자 그가 고개를 저었다. 그가 입을 열어 외치기 시작했다. "절대 안 된다, 우린—"

"'땅바닥에 날 메다꽂아, 이봐, 넌 좆 됐어.'" 커티스가 그보다 더 크게 소리쳤다. "'땅바닥에 날 메다꽂아, 이봐, 넌 좆 됐어.'"

말릭이 그보다 더 크게 자신의 구호를 외치려 했지만, 크고 격렬한 커티스의 구호가 퍼져 나가기 시작했다. 두 번째 사람이 내 가사를 외쳤다. 세 번째 사람. 네 번째 사람. 미처 깨닫기도 전에, 나만 빼고 모두에게서 내 가사가 들렸다.

말릭까지.

"그런 식의 말투는 용납하지 않을 거예요." 로즈 박사가 그 위로 외쳤다. "학생 여러분 모두 그만—"

"날 막을 수 없어, 없어, 없어!" 커티스가 고함을 질렀다. "날 막을 수 없어, 없어, 없어!"

구호가 바뀌었다.

최고의 순간이었다. 모든 시간과 공간을 통틀어 최고의 순간, 내겐 그랬다. 그래, 저 단어들은 내 머릿속에서 시작되었다. 내 거다. 내 생각과 느낌에서 생겨났다. 내 연필을 통해서 내 공책 위에서 탄생했다. 어떻게 든지 그 단어들은 내 학교 친구들의 혀로 가는 길을 찾아냈다. 난 단어들이 스스로 그들에게 말을 하고 있다고 생각한다. 음, 하지만 그것들이 나를 대신해 말하고 있다는 것을 안다.

그건 내가 그 단어들을 입 밖에 내게 하기에 충분하다.

"날 막을 수 없어, 없어, 없어!" 내가 외쳤다. "날 막을 수 없어, 없어, 없어!"

이건 저항이라고 말하기 어렵다. 나와 같은 외모의 많은 학교 친구들이 연주되지도 않는 비트에 맞춰 몸을 흔들고 있다. 팔짝팔짝 뛰어 오르고 아래위로 몸을 흔들며 춤을 추었다. 레게머리와 땋은 머리들이 흔들렸고 발들이 가만있지 않았다. "옳소"와 "예"가 뒤섞였고, 흥분이 고조되었다. 링의 주차장에서 벌어졌던 일과는 달랐다. 그건 소규모 콘서트였다. 이건 전쟁 선포였다.

"날 막을 수 없어, 없어, 없어! 날 막을 수 없어, 없어, 없어!"

롱과 테이트가 교문에 나타났다. 롱은 확성기를 가지고 있다.

"학생들은 모두 교실로 가서 보고하도록." 그가 말했다. "그러지 않을 시에는 정학을 각오하도록."

"덤벼 봐, 끝장내주지!" 누군가 고함을 질렀다.

그게 새로운 구호가 되었으며, 이건 분명 경고였다.

"덤벼 봐, 끝장내주지! 덤벼 봐, 끝장내주지! 덤벼 봐, 끝장내주지!"

"마지막 경고다." 롱이 말했다. "해산하지 않으면, 너희는—"

순식간에 벌어진 일이었다.

주먹이 롱의 턱을 가격했다. 확성기가 그의 손에서 날아갔다.

갑자기, 그 주먹질이 학생들이 기다리고 있던 녹색 신호등이라도 되는 듯했다. 남자애들이 떼지어 롱과 테이트에게 돌진해 그들을 운동장으로 데리고 갔다. 커티스도 그들 가운데 하나였다. 주먹질과 발길질이 난무했다.

"오, 젠장!" 소니가 말했다.

"가야겠어!" 말릭이 말했다.

그가 내 손을 잡았지만, 난 손을 뿌리치고 앞으로 달려갔다.

"커티스!"

그가 발길질을 멈추고 나를 향해 몸을 빙그르 돌렸다.

"경찰!" 내가 말했다.

그 한마디로 충분했다. 경찰이 출동 중이라는 데 내 모든 걸 걸겠다. 커티스가 내게로 서둘러 달려왔고, 우리는 소니, 말릭, 샤나와 함께 뛰었다. 근처에서 사이렌이 울부짖었고, 구호는 우리 뒤에서 비명과 외침으로 바뀌었다.

우리는 그 소리가 들리지 않을 때까지 뛰었다. 멈추고서야 비로소 숨을 고를 수 있었다.

"이거 일 났는데." 소니가 몸을 구부리고 말했다. "젠장, 일 났어."

말릭이 커티스에게 다가가더니 그를 세게 떠밀었고, 커티스의 모자가 날아갔다. "너 대체 무슨 생각이었던 거야?"

커티스가 반쯤 넘어질 뻔한 몸을 붙잡아 세우더니 말릭을 곧바로 세게 떠밀었다. "야, 손 치우지 못해?"

"네가 폭동을 일으켰잖아!" 말릭이 그의 얼굴에 대고 고함을 질렀다. "네가 무슨 짓을 했는지 알아?"

"야아!" 내가 말릭을 밀어 커티스에게서 떼어놓았다. "그만둬!"

"오, 너 지금 쟤 편드는 거야?" 말릭이 소리쳤다.

"편? 도대체 지금 무슨 소리 하는 거야?"

"쟤가 네 노래로 구호를 외쳤기 때문에 괜찮아하는 거 같은데! 쟤가 폭동을 선동했다는 사실은 잊은 거지!"

"누군가 주먹을 날린 게 쟤 잘못은 아니잖아!"

"넌 씨, 왜 쟤를 변호하는 건데?"

"말릭!" 샤나가 말했다.

소니가 그를 뒤로 잡아챘다. "인마, 도대체 왜 이래? 진정해!"

순찰차가 쌩하고 지나갔다.

"여기서 나가지 않으면, 다음 순찰차가 멈춰 서서 우리한테 따져 물을 거야." 소니가 말했다.

말릭의 눈초리는 커티스에게 고정되어 있었다. "우리 집으로 가도 돼. 지금쯤 엄만 직장에 갔을 거야."

또 다른 순찰차가 경광등을 번쩍이며 학교를 향해 질주했다.

"어서." 소니가 말했다.

샤나가 말릭의 손을 잡아끌었다. 그것만이 유일하게 커티스를 노려보던 말릭을 멈출 수 있었다. 그는 그녀가 이끄는 대로 보도를 내려갔다.

한 시간이 채 안 되어 미드타운의 흑인과 라틴계 학생들이 전부 말릭의 집에 나타났다.

그와 샤나가 그들 연합에 비상회의를 소집한다고 했던 것이다. 그들은 차례차례, 우리가 도망친 후에 벌어진 일들을 세세히 끄집어냈다. 최소 경찰차가 열 대는 도착했고, 뉴스방송 차량도 모습을 드러냈으며 롱과 테이트를 공격했던 남자애들은 체포됐다. 그중에는 제인도 있었다.

우리가 그 얘기를 할 때 커티스가 나를 흘낏 쳐다보았다. 난 입모양으로만 말했다. **별 말씀을.**

롱과 테이트는 둘 다 구급차에 실려 갔다. 둘의 상태가 얼마나 안 좋은지는 아무도 몰랐다.

부모와 후견인들은 학교 측으로부터 녹음된 메시지를 받았는데 비상사태가 벌어졌으니 와서 아이들을 데려가라는 것이었다. 제이는 충격이 있었다고 생각하고 곧장 내게 전화했다. 내가 괜찮다고 하고서야 진정했다. 난 실제로 일어났던 일들은 재빨리 넘어가고, 롱과 테이트가 되돌아온 부분에 대해서는 구체적으로 설명해주었다. 그녀는 열은 받았지만 놀라지는 않았다.

모두들 말릭네 거실 여기저기에 앉거나 서서 샌드위치와 감자튀김을 먹으며 첼 이모의 탄산음료를 바닥내고 있었다. 소니와 커티스와 난 소파 위에 세 사람이 더 앉을 수 있는 자리를 만들었다. 샤나는 첼 이모의 리클라이너에 다른 여자애와 같이 각각 팔걸이 하나씩을 차지하고 앉았다.

말릭은 가만히 있지를 못했다. 그는 거실을 서성거렸는데, 비디오 게임의 미션을 자기 생각대로 완수하지 못했을 때 나오는 반응이었다.

"아무리 생각해 봐도 이번 일은 우리한테 도움이 안 될 거야." 그가 말했다. "실제로, 이 일로 상황만 더 악화될 거야."

그가 커티스를 노려보았다. 커티스는 말릭은 아랑곳하지 않고 샌드위치만 먹고 있었다.

"그건 모르는 거야." 소니가 말했다.

"아니, 말릭이 맞아." 샤나가 말했다. "저들은 아마도 가든 고교의 노선을 따르려 할 거야. 보안요원으로 진짜 경찰을 두는 거."

"뭐?" 내가 말했다. 방 안의 다른 사람들도 본질적으로 나와 같은 말을 했다.

"장담하는데, 수많은 학부모들이 브리가 '마약 판매책'이라는 이야기를 믿었기 때문에 두 사람이 돌아온 거야." 말릭이 말했다. "그들은 이제 우리 모두가 위협적인 존재라고 설득할 만한 이유가 생긴 거고. 무장 경찰이 교문을 지킬 게 분명해."

그 소년이 살해당한 이후 경찰을 볼 때마다 난 심장이 뛰었다. 내가 그였을 수도 있었고, 그가 나였을 수도 있었다. 우리를 갈라놓은 건 그저 운뿐이었다.

이제 내 심장은 거의 하루 종일 뛰게 될 거다.

커티스가 앞으로 나앉으며 무릎 위로 팔짱을 꼈다. "이봐, 내가 아는 건 우릴 개똥같이 취급하면서도 용케 처벌을 면하는 롱과 테이트에게 우리가 질렸다는 거야. 그래서 우리가 그들의 엉덩이를 걸어차 준 거고. 복잡하게 생각할 거 없어."

말릭이 자신의 주먹으로 손바닥을 쿵쿵 쳤다. "그 일을 할 방법이 있었어! 넌 너 혼자만 질렸다고 생각해? 넌 가장 친한 친구가 땅바닥에 메다 꽂히는 걸 보고 내가 아무렇지도 않았을 거라고 생각하니?"

와우. 최근에 말릭과 난 아주 좋지는 않았다. 헐, 솔직히 저건 좀 듣기 좋게 말하는 거다. 하지만 기본적으로 그 모든 게 대수로운 일은 아니라고 말한 거다. 그는 여전히 날 걱정한다.

샤나가 날 바라보는 게 느껴졌다. 그녀는 서둘러 눈길을 돌렸다.

"드디어 우리를 만나주겠다는 로즈 박사의 동의를 얻었는데 이런 일이 일어나?" 말릭이 말했다. "교장은 우리가 하는 말따윈 듣지 않을 거야. 안 듣겠지. 우린 이제 더 윗선에 가야 해."

"교육감?" 소니가 물었다.

"그치. 아니면 학교 이사회."

"아니, 훨씬 더 대단한 게 필요해." 샤나가 말했다. 그녀의 눈은 다시 내게 초점을 맞추었다. "그 동영상을 뉴스에 내보내야 해."

그러니까 롱과 테이트가 날 짐짝처럼 내동댕이치는 걸 찍은 말릭의 비디오를 말하는 거다. 내가 고개를 저었다. "안 돼, 있을 수 없어."

"브리, 제발." 같은 버스를 타는 디온이 말했다. 두어 명이 그의 말을 되풀이했다.

"뭔가 변화시킬 수 있는 유일한 방법이야." 샤나가 말했다. "오늘 모두가 왜 그렇게 화가 났었는지 사람들에게 보여 줘야 해, 브리."

"너희들에게 벌써 말했어, 난 이 일의 상징적인 인물이 될 생각이 없어."

샤나가 팔짱을 끼었다. "왜 안 돼?"

"쟤가 그러고 싶으니까." 커티스가 말했다. "맙소사, 쟤 좀 그만 괴롭혀."

"그냥 그렇다는 거야. 나라면, 그리고 동영상으로 우리 학교의 상황을 바꿀 수 있다는 걸 안다면 난 당장 공개할 거야."

내가 눈썹을 치켜 떴다. "분명히 말할게, 난 네가 아냐."

"그게 무슨 뜻이야?"

난 이게 그냥 학교 사건에 대한 것만은 아니라는 생각이 들기 시작했다. "내가 말한 그대로야. 난 네가 아냐."

"그래, 나라면 링에서 잘난 척 허접하게 구는 동영상들보다 그 동영상이 공개되는 게 더 좋다고 할 거야." 샤나가 말했다. "그치만 그 동영상들도 괜찮긴 해, 알지?"

잰 아무 말 안 했다. 제발 아무 말 안 했다고 말해주길.

하지만 말을 한 게 분명하다. 방 안 여기저기에 있던 몇 명의 입이 떡 벌어졌기 때문이다. 난 이 모든 일이 일어나는 동안 말릭이 잠자코 있다는 걸 아주 또렷이 깨달았다.

난 몸을 곧추세우고 앉았다. "무엇보다 먼저." 난 손바닥을 치며 말했다.

"오우, 이런." 소니가 중얼거렸다. 그는 손바닥을 치는 게 무슨 의미인지 안다. "진정해, 브리."

"아니, 대답해야겠어. 무엇보다 링에서 촬영된 비디오 공개에 대한 통제권이 내게는 없어. 자기야."

내가 완전히 우리 엄마 딸인 게, 그녀가 "자기야"라고 말할 때는 정확히 그 반대를 의미하기 때문이다. 그녀도 역시 손바닥을 사용한다. 내가 언제 그녀처럼 변했는지 모르겠다.

"둘째." 내가 또 한 번 손바닥을 치며 말했다. "나 자신을 변호한 게 어떻게 허접한 행동이 되는 거지? 네가 그 동영상을 본다면, 내가 한 일은 그게 다라는 걸 알게 될 거야."

"난 그냥 사람들이 말하는 대로 말한 거야."

"셋째!" 난 그녀의 목소리보다 더 크게 손뼉을 쳤다. 젠장, 이제 마무리 지어야겠다. "내가 동영상이 공개되길 원하지 않는다면, 동영상이 공

　　　　　　　　　　　ON THE COME UP

개되는 걸 원하지 않는 거야. 솔직히 너나 다른 누구에게도 구구절절 설명할 의무는 없어."

"아니, 너한텐 의무가 있어. 이 일이 우리에게도 영향을 미칠 테니까!" 그녀가 말했다.

"오. 이런. 맙소사!" 내가 단어 하나하나마다 손바닥을 쳤다. "야, 진짜. 진짜!"

번역: 누가 나 좀 말려 봐.

소니가 곧바로 알아차렸다. "브리, 침착해, 알았지? 저, 어쩌면 쟤 말에도 일리가 있을 수 있어. 만일 그 동영상이 공개되면—"

얘도? 난 소파에서 벌떡 일어났다. "있지? 나 없이 너희들끼리 이딴회의 계속해라. 난 간다."

소니가 내 손을 붙들려고 했지만 내가 뿌리쳤다. "브리, 제발, 그러지마."

난 어깨에 백팩을 걸치고 마룻바닥에 앉아 있는 사람들을 뛰어넘어갔다. "난 괜찮아. 브리를 씹어대는 부분에서는 빠져주는 게 낫겠지."

"아무도 널 욕하지 않아." 말릭이 말했다.

오, 이제야 입을 여는군. 자기 여자 친구가 나한테 해댈 때는 한마디도 못하더니.

"우린 그냥 네가 우릴 도우려 하지 않는 이유를 이해하지 못할 뿐이야." 샤나가 말했다. "이건 너에게 좋은 기회이기도—"

"난 그런 사람이 되고 싶지 않아!" 내가 고함을 질렀고 모두가 내 말을 들었다. "사람들은 그냥 이유만을 찾아내려 할 거야. 모르겠어?"

"브리—"

"소니, 사람들이 그럴 거라는 거 너도 알잖아! 사람들은 원래 그래.

젠장, 그들은 '마약 판매책'에 대한 소문에 대해서도 벌써 그렇게 하고 있어. 이게 뉴스거리가 될 거라고? 사람들은 내가 항상 교장실에 불려 다녔다는 거, 망할 정학 당한 얘기만 할 거야. 젠장, 그 링 동영상들도 이용하겠지. 벌어진 일을 그대로만 보이게 한다면 뭐든 괜찮았을 거야, 왜냐하면 난 똥이 아니거든! 이래도 내가 그걸 하고 싶어 할 거라고 생각해?"

난 숨을 쉬느라 애썼다. 사람들은 이해하지 못한다. 그 동영상은 공개되어선 안 된다. 왜냐하면 갑자기, 심지어 더 많은 사람들이 내게 일어났던 일을 정당화하려 들 테고, 그게 지나치게 요란스러워지면, 난 내가 처음부터 그런 일을 당할 만했다는 생각이 들지도 모르기 때문이다.

아니었다. 아니었다는 걸 안다. 아니었다는 걸 계속해서 알고 있고 싶다.

방 안이 뿌예졌지만 난 눈을 깜박여 초점을 맞추었다. "니들 모두 엿먹어." 난 중얼거리고는 머리 위로 후드를 뒤집어썼다.

난 떠났고 뒤돌아보지 않았다.

* * *

집에 도착했을 때, 제이는 소파에 길게 누워 있었다. 리모콘이 손에 있었고, 〈애즈 위 아〉^As We Are 의 주제곡이 희미해지고 있었다. 그녀는 그 드라마에 중독되었다.

"안녕, 부키." 그녀가 일어나 앉으며 말했다. 그녀가 몸을 쭉 펴며 하품을 하는데 티셔츠의 겨드랑이 부분에 큰 구멍이 보였다. 그녀는 그 옷이 너무 편안해서 버릴 수 없다고 했다. 게다가 거기에는 아빠의 첫 앨범 표지가 그려져 있다. "말릭네에선 어땠어?"

최고로 짧은 답이 최고의 대답이다. "좋았어. 〈애즈 위 아〉는 어땠어?"

"오늘도 진짜 재미있었지! 제이미가 드디어 그 아이가 자기 애가 아닌 걸 알았거든."

그녀는 엄청 기분이 좋다. 하지만 날 위해 그런 척하는 중일 거다.

"우와, 진짜?" 내가 물었다.

"옙! 이제 시간문제야."

내가 더 어렸을 때, 할아버지는 여름이면 매일 오후 내가 자기와 같이 드라마를 보도록 해주었다. 그는 '이야기'를 좋아했다. 〈애즈 위 아〉는 우리가 제일 좋아하던 거였다. 그의 무릎에 앉아, 창문에 달린 에어컨에서 우리에게로, 그의 가슴에 기댄 내 머리로 바람이 불어올 때면, 테레사 브래디가 새로운 책략을 요령 있게 성사시켰다. 이제 그건 나와 제이의 얘깃거리가 되었다.

그녀가 고개를 젖히더니 나를 한참 동안 뚫어져라 쳐다보았다. "너 괜찮아?"

"응." 나도 꾸며댈 수 있다.

"걱정하지 마, 이 일에 대해 교육감에게 전화할 거야." 그녀가 말하고는 부엌으로 갔다. "그 나쁜 놈들이 다시 업무에 복귀해선 안 돼. 배고프지? 아침에 먹고 남은 소시지가 좀 있는데. 샌드위치 만들어줄게."

"아니 괜찮아. 말릭네서 먹었어." 난 소파에 털썩 주저앉았다. 이제 〈애즈 위 아〉가 끝나고 오후 뉴스가 시작되고 있다.

"오늘의 헤드라인입니다. 오늘 아침 일찍 미드타운 예술고등학교에서 학생들의 집회가 폭력 시위로 변질되었습니다." 뉴스 진행자가 말했다. "메간 설리반이 계속 전해드립니다."

"소리 키워 봐, 브리." 제이가 부엌에서 외쳤다.

난 소리를 키웠다. 리포터는 지금은 아무도 없는 우리 학교 앞에 서 있다.

"오늘 미드타운 예술고등학교의 하루가 시작되었을 때 학생들이 계단으로 몰려들었습니다."

그들은 오늘 아침 건물 앞에서 모두가 "넌 날 막을 수 없어, 없어, 없어!"라며 구호를 외치는 모습을 핸드폰으로 찍은 장면을 보여주었다.

"학교 관계자들은 최근 보안요원 조치와 관련해 학생들 사이에서 우려가 있었다고 말했습니다." 설리반이 말했다.

제이는 손에 빵 덩어리를 들고 문간에 나와 묶인 끈을 풀었다. "보안요원 조치? 그 두 사람이 업무에 복귀한 사실을 말하는 거야?"

"그런데 평화로운 집회가 폭력적으로 변질되었을 때 시작된 것은." 설리반이 말했다.

주먹질이 가해지고 롱과 테이트가 시야에서 사라지자 비명이 터져 나왔다. 뉴스에서는 녹화하던 사람이 내지른 "오, 젠장"을 삐 소리로 처리했다.

"보안요원이 몇몇 학생들에게 물리적인 공격을 받았습니다." 설리반이 말했다. "목격자에 따르면 난투극이 시작되기까지 오랜 시간이 걸리지 않았다고 합니다."

"우린 모두 밖에 서 있었어요. 무슨 일이 벌어졌는지 알아내려고 했죠." 백인 여자애가 말했다. 그녀는 성악과 학생이다. "그때 사람들이 노래를 구호로 외치기 시작했어요."

아. 안 돼.

또 다른 핸드폰 동영상이 방영되었다. 여기서는 우리 반 애가 내 노래의 가사를 외치고 있었다.

"덤벼 봐, 끝장내주지!"

〈온 더 컴 업〉이라는 제목의 이 노래는 이 지역 래퍼 브리가 불렀습니다." 메건 설리반이 말했다. 그들은 내 닷클라우드 페이지를 보여주었다. "이 곡은 폭력적인 성향과 더불어 법 집행에 대한 공격성을 포함하고 있으며 젊은 청취자들 사이에서 인기를 누리고 있다고 합니다."

다음은 내가 예상한 대로 내 목소리가 TV를 통해 흘러나왔다. 욕설이 나와야 하는 부분에서는 삐 소리로 처리되면서. 하지만 전곡은 아니었다. 부분 부분 짜깁기를 했다.

땅바닥에 날 메다꽂아, 이봐, 넌 **** 됐어……
내가 원하는 대로 기운이 넘치는 대로 한다면,
넌 땅으로 향하게 될 거야, 파헤쳐진 무덤으로……

백팩처럼 끈에 묶여, 난 방아쇠를 당겨.
내 엉덩이의 장전된 탄창들은 내 모습을 바꾸지.
하지만 까놓고 말할게, 약속해.
경찰이 내게 덤빈다면, 난 법을 무시하게 될 거야……

빵 덩어리가 제이의 손에서 떨어졌다. 그녀는 TV를 노려보며 얼어붙었다.

"브리아나." 그녀는 마치 내 이름을 입에 올리는 게 처음인 듯 내 이름을 말했다. "저거 너야?"

18

내 입 밖으로는 단어들이 나오지 않을 것이다. 하지만 TV에서는 내가 쓴 단어들이 요란하게 울려 퍼졌다.

"날 막을 수 없어, 없어, 없어.'" 학급 친구가 구호를 외쳤다. "'날 막을 수 없어, 없어, 없어!'"

"학생들이 학교 관계자들을 조롱하기 위해 이 노래를 사용했을 때." 설리반이 말했다. "그 가사는 폭력적인 행동을 취하라고 학생들을 부추기는 듯이 보였습니다."

잠깐, 뭐라고?

그 두 작자가 모든 흑인과 갈색 아이들을 괴롭혔다는 건 아무 문제도 되지 못했다.

맨 처음 주먹을 날렸던 학생이 스스로 그런 결정을 내렸다는 것도 뉴스가 되지 못했다.

학생들이 노래를 암송하고 있었다는 것만 전해야 할 사실이 되었다.

"학생 몇 명이 체포되었습니다." 그녀가 계속했다. "전하는 바에 따르면, 보안요원은 병원으로 이송됐지만 아무 문제가 없을 것으로 예상됩니다. 이날 학생들은 귀가 조치되었고 학교 관계자는 다음 행동방침을 결정하기 위해 노력하고 있습니다. 오늘 밤 6시에 더 자세한 내용 알려드리겠습니다."

화면이 까맣게 되었다. 제이가 TV를 껐다.

"내 질문에 대답 안 했어." 그녀가 말했다. "저거 너였어?"

"노랠 전부 들려준 게 아냐! 법 집행을 공격하는 내용이 아닌데—"

"저거. 너. 였어?"

그녀는 뭐랄까 단호하면서도 고요했다.

난 침을 삼켰다. "네…… 네, 그렇습니다요."

제이가 손에 얼굴을 묻었다. "오, 맙소사."

"내 말 들어 봐—"

"브리아나, 너 대체 무슨 생각을 한 거니?" 그녀가 고함을 질렀다. "뭐 때문에 저런 말들을 한 거야?"

"노랠 전부 들려주질 않았다고!"

"충분히 들려줬어." 그녀가 말했다. "랩에서 얘기한 총은 어딨어, 어? 내놔 봐. 말해. 열여섯 살짜리 내 딸이 '백팩처럼 묶여 있는' 모습 좀 봐야겠다!"

"아냐! 그런 뜻이 아니라고! 뉴스에서 문맥을 무시하고 그 부분만 들려준 거야!"

"네가 한 말이야. 납득시키려고 하지 마."

"이번만은 내 말 좀 들어줄래?" 내가 고함쳤다.

제이는 기도하듯이 두 손을 입 앞에 모았다. "하나, 말투. 조심해." 그녀가 으르렁거렸다. "둘, 듣고 있어. 내 애가 폭력배처럼 랩을 하는 걸 충분히 들었어!"

"그게 아니라고."

"오, 그게 아냐? 그럼 넌 왜 지금까지 그 노래에 대해 일언반구도 없었던 건데? 어, 브리아나? 뉴스에서는 노래가 꽤 알려졌다는데, 왜 한마디도 없었어?"

내가 입을 열었지만 말을 시작하기도 전에 그녀가 계속했다. "말해선 안 되는 것에 대해 말했다는 걸 아주 잘 알았기 때문이겠지."

"아냐, 엄마가 쉽게 속단할 거라는 걸 알았기 때문이야!"

"사람들은 네가 빌미를 제공한 것에 대해서만 속단을 내려!"

그녀가 정말, 다른 사람도 아니고 그녀가, 정말로 이렇게 말한 건가? "그래서 모두가 엄마를 마약중독이라고 비난하는 거야?" 내가 물었다. "엄마가 빌미를 제공했기 때문에 사람들이 속단한 거겠네?"

그녀는 거기에 대해 처음엔 아무 대꾸도 할 수 없었다.

"그거 알아?" 제이가 마침내 입을 열었다. "바로 그거야. 정확히 요점을 짚었어. 사람들은 우리가 뭐라고 말하든 무슨 행동을 하든, 너에 대해서도 나에 대해서도 마음대로 생각할 거야. 하지만 너와 나 사이에는 차이가 있어, 브리아나." 그녀가 다가왔다. "난 사람들이 나에 대해 그런 추측들을 할 빌미를 더 이상 만들지 않고 있어. 내가 마약 이야기를 한다거나 마약 주변을 맴도는 걸 봤니?"

"난—"

"내가. 마약. 이야기를. 한다거나. 마약. 주변을. 맴도는. 걸. 봤어?" 그녀가 단어 하나하나마다 손뼉을 쳤다.

난 내 신발을 노려보았다. "아뇨."

"내가 마약 중독자처럼 행동하는 거 봤어? 마약에 대해 떠벌리는 건? 아니! 하지만 넌 사람들이 너에 대해 억측할 수 있는 온갖 것들로 너 자신을 묘사했어! 이게 네 엄마인 나를 어떻게 보이게 할지는, 생각해 봤니?"

그녀는 아직도 내 말은 듣고 있지 않다. "그 노래를 들어보면— 사람들이 생각하는 그런 게 아니야, 맹세해. 그건 나에 대한 사람들의 생각대로 그런 척하는 거야."

"어림없는 소리야, 브리아나! 어림도 없어! 사람들은 절대 우리가 그냥 그런 척하고 있다고 생각하지 않아!"

방안이 다시 고요해졌다.

제이가 두 눈을 감고 이마를 짚었다. "주 예수여." 그녀가 중얼거렸다. 마치 그 이름을 부름으로써 자신을 진정시킬 수 있다는 투였다. 그녀가 나를 쳐다보았다. "네가 다시는 랩을 하지 않았으면 좋겠어."

난 그녀가 나를 때리기라도 한 듯 뒤로 물러났다. 그런 느낌이었다. "뭐? 하지만—"

"가만히 두 손 놓고 네가 네 아빠처럼 끝나도록 내버려두지는 않겠어, 알겠니? '갱스터 랩'을 하다가 아빠가 어떻게 됐는지 봐. 머리에 총알이 박혔어!"

우리 아빠가 거리에 대한 랩을 하다가 거리싸움에 휘말려들었다는 건 항상 들었다. "하지만 난 달라!"

"내가 그렇게 되게 내버려두지 않을 거야." 제이가 고개를 저었다. "그러지 않을 거야. 그럴 수 없어. 넌 학업에만 집중하고 그 난장판에서 손 떼. 분명히 알아들었어?"

분명한 것 한 가지는 그녀가 노래를 이해하지 못한다는 거다. 아니면 나를. 이게 뉴스 보도보다 더 아프게 찔렀다.

하지만 난 잭슨 집안 사람이면 그래야 하듯이 잘 받아들였고 그녀의 눈을 물끄러미 들여다보았다. "네, 알겠어요. 얘기 끝났네요."

* * *

우린 너무도 냉철해서 그날 밤 수프림이 내게 아침에 만나자는 문자를 했을 때 난 주저없이 그러자고 했다. 그도 뉴스를 보았고 거기에 대해 내게 얘기하고 싶어 했다.

그는 또 〈온 더 컴 업〉이 닷클라우드의 1위 곡이 된 것도 보았다. 뉴스 덕분에 모두들 그 노래를 들었다.

우리는 피시헛에서 만났는데 이 자그맣고 낡은 장소는 클로버 거리에 있었다. 집에서 빠져나가는 일은 쉬웠다. 토요일이었고 제이는 회복중인 마약중독자들과 월례 출석체크 모임을 갖는 중이었다. 오늘은 그 사람들을 먹일 만큼 음식이 충분하지 않았지만 모두 열심히 얘기 중이어서 그건 중요하지 않아 보였다. 난 제이에게 할아버지 할머니 댁에 간다고 말했고, 그녀는 대화에 정신이 팔려서 그냥 "알았어"라고만 대답했다.

난 곧장 헤드폰을 끼고 백팩을 메고, 아빠의 목걸이를 후드티 밑에 밀어 넣고 자전거에 올라 클로버 거리로 향했다. 난 페달을 아주 빨리 밟아서 얼지 않았다. 할아버지는 가든을 정지시킬 유일한 것이 추운 날씨라고 했다. 그 말은 거리에 사람이 거의 없는 이유를 잘 설명해주었다.

클로버 거리를 자전거로 달리는 것은 버려진 전쟁 지역을 자전거로 달리는 것과 같았다. 피시헛은 유일하게 아직도 서 있는 곳이었다. 푸 이모는 그게 주인인 배리 씨가 폭동 기간 중에 '흑인 소유'라고 써 붙여놓은 덕분이라고 했다. 음, 이모는 그 모든 일이 일어나는 동안 집을 나가 있었다. 심지어 가게 몇 개를 털어서 TV 두 대도 가져왔다.

난 링 사건 이후로 그녀의 소식을 듣지 못했다. 아무 소리도 없지는 않았다. 간밤에는 제이가 그녀와 이야기를 했다. 푸 이모는 그저 나와 이야기하고 싶지 않은 거였다.

수프림의 허머가 피시헛의 출입구 가까이에 서 있었다. 난 내 자전거를 가지고 들어갔다. 자전거를 밖에 두는 것은 바보짓이다. 절대 무사하지 못할 거다. 게다가 주인인 배리 씨는 뭐라고 하지도 않는다. 실제로 내가 들어가자마자 그가 말했다. "안녕, 꼬마 로!" 난 우리 아빠 덕분에 엄청 많은 일에서 무사통과다.

피시헛은 우리 할아버지네 방처럼 벽이 나무 패널로 되어 있지만 그 위에 기름투성이의 짙은 필름이 덮여 있었다. 할머니는 절대 벽을 그런 모양으로 내버려두지 않을 것이다. 천장 구석의 TV는 항상 뉴스방송을 내보내고 있었고, 배리 씨는 항상 거기에 대고 고함을 질렀다. 오늘 그는 카운터에서 이야기하고 있었다. "저 멍청이 같은 입 밖으로 나오는 말들을 믿을 수가 있어야지!"

수프림은 구석 테이블을 차지하고 있었다. 난 그가 저 짙은 선글라스를 절대 벗지 않을 거라는 생각을 하기 시작했다. 그는 구운 생선과 달걀을 먹어 볼이 빵빵했는데 그건 피시헛의 아침스페셜 메뉴였다. 그는 나를 보고 입을 닦았다. "유명인사께서 오셨구나."

그는 자기 건너편의 자리를 가리켰다. 내가 자전거를 벽에 받쳐놓고 있을 때 그가 배리 씨에게 손짓을 했다. "비 씨! 이 젊은 숙녀에게 원하는 걸 가져다주세요. 내가 낼 겁니다."

배리 씨는 주문을 메모지에 적었다. 난 그가 검은 턱수염과 콧수염을 수북이 기른 젊은 산타클로스처럼 보인다고 생각했었다. 그것들은 요즘 들어 조금 희끗희끗해졌다.

난 새우와 그리츠를 고르고 선키스트를 곁들였다. 선키스트를 마시기에 너무 이른 건 절대 아니었다. 그건 거품이 나는 오렌지주스일 뿐이니까. 난 죽을 때까지 이 생각을 고수할 작정이다.

"닷클라우드 1위 달성을 지지하는 축하 선물이 있어." 배리 씨가 멀어지자 수프림이 말했다.

그가 테이블 밑에서 선물 가방을 끄집어냈다. 크지는 않았지만 양손으로 잡아야 할 정도로 무거웠다. 안에는 위에 나무 로고가 새겨진 짙은 회색의 신발상자가 있었다.

난 수프림을 쳐다보았다. 그는 금빛 송곳니를 반짝였다.

"어서." 그가 말했다. "열어 봐."

난 상자를 가방에서 끄집어냈다. 난 벌써부터 안에 뭐가 들어 있는지 알고 있었지만 내 심장박동은 계속 빨라졌다. 난 상자 뚜껑을 젖혔고 입 밖으로 "오, 대박!"이라는 소리가 튀어나오는 걸 막을 수 없었다.

신상 팀버랜드 한 켤레였다. 커뮤니티센터에 있는 흠집 있는 중고 신발이 아니라 한 번도 신은 적 없는 새 팀버랜드였다.

"자, 사이즈가 안 맞으면, 교환해줄게, 괜찮아." 내가 한 짝을 꺼낼 때 수프림이 말했다.

난 신발의 한쪽 면에 새겨진 나무의 윤곽을 손으로 더듬었다. 두 눈이 엄청 따끔거렸다. 난 이걸 사기 위해 몇 달을 일했다. 로즈 박사가 캔디를 판 일로 정학을 시키는 바람에 아직도 충분한 돈을 모으지 못했다. 이건 내가 절대 도달할 수 없는 결승선이었다. 그런데 수프림이 마치 아무것도 아니라는 듯이 내게 한 켤레를 건네고 있다.

ON THE COME UP

난 내가 이 말을 내뱉으려 한다는 걸 믿을 수 없었다. "이건 받을 수 없어요."

"왜?"

할아버지는 아무 이유도 없어 보이는 큰 선물은 받지 말라고 하셨다. 왜냐하면 감당할 수 없는 커다란 이유가 숨어 있을 수 있기 때문이다. "이걸 왜 나한테 주는 건데요?"

"말했잖아, 1위 달성을 축하하기 위해서라고." 그가 말했다.

"그래도, 이건 가격이 너무 비싼―"

수프림이 웃었다. "너무 비싸? 고작 150이야. 선글라스가 그것보다 더 비싼데."

"오."

젠장. 나한테도 150이 적은 돈이었으면 좋겠다. 씨, 그 정도를 너무 비싸다고 했으니 엄청 바보 같아 보였겠네. 개털로 보이는 건 말할 것도 없고.

배리 씨가 내 새우와 그리츠를 가지고 왔다. 난 한참 동안 거기서 눈을 떼지 못했다.

"다 괜찮아." 수프림이 말했다. "내게도 그게 엄청나게 큰돈이었을 때가 있었지. 신발은 가져. 맹세해, 아무런 조건도 없어."

난 내 가짜 신발을 흘깃 내려다보았다. 밑창이 천천히 분리되기 시작하고 있었다. 다음 달까지 버틸 수 있을지 의심스러웠다. 어쩌면 일주일도 못 버틸 수 있다.

난 "고마워요"라고 웅얼거리고는 신발 두 짝을 백팩에 욱여넣었다.

"천만에."

수프림이 매운 후추 소스를 접시 위로 흔들어 뿌렸다. "난 링에서 있었던 일 때문에 사람들의 입에 오르내리게 된 거라고 생각해. 넌 정말로 잘했어, 어, 꼬마 아가씨?"

음, 내가 본 것과 똑같은 뉴스 보도를 본 건가? "정확히 말하자면 사람들이 좋게 보고 있지는 않아요."

"솔직히 말해서, 이건 아마 너에게 일어날 수 있는 최고의 일일 거야. 메스컴의 관심은 홍보 효과가 있지, 그게 아무리 나쁜 일이어도 상관없어. 그 덕분에 넌 닷클라우드에서 1위가 됐어, 안 그래?"

"그래요, 하지만 사람들 모두가 그 노래를 좋아해서 듣는 건 아니에요."

내 말 믿어도 좋다. 난 충격 속에서 댓글들을 읽었다. "우리 학교에서 있었던 일 때문에 사람들이 시끄럽게 떠들면 어떻게 해요?"

"아, 그러니까 그게 너네 학교였구나?"

그게 뉴스에서 밝히지 않은 한 가지였다. 아마도 법적인 이유들 때문에 그럴 수 없었을 것이다. "그래요. 아이들이 화가 났던 이유는 얼마간 나한테 일어났던 일 때문이에요."

그가 고개를 끄덕였다. 마치 그가 알고 싶었던 전부라도 된다는 투였다. "음, 그 노래에 대해서 엄청 시끄럽게 굴걸. 사람들은 힙합을 비난하길 좋아하거든. 진짜 문제들을 들여다보는 것보다 쉽다고 생각하는 거야, 알겠니? 하지만 생각해 봐, 넌 전설적인 인물들 틈에 끼게 된 거야. 사람들은 엔더블유에이에게도 그랬고, 퍼블릭 에너미에게도 그랬어. 투팍. 켄드릭. 젠장 마이크에 대고 할 말을 한 사람이면 누구에게나 사람들은 그들이 말한 방식을 가지고 덤벼들었지."

"정말요?"

"진짜야. 너희 어린애들은 모르지. 엔더블유에이는 〈퍽 더 폴리스〉

Fuck The Police 때문에 FBI로부터 편지까지 받았단다. 어떤 소년이 경찰을 쏘았는데 차 안에 투팍의 노래가 틀어져 있었다는 이유로 정치가들은 그 노래를 비난했지."

"말도 안 돼!"

"정말이라니까." 수프림이 말했다. "이건 새로운 이야기가 아냐. 그들은 우리가 진실을 말하기 때문에 우리를 악당으로 만들고 싶어 하지." 그는 오렌지주스를 홀짝였다. "넌 이런 일이 통제를 벗어나지 않게끔 네게 이익이 되게 해주는 진짜 매니저가 있어야 해."

진짜 매니저. 푸 이모를 비꼬는 말임에 분명했다.

식당 문의 종이 울렸다. 수프림이 손을 들어 들어오는 사람의 주의를 끌었다.

디-나이스가 우리에게로 왔다. 그의 금 목걸이는 거의 땋은 머리만큼이나 길었다. 그와 수프림이 손바닥을 치더니 한쪽 팔로 껴안고 인사를 마무리했다.

수프림이 목을 쭉 빼고 바깥을 보았다. "좋아, BMW를 타고 왔구만." 그가 웃고 있는 디-나이스를 팔꿈치로 가볍게 찔렀다. "벌써 돈을 쓰는군."

"요 꼬마에게 어떻게 됐는지 보여줘야 했으니까요." 그가 나를 보았다. "가든의 공주님. 드디어 만났군. 오로지 사랑과 지지를." 그는 남자들끼리 하는 손바닥치기/악수 중에 하나를 내게 했다. "첫 번째 배틀과 그 노래 사이에? 밖에서도 아주 잘하고 있어."

고백: 난 말이 잘 안 나왔다. 스타를 보고 놀란 것도 같다. 디-나이스는 전설이었다. 전설에게서 인정을 받는 경우 도대체 뭐라고 한단 말인가?

"난 아직도 디-나이스가 그때 에프-엑스에게 진 건 말도 안 된다고 생각해요."

그와 수프림 모두 웃었다. "뭐라고?" 디-나이스가 말했다.

난 링에 발을 디디기 훨씬 전부터 배틀을 연구했다. "2년 전에, 에프-엑스와 배틀을 했잖아요." 내가 말했다. "플로우가 정말 기가 막혔어요. 순간의 생각으로 그런 라임을 내놓다니 정말 아직도 존경스러워요."

"와우. 계속 주의를 기울여왔구나."

"엠씨는 고수가 되기 전까지는 반드시 학생의 자세를 가져야 해요." 내가 말했다. "우리 이모가 항상 하는 말이—"

팀버랜드. 디-나이스의 등장. 이건 나를 푸 이모에게서 떼어놓기 위한 준비단계다.

보다시피, 신발은 미끼이고, 난 여름이면 할아버지가 즐겨 잡는 살찐 배스 한 마리나 마찬가지고 디-나이스는 수프림의 찌다. 디-나이스와 얘기를 시켜봄으로써 수프림은 내가 미끼를 물었는지 아닌지 알게 될 것이다.

그런데 솔직히? 난 어쩌면 잡힐 걸 알고서 이 물속으로 헤엄쳐 들어갔는지도 모른다. 난 수프림이 내게 문자를 하자마자 이 만남이 어떠하리라는 걸 알았다. 여기 있는 것만으로도 푸 이모에게 상처가 될 수 있음을 잊어라. 내가 수프림의 제안을 받아들인다면 그게 그녀를 배제해야 한다는 의미임을 잊어라. 만일 그녀가 내 매니저가 되지 않는다면 아마도 계속 거리를 전전하게 될 것임도 잊어라. 어쨌든 난 여기에 왔다.

어떤 조카가 나한테 그렇게 할까?

"들어 봐, 너네 이모는 멋진 사람 같아." 수프림이 말했다. "하지만 넌 더 많은 게 필요해."

난 입술을 깨물었다. "수프림—"

"내 말 끝까지 들어 봐." 그가 말했다. "사실은 뭐냐면, 네가 지금 아주 특별한 기회를 얻었다는 거야, 브리. 이런 상황, 이런 매체의 관심은 자주 찾아오는 게 아냐. 넌 이걸 이용해야 해. 디는 너만큼의 입소문을 타지 못했어. 내가 디에게 한 일들을 봐. 난 우리 아들을 위해서도 대단한 일들을 했어. 걔가 계속 잘할 수 있어야 할 테지만."

디-나이스가 웃었다. 내가 전혀 알아채지 못한 농담을 한 것이다. "걔가 아직도 문제예요?"

수프림이 오렌지주스를 다시 벌컥벌컥 마셨다. "최근에 걘 가치가 있는 일엔 전혀 집중을 못해. 하지만 그건 나중에 얘기해."

디-나이스가 고개를 끄덕였다. "근데 정말이야, 브리. 여기 이 사람?" 그가 수프림을 가리켰다. "내 삶을 바꿨어. 난 이제 우리 가족 전부를 돌볼 수 있어."

"정말요?"

"오 그럼." 그가 말했다. "링에서 배틀을 하면서 언젠가 뭔가로 이어지길 바라고는 있었지만 우리 가족은 힘들었었지. 수프림이 나타나 계획을 세웠고 이제 우리 가족은 아무 걱정 하지 않아도 돼. 우린 좋아."

좋다. 두 음절, 한 단어.

할 수만 있다면, 내가 줄 수 있는 모든 걸 줄 거야,
우리 가족이 좋아지도록.

난 목안에서 차오르는 긴장을 삼키고 수프림을 보았다. "내가 같이 일한다면, 틀림없이 우리 가족이 괜찮아지게 해줄 수 있어요?"

"너와 네 가족은 틀림없이 좋아질 거야." 그가 말했다. "약속해."

그가 내게 손을 내밀었다.

이건 푸 이모에 대한 배신이지만 엄마와 트레이를 위한 길이다. 난 악수를 했다.

"곧 대가를 받게 될 거야!" 수프림이 사실상 고함을 질렀다. "후회하지 않을 거야, 꼬마 아가씨, 맹세코 후회 안 할 거야. 하지만 먼저 해결해야 할 일이 있어. 내가 너네 엄마에게 가서 얘기를 나눠야 해. 우리 셋이 앉아서—"

내 삶이 진짜 시트콤이라면, 이건 레코드가 긁히는 순간이다. "어, 제이와 이야기를 해야 한다고요?"

수프림이 자신 없는 웃음을 지었다. 마치 자기가 농담을 이해하지 못한 거라고 생각하는 듯했다. "물론. 문제 있니?"

너무 많아서 다 댈 수도 없다. 난 뒤통수를 긁었다. "당장은 좋은 생각이 아닌 것 같아요."

"그으래." 그가 천천히 내뱉으며 이어질 말을 기다렸다. 내가 할 말은 그게 전부다. "결국에는 내가 너네 엄마와 얘기를 해야 해. 너도 알지, 응?"

불행히도. 그런데 그녀는 이 모든 걸 곧장 중지시킬 것이다.

하지만 이건, 내가 좋아하지 않는 일을 하면서 그게 "나를 위한 거"라고 그녀가 말할 때와 마찬가지다. 이건 그녀를 위한 일이다. 그녀의 눈 속에 자리한 슬픔이 영원하지 않도록 하기 위해서라면 난 무슨 일이든 기꺼이 할 것이다.

"내가 먼저 얘기할게요." 난 수프림에게 거짓말을 했다.

"좋아." 그가 활짝 미소를 지었다. "그런 다음에 돈 벌어들이기에 착수하도록 하자."

19

집에 돌아오니 회복중인 중독자들은 모두 가고 없었고, 제이가 통조림들을 부엌 찬장에 넣고 있었다. 식료품 가방들이 식탁을 덮고 있었다.

난 백팩을 벗어 부엌 바닥에 내려놓았다. "이건 전부 어디서 났—"

"너, 그 백팩 당장 네 방에 가져다 놓지 않으면, 내 장담하는데!" 제이가 손뼉을 쳤다.

젠장, 나를 보고 있지도 않았으면서! 주변시는 악마의 능력이다.

난 백팩을 내 방으로 던졌다. 어쨌든 그렇게 했어야 할 일이다. 수프림이 준 팀버랜드가 그 안에 들었으니까. 제이가 그걸 본다면 무슨 일이 일어날지 물을 새도 없을 터이다.

수프림은 나를 위해 세운 모든 계획들에 대해 몇 시간이나 이야기를 했다. 그는 내가 인터뷰를 해서 그 일에 대해 이야기하는 게 좋겠다고 하고, 디-나이스와 공동작업도 하면 좋겠고, 마일스와도 같이 노래를 해

보는 건 어떻겠느냐고 했다. 그리고 또 내가 믹스테이프를 만들었으면 했다. 스튜디오 사용료와 비트에 대한 비용을 자기가 대겠다고 했다.

그럼에도 썩 흥분되지 않은 것은, 무엇보다 내가 이모를 끊어내고 있다는 사실을 그녀에게 말해야 한다는 걸 알고 있고 아직 엄마에게 이런 얘기를 할 수 없다는 걸 알기 때문이었다. 먼저 사정이 잘 맞아떨어질 때까지 기다려야 한다. 그러니까 내 손에 백만 달러대의 계약서를 쥐고 이렇게 말하는 거다. "봐, 내가 따낸 거야!" 거기에 대고 안 된다고 할 수는 없지 않겠는가.

물론, 그녀는 수백 가지 방식으로 안 된다고 할 테지만 난 된다는 대답을 받아내기 위해 노력할 것이다.

내가 부엌으로 돌아오니 그녀는 냉장고 쪽으로 옮겨가 있었다. 이미 놓여 있는 냉동야채 옆으로 닭고기 한 팩을 밀어 넣고 있었다.

난 가방 중 하나를 들여다보았다. 크래커, 빵, 칩스, 주스가 있었다. "푸 이모가 이걸 전부 가져왔어?"

"아니, 내가 얻었어." 제이가 말했다.

"어떻게?"

그녀는 냉동고 안에 머리를 집어넣은 채 또 다른 냉동고기 팩을 안으로 밀어 넣었다. "오늘 우편으로 EBT 카드(저소득층에 대한 지원금 지급 카드-역주)를 받았어."

EBT? "푸드 스탬프를 받았어? 하지만 그러지 않을 거라고—"

"막상 일이 닥치기 전에는 무슨 말이든 할 수 있는 거야." 그녀가 말했다. "그 일을 겪기 전까지는 뭘 하게 될지 안 하게 될지 진짜로 알 수 없어. 우린 음식이 필요했어. 우리가 음식을 얻는데 사회보장이 도움이 되었고."

"그치만 직업이 없더라도 대학생들에게는 푸드 스탬프를 주지 않는다고 말한 것 같은데?"

"학교 관뒀어."

그녀는 내가 마치 날씨를 묻기라도 한 듯 아무렇지 않게 말했다.

"뭘 어쨌다고?" 내 목소리가 어찌나 컸던지 옆집의 참견쟁이 미즈 글래디스도 내 목소리를 들었을 것이다. "하지만 졸업이 얼마 안 남았었잖아! 푸드 스탬프 몇 장 얻자고 학교를 그만둘 순 없어!"

제이가 계속 움직여 가방에서 시리얼 상자를 꺼냈다. "너와 네 오빠가 굶주리지 않는다면 그만 둘 수 있어."

이건…….

이건 아프다.

이건 젠장, 몸이 아프다. 난 분명 가슴에서 통증을 느꼈다. 갑자기 뜨거워지더니 통증이 밀려왔다. "그러지 말았어야 했어."

그녀가 내게로 왔지만 난 유리창으로 비쳐 들어와 마룻바닥의 타일 위에서 반짝이는 희미한 햇살을 바라보았다. 할아버지께서 자주 말씀하셨다. 밝은 곳을 찾아라. 문자 그대로 그런 뜻으로 한 말이 아니라는 걸 알지만 이게 내가 할 수 있는 전부였다.

"어이, 날 봐." 제이가 말했다. 그녀는 내 턱을 잡아 자기를 보게 만들었다. "난 괜찮아. 이건 일시적인 거야, 알겠지?"

"하지만 사회활동가가 되는 게 꿈이었잖아. 그러기 위해서는 학위가 필요하고."

"너와 네 오빠가 내 첫 번째 꿈이야. 너희 둘이 괜찮아질 수 있다면 다른 건 보류할 수 있어. 그게 부모들이 가끔씩 하는 일이야."

"그러지 말았어야 했어." 내가 말했다.

"하지만 그러고 싶었는걸."

통증이 더 심해졌다. 해야 하는 건 책임이다. 하고 싶은 건 사랑이다.

그녀가 내 뺨을 감쌌다. "네 노래 들었어."

"그래?"

"으음. 머리에 쏙쏙 들어오는 노래라는 건 인정해야겠던데? 또 꽤나 멋졌어, 멋쟁이 브리 씨" 그녀가 미소 지으며 내 턱을 따라 엄지손가락을 움직였다. "이해가 됐어."

두 단어. 그런데 이 두 단어는 포옹만큼이나 좋다. "정말?"

"그럼. 근데 내가 어디 출신인지 알지?"

"응, 사람들이 나에 대해 마음대로 생각하는 걸 원치 않는 거잖아."

"맞아. 우린 마음의 준비를 해야 해, 아가. 저번 지역 뉴스는 시작에 불과할 거야. 넌 이 일이 가라앉을 때까지 몸을 사려야 해."

"뭐? 밖에 못 나간다는 거야? 아님 학교에 못 간다는 거야?" 그거라면 완전 좋다.

"아가씨!" 그녀가 내 팔을 가볍게 쳤다. 내가 웃었다. "그렇게 몸을 사리라는 게 아냐. 넌 계속 학교에 가게 될 거야. 그러니 꿈에도 생각 마. 내 말은……." 그녀가 말을 멈추고 적당한 단어를 찾았다. "내 말은 사람들을 자극하지 말라는 거야. 어떤 것에도 반응하지 말고, 아무 일도 하지 마. 그냥…… 내가 아닌 다른 사람에게 얘기하는 거려니 생각하고 행동해. 트위터나 뭐 그런 것도 이제 하지 말고, 아무 언급도 하지 마."

그녀는 소셜미디어 놀이를 더 많이 해야 한다. "내게 덤비는 사람들에게 반격을 해도 안 된다는 거야?"

난 인터넷에서 남자 게이머의 화를 부추기는 데 선수다. 실은 미래의 이력서에 내가 가진 기술로 랩과 잔머리 붙이는 기술과 나란히 이 기술을 덧붙일 것이다. 솔직히 남자 게이머의 화를 부추기는 일은 쉽다. 다양한 방식으로 남자 게이머의 성기가 작다고 하기만 하면 된다. 그럼 미쳐 날뛸 것이다.

"아무 말도 하지 않는 게 좋아, 여기까지." 제이가 말했다. "좀 더 확실하게 말하면, 네 핸드폰 나 줘."

그녀가 손바닥을 내밀었다.

난 눈이 동그래졌다. "농담이지."

"아냐. 핸드폰 이리 내."

"약속할게 앞으로—"

"핸드폰, 브리."

으아아악. 난 주머니에서 핸드폰을 꺼내 그녀의 손에 놓았다.

"고마워." 그녀가 말하고는 핸드폰을 자기 주머니에 넣었다. "가서 ACT 공부해."

난 신음소리를 냈다. "진짜야?"

"진짜야. 눈 깜짝할 새에 시험 날이 될 거야. 그게 네 최우선이 돼야 해. 지나 말로 소니는 매일 하루에 두 시간씩 공부하고 있대. 걔 하는 거 보고 좀 배워."

젠장, 소니. 그놈의 망할 성취욕. 날 태만해 보이게 한다니까. 그래, 나 태만하다. 하지만 중요한 건 그게 아니다.

제이가 날 복도 쪽으로 돌려세웠다. "가. 내가 들어서 좋은 단 한 가지는 네가 공부하는 소리야."

"음, 어떻게 그런 게 들려?"

"가서 공부나 해, 아가씨!"

그녀는 두 시간 공부시키는 걸로 그치지 않았다. 아니, 제이에게는 분명 너무 짧은 시간이다. 네 시간이 지나서야 제이는 내게 핸드폰을 가져다주었다. 네 시간. 무슨 말이 더 필요하겠는가.

제이는 내 침실 바닥의 더러운 옷가지와 잡동사니들을 밟고 섰다.

"핸드폰을 넘기기 전에 이 끔찍한 방부터 치우게 해야겠다." 그녀가 말했다. "우리 집에서 바퀴벌레를 기르는 건 절대 안 되니까."

할머니도 같은 말을 했었다. 두 사람은 사람들이 그것들을 집안에 몰래 들여오기라도 하는 것처럼 이야기한다. 내가 바퀴 곁에라도 있고 싶은 것처럼 보이나? 그놈들은 '내가 상종하지 않는 것들' 목록에서 빅버드 바로 밑이다.

제이가 핸드폰을 책상 위에 놓더니 옷가지와 잡동사니 주위로 요리조리 움직였다. "그냥 농담이야!" 엄마가 말했다.

"나도 사랑해." 내가 그녀 뒤에 대고 외쳤다. 소니와 말릭에게서 문자가 왔고 난 그것들을 지웠다. 그렇다. 난 아직도 말릭네 집에서 벌어진 일들에 대해 기분이 상해 있다.

닷클라우드에서도 알림이 엄청나게 떴다. 그런데 그건 지금 잠시 동안의 일이었다. 난 보통 앱을 열어서 빨갛고 거슬리는 동그라미 속의 숫자를 사라지게 하고 앱을 닫는다. 하지만 오늘은 앱을 열자 수많은 새로운 메시지가 나를 기다리고 있었다.

아마도 인터넷 악플러들일 것이다. 그러니까, 이걸 겉으로 드러냄으로써 받아들일 수 있어야 한다는 말이다, 알겠지? 내 말 믿으시라, 남자 게이머들에게 '깜둥이'와 '쌍년'이라고 수없이 불린 만큼이나 난 엄청나게 잘 받아들일 수 있다. 그저 마음의 준비를 할 시간이 필요할 뿐이다.

첫 번째 메시지는 '발칙한녀석09'라는 사용자에게서 온 것이었다. 좋은 징조다. 난 메시지를 열었다. 링크가 있었고 그 밑에 이렇게 써 놓았다.

이거 완전 말도 안 됨! 저들이 널 검열하게 두면 안 돼, 브리!

허?

난 링크를 클릭하지 않았다. 내가 발칙한녀석이라는 아이디를 쓰는 작자를 믿을 것처럼 보이는가? 바이러스나 포르노 영상일 것이다. 하지만 다른 사용자에게서 온 다음 메시지에도 같은 링크가 있었고 메시지는 다음과 같았다.

쟤네들, 너 때문에 완전 빡쳤는데 하하하하!

세 번째 메시지에도 링크가 있었다. 네 번째도 다섯 번째도. 소니가 보낸 새로운 문자가 화면에 떴다.

너 괜찮아?

전화해.

사랑한다.

소니도 내게 링크를 보냈다. 난 그것을 클릭했다. 지역 신문사 클라리온의 웹사이트에 있는 기사로 연결되었다. 표제를 보고 난 가슴이 덜컥했다.

<온 더 컴 업>은 내려져야 한다:
이 지역 10대 래퍼의 폭력적인 노래, 폭력을 부르다!

"뭐 이런—" 내가 중얼거렸다.

그건 에밀리 테일러라는 이름의 여자가 내 노래에 대해 불평을 쏟아놓은 페이지였다. 그녀 말로는 열세 살 먹은 아들이 내 노래를 좋아하지만, 그녀에 따르면, 내가 "한 곡 내내 총에 대한 자랑질과 반 경찰 정서를 비롯해 어떤 부모라도 당장 멈춤 단추를 누르게 할 것들에 대해 랩을 하고 있다"는 것이었다.

이 여자 도대체 뭔 소리를 하는 거지? 그 노래에는 경찰에 반하는 말은 한마디도 없다. 난 그냥 마치 우리가 잠재적인 범죄자라도 된다는 듯 우리 지역을 순찰하는 경찰에 질렸을 뿐인데, 내가 틀렸나?

글의 중간에, 그녀는 링의 주차장 사건의 동영상을 포함시켰다. 에밀리는 날 "폭력집단에 연루된, 최근에 지역 시설에서 쫓겨난 제멋대로인 10대"로 묘사하기 위해 그 동영상을 사용했다.

나한테 5초만 그녀와 있게 해주면 제멋대로가 뭔지 제대로 보여줄 텐데.

그녀는 미드타운의 폭동을 언급하며 실제로 이렇게 말했다. "폭력을 부추기는 노래가 학생들의 폭력적인 행동을 조장했다고 보는 것이 타당하다."

"〈온 더 컴 업〉을 목록에서 삭제해 달라고 웹사이트 닷클라우드에 정중히 요청했다. 그 노래는 이미 악영향을 초래했다. 우리는 이런 사태가 계속되지 않도록 해야 한다. 당신은 아래 링크의 청원에 서명함으로써 당신의 목소리를 더할 수 있다. 우리 아이들을 보호하기 위해 우린 더 많은 일을 해야 한다."

우리 아이들을 보호한다고? 난 거기서 완전히 배제되었군.

망할 에밀리. 그래, 욕했다. 엿 먹어라. 그녀는 나에 대해 하나도 모르면서 노래를 이용해 나를 자신의 소중한 아들에게 영향을 끼치는 엄청 나쁜 악당으로 만들려고 한다. 어림없는 소리, 그가 나 같은 사람들이 매일 처하는 일에 대해 듣는 일은 절대 없을 것이다. 단어 몇 개에 경악하는 건 멋진 일임에 틀림없다. 단어는 단어일 따름이니까. 단어.

도저히 참을 수 없어서 난 그녀의 프로필을 클릭했다. 난 이 멍청이를 눈으로 보고 싶었다.

그녀는 자신에 대해 더 많이 드러내게 될 밝게 강조한 사진 몇 장을 올려놓았다. 한 장은 그녀와 남편과 아들을 찍은 것이었다. 그들 뒤로 사슴 박제가 걸려 있고 셋 다 위장복을 입고 소총을 들고 있었다. 그리고 음……, 그들은 백인이었다.

그런데 나를 진짜로 사로잡은 게 뭐였을까? 이 글 전에 쓴 글의 제목이었다.

왜 내 총도 가져가 보시지:
총기 규제는 옳지 않다.

하지만 내가 총에 대해 랩을 하는 건 다른 문제라는 건가?
이유가 궁금하다.
맹세컨대, 이건 미드타운의 쓰레기 같은 일과 마찬가지다. 백인 여자애들은 수업시간에 신랄한 비평을 한다고 해서 교장실로 보내지지는 않는다. 젠장, 내 눈으로 직접 그런 일이 벌어지는 걸 목격한 적이 있다. 그들은 경고로 끝났다. 하지만 난 입을 열어 선생들이 싫어하는 무슨 말만 했다 하면 교장실로 직행이다.

확실히 단어들은 내 입 밖으로 나왔을 때 달라진다. 그것들은 어쩐지 더 공격적이고 더 위협적이다.

음, 그래서 말인데? 난 에밀리에게 해댈 단어들이 넘쳐나고 있다.
난 문을 닫고 핸드폰의 인스타그램을 열어 곧장 라이브 방송을 했다. 보통은 소니와 말릭만 나타난다. 오늘밤엔 몇 초 만에 약 백 명의 사람들이 나를 지켜보았다.

"잘 있었죠, 모두? 브리예요."

즉시 댓글들이 달리기 시작했다.

네 노래는 🔥🔥🔥

사람들 말은 좆 까라 그래!

넌 새로운 내 최애 래퍼야 💯

"응원 고마워요." 내가 그들에게 대답하자 갑자기 100명이 더 지켜 보기 시작했다. "아시겠지만, 내 노래를 닷클라우드에서 삭제시키려는 청원이 있대요. 그건 검열일 뿐 아니라 완전 엿 같은 일이에요."

완전 동감

누군가 댓글을 달았다.

좆 까라 검열!

"맞아요, 좆 까 검열." 300명의 시청자들에게 내가 말했다. "저들은 이해하지 못해요. 자기들이 이해할 수 있는 게 아니니까. 게다가 내가 백팩처럼 묶여 있는 건 어쩌면 그게 당연하기 때문이라니, 망할 년. 그 노래를 듣고 불편해하는 건 내 잘못이 아니죠. 난 평생 매일같이 불편한데 말이죠."

시청자 400명. 사람들은 💯 이나 하이파이브 이모지로 대답했다.

"그리고 이것 좀 보세요." 내가 말했다. "내 노래에 대해, 날 공격하고 싶어 하는 모든 사람에게 보내는 거예요."

난 거침없이 가운데 손가락을 들어올렸다.

시청자 500명. 많아지는 댓글.

그렇지!

모두 좆 까!

우린 네 편이야, 브리!

"그러니 기자님." 내가 말했다. "그리고 〈온 더 컴 업〉을 이렇게 저렇게 혹은 다르게 부르고 싶어 하는 님들. 그러세요. 망할, 원한다면 내 노랠 끌어내려 보시죠. 하지만 절대 날 침묵시키지는 못할걸요. 난 할 말이 좆나 짱 많거든."

20

내 평생 취한 적이 딱 한 번 있다. 2학년으로 올라가기 전 여름, 소니와 말릭과 나는 얼마나 대단한지 보기 위해 소니의 아버지가 진열장에 넣어둔 헤네시를 마셨다. 내. 인생. 최악의. 실수였다. 다음날 아침 난 그 술병에 손 댄 걸 격렬하게 후회했다. 제이가 분노를 방출했을 때 또 한 번 후회했다.

난 인스타그램 만취 상태였던 것 같다. 에밀리와 에밀리의 세계에 화가 난 채로 잠자리에 들었다. 하지만 잠에서 깼을 때는 "오, 젠장. 내가 이런 말을 했어?"의 상태였다.

뭔가를 하기엔 너무 늦었다. 내 인스타그램 페이지에는 저장되지 않았겠지만 누군가 저장해서 지금은 널리 퍼져나가고 있을 것이다. "몸 사리고 어떤 것에도 반응하지 마"라는 우리 엄마가 이걸 보지 않기를 기도하고 있다.

하지만 오늘 하는 행동을 보면 그녀가 관심이 있는지 미지수다.

제이는 내가 교회 갈 준비를 하고 있을 때 내 방으로 왔다. 그런데 "침대로 다시 돌아가도 돼, 아가. 우린 집에 있을 거야."라고 했다.

다른 날 같으면, 난 "할렐루야!"라고 비꼬듯 외쳤을 것이다. 예수님께 반감은 전혀 없다. 나와 문제가 있는 건 그의 백성들이다. 하지만 난 축하할 수 없었다. 제이는 너무나 슬퍼 보여서 미소라고 부를 수도 없는 미소를 지었다. 그녀는 자기 방으로 가더니 계속 나오지 않았다.

난 다시 침대에 누울 수 없었다. 그녀가 너무 걱정됐다. 트레이도 다시 침대에 누울 수 없어서 우리는 지금 두어 시간 동안 넷플릭스를 시청하고 있다. 우린 얼마 전에 케이블 방송을 없앴다. 케이블 방송 아니면 핸드폰이었는데 제이와 트레이 둘 다 미래의 직장 문제 때문에 핸드폰이 필요했다. 난 오빠의 머리에서 조금 떨어진 소파 등받이에 발을 받쳤다.

그가 내 발을 멀리 밀쳤다. "냄새나는 상스러운 발 내 얼굴에서 치워, 야."

"트레이, 하지 마!" 난 우는 소리를 하며 발을 다시 올렸다. 나는 항상 발을 소파 위로 높이 올려야 한다.

그가 마른 치리오스 유사품을 조금 삼켰다. 트레이는 시리얼을 우유에 말아먹는 경우가 드물다. "늙은 브루스 배너의 헐크처럼 보이는 발이야."

난 내 엄지발가락을 그의 귀에 갖다 댔다. 그가 재빨리 펄쩍 뛰는 바람에 무릎에 있던 시리얼 그릇이 엎어질 뻔했는데 그가 간신히 잡았다. 난 죽는다고 웃었다.

트레이가 나를 손가락으로 가리켰다. "너, 장난이 심해!"

그가 자리에 앉았고 난 여전히 웃고 있었다. 난 내 발로 그의 뺨 전체를 문질렀다. "오오, 미안, 오빠."

트레이가 얼굴을 멀리 치웠다. "좋아, 계속 까불어."

복도의 마루 판자에서 삐걱 소리가 났고 나는 문간을 넘겨다보았다. 제이가 아니었다. 할아버지가 말씀하시길 이렇게 오래된 집은 가끔씩 기지개를 켤 때가 있다고 한다. 그게 저절로 소리가 나는 이유였다. "괜찮은 거 같아?"

"누구? 엄마?" 트레이가 말했다. "응, 괜찮아. 그냥 교회의 온갖 가십들에서 멀리 달아나고 싶은 날이 있는 거야."

알겠다. 교회는 할 말은 많고 할 일은 없는 사람들로 넘쳐난다. 개중 몇은 우리 뒷담화를 하지 않고 우리를 도울 거라 생각할 수도 있지만 예수를 사랑한다고 말하기는 쉬워도 예수처럼 행동하기는 어려운 법이다.

어쨌든.

"그러니까아아." 내가 그의 시리얼을 몇 개 집었을 때 그가 말했다. "넌 더 이상 눈곱만큼도 신경 쓰지 마, 어?"

난 치리오스 유사품에 거의 목이 막힐 뻔했다. 거의. 난 기침을 해서 목을 가다듬었다. "기다려. 인스타그램 계정 있어?"

그가 웃었다. "와우. 인터넷에서 대책 없이 굴어놓고 제일 먼저 알고 싶은 게 내가 인스타그램 계정이 있는지야?"

"음, 그래."

"우선 사항을 바로 확보하시겠다? 말해 두는데, 카일라가 나한테 하나 만들라고 했어."

양 볼에 보조개가 파였다. 그녀에 대해 얘기할 때마다 나타난다. "그녀가 내 미래의 올케가 되는 거야?"

그가 내 한쪽 머리를 밀었다. "내 걱정 말고, 네 걱정이나 하셔. 넌 어떻게 돼가는 거야, 브리? 진짜. 그니까? 그 동영상은 내 어린 여동생이 아니었어."

난 소파의 실밥을 깜작거렸다. "내가 미쳤었나 봐."

"그리고? 인터넷은 영원하다고 몇 번이나 말해야 되니? 네 미래의 직장 상사가 그걸 보면 좋겠어?"

내가 특정인이라는 이유로 그들이 걱정되는 것은 아니다. "제이에게 말할 거야?"

"아니, 엄마에게 말 안 할 거야." 내가 그녀의 이름을 부를 때마다 그는 내 말을 정정한다. "지금 상황에서 엄만 할 일이 잔뜩이잖아. 넌 사람들을 무시하는 법을 배워야 해, 브리. 모든 일에 에너지를 쏟을 필요는 없어."

"알아." 내가 중얼거렸다.

그가 내 볼을 꼬집었다. "그럼 그렇게 행동해."

"잠깐, 그게 다야?"

"뭐?" 그가 물었다.

"나한테 화 안 낼 거야?"

그가 시리얼을 조금 삼켰다. "아니. 엄마가 알게 되면 그때 엄마가 화 내겠지. 내 말 믿어, 엄마가 알아낼 테니까. 난 굿이나 보고 떡이나 먹으면 되는 거야."

난 베개로 그의 얼굴을 쳤다.

현관벨이 울렸다. 트레이가 창문의 커튼을 젖히고 밖을 내다보았다. "불경한 삼총사의 나머지 애들인데."

난 눈을 굴렸다. "나 없다고 해."

트레이가 현관으로 나갔다. 대답은 당연히 "안녕, 애들아. 브리 바로 여기 있어."였다.

그가 이를 드러내지 않은 짓궂은 미소를 지으며 나를 돌아다보았다. 얼간이.

트레이는 두 사람이 들어오자 손바닥을 마주치며 인사했다. "너희들 오랜만이다. 잘 지내지?"

말릭은 모든 게 좋다고 트레이에게 대답했지만, 걔가 날 뚫어지게 노려보고 있는 걸 본다면 나한테 말하고 있는 거라고 생각할 것이다. 난 일부러 TV를 보았다.

"ACT와 SAT 모의고사 때문에 죽을 지경이야." 소니가 말했다. 난 소니가 자랑스럽다. 그는 지금 트레이에게 말하는 일을 해낸 것이다. 우리 오빠가 옆에 있으면 겨우겨우 더듬거리며 말하던 때가 있었는데 트레이에게 홀딱 반해서였다. 가끔씩 난 얘가 아직도 트레이에게 빠져 있지 싶다. 트레이도 소니가 자기를 좋아한다는 걸 알고 있다. 그는 그걸 그냥 웃어넘긴다. 소니와 내가 5학년이었을 때 트레이의 친구 한 명이 소니에 대해 무슨 말인가를 했는데 다시는 입에 올리고 싶지도 않은 말이었다. 결국 그는 더 이상 트레이의 친구가 아니다. 열여섯 살 때, 우리 오빠는 해로운 남성성을 '일종의 끔찍한 마약'이라고 불렀다. 그는 그렇게 멋지다.

트레이는 소파의 팔걸이에 앉았다. "아, 너무 걱정하지 마, 손. 한 번 보고 마는 게 아니니까."

"응, 하지만 처음부터 잘 봐야 성공인 거잖아."

"아니. 잘 보기만 하면 성공인 거야, 그걸로 끝이야." 트레이가 말했다. "넌 똑똑하니까, 잘할 거야."

소니의 뺨이 장밋빛으로 물들었다. 그의 사랑은 아직 끝나지 않았다.

TV가 한참을 떠들어댔다. 정확히 말해, 〈더 겟 다운〉The Get Down이다. 난 그걸 보고 있었지만, 소니와 말릭과 트레이가 날 쳐다보는 걸 느낄 수 있었다.

"음?" 트레이가 말했다. "너 지금 쟤들이 여기 없는 것처럼 구는 거야?"

난 시리얼을 조금 삼켰다. "옙."

트레이가 내 손에서 그릇을 낚아채 갔다. 게다가 대담하게도 내 다리를 소파에서 끌어내린 다음, 날 똑바로 앉혔다.

"음, 양해를 구하시죠?" 내가 말했다.

"양해 얻을 사람은 너야. 네 친구들은 내가 아니라 너랑 얘기하려고 온 거잖아."

"오늘은 너랑 같이 시간을 보내고 싶어." 말릭이 말했다. "있잖아, 비디오게임 하자. 화 풀어."

"그래, 예전처럼." 소니가 거들었다.

난 시리얼을 유난히 세게 와드득 씹었다.

"제발, 브리. 응?" 말릭이 말했다. "적어도 우리와 말은 할 거지?"

와드드득.

"미안, 애들아." 트레이가 말했다. "앤 맘을 정한 것 같다."

우리 오빠는 악마다. 왜 그렇게 말하느냐고? 그가 내 옆에 앉더니 엉덩이를 공중에 들고 내 평생 들어본 중에 최고로 크고 강한 방귀를 끼었기 때문이다. 내. 얼굴. 옆에서!

"세상에!" 난 비명을 지르며 흥분했다. "갈 거야, 젠장!"

트레이가 사악한 미소를 짓고 다리를 소파 위로 뻗었다. "상스러운 발을 내 얼굴에 갖다 댄 대가야."

소니와 말릭과 같이 나간다고 해서 얘들과 말을 해야 한다는 뜻은 아니다. 우리는 인도를 따라 내려갔다. 우리들 사이에는 침묵이 감돌았고 우리 아빠의 목걸이가 내 티셔츠에 짤그랑 부딪치는 소리만 들렸다.

말릭이 후드티의 끈을 바짝 조였다. "팀버랜드 멋지다."

처음으로 신었다. 집을 나설 때 제이는 아직 자기 방에 있었고 트레이는 이런 데 주의를 기울이지 않아서 알아차리지 못했다. 그러니까, 그는 같은 나이키 신발을 7년째 신었고 계속 신을 것이다. "고마워." 내가 중얼거렸다.

"그거 어디서 났어?" 말릭이 물었다.

"어떻게 갖게 된 거야?" 소니가 말했다.

"미안한데, 그게 너네들하고 상관있는 줄은 몰랐네."

"브리, 제발." 소니가 말했다. "저번 날은 우리가 아무 뜻 없이 그런 거 알잖아, 응?"

"워우. 이렇게 어물쩍 엉터리 같은 사과를 하시겠다?"

"우리가 미안해." 말릭이 말했다. "됐어?"

"글쎄. 뭐가 미안한데?"

"널 지지하지 않은 거." 소니가 말했다.

"그리고 너무 달라졌던 것도." 말릭이 말했다.

"어떻게 달라졌는데?" 오, 그거야 아주 잘 알지만 난 얘들한테 듣고 싶었다.

"최근에 많이 같이 어울리지 못했잖아." 말릭이 인정했다. "하지만 이게 전부 우리 책임이라는 듯이 행동하지는 마. 너도 사람들 대하는 게 달라졌으니까."

난 멈췄다. 카슨 부인이 우리 할아버지 할머니보다 더 오래된 낡아빠진 캐딜락을 몰고 우리를 지나쳐갔다. 그녀는 경적을 울리더니 손을 들어 올렸다. 우리도 손을 흔들었다. 가든에서는 흔한 일이다.

"내가 너희들에게 어떻게 달라졌는데?" 내가 물었다.

"랩을 할 때의 네 모습 전부? 모르는 사람 같아." 말릭이 말했다. "특히 인스타그램에서 그런 말을 하는 사람은 도무지……."

오. "너희들도 그거 봤어?"

소니가 고개를 끄덕였다. "옙. 인터넷 인구 절반과 함께. 거짓말을 못하겠다. 나라도 어쩌면 화가 났을 거야. 그래서……." 그가 어깨를 으쓱했다.

"화난 건 화난 거고, 그건 그거야." 말릭이 말했다. "그래서 학교에서—"

"잠깐, 난 학교에서는 늘 똑같았어." 내가 말했다. "나랑 시간을 거의 보내지 않은 건 너희들이잖아, 너희들은 다른 친구들이 있으니까. 말해두는데, 그건 괜찮아. 하지만 그게 기분 상하지 않은 척은 못하겠어. 게다가 래피드 검색하느라 나 빼고 너희끼리만 어울렸잖아."

"난 너한테 그것 말고도 걱정거리가 수도 없이 많다고 생각했어." 소니가 말했다. "너네 가족이 지금 어려운 상황인 거 아니까."

"그게 다야? 혹시—" 난 사실 지금 내가 하려는 말을 믿을 수가 없다. "혹시 너희들 나랑 엮이고 싶지 않았던 거 아니야?"

제길, 눈이 따끔거렸다. 그래, 지금 잠시 내 생각 속에 똬리를 틀고 있는 작고 미미한 목소리가 있다. 그 목소리는 소니와 말릭이 미드타운에서 너무 똑똑해서 그렇지 않은 누군가와는 연결될 수 없다고 얘기한다. 잘 나가고 있는데, 교장실만 들락거리는 누군가와 뭐하러 어울린단 말인가?

그럴듯하다. 실제로, 너무 그럴듯해서 사실일 수도 있다.

"너 도대체 무슨 소리 하는 거야?" 소니가 소리를 질렀다. "브리, 넌 나와 남매나 같아, 알아? 네가 빅버드를 무서워할 때부터 널 알았어."

"맙소사, 새가 그렇게 거대한 건 논리적으로 말이 안 돼! 너희들은 왜 그걸 이해 못해?"

"말릭이 청재킷 하나만 일 년 내내 입었던 것도 알지."

"근데 그 재킷 엄청 편했어." 말릭이 지적했다.

"그리고 너희들 내가 저스틴 비버의 팬이었던 것도 알잖아." 소니가 덧붙였다.

어유, 그건 지나가는 바람이었다. 최근에는 숀 멘데스로 갈아탔다. "'베이비' 한 번만 더 틀면, 죽여버린다." 내가 말했다.

"봤지? 우린 최악의 시기를 함께 지나왔어." 소니가 말했다. "우린 위대한 킬몽거 논쟁도 이겨냈잖아."

난 입술을 깨물었다. 우리 셋은 서로 눈빛을 주고받았다.

"그는. 악당답지. 않은. 악당이. 아냐." 난 단어 하나마다 손뼉을 쳤다. "그는. 진짜. 악당이야."

"와우, 진짜?" 말릭이 말했다. "그는 흑인들을 해방시키고 싶어 했어!"

"나키아도 그랬어! 그걸 위해 그녀가 여자들을 죽이는 건 못 봤구나!" 내가 말했다.

"어떻게 그 회상 장면을 보고 그 멋진 외모에 아무런 감정이 안 생길 수 있어?" 소니가 말했다. "야아!"

난 입술로 이를 문질러 쯧 소리를 냈다. "난 그가 목을 그었던 도라 밀라제가 더 끌려."

"내 요점은." 소니가 거듭 내게 말했다. "다른 것들은 전부 엿 먹으라는 거야. 우리가 가진 걸 바꿀 수 있는 건 아무것도 없어."

그는 나와 말릭에게 주먹을 내밀었다. 우리는 거기에 우리의 주먹을 부딪치고 서로서로 손바닥을 치고는 중학교 때 늘 그랬듯이 피스 사인을 만들었다.

"빼앰~" 우린 말했다.

갑자기, 우린 좋아졌다.

* * *

언젠가, 그러니까 내가 늙고 흰머리가 난 어느 날 (흑인은 주름이 생기지 않으니까 주름살은 없다) 내 손자들이 가장 친한 친구가 누구였냐고 내게 물을 거다. 난 그 애들에게 엄마 배 속에서부터 소니와 말릭과 내가 얼마나 멋진 사이였는지, 그들은 나의 응원군이고 다른 엄마에게서 태어난 내 형제들이라고 말해줄 것이다.

나는 또 이 단순한 게임 마리오 카트가 어떻게 우리의 우정을 끝장냈는지도 말해줄 거다. 난 지금 말릭네 거실을 가로질러 이 망할 조종기를 집어던지려는 참이니까.

"나한테 등껍질 던지지 마!" 내가 쳇소리를 냈다.

말릭의 마리오가 내 토드를 빨리 지나쳐가자 말릭이 웃었다. 소니의 요시는 우리 둘보다 앞서고 있다. 이번이 우리의 세 번째 경주다. 내가 첫 번째에서 이겼고, 소니가 두 번째에서 이겼으니, 이런 이유로 말릭의 화난 엉덩이는 지저분한 전술에 의존하고 있었다.

그래, 좋다. 그는 등껍질이 사용돼야 한다는 듯이 그것들을 사용하고 있지만, 젠장 난 말이지, 등껍질을 던지고 싶으면 CPU 쿠파로 알려진 옛날 방법을 쓰라는 말이다.

"야, 네가 날 막고 있잖아." 말릭이 말했다. "마리오는 마리오가 할 일을 해야 해."

"좋아, 왜 안 그렇겠어." 난 얘를 다시 돌아오게 할 테다, 두고 보시라. 게임에서만이 아니다. 나한테서 뭔가를 필요로 하게 될 거다. 내일이 될 수도, 지금으로부터 10년 후가 될 수도 있는데, 이런 식이 아닐까. "마리오 카트 할 때 네가 나한테 등껍질 던졌던 거 기억나?"

난 쩨쩨하게 타고났다.

하지만 토드는 갱이다. 내 꼬마 친구는 잠시 때려눕혀지기는 했지만, 벌떡 일어나서 소니의 요시에게 따라붙었다.

"교육감이 오는 금요일에 미드타운에서 학부모들을 만날 거야." 소니가 말했다.

내가 그를 보았다. "정말?"

"웅!" 소니가 팔을 공중으로 뻗으며 뛰어올랐다. "허를. 찔렸지!"

난 스크린으로 고개를 돌렸다. "뭐? 안돼애애애애!"

딱 1초 동안 눈을 돌렸을 뿐이지만 소니의 요시가 결승선을 통과하기엔 그걸로 충분했다.

말릭이 소파에 널브러지더니 비명을 지르듯 웃었다.

믿을 수가 없다. "요 쪼끄만 멍청이!"

말릭이 소니와 손뼉을 마주쳤다. "완벽해, 친구. 정말로 완벽해."

소니가 절을 했다. "고마워, 근데 진짜야." 그가 내 옆에 앉았다. "교육감이 정말로 회의를 열 거야."

난 그에게서 홱 떨어졌다. 근데 이런, 말릭에게 더 가까워져버렸다.

대신 2인용 소파로 자리를 옮겼다. "난 속임수나 쓰는 애가 하는 말은 한마디도 듣고 싶지 않아."

"워우, 브리. 온갖 맛이 넘쳐나는데 짠맛이 되겠다는 거야?" 소니가 말했다. "이건 진심이야." 말릭은 하이탑 페이드 스타일로 깎은 머리에서 고양이털을 털어냈다. 첼 이모의 또 다른 아기, 투포가 여기 어딘가에 숨어 있나 보다. "그래. 학교에서 보안요원으로 경찰을 고용할 거래. 우리 엄마가 학부모회 회의와 그것에 관한 이메일을 받았어."

난 팔짱을 꼈다. "정말?"

소니가 부엌으로 사라졌다. "옙! 저들은 학생, 학부모, 후견인들이 회의에 와서 목소리를 내 주기를 바라고 있어."

"아마 바뀌는 건 아무것도 없을 거야." 내가 말했다. "저들은 저들이 원하는 일을 하겠지."

"불행히도." 말릭이 말했다. "저들의 마음을 돌리는 데는 뭔가 큰 게 필요할 거야. 아니, 네 동영상을 공개하자는 건 아냐, 브리."

"공개 안 했어?" 소니가 도리토스 봉지와 칩스 아호이 상자와 스프라이트 캔을 가지고 돌아오자 내가 말했다.

"응. 저들은 그 동영상을 정당화하기 위해 널 악당으로 만들 거야." 말릭이 엄지손톱을 물어뜯었다. "그냥 우리가 그걸 이용할 수 있기를— 소니, 너 왜 우리 음식 먹는 거야?"

소니가 쿠키를 전부 입속에 밀어 넣었다. "나눔은 배려야."

"난 그다지 관심 없는데."

"오, 고맙다, 말릭." 소니가 말했다. "물론, 난 다시 돌아가서 너네 냉장고 속의 청키몽키도 먹을 거야."

난 코웃음을 쳤다. 말릭의 입술이 얇아졌다. 소니가 미소를 지으며 다시 부엌으로 갔다.

말릭은 소파 끄트머리로 자리를 옮겼다. "브리, 뭐 좀 물어볼게. 화 안 낸다고 약속해, 알았지?"

"화를 낸다고? 넌 마치 내가 걸핏하면—"

"너 그래." 그와 소니가 동시에 말했다. 소니는 심지어 여기 있지도 않다.

"기억해 두지. 뭔데?"

"만약에 네 방식대로 동영상을 공개할 방법이 있다면, 할 거야?" 말릭이 물었다.

"내 방식대로 어떻게?"

"네가 그랬잖아, 롱과 테이트가 네게 한 일에 대해 네 노래에서 말했다고. 음, 사람들에게 무슨 일이 벌어졌는지 보여주는데 네 노래를 이용하면 어떨까?"

소니가 파인트 아이스크림과 숟가락 세 개를 가지고 돌아왔다. 내가 손을 뻗을 필요도 없이 그가 내게 하나를 넘겨주었다. "그래? 예술적인 뮤직 비디오처럼?" 그가 물었다.

말릭이 손가락을 딱, 튕겼다. "바로 그거야. 가사 한 줄 한 줄을 자세히 살펴보는 거야, 응? 사람들에게 네가 의미하는 바를 보여줘, 내가 다큐멘터리로 찍은 영상들을 이용해서 말야. 그런 다음 네가 땅바닥에 메다 꽂히는 부분이 되면—"

"그 일을 찍은 동영상을 공개하는 거구나." 내가 그의 말을 마무리했다.

대박. 이거 진짜 효과가 있을지도 모르겠다.

"맞아." 말릭이 말했다. "이런 식으로 너한테 덤볐던 멍청이들에게 그 노래를 설명하는 거야. 그리고 학교에서 일어난 일을 보여주는 거지."

난 얘를 껴안을 것 같다. 진짜로 그럴 것 같다. 얘는 내 노래를 이해한다고 말하지 않고도 내 노래를 이해한다고 말하고 있으며, 정말로 나를 이해한다고 말하고 있는 거다. 내가 얘한테 원하는 건 그게 전부다. 그래, 그것과 13세 미만 관람불가인 걸 동시에 원하지만 핵심은 그게 아니다.

말릭을 껴안을까? 하! 안 되지. 난 그를 가볍게 쳤다. "이건 내 노래를 두고 했던 네 헛소리에 대한 대가야!"

"아우!" 그가 팔을 손으로 감쌌다. "이런, 야! 난 그 노래를 내내 이해했었어. 난 그냥 사람들이 너에 대해 마음대로 생각하지 않았으면 했던 거야. 내 말대로 됐다고 말하지는 않을게. 하지만 아니, 관두자. 난 지금 내 말대로 됐다고 말하는 거야!"

난 입술을 입 안으로 말아 넣었다. 이럴 줄 알았다.

"학교에서 그 노래에 모두들 어떻게 반응했는지를 생각해 보고 나서야 난 네가 옳았다는 걸 깨달았어." 그가 말했다. "넌 이미 우리를 대변하고 있었던 거야, 브리지. 다른 사람들이 이해하지 못하는 건 네 잘못이 아냐. 그러니," 그가 으쓱했다. "네 노래를 이용해서 사람들을 부추겨 볼까?"

21

그래서, 그렇게 했다. 몇 시간이 걸렸지만 우리는 말릭이 다큐멘터리
용으로 찍은 장면들을 이용해 〈온 더 컴 업〉의 뮤직비디오를 만들었다.
"우리 분대는 용광로보다 더 뜨거워"라고 내가 랩을 하면 비디오는 몇몇
GD파 조직원의 허리춤을 비춰 총을 보여주었다. 말릭은 그들의 얼굴을
모자이크로 처리했다.

"우린 공격하지 않는데, 그들은 우리 땜에 살인이 일어났대."에서는
작년에 그 소년이 죽었을 때의 뉴스 영상이 나온다.

"내가 다가가면, 넌 샅샅이 살피지. 난 위협적인 존재." 몇 달 전에 말
릭이 미드타운의 만화가게에서 우리를 따라다니던 점원을 몰래 찍은 영
상이 나간다.

그리고 의논한 대로, "땅바닥에 날 메다꽂아, 이봐, 넌 좆 됐어."라고
내가 랩을 하는 부분에는 말릭이 그 사건의 영상을 붙여 넣었다.

그런데 이게 에밀리들의 생각을 바꿔놓을 수 있을까? 아마도 안 될 거다. 솔직히 말하면, 아무것도 바뀌지 않을 거다. 그들은 나 같은 사람을 이해하고 싶은 마음이 없기 때문에 결코 진실로 이해하지 못할 것이다.

그렇다 하더라도, 내 동영상이 그들의 마음에 울림을 주었으면 좋겠다.

우리가 동영상을 유튜브에 업로드했을 때 소니의 핸드폰이 떨렸다. 그는 핸드폰을 꺼내더니 소파에서 사실상 울화통을 터뜨리다시피 했다. "망할! 아빠가 나더러 집에 와서 그 마귀 같은 애들을 보래."

내가 베개로 그의 얼굴을 쳤다. "여동생들에 대해 그런 식으로 말하지 마!"

소니는 여동생이 셋이다. 케네디는 열 살이고, 파리스는 일곱 살, 스카이는 네 살이다. 걔들은 정말이지 최고로 귀여워서 입양이 가능하다면 그러고 싶을 정도다. 소니는 걔들을 죽도록 사랑한다. 단, 걔들을 봐야 할 때는 예외다.

"걔들은 마귀들이야!" 그가 주장했다. "저번 날 래피드와 얘기 중이었는데 걔들이―"

"워, 워, 워. 타임아웃." 난 손으로 T자를 만들었다. "그렇게 아무렇지 않게 어물쩍 넘어갈 순 없지! 래피드와 다시 얘기하는 거야?"

소니의 뺨이 완전 새빨개졌다. "그래. 실은 전화로 얘기했어. 여기 이 사람이 내가 잠수 탔던 이유를 래피드에게 설명해야 한다고 날 설득했거든." 그가 말릭을 가리켰다.

말릭은 절을 하는 시늉을 했다. "도움이 돼서 기뻐."

"그래서 래피드에게 문자를 보내서 IP 주소를 찾아냈다고 얘기하고 가든에 살지 않는 것도 안다고 했어." 소니가 계속했다. "래피드가 통화할 수 있는지 물어서 내가 동의했어. 여기 산다고 자기는 얘기한 적이 없다는 걸, 나만의 추측이었을 뿐이란 걸 래피드가 내게 상기시켰고. 그래도 그것 때문에 내가 혼란스러워했던 것도 이해했어. 오랫동안 얘기를 했어."

음, 이걸로는 부족하다. "또 뭐라고 했는데? 이름이 뭐래? 어떻게 하고 싶대?"

"젠장, 너 이거 오지랖이야." 소니가 말했다. "우리 일을 너한테 전부 말하지는 않을 거야."

난 눈썹을 치켰다. "그러니까 너희들 일이 있다는 거야?"

말릭도 눈썹을 꿈틀거렸다. "그렇다는 얘기로 들리네."

"너희 둘 다 이럴 거 없어, 너희들은 우리 일에 포함되니까." 소니가 말했다. "우린 온갖 것에 대해 얘기했어. 근데 이상해. 얘기에 빠져서 진짜 이름은 물어보지도 못했어. 래피드도 내 이름을 몰라. 하지만 그런 건 필요 없었어. 이름은 모르지만 그 사람을 알게 됐거든."

내가 지금 미소 짓고 있는 건가? 그렇다. 난 그가 커티스 문제로 내게 했던 것과 같은 식으로 그의 뺨을 찔렀다. "얘 좀 봐, 빨개졌어."

그가 내 손가락을 피했다. "아무튼. 그런데 이상한 게 뭔지 알아? 예전에 그 목소리를 들은 적이 있는 거 같다는 거야. 근데 어디서 들었는지 알 수가 없어."

"학교 아냐?" 말릭이 물었다. 소니가 윗입술을 손가락으로 집었다. "아니. 그런 것 같지는 않아."

"너희들 만날 거야?" 내가 물었다.

그가 천천히 고개를 끄덕였다. "그래. 우리가 만날 때 너희도 같이 갔으면 좋겠어. 그러니까 그가 연쇄살인범일 경우를 대비해서 말야."

"뭐? 그럼 우리 모두 죽을 수도 있다는 거잖아?" 말릭이 물었다.

"의리에 죽고 의리에 산다는 게 이런 거지, 안 그래?"

내가 눈을 굴렸다. "우리가 널 사랑하니 다행인 줄 알아."

"알아. 그래, 너희들은 날 사랑하니까." 그가 말릭에게 미소를 지어 보였다. "그 마귀들 이리로 데려와도 돼? 그렇게 하면 마리오 한 판 더 할 수—"

"절대 안 돼." 말릭이 말했다. "네 동생들은 너네 집에 있어야 해. 내가 외아들인 이유가 있어."

"젠장!" 소니가 신음소리를 냈다. 그가 길게 뻗은 말릭의 다리를 넘어갔다. "무례한 자식." 그가 말릭의 허벅지를 때렸다.

"오우! 호빗 같이 생긴 게!"

소니는 그에게 가운데 손가락을 들어 보이고 떠났다.

말릭이 허벅지를 문질렀다. 난 히죽히죽 웃었다. "괜찮아?"

말릭이 야구 반바지를 잡아 펴면서 똑바로 앉았다. "응. 복수해주겠어. 펀칭게임을 다시 시작하게 생겼군."

또 시작이다. 마지막은 7학년 때였는데 몇 달을 갔다. 난데없이 불쑥 둘 중 하나가 다른 하나를 주먹으로 세게 갈겼다. 최고의 반응을 끌어내는 사람이 이기는 거였다. 결국은 소니가 이겼는데 교회에서 기도 중인 말릭을 갈겼었다.

"배고파?" 말릭이 내게 물었다. "내가 뭐 좀 만들어 줄게."

"아니. 나도 집에 가야 할 것 같아. 게다가 너 요리 못하잖아."

"누가 그래? 야, 네 평생 최고의 셰프 보야디(미국 통조림식품의 대표 브랜드—역주)로 널 사로잡을 수 있어! 자화자찬이지만 진짜야." 그가 팔꿈치로 가볍게 나를 찔렀다. "있고 싶은 만큼 있어도 돼."

난 무릎을 가슴까지 끌어당겼다. 신발은 옛날 옛적에 벗어버렸다. 난 첼 이모의 소파를 엉망으로 만들 만큼 그렇게 멍청이는 아니다. "아니. 가서 엄마가 어떤지 봐야 할 거 같아."

"제이 이모가 왜?"

"온갖 것들로 괴로운 것 같아. 교회에도 안 가고 자기 방에 들어가서 꼼짝 안 해. 그러니까, 그게 그리 큰일은 아니지만 전에 그랬을 때……."

"아," 말릭이 말했다.

"맞아."

우린 한참 동안 아무 말도 하지 않았다.

"곧 괜찮아질 거야, 브리지." 말릭이 말했다.

"그럴까?" 내가 중얼거렸다.

"있잖아? 이거 좀 볼래. 이 분 안에 널 웃게 만들 수 있어." 그가 일어나더니 핸드폰을 스크롤했다. "실은 일 분 만에도 할 수 있을걸."

그가 화면을 가볍게 두드렸다. 마이클 잭슨의 〈P.Y.T.〉가 흘러나오기 시작했다. 나를 웃게 할 수 있는 열쇠가 엠제이라는 건 전혀 비밀이 아니다. 그래서 말릭이 시도한 건 춤이었다. "'넌 정말 깜찍하고 귀여워, 깜찍하고 귀여워.'"를 립싱크하더니 어디가 가려운 듯이 움직였다.

난 웃음을 터뜨렸다. "정말?"

"우-후." 그가 이렇게 말하고는 춤을 추며 내게 다가왔다. 그가 나를 일으켜 세우더니 함께 립싱크를 하고 춤을 추게 했다. 인정해야겠다. 난 웃고 있다.

그는 트레이보다 더 형편없는 문워크를 했다. 난 웃음을 참을 수 없었다.

"뭐야?" 그가 말했다.

"너 춤 못 춰, 우우."

"견해 차이야."

"진실이야."

그가 나를 꼭 감싸 안더니 자신의 턱을 내 머리 꼭대기 위에 놓았다. "네가 기분이 좋아진다면, 브리지, 난 뭐든 기꺼이 할 거야."

나도 그에게 팔을 둘렀다. 난 그를 올려다보았고, 그는 나를 내려다보았다.

그가 입술을 내게로 서서히 움직였을 때, 난 움직이지 않고 그저 눈을 꼭 감은 채 불꽃놀이가 펼쳐지기를 기다렸다.

맞다. 불꽃놀이. 내가 은밀히 좋아하는 모든 싸구려 로맨스 영화에서처럼. 이 키스는 날 정신없이 빠져들게 하고 심장이 터질 듯 온통 주체할 수 없게 만들어야 했다.

그런데, 음, 이 키스는? 이 키스는 어떤 것에도 해당이 안 됐다.

축축하고, 어색하고, 말릭이 좀 전에 먹은 치토스 퍼프 맛만 났다. 우린 코를 제대로 된 위치에 두지도 못했다. 심장은 뛰지 않았고 쿵하는 소리도 없었다. 이런, 아무 일도 벌어지지 않았다. 이상했다. 나나 말릭이나 키스를 그리 못하지는 않는데. 아니, 우리가 뭘 하는지는 알고 있다는 말이다. 그건 그냥……

맞다.

우린 서로에게서 몇 발짝 물러섰다.

"음……" 말릭이 말했다. "난, 음……"

"그래."

"아니었어."

"아니었지."

불편한 침묵이 흘렀다.

"음……." 말릭이 자신의 뒤통수를 만졌다. "집까지 바래다줄까?"

우리는 세 블록을 지나는 동안 한마디도 하지 않았다. 멀리서 개들이 주고받으며 짖었다. 밖은 완전히 어둡고 추워서 사람들은 대부분 실내에 있었다. 어떤 집에서는 현관 밖으로 목소리가 흘러나왔지만 사람들은 어둠 속에 앉아 있었다. 그들이 있다는 유일한 표시는 담배 끝에서 깜박이는 오렌지색 불빛뿐이었다. 잠깐, 이런, 이건 마리화나 냄새다.

"브리, 아까 무슨 일이 있었던 거지?" 말릭이 물었다.

"네가 알지. 나한테 키스한 건 너잖아. 여자 친구가 있는 것도 너고."

"젠장." 내 말이 그의 마음을 가로지른 듯 그가 소리를 질렀다. "샤나!"

"그래." 그녀가 나한테 기분 나쁜 태도를 보이긴 했지만, 그것과 상관없이 이건 잘못이다. "너 걔한테 정말로 빠진 것 같던데, 나한테 키스는 왜 한 거야?"

"모르겠어! 그냥 그렇게 됐어."

난 걸음을 멈췄다. 말소리가 들려오던 현관에서 꽤 멀어져 아주 조용했고, 난 평소보다 목소리가 커졌다. "그냥 그렇게 됐다고? 어느 누구도 아무한테나 키스하지 않아, 말릭."

"워, 진정해. 너도 나한테 키스했잖아."

그건 부정할 수 없다. "그랬지."

"왜 그랬어?"

"처음에 네가 나한테 키스한 것과 같은 이유야."

진실은, 그게 뭔지 확실히 몰랐어도 우리 사이에 뭔가 있었다는 거다. 하지만 난 그게 어딘지 한 군데 틀린 부분이 있는 직소퍼즐은 아닐까 의심하기 시작했다. 퍼즐조각들은 완벽한 그림을 완성하기 위해 존재하는데, 그 키스 이후 그것들이 서로 맞지 않는다면 어떻게 될까?

회색 카마로 한 대가 우리를 지나쳐갔다.

"좋아, 그래. 나 너한테 감정이 있었어." 말릭이 말했다. "한동안. 너도 나한테 뭔가 있다고 생각했지만 잘 모르겠더라."

"그래……." 난 말꼬리를 흐렸다. 그것도 부정할 수 없다.

"그래, 내가 샤나와 있어서 화난다는 거 알아." 그가 말했다. "하지만 브리, 내 질투를 부추기려고 커티스에게 작업 걸 필요는 없어."

난 팩, 소리를 질렀다. 사실 내가 지른 소리가 팩이라고 불릴 수 있을지 모르겠다. "너 지금 장난해?"

"버스에서, 둘이 바짝 마주보고 있었잖아." 말릭이 말했다. "그러고 나서는 폭동 때 걔를 지켜주기도 하고. 내 질투를 부추기려고 그런 거였잖아."

난 말릭을 위아래로 훑어보았다. "너에 대해 그렇게 생각하는 사람 아무도 없어."

"나더러 그걸 믿으라고?"

"야아아아." 내가 손등으로 다른 손바닥을 치며 말했다. "맙소사, 그건 너랑 아무 상관없어. 정말이야."

"걔한테 얼굴을 바짝 들이밀고 있었던 게 나랑 상관이 없다는 거야?"

"절대 아냐! 난 네가 버스에 탄 줄도 몰랐어! 너 진짜 얼굴도 두껍다, 말릭. 이건 선수나 하는 짓이야."

"선수?" 그가 말했다.

"그래! 감정 얘기나 내게 키스한 거 모두. 그런데 넌 날 좋아했다는 힌트를 준 적이 한 번도 없었어. 그래놓고 이제 와서 내가 다른 애를 좋아하니까 갑자기 감정이 있었다고? 꺼져, 야. 진짜로 꺼져."

말릭이 이마를 찡그렸다. "잠깐, 너 커티스 좋아해?"

오.

맙소사.

내가 커티스를 좋아하냐고?

끼익! 타이어 소리가 났다. 아까 그 회색 카마로가 유턴을 했다. 도로를 되돌아오더니 우리 옆으로 미끄러지며 멈췄다.

"젠장, 이거 뭐지?" 말릭이 말했다.

운전석의 문이 활짝 열리더니 한 남자가 튀어나왔다. 그는 은 이빨로 가득한 입으로 우리에게 미소를 지었다. 손에는 총을 들고 있었다.

링에서 본 크라운파였다.

"워, 워, 워." 그가 말했다. "이게 누구신가."

난 총을 쳐다보느라 그를 쳐다볼 수가 없었다. 내 심장소리가 내 귀에까지 들렸다.

말릭이 내 앞을 막아서며 팔을 뻗었다. "우린 아무 문제도 일으키고 싶지 않아."

"나도 마찬가지야. 난 그냥 요 꼬마 아가씨한테 저걸 넘겨받기만 하면 돼."

그에게 눈을 둬야 할지 그의 총에 눈을 둬야 할지 모르겠다. "뭐라고?"

그가 내 가슴을 향해 총을 움직였다. "그 목걸이 내놔." 젠장. 안으로 집어넣는 걸 깜박했다.

"그래, 니 아빠 진짜 예의가 없었어, 왕관이 달린 목걸이를 하고 가든파 놈들하고 어울려 돌아다니면서 스스로를 가든의 왕이라 불렀지." 크라운파가 말했다. "그래서, 네가 그의 잘못을 바로잡는 거야. 그러니 그 물건 이리 넘겨."

"못해—" 난 오한이 든 것처럼 떨었다. "이건 내—"

그가 내게 총을 겨눴다. "넘기라고 했지!"

어떤 사람들은 이런 순간 지나온 삶이 눈앞을 스쳐지나간다고들 한다. 하지만 내 경우엔, 내가 하지 못한 일들이 번개처럼 스쳐지나갔다. 스타가 되고, 가든을 벗어나고, 열여섯이 넘을 때까지 사는 것. 집으로 돌아가는 것.

"나……, 난 못해……." 난 이를 딱딱 부딪쳤다. "이걸 포기할 순 없어."

"이년이, 내 말 못 알아들어? 그거 이리 내!"

"이봐, 진정—"

크라운파가 말릭의 얼굴에 주먹을 날렸다. 말릭이 땅바닥에 쓰러졌다.

"말릭!" 내가 그에게로 향했다.

끼리릭. 총의 공이치기가 당겨졌다.

"제발!" 내가 흐느꼈다. "제발 뺏어가지 마."

이걸 잃어버릴 순 없다. 엄마는 이걸 전당포에 잡혀서 청구서들을 지불하고 냉장고를 채워놓을 수도 있었건만 내게 맡겼다. 내게! 엄마가 이걸 없애지 않겠노라고 한 건 알고 있지만 난 상황이 정말로 안 좋아지면 이걸 팔 수도 있다고 생각했다.

이걸 잃어버리는 건 안전망을 잃어버리는 거나 마찬가지다.

"오, 우는 거야?" 크라운파가 빈정거렸다. "네 노래에서 지껄여댄 그 온갖 건방진 소리들은 어떡하고, 어?"

"그건 그냥 노래야!"

"뭔 상관!" 그가 총으로 내 미간을 똑바로 겨누었다. "자 쉽게 갈래 어렵게 갈래?"

말릭이 내 발치에서 신음소리를 냈다. 그가 빤히 쳐다보았다.

그의 목숨이나 내 목숨을 위태롭게 할 순 없었다. 우리 가족의 안녕을 지킬 엄두조차 낼 수 없었다.

난 눈을 똑바로 뜨고 흐리멍텅한 크라운파의 눈을 들여다보았다. 난 이 겁쟁이가 내 눈 속에서 공포를 보지 못하기를 바랐다.

"목걸이." 그가 이 사이로 내뱉었다.

난 목에서 목걸이를 들어올렸다. 어둠속에서도 펜던트가 반짝였다.

크라운파가 그걸 내 손에서 낚아챘다. "그래야지."

차로 돌아가는 그가 내게 눈을 고정했고 난 그에게 눈을 고정했다. 그는 카마로에 탈 때까지 총을 거두지 않았다. 그가 도로를 내달렸고 우리 가족의 안전망도 그와 함께 사라져버렸다.

3부

NEW
SCHOOL

뉴 스쿨

22

난 크라운파에게 죽을 뻔했다. 그래서 가든파인 우리 이모에게 전화했다.

"강도를 당했다"는 말을 듣자마자 그녀는 달려왔다.

말릭과 난 도로경계석 위에서 기다렸다. 그의 눈은 멍이 올라오고 부풀기 시작했다. 그는 괜찮다고 했지만 카마로가 내뺀 후 한 말은 그게 전부였다.

나는 팔로 내 몸을 감쌌다. 뱃속에 단단히 뭉친 것이 도저히 풀릴 것 같지 않았다. 그걸 바라는지도 확신할 수 없었다. 그게 나를 낱낱이 그러모으고 있다가 풀리는 순간 내가 엉망이 될 것 같았기 때문이다.

푸 이모의 커트라스가 도로를 달려왔다. 차가 우리 옆에 가까스로 멈추더니 이모와 스크랩이 튀어나왔다. 둘 다 총을 가지고 있었다.

"이게 뭔 일이야?" 그녀가 말했다. "누가 이랬어?"

"링에서 우리랑 붙었던 그 크라운파." 내가 내뱉었다.

말릭이 내게로 휙 고개를 돌렸다. "잠깐, 전에 상대한 적이 있었다는 거야?"

그건 질문이라기보다 비난처럼 들렸다.

"사소한 다툼이었어." 푸 이모는 그렇게만 말하고 말았다. "뭘 가져간 거야, 브리?"

난 너무 세게 이를 앙다물어서 턱이 아팠다. "목걸이."

푸 이모가 손을 머리 위로 들어 깍지를 꼈다. "망할!"

"크라운파는 로를 죽인 뒤로 계속 그 목걸이를 찾고 있었어." 스크랩이 말했다.

뭣 때문에? 나한테서 아빠를 빼앗아간 걸 기념하기 위한 전리품으로 삼으려고?

"목걸일 포기하고 싶지 않았는데." 젠장, 내 목소리가 갈라졌다. "총을 지닌 데다—"

"워, 워, 워." 푸 이모가 말했다. "너희들한테 총을 들이댔단 거야?"

그녀 눈 속의 분노가 불꽃을 일으키기 직전이었다. 난 거기에 불을 붙일 다섯 단어를 알고 있다.

내 안의 분노 때문에 그 단어들은 내뱉기 쉬웠다. "그자가 내 얼굴에 총을 겨눴어."

푸 이모가 천천히 몸을 세웠다. 표정은 멍해서 거의 고요하기까지 했다. "이건 끝난 게 아냐."

그녀가 차를 향해 성큼성큼 걸어갔고, 그건 우리더러 오라고 하는 그녀 방식의 표현이었다. 말릭이 보도 위에서 머뭇거렸다.

"안 갈 거야?" 내가 그에게 물었다.

"응. 난 걸어서 갈래. 두 블록만 가면 되니까."

집. 첼 이모가 아마도 지금쯤 기다리고 있을 거다. "야, 음…….첼 이모에게 이 일에 대해 말하지 않을 거지, 어?"

"너 진심이야?" 말릭이 말했다. "네가 강도를 당했어, 브리! 난 눈에 멍이 들었고!"

난 심장마비만큼이나 진심이다. 얘가 첼 이모에게 말하면, 그녀가 우리 엄마에게 말하고, 우리 엄마는 푸 이모와 내가 하려고 하는 일을 모두 중지시킬 것이다. "그냥 하지 마, 알았어?"

"잠깐, 너 그자를 뒤쫓으려는 생각인 거야?"

난 대답하지 않았다.

"브리, 너 미쳤어?" 말릭이 말했다. "뒤쫓으면 안 돼! 문제를 자초하는 거라고."

"야, 너한테 도와달라고 하지 않았어!" 내가 고함을 질렀다. "그냥 말만 하지 말라고 했어! 알아들어?"

말릭이 판자조각처럼 뻣뻣하게 서 있었다. "그래." 그가 말했다. "네가 원한다면 뭐든, 브리."

그는 마치 외국어라도 되는 듯 내 이름을 말했다.

난 그의 문제가 뭐가 됐든 거기에 신경 쓸 겨를이 없다. 전혀. 목걸이를 되찾아야 하니까. 난 차에 뛰어 올랐다. 우리가 출발할 때까지 그는 계속 보도 위에 서 있었다.

푸 이모와 스크랩은 그 크라운파에 대해 주거니 받거니 이야기를 했다. 듣자니, 그는 케인이라고 하고 매그놀리아에서 자동차로 경주하는 걸 좋아한단다. 난 우리가 향하고 있는 곳이 거기라고 생각했다. 그런데 푸 이모는 우리 집 앞에서 멈췄다.

그녀가 차를 주차 기어로 바꾸었다. "내려, 브리."

그녀가 차에서 내리더니 앞좌석을 앞으로 당겼다. 나도 밖으로 기어 나갔다. "여기서 뭐하게?" 내가 물었다.

푸 이모가 갑자기 나를 아주 세게 끌어안았다. 그녀는 내 볼에 키스하더니 귀에 대고 속삭였다. "넌 포기해."

내가 그녀를 밀쳤다. "싫어! 나도 가고 싶어!"

"젠장, 네가 원하는 대로 해줄 순 없어. 넌 여기서 기다려."

"하지만 난 그걸 찾—"

"너 죽고 싶은 거야? 감옥에 가고 싶어, 브리? 크라운파 놈이 보복으로 널 죽일 거야, 아니면 누군가 일러바쳐서 경찰이 널 체포하든가. 일어날 수 있는 일은 그 두 가지뿐이야."

젠장. 그녀가 맞다. 그런데 갑자기 머리에 떠오른—

그녀가 죽을 수도 있다. 그녀가 체포될 수도 있다.

반격은 잊어버리자. 내가 폭발 직전의 폭탄에 불을 붙인 것이다.

안 돼, 안 돼, 안 돼. "이모, 잊어버리자. 이럴 가치가 없—"

"잔말 마! 아무도 우리 가족은 못 건드려!" 그녀가 말했다. "그놈들은 우리 형을 뺏어 갔어, 이번엔 너한테 총을 겨눴고, 이걸 그냥 두고 보라고? 절대 안 되지!"

"그자를 죽이면 안 돼!"

"그럼 도대체 나한테 왜 전화한 건데?"

"난…… 난……."

"네 엄마한테 전화할 수도 있었잖아, 트레이한테 할 수도 있었고. 젠장, 경찰을 부를 수도 있었어. 근데, 나한테 전화했어. 왜 그랬는데?"

마음속으로는 이유를 알고 있다. "왜냐하면—"

"내가 그자를 처치할 거라는 걸 알았던 거잖아." 그녀가 이 사이로 내뱉었다. "그러니까 내가 할 일을 하게 돼."

그녀가 차로 향했다.

"푸 이모!" 내가 쉰 목소리로 말했다. "제발!"

"들어가, 브리!"

이게 그녀가 떠나기 전에 남긴 마지막 말이다.

난 이제 내가 그녀에게 전화한 이유를 안다. 그자를 처치해주기를 원해서가 아니다. 그녀가 필요했기 때문이다.

난 몸을 이끌고 보도를 지나 현관문을 열었다. 제이와 트레이의 목소리가 부엌에서 들려왔고, 오디오에서는 90년대의 R&B 음악이 흘러나왔다. 마룻바닥이 삐걱거리며 나의 귀환을 알렸다.

"브리, 너니?" 엄마가 소리쳤다.

다행히 엄마는 부엌 문간에 나타나지 않았다. 난 내 얼굴이 방금 벌어진 일을 감출 수 있다고 생각하지 않는다. 난 목청을 가다듬었다. "네에."

"알았어. 저녁 준비 거의 다 됐어."

"난, 음……." 목소리가 기어들어갔다. 난 다시 목청을 가다듬었다. "난 말릭네에서 먹었어."

"정크푸드나 왕창 먹었겠지, 너희 셋 안 봐도 뻔해." 그녀가 말했다. "네 접시도 차려 놓을게."

난 겨우겨우 "알았어"라고 하고는 내 방으로 들어갔다.

난 문을 닫았다. 난 그저 침대 속으로 숨고만 싶은데 침대가 까마득하게 느껴진다. 난 구석에서 몸을 낮추고 무릎을 가슴으로 당겼다. 온몸이 무너져 내릴 것만 같다.

난 그자가 죽기를 바랐었다. 맹세코 그러기를 바랐다. 아빠를 앗아간 게 총 한 발이었듯이 총 한 발이 그를 어떤 식으로 앗아갈까 하는 생각만 하게 된다.

그에게 아내가 있다면, 제이가 엉망이 되었듯이, 그의 죽음으로 그녀도 엉망이 될 것이다.

그에게 엄마가 있다면, 할머니가 울었듯이, 그녀도 울 것이다.

그에게 아빠가 있다면, 할아버지가 그러듯이, 그의 이야기를 할 때마다 목소리가 잠길 것이다.

그에게 아들이 있다면, 트레이가 그러듯이, 그에게 죽도록 화를 낼 것이다.

그에게 어린 딸이 있다면, "아빠"를 불러도 아무 대답도 듣지 못하게 될 것이다. 나처럼.

사람들은 그를 묻을 테고 그는 그가 아니었던 온갖 존재가 될 것이다. 최고의 남편, 최고의 아들, 최고의 아빠. 사람들은 그의 얼굴이 그려진 티셔츠를 입고 그를 기념하는 벽화를 그릴 것이다. 누군가는 팔에 그의 이름을 문신으로 새길 것이다. 그는 내 삶을 망친 악당이 아니라, 너무 빨리 목숨을 잃어버린 영웅으로 영원히 남을 것이다. 우리 이모 때문에.

사람들은 경찰이 찍은 그녀의 상반신 사진만을 뉴스에 내보낼 것이다. 그녀의 커트라스에서 우리가 함께 웃고 있는 사진이나, 제이의 생각대로라면 이모가 결코 따지 못했을 고졸학력인증서를 들고 치즈를 하고 있는 사진이 아니다. 그녀는 누군가가 또 다른 충격적인 일을 저지를 때까지 거의 일주일 동안 무자비한 살인자로 불릴 것이다. 그러고 나면 난 그녀를 위해 슬퍼하는 유일한 사람이 될 것이다.

그녀는 내 힘으로 처치할 수 없었던 괴물을 처치한 괴물이 될 것이다. 아니면 누군가 그녀를 죽이게 되겠지. 어떤 식으로든 난 푸 이모를 잃게 될 것이다.

아빠를 잃은 것처럼.

억누르고 있던 모든 눈물이 흐느낌과 함께 터져 나왔다. 난 입을 막았다. 제이와 트레이가 들으면 안 된다. 두 사람이 들으면 안 된다. 하지만 흐느낌이 너무도 격렬히 터져 나와서 숨을 쉴 수조차 없다.

난 즉시 입을 열고 공기를 마시려고 발버둥쳤다. 눈물이 손가락을 타고 흘렀다.

잭슨 집안 사람들은 울 수 없다. 손에 피를 묻히면서도.

* * *

나스가 잠을 죽음의 사촌이라고 한 적이 있는데 문득 그 의미를 알겠다. 난 죽음에 대해 생각하느라 잠을 이룰 수 없었다. 난 죽음을 소환할 수 있는 다섯 단어를 말한 것이었다.

그가 내 얼굴에 총을 겨눴어.

그 말을 할 때 거기서 무게가 느껴졌는데, 마치 혀에서 무거운 걸 내려놓은 듯했다. 하지만 왠지 그것들이 아직도 입속을 맴도는 것 같다. 실제로 그 다섯 단어가 보인다.

그가 내 얼굴에 총을 겨누었기에
우리 이모는 폐물이 되게 생겼어.

그 다섯 단어가 푸 이모에게 다른 뭔가를 전달했기 때문이다. 날 위해 그를 처치해줘. 날 위해 이모의 삶을 망쳐버려. 모든 사람들이 이모에게 '살인자'라는 딱지를 붙이게 해. 날 위해서.

밤새 내 귀에서는 그 다섯 단어가 들렸다. 그 단어들 때문에 난 이모에게 세 번 문자를 보냈다. **괜찮아?**

대답이 없다.

난 어느 틈엔가 잠이 들었다. 눈을 떴을 땐 엄마가 침대 위 내 옆에 앉아 있었다.

"안녕." 그녀가 부드럽게 말했다. "괜찮니?"

상황을 보니 아침이다. "응. 왜 그렇게 물어?"

"널 보러 올 때마다 뒤척이고 있었으니까."

"아." 몸을 일으키는데 사지가 무거웠다. "왜 계속 살펴본 건데?"

"항상 너랑 트레이를 살펴보는걸." 그녀가 내 뺨을 찔렀다. "무슨 일인데, 부키?"

"아무것도." 내가 푸 이모에게 누군가를 죽이라고 한 걸 그녀가 알면 안 된다. 목걸이가 사라진 걸 알아서도 안 된다. 그녀의 가슴이 찢어질 것이다.

이런 식으로, 난 비밀을 쌓아가고 있다.

"그 청원 때문이야? 그래?" 제이가 물었다.

아. 얄궂게도 누군가 내가 총에 대해 랩을 한 걸 싫어한다는 사실을 총 때문에 잊어버렸다. "그걸 알아?"

"으음, 지나와 첼이 내게 문자를 했거든. 네 대모들이 어떤지 너도 알잖아. 너에 관해서라면 순식간에 예의고 뭐고 없어질걸." 그녀가 킬킬거렸다. "걔들 그 여자 엉덩이 걷어찰 준비 끝났어. 근데 내가 그냥 무시하라고 그랬어, 너한테도 그렇게 얘기하는 거고."

지금은 아무렇지 않게 무시할 수 있다, 하지만 에밀리가 옳았을 수도 있지 않을까라는 의구심이 든다. 어쩌면 내 단어들이 위험한지도 모른다. "알았어."

제이가 내 이마에 키스했다. "그래야 내 딸이지. 그래." 그녀가 내 다리를 가볍게 두드렸다. "학교 가기 전에 아침 좀 먹자."

난 내 핸드폰을 흘낏 보았다. 11시간이 지났다. 푸 이모에게서는 아무 말이 없다.

난 제이를 따라 부엌으로 갔다. 트레이는 아직 자고 있다. 그는 오늘 짧은 휴가를 내서 샬즈를 쉰다.

뭔가…… 사라졌다. 이상한 고요함이 흐르고 집은 평소보다 더 조용하다.

제이가 찬장을 열었다. "버스가 오기 전에 프렌치토스트 만들어줄 시간은 되겠다. 전에 우리 엄마가 해줬던 거야. 엄만 그걸 팽 페르듀라고 불렀지."

난 제이가 자기 엄마의 뉴올리언스 조리법을 끄집어낼 때가 좋다. 그곳에 가본 적은 없지만 고향의 맛이 난다. "내가 달걀 가져올게."

냉장고 문을 열자 쿰쿰한 더운기가 훅 끼쳤다. 음식이 전부 어둠에 싸여 있다. "음…… 냉장고가 작동을 안 해."

"뭐?" 제이가 말했다. 그녀가 냉장고 문을 닫았다 열었다. 마치 그렇게 하면 죄다 해결된다는 듯이. 해결은 되지 않았다. "도대체 뭐지?"

오븐 근처의 뭔가가 그녀의 시선을 사로잡았고 그녀의 표정이 침울해졌다. "젠장!"

오븐에서는 보통 시간을 나타내는 숫자가 깜박거린다. 그런데 숫자가 깜박거리지 않았다.

제이가 부엌 전등 스위치를 켰다. 아무 변화가 없다. 그녀가 서둘러 복도로 가더니 스위치를 켰다. 아무 변화도 없다. 그녀는 내 방으로, 욕실로, 거실로 갔다. 아무 변화도 없다.

이 소란은 트레이를 깨우기에 충분했다. 그가 눈을 비비며 복도로 나왔다. "왜 그래?"

"전기가 끊겼어." 제이가 말했다.

"뭐? 시간이 더 있는 줄 알았는데."

"그러기로 돼 있었지! 그 남자 말로는, 한 주 더 요청할 수 있다고 했는데." 제이가 얼굴을 손에 묻었다. "지금은 안 돼, 맙소사. 제발, 지금은 안 돼. 음식을 몽땅 사놨는데."

음식은 아마 일주일도 안 돼 상할 것이다.

망할. 목걸이를 전당포에 잡히고 전기요금을 지불할 수도 있었다. 망할. 망할. 망할.

제이가 얼굴에서 손을 치우더니 몸을 곧추세우고 우리를 보았다. "안 돼. 우리 이러지 말자. 스스로를 동정하지는 말아."

"하지만 엄마—" 트레이마저 목소리가 갈라졌다.

"안 된다고 했지, 트레이. 안 좋아진 거지 끝난 건 아냐. 알아들어? 이건 그냥 난관일 뿐이야."

그래도 커다란 타격이었다.

하지만 코앞에 마지막 일격이 기다리고 있을지도 모른다.

11시간 10분. 푸 이모에게서는 아직도 아무 소식이 없다.

23

레인지도 전기로 작동하기 때문에 우리는 팽 페르듀를 먹을 수 없었다. 난 시리얼만 조금 먹었다.

버스에서 난 아무 말도 하지 않았다. 오늘은 나와 소니뿐이다. 소니가 말릭네 집에 들렀는데, 첼 이모가 말릭이 뭔가 괴상한 사고로 눈에 멍이 들었다고 했댄다. 말릭이 진짜로 있었던 일을 그녀에게 말하지 않은 게 분명하다.

안심이 돼야 할 텐데 왠지 기분이 더 나빠졌다. 말릭은 학교를 빠지는 법이 없다. 그러니 진짜로 눈이 안 좋거나 하루를 쉬어야 할 정도로 충격을 받은 것이리라.

어찌 됐건 내 잘못이다.

하지만 말릭이 오늘 하루 쉬는 건 어쩜 잘된 일인지도 모른다. 그렇게 되면 지금 당장은 경비원인 척하는 무장경찰 네 명을 보지 않아도 되니까.

그와 샤나가 옳았다. 미드타운은 지금 흑인과 갈색 아이들 모두가 위협이 된다고 여긴다. 우리는 여느 때처럼 금속탐지기를 통과했지만 도무지 경찰들 허리춤의 총 말고는 어떤 것에도 집중하기 힘들었다. 학교가 아니라 감옥에 들어가는 느낌이었다.

하루가 끝나고 집에 간다는 것이 기뻤다. 비록 암흑 속의 집으로 들어가는 것이라고 해도.

마치 내 뇌에 내 평생 일어난 온갖 거지같은 일들이 반복해서 흘러나오는 플레이리스트가 있는 것 같다. 내 얼굴을 향하고 있는 총구. 신문사 웹 사이트의 기사. 나를 땅바닥에 메다꽂은 롱과 테이트. 학교의 경찰들. 나가버린 전기. 푸 이모.

20시간, 그리고 무응답.

조금이라도 내게 다른 생각을 하게 해준 건 저녁식사 후 제이가 꺼낸 우노 카드였다. TV도 없고, 인터넷도 없고 달리 할 게 아무것도 없자 그녀가 가족 게임대회를 열자고 제안했다. 하지만 그녀와 트레이는 그다지 가족처럼 행동하지 않았다.

"팡!" 트레이가 부엌 식탁에 카드를 찰싹 때렸다. 밖은 아직 해가 있어서 게임에 필요한 빛을 던져주고 있었다. "와일드카드야, 여기! 이걸로 찰싹 때려서, 파랗게 질린 여러분들 얼굴색만큼이나 핼쑥한 녹색으로 바뀌게 해주겠어."

"뻥 치시긴." 내가 말하고는 녹색 카드를 내려놓았다.

"아들, 좁아터진 엉덩이 아무 데나 붙이고 앉아." 제이가 말했다. "너 아무것도 못했지, 그러니까, 팡!" 그녀도 카드를 찰싹 때렸다. "나한테 와일드카드가 있었어, 그래서 우린 다시 바나나 노랑색으로 돌아갈 거야,

아가."

"괜찮아, 괜찮아. 그건 가지게 해주지." 트레이가 말했다. "하지만 후회하게 될걸."

둘 다 후회하게 될 것이다. 자, 그래 난 두 사람이 온갖 잡소리를 하도록 내버려 두었다. 두 사람은 내게 드로우4카드 두 장, 와일드카드 한 장, 노란색 스킵카드 한 장, 빨간색 리버스카드 한 장이 있는 줄 모른다. 난 뭐든 대비가 되어 있다.

이번이 세 번째 게임이고, 기적적으로 우리는 아직도 사이좋게 이야기를 하고 있다. 첫 번째 게임은 너무 과열돼서 제이가 우리에게 삐쳐서 식탁을 떠났었다. 그녀야말로 패배를 인정하지 못하는 사람의 표본이었다.

증거물 제1호? 내가 노란색 스킵카드를 내려놓자 제이가 나를 죽일 듯이 노려보았다.

"너 정말로 이 엄마를 건너뛸 작정이야?" 그녀가 물었다.

"음, 우리 엄마라니. 지금은 그냥 내가 쳐부숴야 할 젊은 여자일 뿐인걸."

트레이가 소리를 냈다. "하!"

"댁도 나한테 아무것도 아닙니다, 아저씨."

"하!" 제이가 그를 흉내 냈다.

"음, 내가 아무것도 아니라고 했으렷다." 트레이가 천천히 카드를 들어 올려 마치 천상의 합창단처럼 "아아아아아"라고 하더니 말했다. "팡! 드로우2, 우우."

오오, 드로우4카드를 꺼내 궁둥짝에 붙여주고 싶어 죽겠다.

난 두 장을 뽑았고, 신은 존재했다. 와일드카드 한 장과 스킵카드였다. 위대한 철학자, 고故 투팍 샤커는 이렇게 말했다. "난 킬러가 아냐, 그러니 몰아붙이지 마."

내가 이걸 즐기고 있다는 건 일종의 자포자기다. 우린 전기도 안 들어오고, 푸 이모는—

현관문을 쾅쾅 두드리는 소리에 난 깜짝 놀랐다.

트레이가 나가려고 일어났다. "진정해, 브리. 문 소리야."

시간은 느리게 흘렀고, 내 심장은 가슴을 두드렸다.

"이런." 트레이가 말했다.

난 구토가 일었다.

"누구야?" 제이가 물었다.

"할머니하고 할아버지." 그가 말했다.

오, 감사합니다.

하지만 엄마는 "망할!"이라고 말했다. 그녀가 이마를 짚었다. "들어오시라고 해, 트레이."

문이 삐걱거리며 간신히 열리자 할머니가 말했다. "세상에나 너희들 어디 있었니?"

그녀는 집안으로 들어와서는 마치 뭐라도 찾는 듯 모든 방을 들여다보았다. 코를 쿵쿵거리며. 틀림없이 마약을 찾고 있는 거였다.

할아버지는 트레이를 따라 부엌으로 느릿느릿 들어왔다. 두 사람은 아디다스 운동복을 맞춰 입고 있다. "마침 이 길로 오게 된 김에 너희들을 살펴보고 싶었다." 그가 말했다. "어제 모두 교회에 안 왔길래."

"거짓말 마요!" 할머니가 말하면서 부엌으로 들어왔다. "일부러 들렀어! 내 손주새끼들을 살펴보려고!"

어련하시려고요.

"우린 좋아요, 잭슨 씨." 제이가 할아버지에게, 오직 할아버지에게만 말했다. "어젠 그냥 집에 있기로 한 거예요. 그게 다예요."

"이 집에 들어온 지 얼마 되지도 않았는데 벌써 거짓말이구나." 할머니가 말했다. "너네 괜찮지 않잖아. 브리아나가 만든 천박한 노래는 어떻게 된 거냐?"

맙소사, 지금은 안 돼.

"목사 사모가 어제 예배 끝나고 내게 오더니 자기랑 목사님 손자들이 브리아나가 녹음한 쓰레기를 들었다더구나." 할머니가 말했다. "노래가 어찌나 나쁜지 뉴스에도 나왔다더라. 창피해서 죽을 것 같다!"

"잭슨 부인을 죽일 수 있는 건 아무것도 없어요." 제이가 중얼거렸다.

할머니가 눈을 가늘게 뜨고 손을 엉덩이 위에 올려놓았다. "나한테 할 말이 있으면, 어디 해 봐라."

"아셨어요? 사실은, 제가―"

"그 노래에 대해선 우리도 벌써 알아요." 트레이가 제3차 세계대전이 터지기 전에 말했다. "엄마가 브리와 함께 처리했어요. 괜찮아요."

"아니, 괜찮지 않아." 할머니가 말했다. "지금까지, 너와 네 여동생에 대해서라면 꾹 참고―"

음, 그녀는 어떤 것도 참지 않았다.

"하지만 이건? 이건 도저히 참을 수 없구나. 너희가 우리랑 살 때는 브리아나가 저렇게 행동하지 않았다. 천박한 노래를 만들지도 정학을 당하지도 않았어. 교회의 모든 사람들이 쟤 얘기를 하고 있어. 엉망이야!"

할아버지는 할머니가 아무 말도 하지 않았다는 듯 오븐 시계의 버튼만 만지작거렸다. 그는 그녀의 말을 흘려듣는 데 선수다. "제이다, 여기

이 시계는 언제부터 작동을 멈춘 거냐?"

할아버지는 문제를 발견하기만 하면 고치려 든다. 한번은 내가 어렸을 때 소아과에 갔었는데 대기실의 전등이 깜박거렸다. 이건 실화다. 할아버지는 간호사에게 사다리가 있느냐고 물었다. 그는 사다리를 딛고 올라가서 전등을 고쳤다.

제이가 눈을 감았다. 내가 생각하는 대로 그녀가 말하려는 거라면 우리는 엄청난 격노를 눈앞에 두고 있는 것이다. "전기가 나갔어요. 잭슨 씨."

"뭐?" 할머니가 비명을 질렀다.

"전기가 어떻게 됐다고?" 할아버지가 말했다. "저 상자지, 그렇지? 저거 바꿔야 된다고 내가 누누이 말했잖니."

"아니, 아니요." 제이가 말했다. "전기회사에서 전기를 끊었다고요. 요금 납부가 밀렸거든요."

폭풍이 몰아치기 전 고요의 순간이다.

"내 뭔가 일어나고 있는 줄 알았지." 할머니가 주장했다. "제랄딘이 그러는데 그이 딸이 자기가 일하는 복지과에 네가 온 걸 본 것 같다고 했다더구나. 너였지, 그렇지?"

맙소사, 제랄딘 부인. 할머니의 절친이자 험담의 동반자였다. 할머니가 있는 힘껏 숨을 들이마시고는 "제랄딘이 그러더구나"라고 말했다.

"네, 저였어요." 제이가 인정했다. "푸드 스탬프를 신청했어요."

"제이다, 우리한테 도움을 청할 수도 있었잖니." 할아버지가 말했다. "몇 번 말해야 되겠니?"

"제가 다 알아서 하고 있어요." 트레이가 말했다.

"얘야, 네가 뭘 다 알아서 하고 있다는 거냐." 할아버지가 말했다.

ON THE COME UP

"전기 하나도 알아서 못하는데."

할머니가 두 손을 들어올렸다. "됐다. 난 할 만큼 했다. 브리아나와 트레이는 우리랑 집에 가자꾸나."

트레이가 눈썹을 치켰다. "음, 안녕하시죠? 저 스물두 살인데, 모르셨어요?"

"난 네 나이 따윈 관심 없다. 너랑 브리가 이런 식으로 고통 받을 필요가 없잖니."

"고통이요?" 제이가 말했다. "쟤들은 집도 있고 옷도 있고, 내가 먹을 음식도—"

"하지만 전기가 들어오지 않잖니!" 할머니가 말했다. "도대체 어떤 엄마가—"

"내가 저지른 최악의 일이 가난해진 거예요, 잭슨 부인!"

제이가 거칠게 소리쳤다. 그녀는 온몸의 힘을 낱낱이 모아서 목소리를 만들어낸 듯했다.

"최악의 일이요!" 그녀가 말했다. "그게 전부예요! 가난해질 수 있는 뻔뻔함이 있어서 죄송하네요!"

트레이가 그녀의 어깨를 만졌다. "엄마—"

"내가 우리 애기들이 어둠속에 앉아 있기를 바란다고 생각하세요? 나도 노력하고 있어요, 잭슨 부인! 면접을 보러 다니는 중이에요. 아이들을 먹여야 해서 학교도 그만뒀어요! 자르지 말아달라고 교회에 간청도 했고요. 그걸로 성이 안 찬다면 유감이네요. 하지만 맙소사, 나도 애쓰고 있다고요!"

할머니가 몸을 곧추세웠다. "난 그냥 아이들이 더 나은 대접을 받아야 한다는 거야."

"뭐, 그건 우리가 유일하게 맘이 맞는 한 가지네요." 제이가 말했다.

트레이가 두 손을 들어올렸다. "아니요, 할머니. 전 여기 있을 거예요. 난 더 이상 두 분 사이의 줄다리기에 휩쓸리고 싶지 않아요."

"내 아들의 아이들을 두고 벌이는 싸움에 사과하는 일은 절대 없을 거다!" 할머니가 말했다. "여기 있고 싶다면, 그건 네 맘이다. 강요하지는 않으마, 로렌스. 하지만 브리아나는 우리가 데려갈 거다."

"잠깐, 루이즈." 할아버지가 말했다. "우리 손녀도 스스로 결정할 만큼 컸어. 쪼끔아, 넌 어떻게 하고 싶으니?"

난 음식을 원한다. 전깃불을 원한다. 보호를 원한다.

엄마의 눈엔 내가 전에 본 적이 있는 표정이 깃들어 있다. 재활원에서 돌아온 날 그녀의 눈에 감돌던 눈빛이다. 하지만 그날 그녀의 눈에는 눈물이 고여 있었다. 그녀는 내 얼굴의 머리카락을 쓸어 넘기더니 딱 한 가지를 물었다. "브리아나, 내가 누군지 알겠니?"

그 표정은 두려움이었다. 그땐 그걸 이해하지 못했다. 지금은 이해한다. 너무 오래 떠나있어서 내가 자기를 잊어버렸을까 봐 두려웠던 것이다.

시간은 재빨리 흘러, 이제 그녀는 내가 떠나버릴까 봐 두려워하고 있다.

우리에게 다시 전기가 들어오게 될지 우리가 음식을 맘껏 먹게 될지 모르겠지만, 다시는 엄마와 떨어지고 싶지 않다는 건 알고 있다.

난 그녀를 바라보며 말했다. "여기 있고 싶어."

"음, 됐죠? 대답 들으셨죠?" 트레이가 말했다.

"확실하지, 쪼끔아?" 할아버지가 물었다.

난 엄마에게서 눈을 떼지 않았다. 난 그 의미를 엄마가 알기를 바란다. "네, 확실해요."

"그럼 됐다." 할아버지가 지갑을 꺼냈다. "전기요금이 얼마나 되는 거냐, 제이다?"

"당장 갚아드릴 순 없을 거예요, 잭슨 씨."

"쉿, 난 누구한테고 갚는 거에 대해서는 한마디도 안 한다. 너도 잘 알잖니, 그러지 않으면 주니어가 난리를 ―"

할머니의 입술이 씰룩였다. 그녀는 뒤로 돌더니 서둘러 나갔다. 현관문이 그녀의 뒤에서 쾅하고 닫혔다.

할아버지가 한숨을 쉬었다. "슬픔은 끔찍한 거란다. 내 생각엔 루이즈가 그 아이를 붙들고 있고 싶은 마음에 이 아이들에게 집착하는 거 같구나."

할아버지가 지갑을 들여다보더니 엄마의 손에 돈을 놓았다. "내가 필요하면 전화하거라."

그는 엄마의 뺨에 키스하고 내 뺨에도 키스했다. 그러고 나서 트레이의 등을 두드린 다음 떠났다.

제이는 아주 오랫동안 돈을 노려보았다. "와우." 그녀가 탁한 목소리로 말했다.

트레이가 그녀의 어깨를 문질렀다. "야, 쪼끔이. 내 열쇠 가지고 차에 가서 우리 핸드폰 충전 좀 시킬래?"

그건 '제이에게 혼자 있을 공간이 필요해'라는 신호였다. 그녀는 내 앞에서 울기 전에 트레이 앞에서 울 것이다. 장남이 된 그에게 수반된 일이다.

난 고개를 끄덕였다. "알았어."

난 밖으로 나가서 혼다의 시동을 걸었다. 트레이에게는 여러 개의 핸드론을 동시에 충전할 수 있는 충전기가 있었다. 난 그와 제이의 핸드폰을 꽂았다. 내 것은 꽂자마자, 기다렸다는 듯이 요란하게 울렸다.

젠장. 푸 이모가 아니었다. 대신, 수프림의 이름이 화면에 나타났다.

난 너무 실망한 듯이 들리지 않도록 애쓰며 스피커에 대고 말했다. "네, 수프림."

"잘 지내니, 꼬마 아가씨?" 그가 말했다. "빅뉴스가 있다."

"오, 그래요?" 실망스럽게 들리지는 않겠지만, 즐거워할 수도 없었다. 수프림이 내 계약을 따냈다는 소리라도 하지 않는 이상 날 흥분시킬 수 있는 건 아무것도 없다. 그리고 그것마저도 푸 이모를 구할 수는 없다.

"응, 그렇단다. 하이프가 다음 주 토요일에 자기 쇼에 네가 나왔으면 한대." 수프림이 말했다. "청원과 뉴스를 봤는데 너한테 말할 기회를 주고 싶대."

"오, 와우." 음, 디제이 하이프는 링의 디제이보다 한 수 위다. 그는 라디오의 레전드다. 핫 105에서 방송하는 하이프의 '핫 아우어'를 듣지 않은 힙합 수장은 세상에 없다고 생각한다. 그 쇼는 전국에 생방송되고 모든 인터뷰는 그의 유튜브 채널에 업로드된다. 개중 어떤 것은 입소문이 나기도 하지만 대개 래퍼가 바보같이 행동했을 때만 그렇다. 하지만 하이프는 사람들을 부추겨 바보 같은 행동을 하게 만들기로 유명하다.

"그래. 당연히, 링 사건과 인스타그램 동영상에 대해서 얘길 하고 싶어 할 거다. 어제 네가 올린 귀여운 뮤직 비디오도." 수프림이 낄낄 웃었다. "창의적이던데? 그건 인정할게."

이런, 그것에 대해서도 잊고 있었다.

잠깐, 근데 그걸 왜 귀여운 뮤직 비디오라고 하는 거지? 별로 대단치 않다는 투다. "그 뮤직 비디오는 내 노래를 설명하기 위한 거예요."

"노래는 그 자체로 얘기하면 돼." 그가 말했다.

"하지만 사람들 얘기는—"

"봐라, 나중에 전부 하게 될 거야." 그가 말했다. "이건 대단한 기회야, 알겠니? 난 인생이 바뀔 수도 있다는 얘길 하는 거야. 넌 훨씬 더 많은 청중 앞에 서게 되는 거야. 내게 필요한 단 한 가지는 네가 준비가 되는 거고. 알겠니?"

난 푸 이모에게 마지막으로 보낸 문자를 노려보았다. 그녀에 대해 아무것도 모르는데 어떻게 뭔가를 준비할 수 있을까?

그래도 억지로 말을 내뱉었다. "준비할게요."

24

이제 그때로부터 정확히 닷새가 지났고, 푸 이모는 아직도 돌아오지 않았다.

난 어찌해야 할지 모르겠다. 엄마나 오빠에게 이야기할까? 할 수는 있지만, 만일 그녀가 아무 짓도 하지 않은 것으로 밝혀지면 이 이야기는 전혀 극적인 사건이 되지 못할 터이다. 경찰에게 전화할까? 두 가지 모두 전혀 '아니올시다'이다. 푸 이모가 살인을 저질렀을지도 모른다는 말을 해야 할 테고 그건 기본적으로 밀고가 된다. 그뿐만이 아니라, 그녀는 내 사주로 살인을 저지른 것이다.

난 선택의 여지가 없었고 두려움에 가득 찼다.

다행히 우린 이제 더 이상 어둠 속에서 살지 않아도 된다. 할아버지가 엄마에게 전기요금을 내고 식료품도 얼마간 살 수 있을 만큼 충분한 돈을 줬다. 전기가 들어와, 레인지도 다시 사용할 수 있다. 뜨거운 저녁

식사를 얼마나 그리워했는지 모른다. 상황이 나아지고 있다.

하지만 학교는 달랐다. 첫째, 아직도 감옥처럼 느껴졌다. 둘째, 말릭이 있었다. 그는 화요일 아침에 버스에 타더니 샤나와 함께 앉았다. 눈은 멍만 살짝 남고 부기는 빠졌다. 난 그가 아직까지 아무에게도 그 일을 얘기하지 않았다고 생각한다. 그건 우리만의 비밀이다.

너무도 감추고 싶은 비밀이어서 그는 나와 그 이야기를 하지 않을 뿐 아니라 내게 말을 붙이려고도 않는다. 이상 끝.

이유는 안다. 솔직히, 그를 이런 상황으로 몰고 가기는 싫었다. 나로서도 그런 상황에 처하고 싶지는 않다. 하지만 누군가 그 일에 대해 한마디라도 듣게 된다면 푸 이모를, 그리고 나를 밀고하는 것이나 마찬가지라는 걸 그는 알아야 한다.

교육감과 함께하는 학부모회 회의가 끝나고, 오늘밤 그에게 말을 걸어볼 참이다. 미드타운 강당이 가득 찼다. 로즈 박사가 양복에 넥타이를 맨 어떤 남자와 이야기를 하고 있다. 멀지 않은 곳에서 머레이 선생님이 다른 선생님들과 이야기를 나누고 있다.

소니와 나는 우리 엄마들 뒤를 따라갔고, 첼 이모는 중앙 통로로 내려오고 있었다. 제이는 오늘 면접 때 입은 치마와 블라우스 차림이다. 그녀는 이력서가 담긴 작은 서류가방까지 들고 있다. 첼 이모는 보안요원 복장 그대로 법원에서 곧장 왔고, 지나 이모는 일찌감치 미용실에서 출발했다. 그녀는 수요일은 너무 느리게 간다고 했다.

말릭은 샤나와 연합회 아이들 몇 명과 같이 있다. 그들은 측면 통로에 서 있었다. 교육감이 볼 수 있도록 문구가 쓰인 포스터를 들었다. "흑인이나 갈색 아이들을 의심하지 말라", "보조금이 학생보다 더 중요한가?"

소니가 내게로 몸을 기울였다. "우리도 저기로 가야 할까?"

강당 건너편에서 말릭이 샤나의 말에 웃고 있었다. 그는 완전히 말릭 X 모드로, 목걸이에는 나무로 된 검은 힘의 주먹이 매달려 있다. 무장경찰이 그려진 그의 피켓에는 "학교인가, 감옥인가?"라고 쓰여 있다.

그는 아마 내가 그리로 가는 걸 바라지 않을 것이다. "아니." 내가 말했다. "그냥 쟤는 자기 일 하라고 내버려 두자."

"어떻게 되든 너희 둘이 해결을 하면 좋겠어." 소니가 말했다.

난 그가 여동생들을 보러 간 후에 말릭과 나 사이에 논쟁이 있었다고 거짓말을 했다. 엄밀히 말해, 거짓말은 아니다. 우리 사이에 논쟁이 있었으니까. 말로 한 건 아니었지만, 어쨌든.

지나 이모가 앞쪽에서 몇 자리를 발견했다. 우리가 가까스로 자리에 앉았을 때 머리가 벗겨지기 시작한 라틴계 남자가 연단으로 올라갔다.

"안녕하세요, 여러분. 전 미드타운 예술고등학교 사친회 회장 데이비드 로드리게스입니다." 그가 말했다. "오늘밤 참석해주신 여러분 모두 감사합니다. 모든 분들을 대신해 최근 이곳 학교에서 일어난 사건들에 대해 우려하고 있다는 얘기를 하고 싶습니다. 쿡 교육감님을 연단으로 모셔서 다음 단계를 논하고 우리가 가진 몇 가지 의문에 대한 대답을 들어보겠습니다. 교육감님을 환영해주시기 바랍니다."

로즈 박사와 얘기를 나누던 나이 든 백인 남자가 정중한 박수갈채를 받으며 연단으로 올라갔다.

그는 미드타운이 우리 학군에 얼마나 많은 '빛을 비추는지'로 시작했다. 최고로 성취율이 높은 학교, 가장 다채로운 학교이며, 최고의 졸업률을 자랑한다고 했다. 우리의 성취에 대해 스스로에게 큰 박수를 보내라고 수도 없이 얘기한 걸로 봤을 때, 그는 청중을 즐겁게 할 줄 아는 사람이다.

"지난주 발생한 일로 모두가 슬픔에 빠졌을 거라 짐작합니다." 그가 말을 이었다. "그리고 저 개인적으로 우리 학군에서 미드타운이 안전하고 출중한 학교가 되도록 전념하고 있다는 걸 아셨으면 합니다. 이 말씀을 드리며, 여러분 모두가 질문이나 적절하다고 생각하는 의견을 말씀해 주시기를 청합니다."

사람들의 반응이 주변 여기저기에서 터져 나왔다. 학부모와 학생들이 강당 양 옆의 마이크 앞에 줄을 섰다. 우리 엄마도 개중 한 명이었다.

첫 번째 질문은 학부모에게서 나왔다. 어떻게 해서 이런 일이 일어난 겁니까?

"지금 조사가 진행 중인 관계로, 지금 당장 아주 상세히 말씀드릴 수는 없습니다." 쿡 교육감이 덧붙였다. "하지만 정보가 입수되는 대로 설명 드리겠습니다."

다른 학부모가 금속탐지기와 무작위 몸수색, 그리고 무장경찰에 대해서 물었다. "이곳은 감옥이 아닙니다." 그가 말했다. 그에게는 독특한 억양이 있었는데, 스페인어가 모국어 같았다. "왜 우리 아이들이 이런 안전 조치를 따라야 하는지 이해가 안 됩니다."

"최근 이 지역 범죄율의 급증으로, 우리는 안전이 강화된다면 그게 학생들을 위해 최선이라고 생각했습니다." 쿡 교육감이 말했다.

그는 경찰에 대해서는 설명하지 않았다. 하지만 우리 모두 그들이 이곳에 있다는 걸 알고 있었다.

소니가 손등으로 내 팔을 치더니 다른 마이크를 향해 고갯짓을 했다. 샤나가 다음 순서였다.

그녀는 목청을 가다듬었다. 처음에 그녀는 아무 말도 하지 않았다.

누군가 "말해, 샤나!"라고 고함을 질렀고, 말릭을 포함해 두어 명이 박수를 쳤다.

그녀는 교육감을 똑바로 쳐다보았다. "저는 샤나 킨케이드입니다. 이곳 미드타운의 11학년 학생입니다. 불행히도, 저와 저 같은 외모의 이 학교 학생들은 다르게 생각합니다. 쿡 씨, 롱 요원과 테이트 요원이 누구보다 흑인과 라틴계 학생을 표적으로 삼는다는 건 잘 알려져 있습니다. 우리는 몸수색과 무작위 사물함 검사와 2차 검사의 대상이 될 가능성이 훨씬 더 높습니다. 우리 중 몇몇은 그들과 물리적인 충돌이 있기도 했습니다. 솔직히 말씀드리면 무장경찰관이 학교에 온 것으로 우리 중 많은 학생들은 생명의 위협을 느낍니다. 학교에 오면서 우리가 왜 그런 두려움을 가져야 합니까?"

환호성과 박수갈채가 일었다. 특히 연합회 아이들 쪽에서. 나도 사람들을 따라 박수를 쳤다.

"보조금을 받기 위해 미드타운이 저 같은 학생들을 필요로 한다는 건 공공연한 비밀입니다." 샤나가 말했다. "하지만 저 같은 학생들은 이곳에서 환영받지 못합니다. 쿡 박사님, 우리는 당신들에게 그저 돈일 뿐입니까, 아니면 실질적인 인간입니까?"

이 말에 나도 박수를 쳤다. 대부분의 학생들도 박수를 쳤다.

"지난주의 폭동은 좌절의 결과였습니다." 샤나가 말했다. "우리 중 많은 수가 롱과 테이트 요원에 대해 불만이 쌓여 있습니다. 그들이 흑인 학생에게 물리적인 폭행을 가하는 모습이 담긴 동영상이 있습니다. 그런데도 그들은 업무에 복귀했습니다. 이유가 뭔가요, 쿡 박사님?"

"킨케이드 양, 학생의 통찰력에 감사합니다." 쿡 박사가 말했다. "인종주의와 인종차별 관행이 있어서는 안 된다는 데에 동의합니다. 하지만,

조사가 진행 중인 관계로 그 특정 사건에 관해서는 별로 드릴 말씀이 없습니다."

"뭐라고?" 내가 외쳤고 내 학급친구들은 야유와 고함을 질렀다.

"적어도 그들이 어떻게 업무에 복귀하도록 허락을 받았는지라도 알아야겠습니다." 샤나가 말했다.

"조용히 해주세요." 쿡 박사가 모두에게 말했다. "킨케이드 양, 시간 내줘서 감사합니다. 다음 질문."

샤나가 뭔가 말하려 했지만, 머레이 선생님이 그녀의 뒤로 가서 귀에 대고 속삭였다. 샤나는 완전히 낙담했지만, 머레이 선생님이 자리로 이끄는 대로 따랐다.

중년의 백인 여성이 다른 마이크로 다가갔다. "안녕하세요, 내 이름은 카렌 피트먼이에요." 그녀가 말했다. "이건 질문이라기보다는 의견이에요. 난 현재 미드타운에 다니는 10학년 아이가 있어요. 내 큰아들은 다양성 정책이 이곳에 도입되기 전인 7년 전에 이곳을 졸업했죠. 이곳에 다니는 4년 동안, 보안요원은 없었어요. 이건 아마 인기 없는 의견이 될 수도 있겠지만 내 생각에 특정 공동체의 학생들을 데려온 뒤로 안전 조치가 강화되었다는 걸 지적할 필요가 있다고 생각하고, 당연한 조치라고 생각해요."

첼 이모는 이 여자를 보기 위해 자리에서 완전히 몸을 돌렸다. "해 보라지. 우우, 해 보셔."

그녀는 기본적으로 그렇게 한 셈이다. 모두가 그녀의 말뜻을 알고 있다.

"교내로 무기가 반입되었어요." 카렌이 주장했다. "폭력조직의 활동도 있었고요. 내가 잘못 안 게 아니라면, 롱과 테이트 요원은 최근 교내 마약 판매책을 체포했어요.”

그녀가 너무도 잘못 알고 있어서 어이가 없다. 게다가 폭력조직의 활동이라고? 우리 학교에서 폭력조직들 간의 전쟁과 가장 유사했던 일은 뮤지컬과 애들과 무용과 아이들이 서로 야외 플래시몹을 시도했을 때였다. 진짜로 양측 모두 〈해밀턴〉에 등장하는 인원을 초과했었다.

“저 여자는 이름이 그냥 카렌이었어야 해.” 소니가 말했다. “저 여자는 분명 감자샐러드에 건포도를 뿌릴걸.” 난 히죽히죽 웃었고 우리는 가슴 위로 팔을 올려 ×자를 만들었다. 와칸다 포에버.

“모두 그렇듯이.” 카렌이 말을 했지만 관객석은 소란스러웠다. “모두들 그렇듯 나도 그 사건을 촬영한 동영상을 보고 큰 충격을 받았죠. 수많은 학생들이 학교 당국에 대한 존경이라고는 없었어요. 그들은 천박하고 폭력적인 노래를 이용해 그저 직무를 수행했을 뿐인 두 신사를 조롱했죠. 내 아들 말로는 어떤 학생이 그 노래를 불렀고 특별히 그 둘을 표적으로 삼고 있대요. 우리는 우리의 아이들이 그런 것들에 노출되도록 허락할 수도 없고 허락되어서도 안 돼요. 난 개인적으로 오늘 아침에 그 노래를 오프라인으로 전환해 달라는 청원에 서명했어요. 다른 학부모님들도 그렇게 하기를 권합니다.”

카렌과 그 아들 엿 먹어라.

“고맙습니다, 피트먼 부인.” 쿡 교육감이 말했다. 카렌은 자기 자리로 돌아가며 박수와 야유를 동시에 받았다. “다음 분, 말씀하세요.”

제이가 줄의 맨 앞으로 나섰다. 난 여기 앉아서도 그녀의 머리에서 김이 뿜어져 나오는 걸 알 수 있었다.

“아자, 제이 이모!” 소니가 외쳤다. 그의 엄마와 첼 이모가 그녀에게 박수를 보냈다.

"쿡 교육감님." 그녀가 마이크에 대고 말했다. "제이다 잭슨입니다. 마침내 교육감님에게 말을 할 수 있게 돼서 기쁩니다."

"고맙습니다." 그가 옅은 미소를 띠고 말했다.

"이렇게 오랜 시간이 걸리다니 유감입니다. 몇 주 동안, 음성 메시지를 남겼지만 아직도 응답 전화를 받지 못했습니다."

"사과드립니다. 밀린 일들이 극도로—"

"제 딸이 바로 지난달에 롱과 테이트 요원에게 물리적으로 공격을 당한 바로 그 학생입니다." 그의 말을 자르고 제이가 말했다. "이유를 알고 싶으세요? 걔가 캔디를 팔았어요, 쿨 박사님. 마약이 아닙니다. 캔디예요."

제이가 마이크와 함께 몸을 돌려 카렌을 쳐다보았다. "우리 가운데 어떤 사람들은 노래가 우리 아이들에게 미칠 영향을 걱정하지만, 어떤 부모들은 우리 아이들을 지키기로 되어 있는 사람들의 손에 우리 아이들의 안전이 달려있다는 것에 완전히 공포를 느끼고 있습니다."

박수갈채가 터져 나왔다. 첼 이모가 외쳤다. "옳소!"

"이곳의 많은 아이들이 이 지역을 돌아다니기를 무서워합니다. 선한 사람들이 가지고 있을 수 있는 잘못된 생각 때문이죠." 그녀가 말했다. "가정에서는, 그다지 선하지 않은 사람들이 자기들을 위험에 빠뜨릴 수 있기에 두려워합니다. 그 아이들이 학교로 와야 한다고 말하면서 똑같은 방식으로 대한다고요?"

박수소리 때문에 그녀의 말이 들리지 않았다.

"사실은 이렇습니다, 교육감님." 제이가 말했다. "금요일의 폭동은 내 딸에게 일어난 일에 대한 반응이었습니다. 저 두 사람은 우리 애를 공격하고서도 업무에 복귀했습니다. 마치 그들이 한 일이 괜찮다는 식이었죠. 이런 식의 메시지가 학생들에게 전달되기를 바라시나요? 어떤 학생들의 안전이 다른 학생들의 안전보다 더 중요한가요? 그렇다면 학생 전체의 안전에 대한 염려는 없는 거군요."

그녀는 이 안에 있는 절반의 사람들로부터 기립박수를 받았다. 난 누구보다 열렬히 박수를 쳤다.

쿡 교육감은 최고로 불편한 미소를 띤 채 박수갈채가 잦아들기를 기다렸다. "잭슨 부인, 따님이 관련된 그 사건에 관해 교육청이 능동적으로 대처하지 못했다고 느끼신다면 죄송합니다. 하지만 조사가 진행 중입니다."

"죄송하시다." 그녀가 갑자기 말을 멈췄다. 마치 한순간 의식을 잃은 것 같았다. "그건 사과가 아닙니다. 교육감님. 이 조사에 관해서, 나나 우리 아이에게 물어온 사람은 아무도 없었습니다. 그건 제대로 된 조사가 아닙니다."

"지금 진행 중입니다. 다시 말씀드리지만, 우리가 능동적으로 대처하지 못했다고 느끼신다면 죄송합니다. 하지만 현 시점에서, 저는 어쩔 수가……."

회의 내내 기본적으로 그가 한 말은 이것이었다. 회의가 끝나자 수많은 학부모와 학생들이 쿡 박사에게 몰려드는 바람에 경찰관 한 명이 그가 뚫고 지나갈 수 있도록 안내해야 했다.

말릭이 한쪽 옆에 있었다. 어쩌면 지금 시도해볼 수—

제이가 내 손을 쥐었다. "이리 와."

그녀가 군중을 헤치고 나갔고, 쿡 박사가 복도에 다다르자마자 우리는 그의 뒤꽁무니를 붙들 수 있었다.

"쿡 박사님!" 그녀가 불렀다.

그가 뒤를 돌아보았다. 경찰관이 그에게 오라는 손짓을 했지만, 쿡 박사는 한 손을 들어 올리더니 우리에게로 왔다. "잭슨 부인, 맞죠?"

"네." 제이가 말했다. "여기 제 딸 브리아나예요, 공격을 당한 학생이죠. 제 전화에 응답을 안 하실 것 같으니 지금 잠시 시간 내주실 수 있을까요?"

쿡 박사가 경찰관에게로 몸을 돌렸다. "몇 분만 기다려요."

경찰관이 고개를 끄덕였고, 쿡 박사는 그림자를 드리운 커다란 물건들이 가득한 방으로 우리를 이끌고 갔다. 그가 전등 스위치를 켜자 드럼 세트와 관악기들이 모습을 드러냈다.

쿡 박사가 우리 뒤에서 문을 닫았다. "잭슨 부인, 다시 한 번 말씀드리지만, 보다 일찍 응답하지 않은 것에 대해 진심으로 사과드립니다."

"유감이네요." 제이가 말했다. 그녀는 예의를 차리기 위해서라도 거짓말하는 타입이 아니었다.

"그렇습니다. 그것에 대해 전적으로 책임을 통감합니다." 그가 내게 손을 내밀었다. "만나서 반갑구나, 브리아나."

난 처음엔 악수하지 않았다. 제이가 내게 고개를 끄덕였고 난 악수를 했다.

"잠시만 이 애를 봐주셨으면 해요, 쿡 박사님." 제이가 말했다. "진심으로 애를 쳐다보세요."

그녀가 내 등에 손을 얹었기 때문에 난 똑바로 설 수밖에 없었고 그의 눈을 들여다볼 수밖에 없었다.

"열여섯이에요, 쿡 박사님." 제이가 말했다. "성인도 아니고, 위협이 되지도 않아요. 아이죠. 두 명의 성인 남성이 내 아이를 난폭하게 다뤘다는 말을 들었을 때 어떤 느낌이었을지 아시겠어요?"

쿡 박사의 눈이 연민으로 가득 찼다. "상상만 할 수 있을 뿐입니다."

"아니요, 상상할 수 없을 거예요." 제이가 말했다. "하지만 이번이 우리 아이 문제로 받은 첫 번째 호출은 아니었어요, 쿡 박사님. 지금 브리아나는 논쟁적이라고 할 수도 있거든요, 먼저 그걸 인정해야겠네요. 불행히도 저를 닮았답니다."

이것 좀 보게, 이번엔 아빠 탓으로 떠넘기지 않네.

"하지만 얘는 단순히 눈동자만 굴려도 '공격적인 행동'을 했다며 교장실로 보내졌죠. 아이의 기록을 가져가시겠다면 전적으로 환영이에요. 실은, 그렇게 해주세요. 교장실로 보내졌을 때나 정학을 당했을 때의 기록을 읽어 보세요, 그런 다음 그 가운데 어떤 상황이 진실로 그런 결과를 불러올 만했는지 얘기해주세요."

"제가 우리 딸을 위해 할 수 있는 선택은 두 가지밖에 없어요, 쿡 박사님." 제이가 말했다. "두 가지요. 우리 지역에 있는 학교, 아니면 이 학교죠. 저쪽 학교에서는 학생들에게 성공의 기회를 제공하지 않아요. 하지만 여기선? 우리 아이에게 실패의 기회를 제공하기 시작했다는 느낌이 든답니다. 엄마로서, 전 어떻게 해야 할까요? 교육감으로서, 어떻게 하실 예정이신가요?"

쿡 박사는 처음에는 침묵했다. 그가 한숨을 쉬었다. "지금까지 해온 것보다는 더 많은 일을 할 수 있기를 바랍니다. 우리가 어떤 식으로든 널 실망시켰다면 미안하다, 브리아나."

네 음절, 한 단어. 미안하다.

그는 알까, 우리가 얼마나 오랫동안

그 말을 듣지 못했는지, "미안해."

ON THE COME UP

난 눈물이 너무 많이 차오르기 전에 눈을 깜박였다. "고맙습니다."

"제게 생각하고 그에 따라 행동할 거리를 많이 주셨습니다, 잭슨 부인." 쿡 박사가 말했다. "두 사람에게 어떤 우려가 생긴다면 언제든 개의치 말고 연락을 주세요. 제가 답하기까지 한참이 걸릴 수도 있지만, 할겁니다."

"현재 비서가 없으신 거죠, 맞죠?" 제이가 말했다. "교육청 홈페이지에서 공석인 걸 봤어요."

"아, 예. 비서 면접을 볼 시간표를 짜는데 비서가 필요할 지경이죠." 그가 장난스럽게 말했다.

제이가 서류가방에 손을 넣더니 서류를 몇 장 꺼냈다. "일자리를 지원하기에 관습적으로 적절한 때 같지는 않지만 안 될 것도 없다고 생각해요. 여기 제 추천서들과 이력서예요. 몇 년 동안 비서로 일했었죠."

"오!" 쿡 박사가 말했다. 깜짝 놀란 것이 분명했다. 하지만 그는 서류를 받아들었고 안경을 꺼냈다.

"묻기 전에 말씀드리면 경력 단절은 과거 저의 마약 중독 때문이에요." 제이가 말했다. "하지만, 최근에 끊은 지 8년 된 걸 축하했어요."

"와우. 칭찬할 만하네요, 잭슨 부인."

이번에는 제이가 깜짝 놀란 듯이 보였다. "정말요?"

"예." 그가 말했다. "결단력이 있으시군요. 좋은 성격적 장점이죠. 저도 알코올 중독에서 벗어난 지 30년 됐어요. 한 번에 하루씩 받아들여야 하죠. 잭슨 부인이 지녔을 대단한 의지력을 상상만 할 수 있을 따름입니다. 스스로 자랑스러워하셔야 돼요."

표정을 보아하니, 제이는 일이 이렇게 되리라고는 생각지 않은 것 같다. 솔직히 나도 생각하지 못했다. 난 그녀가 자랑스럽다. 하지만 난 항상 그녀가 마약에서 잠시 벗어나 있을 뿐이라는 식으로 바라보았고, 그게 다였다. 그녀는 나와 트레이에게 돌아올 길을 찾으려는 노력으로 재활원에 갔다고 얘기하곤 했었다. 쿡 박사는 그녀가 집에 머무르기 위해 있는 힘을 다했다는 것을 깨닫게 해주었다.

그는 이력서와 추천서들을 재킷 주머니에 집어넣고 그녀에게 손을 내밀었다. "연락하겠습니다."

그와 악수하는 제이는 어안이 벙벙한 표정이었다.

우리가 기악실을 떠날 즈음엔 모두들 돌아간 후였다. 지나 이모, 첼 이모, 소니, 그리고 말릭이 주차장에서 우리를 기다렸다.

"하느님, 그 일자리를 얻을 수 있다면." 제이가 중얼거렸다. "수당이요, 예수님. 수당!"

그냥 직업이 있고, 수당이 붙는 직업이 있다. 그 차이는 엄청나다. 가족 중의 누군가가 직장을 잡으면, 첫 번째 질문이 이거다. "수당 있어?"

제이는 방금 일어난 일을 곧바로 첼 이모와 지나 이모에게 말했다. 두 사람은 너무나 행복해하며 자기들이 낼 테니 미리 축하하는 의미로 저녁을 밖에서 먹자고 제안했다. 아무것도 보장된 건 없지만, 난 그들이 그저 엄마가 잠시라도 다른 온갖 일에 신경을 끄기를 바라는 마음에 그랬을 거라고 생각한다.

난 평소엔 공짜 음식이 아무렇지 않지만, 엄마와 엄마 친구들과 같이 먹는 공짜 음식이라면? 난 고개를 저었다. "난 괜찮아. 세 사람하고는 외식할 수 없어."

소니가 웃음을 터뜨렸는데, 이유를 알기 때문이었다. 말릭은 히죽 웃지도 심지어 나를 쳐다보지도 않았다.

제이가 그녀의 손을 엉덩이 위에 올렸다. "우리랑 같이 나가는 게 뭐가 문젠데?"

"뭐가 문제가 아닌데?" 내가 말했다. "세 사람 모두 식당에서 최악이야." 먼저, 내가 뭘 주문하든 제이는 그걸 조금이라도 맛봐야 하고, 내가 알아차리기도 전에 내 음식의 거의 대부분이 사라지고 없다. 두 번째로, 지나 이모는 음식이 '제대로' 될 때까지 주방으로 돌려보내는 걸 너무 좋아해서 난 주방 사람들이 우리 음식에 침을 뱉더라도 놀라지 않을 것이다. 세 번째로, 우리 엄마와 내 대모들은 도무지 자리를 뜰 줄을 모른다. 식당이 문을 닫을 때까지 웃고 떠들며 엉덩이를 붙이고 앉아 있다. 특히 '음료와 전채가 무한리필' 되는 곳이라면 더더욱.

"얘 말이 맞아." 소니가 말했다. "우리끼리 따로 앉게 해주지 않는다면 내 대답도 '아니오'야."

"너네 모두 들었니?" 제이가 다른 두 사람에게 물었다. "이 골칫덩이들을 배 속에 내내 품었다가 낳아줬더니, 발칙하게도 이제 우리가 부끄럽다는데?"

지나 이모가 이를 입술로 문질러 쯧 소리를 냈다. "음-흠. 내 장담하는데 돈을 낼 때는 우리가 전혀 부끄럽지 않을걸."

소니가 씨익 미소를 지었다. "그건 사실이야."

첼 이모가 웃었다. "어쨌든. 너희 셋이 작은 테이블에 따로 앉아도 돼."

"아니." 말릭이 말했다. "난 빼줘."

그가 그 말을 하며 나를 쳐다보았다.

말릭은 자기 엄마의 볼에 키스하고 샤나와 같이 시간을 보낼 거라는 말을 하고는 우리에게서 멀어져갔다.

그런데 난 그가 나에게서 멀어져가는 느낌이었다.

25

문자를 보낸 지 열흘 만에 푸 이모가 드디어 응답을 했다.

학교 끝나고 메이플에서 만나

장편소설수업 교실에서 거의 나갔을 때 그 문자를 보았다. 그 후로 맹세컨대 하루가 너무도 느릿느릿 흘러가는 듯했다. 그날의 마지막 종이 울리자마자 난 곧바로 학교 버스로 향했다. 왓슨 씨가 커티스를 내려주기 위해 메이플 그로브에 차를 멈췄을 때, 나도 내렸다.

우리는 함께 주차장을 가로질렀다. 발에 밟히는 돌멩이 하나하나가 고스란히 느껴졌다. 이 짝퉁 팀버랜드는 닳아가고 있다. 오늘 아침 집을 나설 때 제이가 일어나 근처에 있었고 수프림에 대한 얘길 아직 하지 않아서 진짜 팀버랜드를 신을 수 없었다. 이런, 푸 이모에게도 그 소식을 전해야 하는구나.

"메이플에서 뭐하려고?" 커티스가 물었다. "너 지금 나 스토킹하는 거니, 공주님?"

그러니까, 그의 시시껄렁한 농담이 내 눈을 굴리게 만들던 시절이 있었다. 아직도 그랬지만 지금의 난 히죽 웃는다. "야, 널 스토킹할 사람이 어디 있어! 난 우리 이모 만나러 여기 온 거야."

우리는 날아오는 럭비공을 잡으려 웃통을 벗은 채 달려가는 남자를 휙 피했다. 엄청 추울 게 틀림없다.

커티스가 주머니에 손을 쑤셔 넣었다. "너한테 계속 말하려고 했는데, 지난 주말에 엄마 만나러 갔었어."

"진짜? 어땠어?"

"엄마가 너무 행복해하며 울었어. 엄마와 떨어져 있는 동안 그게 엄마에게 얼마나 상처가 되는지 난 정말 생각도 못했어. 도움이 되고 있다고 생각했는데 내가 감옥의 어떤 것보다 더 엄마에게 상처를 주고 있었다니 좀 아닌 거 같아."

"너도 몰랐잖아." 내가 말했다. "게다가 그게 너한테 힘들었던 이유를 엄마도 분명 이해할 거야."

"실제로 그랬어. 네가 날 설득했다고 엄마에게 말했어. 엄마가 널더러 똑똑한 애 같다고 하더라. 엄만 그런 것에 대해선 거짓말 안 해."

"와우, 요즘 들어 온통 칭찬이네. 내 머리통이 크다고 했던 사람과 같은 사람 맞아? 넌 왜 내 머리를 더 크게 못 만들어서 안달인데?"

"아무튼, 공주님. 이건 진심이야. 고마워." 커티스가 말했다.

"천만에." 내가 그의 팔을 쳤다. "하지만 이건 내 머리가 크다고 한 벌이야."

"내 말이 틀렸어?"

어린 아이들 무리가 신나서 우리에게 달려왔다. 그들 뒤로 조조가 자전거 페달을 밟고 있었다. 커티스가 "워!"라고 하며 아이들이 내게로 몰려들기 전에 펄쩍 뛰어 그들에게 길을 터주었다.

"브리, 사인해줄 수 있어?" 머리를 한 갈래로 묶은 여자애가 물었다.

"브리 노래가 제일 좋아!" 몽실몽실한 코트를 입은 남자애가 거들었다.

그들 모두 내가 사인도 해주고 셀카도 같이 찍어주기를 바랐다.

"너희들, 그만 좀 보채." 조조가 말했다. "한 번에 한 사람씩, 애들아."

커티스가 웃으며 멀어져 갔다. "동네 유명인사가 다 됐구나, 공주님."

이런, 내 생각에도 그런 것 같다. 당장 사인을 만들어야겠다. 학교 서류 말고는 사인을 해본 적이 없는데 이건 다르다. 이 아이들은 내 조잡한 글씨를 괜찮아했다.

"브리, 우리가 친구 사이라고 애들한테 말 좀 해줘." 조조가 말했다. "애들이 날 안 믿어."

"우린 친구 사이야." 난 엄지손가락을 빨고 있는 남자애에게 사인을 해주며 말했다. "네가 학교에 다니고 문제를 일으키지 않는다면." 난 사인을 하며 그를 올려다보았다.

"학교에 다니고 있어!" 그가 말했다. 문제에 대해서는 언급이 없다.

"나와 내 쌍둥이 동생은 브리 노래에 나오는 단어를 전부 알아!" 뻐드렁니가 난 여자애가 지껄이기 시작했다.

난 그녀에게 내 이름을 휘갈겨 써주었다. "오, 진짜?"

"'백팩처럼 끈에 묶여, 난 방아쇠를 당겨.'" 그녀와 그녀의 여동생이 꽥꽥 소리를 질렀다. "'내 엉덩이의 장전된 탄창이 내 모습을 바꾸지.'"

난 사인을 멈췄다.

애들은 몇 살일까? 여섯? 일곱?

"내가 애들한테 브리가 깜둥이들을 야단치고 있다고 말했어." 조조가 말했다. "그렇지?"

난 속이 울렁거렸다. "아니, 아냐. 조—"

"어이, 어이, 어이!" 푸 이모가 내게로 오며 소리쳤다. 그녀가 아이들 몇을 옮겨 길을 텄다. "얘들아, 진정해. 슈퍼스타도 쉬어야지, 안 그래?"

푸 이모가 나를 이끌고 뜰로 갔다. 난 조조와 그 친구들을 흘낏 뒤돌아보았다. 내가 저 애들에게 총과 거지같은 일들에 대한 랩을 하게 만들었다. 괜찮은 걸까?

푸 이모가 스크랩의 차 보닛 위로 뛰어올랐다. 그는 어디 있는지 안 보인다. 그녀는 자기 옆자리를 두드렸다. "괜찮아?"

그녀는 누군가를 죽이러 가겠다고 맹세한 이후 일주일 넘게 행방불명 상태였다. 어떻게 내가 괜찮을 거라 생각하는 걸까? "어디 있었어?"

"아, 그건 네가 알 바 아냐."

"장난해? 내가 계속 문자 보냈잖아. 걱정했다고! 우리가 마지막으로 만났을 때 기억나?"

"그래."

"뭐…… 했어?"

"내가 무슨 일을 하든 걱정 마. 목걸이는 못 찾아왔으니까 이제 그것도 생각하지 마."

오, 젠장. 뭔가 저질렀구나. 난 머리 위로 두 손을 깍지 꼈다. "제발 죽였다는 말은 하지 마."

"아무도 안 죽었어, 브리." 그녀가 말했다.

"그래서 내 기분이 더 좋아져야 한다는 거야? 무슨 일을 한 거야?"

"넌 모를수록 더 좋아, 알겠지?" 그녀가 손뼉을 쳤다.

오, 맙소사. 중요한 건, 아무도 죽지 않아야 한다는 거다. 어떻든, 푸 이모는 뭔가를 시작했고, 가든에서 뭔가를 시작했다는 건 결코 좋은 게 아니다.

이 지역에서는 보복이 끝없이 이어진다. 그리고 삶도 끝이 없다. 뭐가 최악일까? 그건 내게 달린 문제다.

"젠장." 내가 쇳소리를 냈다.

"브리, 진정해!" 푸 이모가 말했다. "말했잖아, 아무도 안 죽었어."

"그렇다고 달라질 건 없어! 저들은—"

"저들은 바보 같은 짓 안 할 거야." 푸 이모가 주장했다.

"이모한테 전화하지 말았어야 했는데. 저들이 이모를 쫓는 건 바라지 않아."

"봐, 난 뭐든지, 언제든지, 준비가 돼 있어." 그녀가 말했다. "너한테 목걸이를 되찾아주지 못해서 미안해."

그걸 잃어버려서 비탄에 잠겼던 건 까마득한 옛날이다. 그리고 지금은? 아무 가치도 없어 보인다. "이모가 있는 게 더 좋아."

"내가." 마치 자기가 농담거리라도 된다는 듯 그녀가 거의 비웃듯이 말했다. "젠장, 거짓말 안 할게. 넌 내가 그 멍청이들을 뒤쫓을 구실을 제공해줬어. 난 여태껏 그자들에게 뭐든 하고 싶었거든."

"아빠 때문에?"

푸 이모가 고개를 끄덕였다. "넌 내가 처음에 뭣 때문에 가든파가 됐다고 생각하니? 난 로를 죽인 자가 누구든 그자를 뒤쫓고 싶었어."

이건 내가 몰랐던 일 목록에 추가다. 난 보닛의 그녀 옆으로 뛰어 올랐다. "정말?"

대답을 하기까지 잠깐 걸렸다. 그녀는 유리창을 썬팅한 검은색 자동차가 주차장을 천천히 달리는 것을 지켜보았다.

"그래." 그녀가 마침내 말했다. "로는 내 형이자, 나의 요다였어. 아니, 그 조그만 녹색 친구의 이름이야 뭐든."

"맞게 말했어." 인상적이다. 그러니까, 그녀가 이름은 물론이고 그가 녹색이라는 것도 안다니 말이다.

"그래, 그거." 그녀가 말했다. "그는 날 보살펴줬고 진심으로 마음을 써줬어. 알겠니? 저들이 그를 죽였을 때, 그날은 내 인생 최악의 날이었어. 엄마와 아빠를 잃은 것도 충분히 나쁜 일이지만, 그가 죽고 얼마 안 있어 제이가 그 물건에 손을 댔으니까. 내 옆에는 아무도 없는 것 같았어."

"나와 트레이가 있었잖아."

"아니. 너네 할머니와 할아버지가 너와 트레이를 데려갔잖아." 그녀가 말했다. "네 할머니는 너무 싫어. 내가 너희들 주변에 얼쩡거리는 걸 질색하잖아. 그래도 네 할머니를 비난할 수는 없어. 난 피를 원했어. 난 로와 어울리곤 했던 GD 일당에게 가서 복수를 위해서라면 뭐든 할 수 있다고 말했어. 그들은 내가 그러고 싶어 하지 않을 거라고 하더라. 그래도 나를 가입시켜줬어. 그들이 아니었다면 나한테 아무도 없었을 거야."

"음, 이제 우리가 있잖아."

그녀의 입술이 서서히 위로 올라갔다. "오글거려. 완전 감상적이야. 너 엄청나게 많은 사람들을 열 받게 한 거 알지, 응? 그 뉴스 보도도, 청원도." 그녀가 웃었다. "젠장, 노래 하나가 사람들을 그렇게 열 받게 할 줄 누가 알았겠어?"

수프림에 대해 말해야 한다. 그녀가 날 미워할 수도 있고 내게 욕을 퍼부을 수도 있지만 그녀도 알아야 한다. "하이프가 그것에 대해 얘기하자고 자기 쇼에 날 초대했어."

"뭐어어어어?" 그녀가 머리를 뒤로 젖히며 말했다. "쪼끔이가 '핫 아우어'에 나간다고?"

"응. 토요일 아침에."

"요오오오. 이거 대단한데! 어떻게 그렇게 됐어?"

자, 시작이다. "수프림이 잡아줬어."

그녀의 눈썹이 가운데로 모였다. "로의 옛날 매니저?"

"그래. 그가, 음…… 그가 실은 내 매니저가 되고 싶대."

난 내 가짜 팀버랜드에 눈을 고정했다. 난 수프림의 제의를 받아들였다는 걸 말해야 한다. 배틀에서 프리스타일 하듯이 그냥 내뱉어버리면 된다.

하지만 내가 뭔가 말도 하기 전에 푸 이모가 말했다. "너 그 제의를 받아들였구나, 그렇지?"

난 얼굴 전체가 화끈거렸다. "무슨 불만이 있어서는 아냐, 이모! 맹세코 그건 아냐. 난 아직도 이모가 이 모든 걸 함께했으면 좋겠어."

"네 매니저로서만 아니면?"

난 침을 삼켰다. "응."

푸 이모가 서서히 한숨을 내쉬었다. "알겠어. 괜찮아."

"잠깐, 뭐라고?"

"괜찮다고, 근사하지는 않을 테지만, 이해해." 그녀가 말했다. "너한테 정말로 필요한 방식으로 널 돕기엔 난 벌여놓은 다른 일이 너무 많아."

생각이 하나 있다. "그 일들은 그냥 손을 떼면 되잖아."

"게다가 난 음악 사업에 대해서도 충분히 모르잖아." 그녀가 완전히 내 말을 무시했다. "그 청원에 대해서 내게 연락해오는 사람들이 있는데, 무슨 말을 해야 할지, 어떻게 해야 할지 도무지 모르겠어. 이 일로 넌 가라앉든가 아니면 수영을 하게 될 거야, 알겠어? 난 일을 망치고 싶지 않아."

푸 이모가 앞장서는 건 아니지만 내가 아는 이상으로 그녀는 나와 함께 전위를 맡게 될 것이다. "정말 그래도 괜찮겠어?"

"비록 매니저는 아니지만 난 널 도울 수 있어." 그녀가 말했다. "난 너에게 힘이 돼 줄 수 있어. 노래 편집을 도울 수도 있고. 백인 여자들을 흠칫거리게 만드는 건 랩으로 부르면 안 돼." 그녀가 장난스럽게 내 땋은 머리를 흩트렸다.

난 숨죽여 웃었다. "뭐든지."

그녀가 손바닥을 내밀었다. 난 손바닥을 부딪쳤다, 그런데 그녀가 나를 자기 무릎 쪽으로 당기더니 내 뺨에 내가 어렸을 때 했을 법한 아주 길고 몹시 질편한 키스를 했다. 난 마구 웃기 시작했다. "넌 나한테 직함을 제시해야 해, 슈퍼스타."

"대장 이모."

"제이가 담담히 받아들이지 않을 거라는 거 너도 잘 알지, 다른 누군가—"

뭔가가 다시 그녀의 눈길을 끌었다. 선팅을 한 조금 전 그 검은 자동차가 주차장에 다시 나타났다. 운전자가 엔진을 껐고 차는 우리 쪽을 향해 그곳에 정차했다.

푸 이모가 그걸 노려보았다. "브리, 나하고 약속해."

"뭘?" 난 여전히 그녀의 무릎에 내 머리를 누인 채 말했다.

그녀는 그 차에서 눈을 떼지 않았다. "가든을 벗어나겠다고 약속해."

"어? 무슨 소리 하는 거야?"

"그러기 위해 무슨 일을 하더라도 그렇게 하겠다고 약속해. 나하고 하는 마지막 약속이라고 생각하고 약속해."

"지금 완전 감상적인 게 누군지 보래요." 내가 놀렸다.

"나 진지해! 약속해!"

"응…… 약속?" 난 질문 반 대답 반으로 말했다. "왜 그런 얘기를 하는 건데?"

그녀가 나를 바로 앉히더니 차에서 나를 밀어냈다. "집에 가."

"뭐?"

"집—"

검은색 밴 두 대가 끽 소리를 내며 주차장으로 들어왔다. 특공대 복장의 경찰들이 달려나오더니 사방에서 총을 겨눴다.

26

"브리, 가!" 푸 이모가 고함을 질렀다.

난 그 자리에 못 박혔다. 경찰특공대가 공영주택단지를 무리지어 다니며 가든파를 추격했다. 사방에서 사람들이 뛰어다니며 비명을 질렀다. 부모들은 자기 아이들에게 맹렬히 달려와 될 수 있는 한 빨리 그들을 데려갔다. 어떤 아이들은 혼자 남겨진 채 울었다.

푸 이모는 손을 머리 뒤로 하고 무릎을 꿇었다. 특공대 한 명이 그녀에게 달려들더니 총을 겨눴다.

오, 맙소사. "이모—"

"가!" 그녀가 다시 고함을 질렀다.

누군가 내 팔을 그러쥐었다.

"이리 와!" 커티스가 말했다.

그가 나를 끌고 갔다. 난 푸 이모를 돌아보려 했지만, 우르르 도망치느라 그럴 수 없었다.

그 과정에서, 뭔가…… 이상한 일이 내 신발 한 짝에 일어났다. 마치 균형이 깨진 듯했다. 난 커티스에게 뒤처지지 않으려 애쓰느라 절뚝거려야 했다. 그는 할머니와 같이 살고 있는 아파트로 나를 이끌었다. 우리는 안으로 들어갈 때까지 멈추지 않았다.

커티스가 모든 문에 자물쇠를 채웠다. "브리, 괜찮니?"

"도대체 무슨 일이 벌어진 거야?"

그가 블라인드를 들어 올려 밖을 내다보았다. "마약 단속이야. 무슨 일이 일어날 거 같더라니. 검은색 차가 계속해서 주차장 주위를 맴돌았거든. 비밀요원처럼 보였어."

마약 단속?

젠장.

난 창가로 달려가서 블라인드를 젖혔다. 커티스 할머니의 아파트는 뜰을 마주하고 있어서 모든 게 또렷이 보였다. 메이플 그로브가 개미 둑이라고 한다면, 이건 마치 누군가 그 위에서 발을 구른 것 같았다. 특공대원들이 아파트마다 문을 두드렸고 가든파 사람들은 서둘러 밖으로 나가거나 얼굴에 총이 조준된 채 질질 끌려 나왔다. 용감한 몇몇은 도망을 쳤다.

푸 이모는 뜰에 납작 엎드린 채, 손은 등 뒤로 해서 수갑이 채워져 있었다. 경찰 하나가 그녀의 몸을 수색했다.

"제발, 하느님." 난 기도했다. "하느님, 제발."

하느님은 날 거들떠도 보지 않았다. 경찰관이 푸 이모의 뒷주머니에서 봉지를 하나 끄집어냈다. 돌연 하늘은 이제 더 이상 우리의 한계가 아니었다. 저 코카인 봉지가 우리의 한계였다.

난 창문에서 물러났다. "안 돼, 안 돼, 안 돼……."

커티스도 밖을 내다보았다. "젠장."

며칠 동안 난 그녀를 잃어버릴 거라고 생각했고, 이제 막 되찾았다. 이제…….

갑자기 보이지 않는 손이 내 가슴 속의 모든 근육을 움켜쥐었다. 난 거칠게 숨을 몰아쉬었다.

"브리, 브리, 브리." 커티스가 내 팔을 붙잡고 말했다. 그가 나를 소파로 안내해 앉도록 도와주었다. "브리, 숨 쉬어."

불가능했다. 마치 내 몸은 숨 쉬는 게 뭔지는 몰라도 우는 게 뭔지는 아는 듯했다. 눈에서 눈물이 쏟아졌다. 흐느낌으로 숨이 더욱 더 막히고, 헉헉거리는 소리가 커졌다.

"야, 야." 커티스가 말했다. 그가 나와 눈을 마주쳤다. "숨 쉬어."

"모두……" 난 숨을 크게 들이마셨다. "모두가 날 떠나."

난 나만 겨우 알아들을 정도로 작은 소리를 냈다. 이건 아빠가 우리를 떠나 천국으로 갔을 때 우리 엄마가 내게 한 말이다. 이건 날 떠나지 말라고 내가 비명을 지르는데도 진입로에서 후진을 하던 그녀의 말이다. 그들이 내 일부를 가져가버렸다는 건 아무도 알지 못했다.

커티스가 내 곁에 앉았다. 처음에는 주저했지만 부드럽게 내 머리를 움직여 그의 어깨 위에 기대 놓았다. 난 그를 내버려두었다.

"그래, 사람들은 우리를 떠나." 그가 조용히 말했다. "그렇다고 우리가 혼자라는 뜻은 아냐."

내가 할 수 있는 거라고는 눈을 감는 일뿐이었다. 밖에서는 고함소리와 사이렌 소리가 들렸다. 경찰들은 아마도 메이플 그로브의 GD파를 모조리 체포했을 것이다.

천천히 호흡이 다시 정상으로 돌아왔다. "고마워." 코가 너무 막혀서 웃기는 소리가 났다. 난 코를 훌쩍였다. "데려와줘서 고마워."

"괜찮아." 커티스가 말했다. "할머니의 화분에 물을 주다가 너와 푸가 뜰에서 이야기하는 걸 봤어. 그때 특공대의 밴이 모습을 드러냈지. 푸에 대해 알고 있는 게 있으니, 네가 거기서 나와야 한다는 것도 알았어."

내가 눈을 떴다. "할머니 화분에 물을 준다고?"

"그래. 할머니가 일하러 간 동안 누군가는 이것들을 살려놓아야 하니까."

난 몸을 좀 더 일으켜 앉았다. 거실과 부엌 여기저기에 식물과 꽃 화분이 있었다. "이런." 내가 말했다. "너 바쁘겠구나."

그가 킬킬 웃었다. "응. 게다가 현관 계단에도 두 개가 있어. 하지만 난 할머니를 도와 화분을 돌보는 게 좋아. 강아지나 어린 남동생이나 여동생을 돌보는 것보다 훨씬 쉽거든." 커티스가 일어났다. "물이나 뭐 좀 줄까?"

목이 말랐다. "물이 좋을 거 같아."

"문제 없—" 그가 내 발을 보고 눈살을 찌푸렸다. "요오, 네 신발 왜 그래?"

"왜?" 난 아래를 내려다보았다. 짝퉁 팀버랜드 한 짝이 다른 짝보다 훨씬 낮아져 있었다. 뒤축이 통째로 사라지고 없었다.

내 신발은 말 그대로 끝장이 났다.

"젠장!" 난 얼굴을 손에 묻었다. "젠장, 젠장, 젠장!"

이 시점에 이런 바보 같은 일이라니 말도 안 된다. 하필이면 오늘 이 시간에 신발이 끝장이 나다니, 내 삶이 결딴나는 순간에 이런 일이 벌어졌어야 하다니.

"자, 내가 도와줄게. 괜찮지?" 커티스가 말했다. 그가 자신의 나이키 운동화 끈을 풀었다. 그는 운동화를 벗어서 내게로 내밀었다. "여기."

진심일 리 없다. "커티스, 신발 도로 신어."

하지만 그는 내 앞에 한쪽 무릎을 꿇더니 그의 오른쪽 운동화를 내 오른쪽 발에 신기고 끈을 아주 단단히 조였다. 그는 아주 조심스럽게 내 다른 쪽 짝퉁 팀버랜드를 벗기더니 그의 왼쪽 나이키 운동화를 신기고 역시나 끈을 묶었다. 그가 일을 마치고는 자세를 똑바로 했다.

"이제 네 신발이야." 그가 말했다.

"네 신발을 가질 순 없어, 커티스."

"적어도 집에 갈 때만이라도 신으면 되잖아." 그가 말했다. "괜찮지?"

내게 다른 선택지는 없어 보였다. "좋아."

"좋아." 그가 부엌 쪽으로 갔다. "물에 얼음 넣을까 말까?"

"아니, 됐어." 내가 말했다. 고함과 비명은 이제 잦아들었다. 하지만 난 밖을 내다볼 수가 없었다.

커티스가 내게 큰 컵으로 물을 가져다주었다. 그는 내 곁에 앉아 스파이더맨 양말 속의 발가락들을 꼼지락거렸다. 그에 대해 모르는 게 엄청나게 많았고, 내가 보고 있는 것들은 내가 생각한 것들과 맞아떨어지지 않았다.

"양말 좋은데?" 내가 말했다.

그가 눈을 굴렸다. "어디 계속 놀려 보시지. 난 상관 안 해. 피터 파커는 멋진 친구야."

"그렇지." 난 물을 홀짝 마셨다. "그래서 난 널 놀리지 않을 거고. 사실 나도 똑같은 양말이 있어."

커티스가 웃었다. "정말?"

"엡."

"근사한데?" 그가 말했다.

시끄러운 금속음이 밖에서 들렸는데 자동차의 커다란 문이 닫히는 소리 같았다. 저들이 분명 모든 마약 판매상들을 체포해 차에 실은 것이리라.

"너네 이모 일은 유감이야." 커티스가 말했다.

그녀가 죽기라도 한 듯한 목소리였다. 하지만 이 근처에서 감옥에 들어간 사람들은 무덤에 들어간 사람들이 그러듯이 기념으로 티셔츠를 얻는다. "고마워."

우리는 한참 동안 아무 말도 하지 않았다. 나는 물을 다 마신 다음 할머니의 커피 탁자 위에 컵을 놓았는데 옆에는 사용한 것이 분명한 재떨이가 있었다. 커티스를 위한 게 아니라면, 의심스럽지만, 고고한 척하는 대니얼스 자매님이 피우는 것이리라. 어이가 없다.

"도와줘서 다시 한 번 고마워."

"별 말씀을." 그가 말했다. "하지만 감사의 표시로 나에 대한 노래를 써주기로 한다면 반대는 안 할게."

"야, 잘 있어. 감사의 메시지 정도? 그 정도라면 몰라도 한 곡 전부를? 안 돼."

"감사의 메시지?" 그가 말했다. "야아, 넌 나한테 그 이상 해줘야 해. 한 절은 어때?"

"와우. 한 절을? 허!"

"엡. 이런 식으로, '커티스는 내 친구, 늘 날 알게 될 거구, 내가 돈을 벌게 되면 난 그에게 나귀를 사줄 거구. 그래!'" 그가 비보이 스타일로 팔짱을 꼈다.

난 웃음을 터뜨렸다. "그런 식으로 라임을 맞춰가지고, 배틀에서 날 이길 수 있을 거 같아?"

"뭐? 야, 이거 완전 죽이잖아."

"아니, 완전 엉망이야."

"잠깐, 지금 이런 꼴을 하고서 나한테 엉망이라고 하면 안 되지." 그가 엄지손가락으로 내 뺨의 축축한 물기를 닦아냈다. "네 콧물과 눈물이 우리 할머니 소파에 범벅이야."

그의 손이 머뭇거렸다. 천천히, 내 턱을 감쌌다.

난 뱃속에 극심한 고통이 일었는데 단단히 비틀어 조여드는 느낌이어서, 내가 여전히 숨을 쉬고 있구나 하고 생각했다, 음 그러기를 바랐다. 그가 더 가까이 다가왔을 때 난 움직일 수 없었다. 생각도 할 수 없었고, 숨을 쉴 수조차 없었다. 그저 그에게 키스를 되돌려 줄 수 있을 뿐이었다.

내 몸 구석구석이 그를, 그의 손가락 끝이 내 목 뒷덜미에 스치는 걸, 그의 혀가 내 혀에 완전히 감겨드는 걸 느꼈다. 심장이 달음질쳤고, 그건 어떻게든 내가 좀 더 원한다는 걸, 동시에 서두르고 싶지 않다는 걸 말해주었다.

난 두 팔을 그의 목에 감고 몸을 소파 위로 젖혀 그를 내게로 당겼다. 그를 만지고 싶은 욕구가 일었다. 내 손가락들은 부드럽게 돌돌 말린 그의 머리카락과 그의 등을 찾았다. 엉덩이는 꼭 쥐기에 알맞게 통통했다.

커티스가 씨익 미소를 짓고 내 이마에 자신의 이마를 댔다. "좋았어, 어?"

"음—흠."

"좋아 그럼. 이것도 좋아하는지 볼까?"

그가 내게 다시 키스했다. 그리고 천천히 내 운동복 속의 브라 밑으로 손을 움직였다. 그의 손이 한 곳을 스쳤고 난 전에 한 번도 낸 적이 없는 소리를 내느라 키스를 멈췄다. 난 가슴보다 더 많은 곳에서 그걸 느꼈다.

"와, 아가씨." 그가 신음소리를 내더니 뒤로 물러섰다. 그는 내 위로 몸을 버틴 채 숨을 헐떡였다. "너 죽여주는데."

내가 피식 웃었다. "내가 널 죽여준다고?"

"그래." 그가 내 코에 키스했다. "근데 난 그게 좋아."

그가 내 뺨을 감싸고 몸을 아래로 기울여 내게 다시 키스했다. 천천히 차분하게. 잠깐 동안 우리와 이 키스 말고는 아무것도 존재하지 않았다.

27

……커티스의 할머니가 집에 올 때까지.

그때 우리는 그냥 TV만 보고 있었다. 그래도 그녀는 내게 의심의 눈초리를 보냈다. 커티스는 그녀의 차로 날 집에 데려다줘도 되는지 물었다. 그녀는 그에게 열쇠를 주며 말했다. "이따 얘기 좀 하자꾸나, 애야."

그 얘기는 우리 할머니에게로 흘러들어가는 길을 찾게 될 것이다.

우리가 떠날 때 뜰은 텅 비어 있었다. 뭔가 일어났다는 유일한 흔적은 땅 위 곳곳에 찍힌 발자국들뿐이었다. 스크랩의 차는 늘 있던 자리에 있었다. 보닛에 아무도 앉아 있지 않은 게 이상했다.

커티스는 자기 할머니의 쉐비를 한 손으로 몰았다. 다른 한 손은 내 손을 잡고 있었다. 우리는 말은 많이 하지 않았지만 난 그래야 한다고 생각하지 않았다. 그 키스는 말이 할 수 있는 것보다 훨씬 많은 걸 말해주었다.

그가 우리 집 앞에서 차를 멈췄다. 나는 몸을 기울여 그에게 다시 키스했다. 시간을 늦출 수 있는 최고의 방법이었다. 하지만 난 안으로 들어가야 했고, 그래서 몸을 뗐다. "가서 엄마한테 말해야 해. 이모에 대해."

커티스에게도 간신히 말할 수 있었다. 어떻게 제이에게 이걸 말할 수 있을까?

그는 깃털이 스치듯 가볍게 내 입술에 키스했다. "괜찮을 거야."

하지만 이것들은 그냥 말일 뿐이다. 현실은, 난 커티스의 신발을 벗고 너덜너덜해진 내 신발을 다시 신고 안으로 들어갔다. 부엌에 있는 엄마의 핸드폰에서는 〈주께서〉라는 노래가 흘러나오고 있었고 그녀는 푸 이모에 관해 기적을 행해야 할 거라는 사실을 모른 채 노래에 맞춰 흥얼거리고 있었다.

"안녕, 부키." 그녀가 말했다. 그녀가 냄비를 내려다보고 서 있었다. "오늘 저녁은 스파게티 먹을 거야."

내 다리는 거의 서 있기 힘들 정도로 심하게 떨렸다. "푸 이모가……."

"이모가 뭐?"

"이모가…… 이모가 체포됐어."

"맙소사!" 그녀가 손으로 이마를 짚더니 눈을 감았다. "얘가. 이번엔 무슨 일이라니? 싸움질이야? 과속? 내 그렇게 말했는데 교통 위반 딱지들—"

"마약 단속이 있었어." 내가 중얼거렸다.

제이가 눈을 떴다. "뭐?"

난 목소리가 잠겼다. "경찰특공대가 출동해서 이모한테서 코카인을 발견했어."

엄마는 그저 나를 물끄러미 쳐다보기만 했다. 갑자기 그녀가 핸드폰을 집어 들었다. "하느님, 안 돼. 제발, 안 돼."

그녀는 경찰서에 전화했다. 그들은 아직 어떤 정보도 제공할 수 없다고 했다. 그녀는 레나에게 전화했고, 레나의 흐느낌이 어찌나 큰지 방 건너편에 있는 내게까지 들렸다. 그녀는 트레이에게도 전화했다. 트레이는 일하는 중이었지만 집에 오는 길에 경찰서에 들르겠다고 말했다. 그녀는 스크랩에게도 전화했다. 그의 전화는 음성메일로 넘어갔다. 그도 잡혀간 모양이다.

제이는 자기 방으로 들어가 문을 닫고 나오지 않았다. 그녀의 울음소리를 듣게 되리라고는 생각하지 않았지만, 밤새 내가 들을 수 있는 소리는 그것뿐이었다.

난 그녀의 울음을 멈추게 할 수 없다. 푸 이모를 구할 수도 없다. 이제 그녀가 사라져서 크라운파를 공격 목표로 삼을 사람이 어디에도 없으니, 나는 나 자신조차 구하지 못할지 모른다.

난 무력하다.

제이는 다음 날도, 그 다음 날도 방에서 나오지 않았다. 내가 토요일 아침에 일어났을 때도 그녀는 여전히 방에 있었다. 트레이는 자기 방에서 야간 근무를 끝내고 자고 있었다. 수프림이 하이프와의 인터뷰를 위해 나를 태워 시내로 데려다주었다.

수프림은 운전하는 내내 입을 쉬지 않았지만 내게는 그의 말이 거의 들어오지 않았다. 엄마의 흐느낌은 내 귓전을 떠나지 않을 것이다. 게다가 그는 똑같은 얘기만 계속하고 있다. 이건 중대한 일이다. 난 내 길을 가는 중이다. 이 인터뷰는 날 새로운 단계로 끌어올릴 것이다.

하지만 이게 푸 이모를 구하지는 못할 것이다.

수프림이 길에서 눈을 돌려 나를 슬금슬금 쳐다보는 것을 보니 내가 말이 없다는 걸 깨달은 모양이다. "너 괜찮지, 꼬마 로?"

"그렇게 부르지 말아요."

"오, 자기 발로 서고 싶으시다는 거, 어?" 그가 놀렸다.

전혀 웃기지 않다. 난 내 발로 설 수밖에 없다. 내게 따르는 이 모든 걸 견디기 위해 여기 없는 사람의 이름을 빌리고 싶지는 않다.

난 수프림에게 대꾸조차 하지 않았다. 그저 창밖만을 바라보았다.

핫 105는 시내 고층빌딩들 가운데 있었다. 그 방송국은 그들이 벽에 붙여놓은 사진 속의 예술가들만큼이나 전설적인 곳이다. 응접실 여기저기에 수년 동안 인터뷰한 힙합 왕족과 함께 여러 디제이의 사진을 넣은 액자가 있었다.

하이프의 목소리가 응접실 곳곳의 스피커에서 터져 나왔다. 그는 여러 스튜디오 중 한 곳에서 생방송 중이었다. 제이는 토요일 아침마다 나와 트레이를 태워다 줄 때면 차에서 그의 방송을 틀어놓곤 했다. 하이프가 아빠의 노래들 중 하나를 틀 때마다 그녀는 창문을 내리고 볼륨을 완전히 높였다. 목소리가 너무도 생생해서 난 그가 죽었다는 걸 잊어버리곤 했다.

하이프의 조수가 수프림과 나를 스튜디오로 안내했다. 문 위의 빨간 '생방송' 불빛은 우리가 밖에서 기다려야 한다는 뜻이다. 커다란 창 반대편에는 하이프가 컴퓨터 모니터와 마이크와 헤드폰이 가득한 탁자에 앉아 있다. 스튜디오에서는 그와 함께한 남자가 하이프를 향하고 있는 카메라를 손으로 가리키고 있다. 벽에는 '핫 아우어'라는 표시가 있다.

"늘 그렇듯, 우린 지불해야 할 청구서가 있죠." 복도의 스피커에서 하이프가 말했다. "하지만 여러분 멀리 가지 마세요. 광고 후에 지금 우리나라에서 가장 핫한 젊은 래퍼와 얘기를 나눌 거니까요. 브리! 논란과 그녀의 다음 행보와 모든 것에 대한 최신 정보를 들려드립니다. 핫 105의 핫 아우어에요, 자기!"

하이프가 헤드폰을 벗었고, 그의 조수가 우리를 스튜디오 안으로 안내했다.

"가든의 공주님!" 하이프가 말했다. 그가 나를 가볍게 껴안았다. "네 배틀을 생각하면 아직도 소름이 돋아. 악의는 없어, 수프림. 근데 얘가 자기네 아들을 죽여놨잖아. 정말."

"나도 부정 못해." 수프림이 말했다. "근데 왜 내가 직접 애한테 신호를 보냈어야 한다고 생각하는 거야?"

"자기 탓은 아니지." 하이프가 말했다. "노래도 역시 멋져. 물론 그 모든 논쟁들은 그렇지 않지만, 어쨌든 적어도 사람들 입에 오르내리기는 하잖아, 안 그래? 우리 청취자들이 네 얘기를 듣고 싶어 해, 브리. 우린 그냥 네가 욕은 최소한으로만 해줬으면 좋겠어. 연방통신위원회에 벌금 내느라 쓸 시간은 아무도 없으니까."

"1분 뒤에 라이브 들어가요, 하이프." 카메라맨이 말했다.

하이프가 자기 의자 건너편에 있는, 마이크와 헤드폰이 준비된 의자를 내게 가리켰다. "앉아, 브리." 그가 말했고 난 앉았다. "수프림, 여기 있을 거지?"

"아니, 나가 있을 거야." 수프림이 말했다. 그는 내 의자 옆에 무릎을 꿇었다. "이것 봐, 하이프는 네 화를 돋우려고 할 거야." 그가 목소리를 낮춰 말했다. "근데 그게 하이프야. 그에게 너무 휘둘리지 않도록 해. 그냥 침착하게 네가 느끼는 걸 말해. 알겠지?"

내가 느끼는 걸 말하라고? 그는 내가 지금 어떤 느낌인지 알 리 없다.

"다섯을 세면 방송 들어가는 거야, 브리." 하이프가 말했다. "넷……."

수프림이 내 어깨를 가볍게 두드리고 복도로 나갔다. 난 헤드폰을 썼다.

하이프가 손가락 세 개를 들어올렸다.

둘.

하나.

"핫 아우어에 다시 오신 걸 환영합니다." 그가 마이크에 대고 말했다. "여러분, 이 안에 아주 특별한 손님을 모셨습니다. 저에 대해 아신다면 역대 래퍼들 중에서 제가 가장 좋아하는 래퍼 중 한 명이 로리스라는 걸 아실 겁니다. 형제여, 편히 잠들길. 오늘, 스튜디오에 그의 어린 딸을 모시는 기쁨을 누리게 됐습니다. 그녀는 지금 세간에서 가장 핫한 곡 중 하나인 〈온 더 컴 업〉을 불렀고, 사람들의 입에 아주 많이 오르내리고 있습니다. 물론, 우리 핫 아우어에서도 그녀를 모셔와야 했고요. 자, 브리, 스튜디오에 온 걸 환영합니다."

그가 박수가 나오는 트랙을 틀었다.

"고마워요." 내가 마이크에 대고 말했다.

"여러분, 제가 얼마 전에 링에서 브리의 랩을 들을 기회가 있었는데요. 그게 데뷔였죠, 맞아요?"

"옙."

"여러분, 브리가 죽여줬었죠." 그가 말했다. "방송이 끝난 후에 유튜브에 가서 그 배틀을 찾아보세요. 여러분을 날려버릴 겁니다. 브리는 링에 다시 서기로 돼 있었지만 공교롭게도 작은 사고가 있었죠. 그건 이따 얘기하기로 하고요. 지금은 노래에 대해 얘기해 볼까요?" 그가 자신의 생각을 강조하기 위해서 탁자를 세게 쳤다. "〈온 더 컴 업〉. 여러분이 방송에서 틀어달라고 자주 청하는 곡이죠. 아이들이 아주 좋아해요. 몸은 늙었어도 마음만은 젊은 우리들도 많이들 즐기고요. 그런데 그 노래를 닷클라우드에서 삭제해달라는 청원이 있었죠. 지역 학교에서 폭동을 이끌었다는 말들 때문인데요. 또 어떤 사람들은 그게 경찰력에 반대한다나 어쩐다나 말들 합니다. 그 노래의 아티스트로서 무슨 말을 해야 할까요?"

수프림은 내가 느끼는 대로 얘기하라고 했다. 문제는, 내가 지금 느끼는 감정은 온통 짜증뿐이다. "엿 먹으라고 해요."

하이프가 빙그레 웃었다. "전혀 망설임이 없네요, 어?"

"왜 내가 망설여야 하죠? 저들도 내게 마구 덤벼드는데."

"좋아요, 좋아." 하이프가 말했다. "많은 사람들이 가사의 폭력성에 초점을 맞추고 있는데요. 노래 가사가 학교에서 폭력적인 행동을 하도록 학생들을 부추겼다고 생각해요?"

이 사람 진심인가? "여기서 내보내는 노래의 절반이 폭력적인 행동을 하도록 사람들을 부추긴다고 생각하나 보죠?"

"우린 지금 브리의 노래와 이번 사태에 대해 얘기하고 있어요."

"그게 중요한가요?" 내가 말했다. "학생들은 분명 다른 문제로 화가 난 거예요. 노래 한 곡만으로 그들에게 어떤 행동을 취하게 할 수는 없어요. 모두들 진짜 문제가 뭐지는 묻지 않고 책임 회피용으로 날 이용하고 있는 거예요."

"모든 사람 누구요?" 그가 정말로 물었다.

"어, 뉴스요!" 내가 말했다. "청원한 여자분이요. 그 여자분이 나에 대한 글을 썼더군요, 내가 악당이라고 주장하면서, 처음부터 학생들이 왜 시위를 하게 됐는지는 결코 궁금해 하지 않았어요. 노래 가사는 누구에게도 뭘 하라고 강요하지 않았어요. 그 시위는—"

"근데 있잖아요." 하이프가 내 말을 잘랐다. "가사의 일부가 지나치다는 걸 인정해야 해요, 꼬마 아가씨. 묶여 있는 것에 대해 얘기하잖아. 경찰을 죽일 거라고 암시하는—"

워, 워, 워. "경찰을 죽인다는 어떤 암시도 한 적 없어요."

"'경찰이 내게 덤빈다면, 난 법을 무시하게 될 거야'?" 그가 물었다. "이건 무슨 의미인 거지?"

도대체 이 사람은 어떻게 이걸 내가 누군가를 죽일 거라고 말하는 걸로 받아들일 수 있는 거지? "어, 내가 뭘 하든 난 다루기 힘든 아이로 여겨질 거란 뜻이에요!" 젠장, 정말로 그에게 이걸 자세히 해석해 줘야 하는 건가? "'우리 아빠처럼 아무것도 두렵지 않아'는 〈아무도 두려워 마〉Fear None라고도 알려져 있는 그의 마지막 앨범 얘기예요. '내 명예를 지키기 위해 최선을 다하는 내 패거리 속에서 위안을 찾아'라는 건 만일 내게 무슨 일이 생긴다면 가든이 내 편이 돼줄 거라는 의미죠. 그게 다예요. 경찰을 죽이는 얘기는 전혀 안 했어요."

"좋아, 그래도 어떤 사람들은 그걸 잘못된 방식으로 받아들인다는 걸 알 수 있잖아, 안 그래?"

"전혀 아니에요. 아뇨."

"이봐, 난 너한테 덤비려는 게 아냐." 하이프가 주장했다. "난 그 노래를 아주 좋아해. 그래도 거짓말을 할 순 없어. 열여섯 살짜리 여자애가 묶여 있느니 어쩌니 그런 것에 대해 얘길 하고 있는 걸 알고 당황스러웠어."

열여섯 살짜리가 그런 랩을 한다는 게 아니라, 열여섯 살짜리 여자애가 그런 랩을 한댄다. "우리 아빠가 열여섯 살에 그런 랩을 했을 때도 당황스러웠나요?"

"아니."

"왜 그랬죠?"

"어, 이봐, 왠지 알잖아." 하이프가 말했다. "그건 달라."

"어떻게 달라요? 난 열여섯, 열일곱에 묶여 있었던 여자들을 알아요, 살아남기 위해서 더러운 짓을 해야 했던 여자들을요."

그리고 성별에는 전혀 관심이 없는 경찰특공대에게 체포된 여자도.

"그건 그냥 달라, 꼬마 아줌마. 난 규정하는 게 아냐." 하이프가 말했다. "내 요지는, 네가 여기 이렇게 사람들 앞에 '뿅' 하고 나타난 걸 우리가 정말로 믿어야 하는지야. 자, 그럼. 그 가사들은 누가 써준 거냐?"

이건 도대체 뭐냐? "그 노래는 누군가 앞에 '뿅' 하고 나타난 것에 대한 노래가 아녜요, 그리고 그 가사들은 내가 썼어요."

"네가 그 노래를 전부 썼다고?" 그가 말했다. "그럼 배틀에서 프리스타일은?"

진짜, 이거 도대체 뭐냐? "내가 그 노래를 썼고, 배틀에서는 정해져 있는 대로 그 자리에서 프리스타일을 생각해낸 거예요. 지금 무슨 말을 하려는 거죠?"

"진정해, 꼬마 아가씨." 하이프가 말했다. "이봐, 대필작가 같은 건 아무 문제도 아냐, 알겠어? 내 요지는 대필작가들이 인물에 대해 진실하게 써야 한다는 거야. 백팩처럼 묶여서는 여기 절대 못 나와."

그래서 말인데? 망할. 내가 하는 말이나 행동은 중요하지 않다. 여하튼 모두들 나에 대해, 그 노래에 대해 나름대로의 생각을 갖게 될 것이다. 난 헤드폰을 홱 잡아챘다. "나, 나가요."

"워, 아직 안 끝났어, 꼬마 로."

"내 이름은 브리예요!" 내 몸 속의 뼛조각 하나하나가 고함을 지르는 느낌이었다.

"좋아, 브리. 이봐, 아무 문제없어." 그가 능글맞게 웃으며 말했다. 난 그의 얼굴을 뭉개버리고 싶었다, 맹세코. "멋진 대화였어. 화낼 필요 없어."

"내가 직접 가사를 쓰지 않았다는 혐의를 씌웠잖아요! 도대체 그게 어떻게 문제없다는 거죠?"

"이렇게 방어적이 되는 걸 보니 노래를 썼을 리 없군."

문이 활짝 열리며 수프림이 급히 들어왔다. "브리, 진정해."

"아무 문제없어, 수프림." 하이프가 말했다. "노래에서 말한 것처럼 묶인다면, 쟤가 날 처리할 거야."

그가 웃음소리가 나오는 트랙을 틀었다.

난 거의 탁자 위로 뛰어오르다시피 했지만 수프림이 나를 저지했다. "좆 까!"

"아오, 봤죠? 이래서 네가 링에서 쫓겨난 거구나. 꼬마 아가씨, 지금 이거 생리전증후군인가?" 하이프가 드럼 치는 소리를 틀면서 자신의 '농담'을 마무리했다.

수프림은 실제로 나를 질질 끌어내다시피 해야 했다. 우리는 복도에서 방송국 사람들을 모두 지나쳤고 그들은 하이프가 스피커를 통해 또 다른 '농담'을 하자 우릴 뚫어져라 쳐다보며 귓속말을 했다. 그 사람들 엉덩이를 전부 걷어차버릴 수도 있다.

수프림이 나를 로비로 데려갔다. 난 그의 손아귀를 뿌리쳤다.

그가 낄낄거리며 웃었다. "이런. 뭣 때문에 이렇게 화가 난 건데?"

모두 다. 난 숨을 거칠게 몰아쉬며 눈을 깜박였지만 눈이 화끈거렸다. "그 사람 말하는 거 들었어요?"

"그가 네 화를 돋울 거라고 했잖아. 그게 하이프가 하는 방식이야." 수프림이 내 뺨을 톡톡 두드렸다. "넌 정말 천재야, 그거 아니? 넌 정확히 몇 주 전에 내가 말한 대로 했어. 그걸 기억하고 있다니 놀랍다."

내가 그를 쳐다보았을 때 내 호흡은 마침내 심장의 맥박과 보조를 맞추었다. "뭐라고요?"

"넌 빈민가의 허접한 여자 역할을 잘 해냈어. 덕분에 얼마나 많은 매체의 관심을 끌게 될지 알고 있니?"

마치 얼굴에 얼음물을 한 바가지 뒤집어 쓴 것 같았다.

빈민가의 허접한 여자.

수천 명의 사람들이 내가 그렇게 행동하는 걸 방금 들었다. 수백만 명 이상이 그 동영상을 볼지도 모른다. 그들은 내 삶이 엉망인 건 상관도 하지 않을 테고 난 화낼 온갖 권리를 획득했다. 그들은 그냥 그들의 기대대로 행동하는 빈민가 출신의 분노하는 흑인 여자애를 볼 것이다.

수프림이 혼자서 웃었다. "넌 네 역할을 해냈어." 그가 말했다. "맙소사, 네 역할을 끝내주게 해냈다니까."

문제는, 내가 연기를 한 게 아니라는 점이다. 난 그렇게 된 거다.

28

난 수프림에게 살즈로 데려다 달라고 했다. 오빠가 필요했다.

수프림의 전화가 가는 도중 내내 울려댔다. 그는 자리에서 들썩들썩 가만히 있지를 못했다.

"우~~!" 그는 마치 하이파이브를 하듯이 운전대를 탁 하고 쳤다. "조만간 보상이 있을 거야, 꼬마 아가씨! 맹세코, 이건 네가 한 일 중에서 최고야! 우린 우리의 길을 가고 있는 거라고!"

빈민가의 허접한 여자. 아홉 음절, 세 단어.

모두들 날 허접한 여자라고 생각할 테지, 잘하는 건
형편없어지는 것, 버럭 화내는 것.

수프림이 나를 내려주었을 때 빅 살즈의 문에는 영업 종료 표시가 걸려 있었다. 아직 오전이었고 가게는 정오까지는 문을 열지 않는다. 살이 유리창으로 내다보고 나를 발견하고는 나를 가게 안으로 들였다. 그녀는 내게 트레이가 뒤에 있다고 말했다.

살즈에서 트레이의 위치가 뭔지 말하기는 쉽지 않다. 가끔은 서빙을 하고, 또 가끔은 주방에서 주문된 음식을 감독한다. 오늘은 대걸레로 부엌 바닥을 닦고 있다.

미즈 티크…… 그러니까 카일라가 가까이에서 지켜보고 있었다. 그녀는 링에서 했던 것 같은 큰 고리 귀걸이를 하고 녹색 앞치마를 두르고 있다. 그런데 링에서보다 훨씬 더 작아 보였다. 트레이의 어깨에도 미치지 않았다. 마이크 때문에 실제보다 커보였던 모양이다.

부엌에는 두 사람뿐이었다. 보통 때 이곳은 종업원들이 피자 도우를 날리고, 주문을 외쳐대고, 오븐에 파이를 집어넣으며 북적인다. 오늘은 거의 적막에 가까울 정도로 고요했다. 모두들 아직 출근 전인 모양이다. 일찍 나오는 트레이에게 맡겨두는 것이다.

트레이가 대걸레를 양동이에 비틀어 짜고는 양동이를 창고를 향해 굴리자 카일라가 말했다. "어어. 마룻바닥을 그 모양으로 둘 건 아니겠지."

"무슨 모양?" 그가 말했다.

"그런 모양." 그녀가 한 곳을 가리켰다. "바닥에 먼지가 있잖아, 트레이."

그가 눈을 가늘게 뜨고 보았다. "저 조그만 얼룩?"

카일라가 직접 대걸레를 가져갔다. "봐, 이러니까 넌 늘 청소할 필요가 없다고 하는 거야."

"오, 그래?"

"그렇지!"

트레이가 그녀의 입술에 기습적으로 재빨리 입을 맞추고는 미소를 지었다. "하지만 이건 할 필요 있는 거지?"

"흐으음……." 그녀가 자신의 턱을 두드렸다. "아직 판단 유보야."

트레이가 웃고는 그녀에게 다시 키스했다.

난 어쩌면 이걸 보지 않아야 되는 거겠지만 눈을 돌릴 수 없었다. 바람직하지 않은, 뭔가 소름끼치는 짓이지만, 난 우리 오빠가 이렇게 행복해하는 걸 한동안 보지 못했다. 그의 눈은 빛났고 그녀를 바라보는 그의 미소는 너무도 밝아서 보고 있는 나한테까지 옮을 정도였다. 요 몇 달 동안 그가 우울해했다거나 뭐 그런 말을 하는 건 아니지만 지금의 그와 비교하면 그가 행복해했다고 말하기는 어렵다.

카일라가 그에게서 눈을 떼고는 문간에 있는 나를 발견했다. "트레이."

그의 시선이 그녀의 눈길을 따라왔다. 눈빛은 여전히 빛났지만 미소는 사라졌다. 그는 다시 대걸레질에 집중했다. "여긴 웬일이야, 브리?"

난 갑자기 여기 오지 말았어야 했다는 느낌이 들었고, 트레이 곁에 있는 것 같지 않았다. 그는 내가 '집'이 뭔지 정확히 몰랐을 때부터 나의 집이었다. "얘기 좀 할 수 있어?" 내가 물었다.

그는 대걸레질에서 눈을 뗄 것 같지 않았다. 카일라가 그의 팔을 붙들고 그를 멈췄다. "트레이." 그녀가 말했다. 단호하게.

그가 그녀를 처다보았다. 둘 사이에 소리 없는 대화가 오갔다. 그들의 눈이 모든 걸 말해주었다. 트레이가 코로 한숨을 내쉬었다.

카일라는 발뒤꿈치를 들더니 그의 뺨에 키스했다. "살한테 앞에서 도움이 필요한지 가 봐야겠어."

그녀는 지나쳐가며 마치 상중인 사람에게 하듯 내게 슬픈 미소를 지었다.

저건 뭐에 대한 거지? 푸 이모?

트레이는 걸레질을 했고 그에게 나는 보이지 않는 듯했다. 내가 천천히 다가갔는데도 올려다보지 않았다.

"무슨 문제 있어?" 내가 물었다. 하지만 난 알기가 두려웠다. 그의 대답은 내 삶을 송두리째 뒤집어 놓을 수 있었다. "제이는—"

"엄마!" 그가 마룻바닥에 집중한 채 정정했다.

왜 그렇게 그 말이 쉽게 안 나오는지 모르겠다. "괜찮아?"

"내가 나올 때도 방 안에 있었어."

"오." 기분이 엉망이었던 터라 그 말에 조금 안심이 됐다. "푸 이모에 대해서는 무슨 말 없어?"

"아직 기소 중이래. 뭘 원하는 거니, 브리?"

이건 뭐지? 전에는 내가 그를 만나고 싶어 하는 이유를 설명해야 했던 적이 한 번도 없었다. "그냥 얘기가 하고 싶어서."

"얘기라면 오늘 충분히 하지 않았어?"

그 인터뷰를 들었구나. 수천 명의 청취자 가운데 한 명이 우리 오빠일 거라고는 미처 생각하지 못했다. "트레이, 내가 설명할게."

그는 양동이 안에 대걸레를 넣고 나를 바라보았다. "오, 라디오에서 바보같이 군 것에 대해 설명을 하시겠다?"

"그가 날 자극한 거야!"

"일일이 반응할 필요 없다고 내가 말했잖아, 어? 브리!"

"그런 바보취급을 그냥 당하고만 있으라고?"

"그런 식으로 행동하지 않고도 스스로를 변호할 수 있어!" 그가 말했다. "처음엔 인스타그램 동영상이더니, 이제는? 넌 도대체 뭐가 잘못된 거니?"

난 내 오빠이기를 주장하는 이 사람을 노려보았다. 그인 것처럼 보이지만 그의 말처럼 들리지는 않는다. "오빤 내 편이어야 하잖아." 난 기어들어가는 소리로 말했다. "근데 왜 이렇게 화를 내는데?"

그가 대걸레를 거의 던지다시피 했다. "왜냐하면 너 때문에 열심히 일하고 있으니까! 널 위해 이 일을 하고 있으니까! 네가 잘 지내게 하려고 오랜 시간을 일하니까! 근데 넌 이렇게 기회만 있으면 예상치 못한 행동을 해서 뭘 하려고 할 때마다 망치고 드니까!"

"난 그냥 우릴 구하려고 애쓴 것뿐이야."

왠지 내 목소리는 약하면서도 동시에 컸다.

그의 눈에서 분노가 사라졌고, 나를 물끄러미 바라보고 있는 사람은 다시 우리 오빠였다. "브리―"

"난 지쳤어, 트레이." 눈물 때문에 눈이 따끔거렸다. "앞으로 무슨 일이 일어날지 모르는 생활에 지쳤어. 겁먹기도 지쳤어. 난 지쳤어."

발을 끄는 소리가 들리더니 두 개의 팔이 나를 꼭 감쌌다. 난 트레이의 셔츠에 얼굴을 묻었다.

그가 내 등을 문질렀다. "속 시원히 울어."

난 목이 따가워질 때까지 소리를 질렀다. 난 푸 이모를 잃었다. 엄마를 잃게 될지도 모른다. 침착함에 대해서라면 그 정도가 너무 심해서 내가 깨달은 것보다 훨씬 더 많이 잃어버렸다. 나는 길을 잃었다. 어찌할 바를 모른 나머지 내 길을 찾느라 진이 다 빠졌다.

트레이가 자기 자리라고 부르는, 부엌 뒤쪽의 좁은 구석으로 나를 이끌었다. 가끔 그를 찾아 올 때면, 냉장고와 창고 문 사이 쐐기 모양의 이곳 마룻바닥에 앉아 있는 그를 볼 수 있을 것이다. 그는 이곳이 혼란 속에서 도망칠 수 있는 곳이라고 말했었다.

트레이는 마룻바닥으로 몸을 낮추고 내가 그와 함께 앉을 수 있도록 도와주었다.

난 그의 무릎에 머리를 뉘었다. "짐이 돼서 미안해."

"짐?" 트레이가 말했다. "그런 생각은 어디서 나온 거야?"

우리의 삶에서. 맨 처음 제이가 아팠을 때, 그녀는 며칠을 계속 자기 방으로 들어가 나타나지 않았다. 트레이는 부엌에 있는 찬장에 손도 닿지 않았지만 내게 먹을 것을 꼬박꼬박 챙겨주었다. 내 머리를 빗기고 유치원에 갈 준비를 시켰다. 그는 열 살이었다. 그가 해야 할 일이 아니었다. 그러고 나서 할아버지 할머니와 함께 살러 갔을 때도 그는 여전히 나를 돌보았고, 매일 밤 내게 책을 읽어주겠다고 고집을 부렸고, 매일같이 학교에 데려다주고 데려왔다. 혹시나 아빠를 앗아간 그 총격에 관한 악몽이라도 꿀라치면, 트레이는 내 방으로 달려와 내가 깊이 잠들 때까지 나를 달래주었다.

그는 나를 위해 너무도 많은 것을 포기했다. 내가 할 수 있는 최소한의 것이 성공이다. 그러면 그는 자기 것을 포기하지 않아도 된다. "오빤 날 항상 돌봐줬어." 내가 말했다.

"쪼끔아, 내가 하고 싶어서 그렇게 한 거야." 트레이가 말했다. "짐이라고? 절대 아냐. 넌 내게 너무나도 큰 선물이야."

선물. 두 음절, 한 단어. 난 그게 뭐와 라임이 맞는지 모르겠다. 왜냐하면 나에 관해서 사용되리라 생각한 적이 없는 단어이기 때문이다.

갑자기, 마치 새장 문이 열린 듯 안에 꾹꾹 눌러두었던 눈물이 한꺼번에 뺨 위로 흘러내렸다.

트레이가 눈물을 닦아냈다. "네가 더 많이 울었으면 좋겠어."

내가 히죽 웃었다. "트레이 박사의 귀환이군."

"난 진지해. 운다고 해서 약해지지 않아, 브리. 운다고 해도 아무 문제없어. 네가 약하다는 걸 인정하는 게 네가 할 수 있는 가장 강한 일 가운데 하나야."

난 몸을 돌려 그를 올려다보았다. "이건 뭔가 요다가 할 법한 소리처럼 들리는데?"

"아니. 요다는 이렇게 말할걸? '약함, 그걸 인정하는 게 강함이다.'" 그가 내 볼에 질척한 키스를 하며 크게 소리를 냈다. "봐!"

난 재빨리 그 자리를 닦았다. 그의 침이 느껴진다 싶었다. "더러워! 세균을 전부 나한테 옮길 셈이지."

"그거지!" 트레이가 다시 내 뺨에 더 큰 소리로 더 질척거리는 키스를 했다. 난 벗어나기 위해 몸부림을 쳤지만, 그래, 역시나 웃고 있었다.

그가 내게 미소 지었다. "내가 널 위해 많은 일을 했다고 생각하는 거 알아, 쪼끔아. 근데 너도 날 위해 그만큼 많은 걸 해줬어. 우리가 지나온 모든 일을 생각해 봐, 혼자서 그걸 겪어내야 했다면 난 아마 지금 푸가 있는 곳에 있을지도 몰라."

젠장. 푸 이모는 자기에게 아무도 없었기 때문에 GD파가 됐다고 했다. 이제 그녀는 다시 아무도 없이 감옥에 가 있다. 트레이가 그녀처럼 될수도 있었다는 걸, 학위 대신 범죄 기록을 지닐 수도 있었다는 걸 난 결코 생각지 못했었다. 사람들의 삶을 달라지게 하는 것들이 수없이 많다는 건 알고 있지만, 그는 두 사람 사이의 차이를 만들어낸 것이 나였다는 듯이 말한다.

어쩌면 푸 이모를 구하는 건 내 책임이 아니었을 수도 있다. 어쩌면 푸 이모에게 달린 일로 나를 위해 이모 자신을 구해내야 할 것이다.

어쩌면 그랬을지도 모른다. "오랫동안 못 나오겠지?" 내가 물었다.

"아마도 그럴 거야."

"우린 뭘 해야 돼?"

"살아야지." 그가 말했다. "내 말은, 푸가 이걸 이겨낼 수 있도록 지지해줘야 한다는 거야. 하지만 푸가 선택했다는 걸 잊지 마, 브리. 푸는 항상 이런 일이 일어날 수 있다는 걸 알고도 어쨌든 그 일을 했어. 그건 자기 책임이야. 이상 끝."

주방문이 빼꼼 열리더니 카일라가 안을 들여다보았다. "트레이? 귀찮게 해서 미안한테 살이 앞에서 뭔가 네 도움이 필요하대."

이제 일어나야 할 거 같다. 트레이도 일어나 내게 한 손을 들어올렸다.

"라디오 인터뷰는 더 이상 안 돼, 알았지?" 그가 말했다. "내 목록에 디제이는 한 명이면 충분해."

"무슨 목록?"

"엉덩이를 걷어찰 사람들 목록. 만일 길거리에서 그를 만난다면 그의 엉덩이를 걷어찰 거야."

난 웃었고 그는 내 뺨에 키스했다. 사실, 그는 내게 화를 낼 때도, 내게 실망해서 고함을 질러댈 때도 늘 나를 지지할 것이다.

29

월요일 아침에 난 엄마의 침실 문을 두드렸다.

난 일어난 지 한참 됐다. 옷을 입고, 시리얼을 먹고, 방을 조금 치웠다. 제이는 아직도 방 밖으로 나오지 않고 있다.

처음 두 번의 노크에는 반응이 없었다. 난 다시 두드렸고 심장이 거세게 가슴을 방망이질했다. 조그맣게 "뭐니?"라는 소리를 듣기까지 두 번의 시도가 더 있었다.

난 천천히 문을 조금 열었다. 아무 냄새도 나지 않았다. 안다. 두리번거리는 게, 킁킁거리는 게 이상한 짓이라는 거. 하지만 난 그녀가 맨 처음 아팠을 때 그녀의 방에서 나던 냄새를 아직도 기억한다. 그건 마치 썩은 달걀과 불타는 플라스틱을 섞어놓은 듯한 냄새였다. 코카인은 악취를 뿜는다.

방은 어둠에 싸여 있다. 전등은 꺼져 있고 블라인드와 커튼은 닫혀 있다. 하지만 이불 더미 아래의 덩어리가 엄마라는 걸 알아볼 수는 있었다.

"그냥 다녀온다는 인사를 하고 싶었어." 내가 그녀에게 말했다. "버스가 곧 올 거야."

"이루 와."

난 천천히 침대 옆으로 다가갔다. 제이의 머리가 이불 밑에서 밖으로 쑥 나왔다. 머리카락의 약 절반이 실크모자 아래로 감추어져 있다. 모자는 사실 어느 순간 미끄러져 떨어졌지만 그녀는 그걸 고쳐 쓸 만큼 관심이 있어 보이지 않았다. 그녀의 눈은 부석부석한 분홍빛을 띠었고 다 쓴 휴지가 침실용 탁자와 베개 여기저기에 흩어져 있었다.

그녀는 손을 뻗어 내 잔머리를 따라 손가락을 움직였다. "땋은 머리가 웃자라기 시작했구나. 곧 새로 따줘야겠는데. 뭐 좀 먹었니?"

난 고개를 끄덕였다. "필요한 거 있어?"

"아니. 그래도 고마워, 아가."

하고 싶은 말은 너무도 많았지만 뭐라고 해야 할지 모르겠다. 그러니까 엄마를 다시 잃어버릴까 봐 두렵다는 말을 어떻게 엄마에게 하느냐 말이다. "엄마가 괜찮아야 해, 그래야 내가 괜찮을 테니까." 이런 말은 얼마나 이기적인가?

제이가 내 뺨을 감쌌다. "난 괜찮아."

맹세컨대, 엄마들은 마음을 읽는 능력을 장착하고 있다.

제이가 일어나 앉더니 날 더 가까이 당겼다. 난 침대 가장자리에 앉았다. 그녀는 뒤에서 나를 팔로 감싸더니 내 뒤통수에 키스하고는 턱을 내 어깨 위에 올려놓았다.

"어두운 날들이었어." 그녀가 조용히 인정했다. "하지만 극복하는 중이야. 그냥 시간이 조금 필요했던 것뿐이야. 내일은 시내로 푸를 보러 갈까 생각 중이야. 너도 가고 싶어? 네 ACT 자율학습이 끝나고 가면 되는데."

난 고개를 끄덕였다. "쿡 박사에게서는 아직 아무 연락도 없어?" 학부모회 회의에서 그녀가 그에게 이력서를 준 지 일주일이 넘었다. 안다, 그건 그다지 긴 시간이 아니지만 요즘은 며칠이 몇 년처럼 느껴진다.

"아니." 제이가 말하고는 한숨을 쉬었다. "교육청 사람들이 마약중독 전력이 있는 사람과는 같이 일하고 싶어 하지 않는지도 모르지. 괜찮을 거야. 믿어 봐야지."

"근데 괜찮겠어?"

나는 다섯 살 아이처럼 말한다. 다섯 살 때처럼 느껴졌다. 난 그때로 돌아가 그녀의 침대에 앉아 약기운으로 흐릿해진 빨간 눈을 들여다보며 같은 질문을 했다. 하루쯤 지나서 그녀는 나와 트레이를 할아버지 집에 두고 떠났다.

내 물음에 그녀는 잠자코 있었다. 그녀가 대답하기까지 적잖은 시간이 흘렀다.

"그럴 거야." 그녀가 말했다. "약속해."

그녀가 약속을 마무리한다는 의미로 내 관자놀이에 키스했다.

엄마가 일어나 옷을 입고 있을 때 난 밖으로 나가 버스를 기다렸다.

엄마가 나를 위해 그렇게 한다는 걸 알고 있다. 그녀가 자신을 다잡을 수 있게 됐으니 난 겁먹지 않을 것이다.

난 도로 경계석 위에 앉아 귀에 헤드폰을 끼고 핸드폰의 셔플 기능을 눌렀다. 제이 콜의 〈어패런틀리〉^Apparently가 시작됐다. 난 그가 자기 엄마가 겪은 끔찍한 일에 대해 얘기하는 동안 그의 랩을 따라했다. 그런 다음 자기의 꿈이 자기를 구원하기를 바란다고 하는 대목? 난 내가 그보다 더 진실한 말을 반복한 적이 없다고 생각한다. 마치 그는 내가 우리 집 앞의 도로변에 앉아 이 노래를 들으며 이 노래를 필요로 하리라는 걸 알았던 것 같다.

나도 어떤 아이를 위해 그렇게 하고 싶다고 말하곤 했다. 내 노래를 듣고 가사 하나하나를 느끼도록 하고 싶었다. 마치 그들을 위해 그 가사를 쓴 것처럼. 하지만, 요즘 난 그냥 성공하고 싶다.

핸드폰 벨소리가 울리며 노래가 멈췄다. 수프림의 이름이 화면에 나타났다.

"꼬마 로!" 내가 받자마자 그가 말했다. "빅뉴스가 있어."

"또 라디오 인터뷰예요?" 난 남은 음식을 싫어하지만, 세상의 모든 남은 음식을 먹는 편이 낫겠다.

"더 큰 거야!" 그가 말했다. "널 만나고 싶어 하는 경영자들이 있어."

갑자기 전력질주라도 한 것처럼 심장이 마구 뛰었다. 난 거의 핸드폰을 떨어뜨릴 뻔했다. "경—" 말도 할 수 없었다. "경영자들요? 음반 제작자들 말예요?"

"그래, 그래!" 수프림이 말했다. "바로 그거야, 꼬마 아가씨! 너한테 기회가 왔어!"

"잠깐만요." 난 이마를 짚었다. 이건 너무 빠르다. "어떻게—왜—언제—"

"언제? 오늘 오후." 그가 말했다. "왜냐고? 인터뷰 덕이지! 그 노래하고! 어떻게? 그 사람들이 내게 부탁했어. 중요한 건, 그 사람들은 네가 부를 수 있는 다른 곡을 듣고 싶어 한다는 거야. 녹음한 노래가 그 곡 말고 없다는 거 알아. 그래서 생각한 건데, 그 사람들을 스튜디오에서 만나는 거야, 알겠지? 거기 있는 동안 네가 녹음을 하는 거지. 그러면 그 사람들은 네가 얼마나 능력이 있는지 정말로 알 수 있겠지. 계약은 떼논 당상일 테고!"

이런, 대! 박! "진심이에요?"

"완전." 그가 웃었다. "학교 끝나고 널 태워서 스튜디오로 데려다 줄게. 좋지?"

난 집을 돌아보았다. "당연하죠."

버스에 자리를 잡자마자, 난 백팩을 뒤져 공책을 꺼냈다. 새 곡을 쓰든지 이미 써둔 곡을 찾아야 했다. 곡이 멋지면, 음반 제작자들의 눈이 뒤집힐 거다. 이번엔 그 소년이 살해된 후에 쓴 노래인 〈비무장이지만 위험해〉로 갈 수도 있다. 아니면 아마도 또 다른 선전용 하이프 송—에너지가 넘쳐나는 노래가 필요할지도 모른다. 어떤 상황에서도, 난 '하이프'라는 단어를 다시는 사용하지 않겠다.

난 노트의 페이지를 넘기느라 너무 바빠서 누군가 지나가며 "안녕"이라고 인사하자 깜짝 놀랐다.

커티스가 내 뒷자리에서 씨익 웃었다. "뭐에 그렇게 온통 신경을 곤두세우고 있어, 공주님?"

"아무것도. 널 못 봤어." 말이 잘못 나왔다. "관심이 없다는 게 아니고. 이번만 알아차리지 못했다는 거야."

"무슨 말인지 알아." 그의 눈빛에 엉큼하기까지 한 기운이 감돌았다, 마치 자기가 사소한 농담만 해도 먹힌다는 투였다. 이번엔 우리 사이에만 통하는 농담이다. "그래서…… 넌 어때?"

"괜찮아."

달리 무슨 말을 해야 할지 모르겠다. 이 대목이 바로 내가 관계에 있어 실패하는 부분이다. 그래, 난 우리가 어떤 관계를 맺었는지조차 모르겠다. 사실 난 한 번도 관계를 맺어 본 적이 없다. 그러니까 이런 거다. 키스 후엔 뭘 하지? 무슨 말을 하지? 이건 나의 실수를 유도하는 부분이다.

커티스가 내 옆 자리로 옮겼다. "난 줄곧 네 생각을 했어. 그 키스에 대해서도 생각했고."

"오." 난 공책을 흘낏 내려다보았다. 지금 당장은 노래를 찾아내야 한다.

"알아, 아마도 그 일이 있은 후 네 마음속엔 온통 그 생각뿐일 테지, 어?" 그가 말했다. "나도 그런 데 영향을 받는 경향이 있거든."

내가 올려다보았다. "뭐?"

"에이, 그러니까 내 말은, 내 키스 게임? 백 점."

난 웃음을 터뜨렸다. "너 정말 허풍이 심하구나."

"그래도 네 주의를 끌었잖아, 게다가 널 웃게 만들었고." 그가 부드럽게 내 보조개 하나를 찔렀다. "내 입장에선 성공이야. 오늘 아침에 무슨 일 있었어, 공주님?"

"랩을 가지고 해야 할 일이 있어." 내가 말했다. "너 내가 하이프하고 인터뷰 한 거 들었구나, 맞지?"

"모두가 네 하이프 인터뷰를 들었어. 넌 제대로 진입한 거야."

난 머리를 뒤로 기댔다. "그래. 한땐 투명인간이었던 사람으로서, 난 이제 분명 그걸 보상하고 있어."

그가 미간을 찌푸렸다. "투명인간?"

"커티스, 내가 래퍼로서 조금 유명해지기 전까지 학교의 어느 누구도 내게 주목하지 않은 거 잘 알잖아."

그가 나를 위아래로 훑어보더니 입술을 축였다. "다른 사람은 어떤지 모르지만, 난 분명 네게 주목했어. 사실, 잠깐이라도 너와 얘기하고 싶었어, 공주님. 하지만 넌 네 친구 말릭에게만 빠져 있는 거 같아서 말을 걸어볼 엄두가 안 나더라."

"잠깐, 뭐라고?"

"너희들을 하나라고 생각했다고." 그가 말했다. "넌 마치 개하고 소니 외에 다른 사람하고는 어울리기 싫은 것처럼 행동했어."

"그렇지 않아!"

"아니, 그래. 네가 어울린 다른 사람 이름을 대 봐."

그렇다, 다른 사람은 아무도 없다. "솔직히 말해서, 난 항상 다른 누구도 나와 어울리고 싶어 하지 않는다고 생각했어." 내가 인정했다.

"그런데 솔직히 말하면, 난 항상 네가 다른 누구와도 어울리고 싶어 하지 않는다고 생각했는데."

젠장.

그러니까, 모르겠다. 새로운 사람들과 있는 건 늘 어색하니, 그런 것 같기도 하다. 내 인생에 더 많은 사람이 들어올수록, 더 많은 사람들이 내 삶에서 사라질 것이다, 알겠지? 지금도 난 충분히 많이 잃었다.

하지만 지금 커티스의 말 때문에, 내가 기회를 놓치고 있었던 건 아닌지 의구심이 들었다.

"그래서 말인데……, 아무튼." 그가 말했다. "발렌타인데이 기념으로 내일 오후에 나랑 나갈래?"

오, 이런. 그게 내일이란 걸 잊었다. 솔직히 말해, 발렌타인데이는 결코 내 관심사가 아니다. "데이트 같은 거야?" 내가 물었다.

"그래. 데이트. 너랑 나. 발렌타인데이에 하는 로맨틱한 일들을 할 수 도 있지."

"음, 와우. 그렇군. 첫째, 내일은 안 돼. 이모를 보러 갈 거야. 둘째, 네 가 나한테 어떻게 데이트 신청했는지를 생각해 보면 정말로 로맨틱해질 거라고 생각해."

"내 데이트 신청이 뭐가 문젠데?"

"야, 네가 그랬잖아. '아무튼'이라고."

"젠장, 공주님? 특혜를 받을 수는 없을까?"

"음, 아니. 데이트 신청은 안 돼."

"뭐? 대단하게 해 달라는 거야?" 그가 물었다. "대단하게 할 수 있거 든?"

버스가 소니와 말릭의 집 앞에서 멈췄다. 커티스가 좌석 위로 올라 선 바로 그 순간에 그들이 버스에 올랐다. 진짜로 그는 좌석 위에 서 있 었다.

"브리아나 내가-모르는-중간이름 잭슨." 그가 온 버스에 다 들리도 록 크게 말했다.

"야, 거기서 내려와!" 왓슨 씨가 외쳤다.

커티스는 그에게 손을 흔들었다. "브리, 내일은 바쁘더라도 언젠가 나랑 데이트를 나가서 우리끼리 뭔가 로맨틱한 걸 할 수 있을까?"

난 얼굴이 너무도 화끈거렸다. 버스의 모든 눈들이 우리를 지켜봤다. 소니가 그의 눈썹을 꿈틀거렸다. 말릭의 입이 천천히 벌어졌다. 디온은 핸드폰을 꺼내더니 "인스타에 올릴게, 커티스!"라고 했다.

오 맙소사. "커티스, 내려와." 내가 이 사이로 말을 뱉었다.

"제발요, 아가씨, 제발?"

"알았어, 이제 내려와!"

"예이이이, 그런다고 했다네!" 그는 발표를 해야 했고, 두어 명은 실제로 박수를 쳤다. 소니를 포함해서. 커티스는 내 옆에 철퍼덕 앉더니 씨익 미소를 지었다. "봐! 나도 대단하게 할 수 있다고 했지?"

난 눈을 굴렸다. "너 참 대단하다."

"그래도 넌 여전히 나랑 데이트 갈 거잖아."

그래, 나도 씨익 미소 지었다. 아니, 그러지 않을 수 없었다. 아니, 도대체 내게 무슨 문제가 있는지 모르겠다.

그런데 난 이래도 괜찮다고 생각한다.

버스가 미드타운에서 멈췄다. 디온이 커티스와 함께 내렸고, 그는 곧장 "여어, 나도 방법 좀 가르쳐 주라!" 하고 말했다.

바보 같기는.

난 귀에 헤드폰을 끼고 볼륨을 최고로 높여 카디의 노래를 틀었다. 난 아직 스튜디오에서 해야 할 걸 생각해내야 한다. 게다가, 음악이 있으면 소니의 질문 공세에서 벗어날 수 있을 것이다. 질문을 들을 수 없으면 대답할 수도 없으니까. 하지만 내가 버스에서 뛰어내렸을 때 기다리고 있는 건 그가 아니었다. 샤나였다.

팔 밑에 클립보드를 끼고 있었다. 그녀의 입이 움직였지만, 난 처음엔 그녀의 말을 듣지 못했다.

난 음악의 볼륨을 낮췄다. "뭐라고?"

"얘기 좀 할 수 있어?" 그녀가 필요 이상으로 큰 목소리로 물었다.

"이제 네 목소리 들려."

"아, 시간 좀 있니?"

몇 발자국 떨어져서 말릭이 핸드폰에 몰두해 있었다. 그가 우리 쪽을 흘낏 보았지만, 나와 눈이 마주치자 재빨리 다시 핸드폰을 보았다.

그는 아직도 내게 말을 안 하고 있다. 난 우리 사이를 수습하려 애쓰는 그의 여자 친구를 상대할 기분이 아니었다. "뭔데?" 내가 그녀에게 물었다.

"교육감이 오늘 방과 후에 연합회를 만나는 데 동의했어." 샤나가 말했다. "우린 너도 우리와 같이 갔으면 좋겠어. 결국 교육감은 너 때문에 우리와 만나는 거니까."

나는 헤드폰을 내려 목에 걸었다. "왜 그렇게 생각하는데?"

"교육감이 너와 이야기했다고 했거든."

"오." 그런데 일자리에 대해서는 엄마한테 전화할 수 없으시다?

"그래. 그리고 네 뮤직비디오도 봤다고 했어. 그게 롱과 테이트가 관련된 사태에 새로운 빛을 던졌대. 그게 우리 조직에 도움이 된 것 같아. 그래서……, 고마워."

어색한 침묵이 감돌았다. 사실 우리가 나누었던 마지막 대화에서 난 샤나를 후려치기 일보 직전이었다. 그걸 잊기는 힘들 것이다.

그녀는 목소리를 가다듬더니 클립보드를 받쳐 올렸다. "회의에 이 청원서도 가져갈 거야. 교육감에게 무장경찰관 보안요원을 없애달라고 요구할 거야. 서명을 충분히 받으면 들어줄 거란 희망이 있어."

"희망."

"그래." 그녀가 말했다. "회의는 네 시에 기악—"

"난 다른 일이 있어."

"브리, 봐봐, 너와 나에 관한 일 때문이라면, 그게 뭐든 잊어버리자." 샤나가 말했다. "이 회의에서 우린 널 활용할 수 있을 거야. 너에게는 저들이 들을 수 있는 목소리가 있으니까."

"진짜 다른 일이 있어."

"아."

다시 침묵이 찾아왔다.

난 귀 뒤에서 연필을 꺼내 그녀의 클립보드를 향해 몸짓을 했다. 그녀가 그걸 받쳐들었고, 난 비어 있는 칸에 내 이름을 갈겨썼다. "회의 잘 되기 바랄게."

난 헤드폰을 들어 귀에 쓰고 계단을 향해 출발했다.

"하이프는 개자식이야." 샤나가 외쳤다.

내가 뒤로 돌았다. "뭐라고?"

"인터뷰 때 너한테 그렇게 하면 안 됐어. 수많은 사람들이 널 응원하고 있어. 트위터에서 꽤나 이름이 알려진 사람들이 그 얘길 하는 걸 봤어."

이 모든 일이 일어난 이후 난 소셜미디어를 들여다보지 않았다. 그곳엔 오직 내가 아닌 다른 누군가로 묘사되는 걸 받아들여야 할 일만 잔뜩이다. "고마워."

"천만에." 그녀가 말했다. "우린 네 편이야, 브리."

우리. 거기엔 말릭도 포함이다. 그가 직접 내게 그 말을 할 시간도 있었다. 여자 친구가 대신해서 내게 그 말을 해야 한다면 그는 그다지 내 편은 아닌 거다.

난 그를 영원히 잃어버렸다고 생각한다.

"고마워." 난 샤나를 향해 중얼거렸다.

난 몸을 돌려 그녀나 말릭이 내 눈에 물기가 어리는 걸 보기 전에 서둘러 계단을 올랐다.

커티스를 얻는 것이나 내가 바라는 모든 걸 얻기는 힘들다는 것과는 상관없는 일이다. 난 계속해서 말릭을 잃고 있고 그건 여전히 아프다.

30

수프림이 데려간 스튜디오는 내가 처음에 갔던 스튜디오가 쓰레기 더미처럼 생각되게 했다.

그건 미드타운 지역의 오래된 창고 안에 있었다. 실제로 우리 학교에 서도 그다지 멀지 않았다. 연철 울타리가 주차장을 두르고 있었고, 수프 림이 경비에게 우리의 신분을 말하고 나서야 경비가 우리를 통과시켜주 었다.

백금과 황금으로 된 명판들이 응접실 벽을 따라 줄지어 있었다. 붙 박이 전등들은 모두 순금처럼 보였고, 내가 본 중에 최고로 큰 수조에는 열대어들이 이리저리 헤엄치고 있었다.

수프림이 내 어깨를 꽉 쥐었다. "네가 해냈어, 꼬마 로. 대성공이야!"

접수원에게 우리가 누구인지, 누구를 만나러 왔는지 말할 때에야 그 는 좀 가라앉아 있었다. 난 명판들을 휘 둘러보았다. 전설적인 노래와 앨범들이 이곳에서 녹음되었다. 푸 이모가 이걸 본다면 눈이 뒤집힐 것이다.

그녀 없이 이곳에 있는 게, 옳지 않다는 느낌이 들었다.

더군다나 엄마에게 거짓말도 했다. 난 엄마에게 문자를 보내서 방과 후에 추가로 ACT 자율학습을 하기 위해 학교에 있을 거라고 했다. 집에 가면 곧장 사실을 털어놓을 생각이다. 이 만남이 내가 바라는 대로 흘러간다면 난 우리의 삶을 바꾸게 될 테니까.

접수원이 뒤쪽에 있는 스튜디오로 우리를 안내했다. 가는 동안, 난 후드티의 끈을 당겨 조이고 양 손바닥을 청바지에 닦았다. 손에서 엄청나게 땀이 났다. 점심에 먹은 게 속에서 부글거렸다. 토하고 싶은 건지 스튜디오로 뛰어 들어가고 싶은 건지 모르겠다.

"침착해." 수프림이 낮게 소곤거렸다. "네가 보통 때 하던 대로만 하면 모든 게 잘 될 거야, 알겠지? 다른 건 내가 이끄는 대로 따르기만 하면 돼."

다른 것들? "무슨 다른 것들요?"

그는 미소를 띤 채 그저 가볍게 내 등을 두드렸다.

접수원이 복도 맨 끝의 문을 열었고, 맹세컨대, 난 숨을 멈추었다. 그녀는 천국으로 향하는 문을 연 것이었다.

그래, 엄청난 과장이기는 해도 이곳은 내가 가본 중 천국의 은빛 문에 가장 가까운 곳이다. 이건 스튜디오다. 누군가의 창고에서처럼 근사한 설비는 아니었지만 실질적이고 전문적인 스튜디오였다. 수백 개의 버튼이 달린 사운드보드, 벽에는 거대한 스피커들, 반대편에는 녹음실이 들여다보이는 커다란 창문이 있었다. 구석에 있는 마이크가 아니라, 진짜 마이크를 갖춘 진짜 녹음실이 있었다.

폴로셔츠에 청바지를 입고 야구 모자를 쓴 나이 든 백인 남자가 문간에서 수프림을 맞으며 악수를 했다. "클래런스! 오랜만이야!"

클래런스? 도대체 클래런스가 누구지?

"진짜 오랜만이에요, 제임스." 수프림이 말했다.

"정말 그렇군." 제임스임에 틀림없는 사람이 말했다. 그가 내게로 향하더니 두 손으로 내 손을 덥석 잡았다. "슈퍼스타! 바인 레코드의 경영자, 제임스 어빙이야. 만나서 반갑구나, 브리."

오, 세상에. "들어본 적 있어요."

그는 자기 팔로 내 어깨를 감싸고는 사운드보드에 앉아 있는, 문신을 한 라틴계 남자와 머리를 한 갈래로 묶은 백인 여자에게 나를 소개했다. "봤지? 난 벌써 얘가 좋아. 나에 대해 들어본 적이 있다는데?"

그가 싱긋 웃었다. 수프림과 다른 두 명이 웃음을 터뜨리고 나서야 그도 크게 웃었다.

제임스는 방 안을 가로질러 놓여 있는 가죽 소파 위에 편안히 앉았다. "여기는 A&R 부서 팀장인 리즈." 그가 여자를 가리켰고 그녀가 내게 고개를 끄덕였다. "말할 게 있는데, 브리. 여기 이 스튜디오에서 날 만나는 일에 동의해줘서 아주 기쁘다는 거야. 아주, 아주 기뻐. 작업하는 모습을 보면서 음악가라는 것에 대해 엄청나게 많은 것들을 배울 수 있게 될 거야, 알겠지? 내가 한창일 땐 기막힌 천재들을 몇 봤었지. 매번 감동의 도가니였어, 정말."

그는 말이 엄청 빨랐다. 따라가기 힘들 정도였다.

수프림은 아무렇지 않게 쫓아가는 듯 보였다. "와, 정말이지, 넌 이제 멋진 걸 목격하게 될 거다. 멋진 저녁이야."

내가 그를 쳐다보았다. 왜 이런 말을 하는 걸까?

"오, 믿어 봐. 우린 네 인터뷰를 들었단다, 브리." 제임스가 계속했다. "난 벌써 그 노래가 아주 좋아. 근데 그게, 우리와 얘기가 되다니. 헛소리가 아냐. 훌륭한 래퍼들보다 내가 더 좋아하는 게 있다면, 사람들 입에 오르내리는 훌륭한 래퍼들이야."

"그렇죠." 수프림이 나를 대신해 말했다. "우린 하이프가 꼬맹이를 자극해 펄쩍 뛰게 만들 거라는 걸 알았죠. 내가 그랬거든요, 만일 네가 펄펄 뛰면 모두가 그 얘기를 하게 될 거라고. 알겠어요?"

제임스가 그의 음료를 단숨에 들이켰다. "그래서 자네가 천재인 거지, 클래런스. 난 자네가 로리스와 함께했던 일을 아직도 기억한다네. 세상에, 그 친구는 훨씬 더 잘 됐을 수도 있었는데. 엄청난 비극이야, 안 그래? 난 늘 사람들한테 말한다네. 길거리에 대한 랩을 하되 그건 그냥 길거리에 내버려 둬라. 좆나 깡패새끼처럼 행동할 수는 있지만 깡패새끼가 되면 안 된다."

내 몸 구석구석이 팽팽히 곤두섰다. "우리 아빠는 깡패가 아니었어요."

그 말은 아주 단호하고 차가워서 방 안을 침묵으로 휩쓸었다.

수프림이 다시 웃으려 해봤지만, 억지스러웠다. 그는 내 어깨를 붙잡고 꽤나 세게 쥐었다. "슬픔이 남아서 그렇지, 별 뜻 없잖아?" 그가 제임스에게 내 말을 설명했다.

난 어깨를 잡아 뺐다. 그가 날 설명할 필요는 없다. 내 말 뜻 그대로다.

하지만 제임스는 그의 말을 곧이들었다. "이해할 수 있어. 세상에, 난 상상도 할 수 없단다. 너희 도심 빈민가 애들이 마주해야 하는 터무니없는 일들을 말야."

혹은 난 그저 사람들이 자기 아빠에게 무례하게 구는 걸 내버려두지 못하는 딸일 뿐이다. 알게 뭐람?

문에서 노크 소리가 나고 접수원이 고개를 내밀었다. "어빙 씨, 손님이 도착하셨습니다."

"들여보내!" 제임스가 그녀에게 손짓을 하며 말했다. 그녀가 문을 활짝 열었고 디-나이스가 스튜디오로 걸어 들어왔다.

그가 수프림과 손뼉을 부딪쳤다. 제임스와는 악수를 했다. 서류철을 한쪽 팔 밑에서 다른 쪽으로 옮기더니 나를 가볍게 껴안았다. "잘 지냈어, 꼬마 아가씨? 이 노래 할 준비는 됐어?"

"오, 그래, 당연하지." 수프림이 말했다.

디-나이스가 서류철을 들어올렸다. "내가 악보를 준비했어."

그러니까 우리가 같이 노래를 한다고? 좋아, 멋져. "이런, 내가 좀 꾸물댔네요." 내가 말했다. "아직 내 공책에서 무슨 노랠 불러야 할지 결정하지 못했어요. 20분 정도만 주면 새로 쓸 수도—"

수프림이 웃었고, 다시 한 번 한바탕 웃음이 터졌다. "아니, 꼬마 아가씨. 디가 너 대신 네 노래를 썼어."

타임아웃. 타임! 아웃! "뭐라고요?"

"내가 이미 비트를 듣고 어젯밤에 썼어. 네가 부를 벌스도, 후크도, 전부 다." 디-나이스가 말했다.

"아까 전에 나한테 들려줬는데, 정말이지, 끝내 줘."

제임스가 흥분해서 박수를 쳐댔다. "그렇지, 그래!"

기다려, 잠깐, 후진, 속도 늦춰, 모두. "하지만 내 건 내가 써요."

"아니." 내가 마치 그에게 침착을 요구하기라도 한 듯이 수프림이 말했다. "디가 네 걸 써왔어."

내 말을 못 들은 건가? "하지만 내 건 내가……."

수프림이 다시 웃었고, 하지만 이번에는 즐거워서 웃는 소리로 들리지 않았다. 그는 선글라스 뒤에서 모두를 둘러보는 듯했다. "이거 들었어요? 얘가 자기 걸 썼다는데?" 그가 내게로 몸을 돌렸고, 웃음은 사라졌다. "말했듯이, 디가 네 걸 썼어."

디가 서류철을 내게 건넸다.

난 그걸 열었다. 내가 보통 하는 식으로 공책 빈 곳 여기저기에 라임들을 어지럽게 휘갈겨 쓴 게 아니었고, 디는 한 곡 전부를 타이핑해 왔다. 벌스, 후크, 브릿지까지. 심지어 인트로까지 써 와서 자연스럽게 끼어들어가서 뭔가를 말할 수도 없겠다.

아무럼 어때?

그런데 가사는? 가사는 정말로 짜증이 났다.

"'난 생쥐만 한 총들을 챙겼어, 중독자들에게 원하는 걸 줬어.'" 난 중얼댔고, 내가 이걸 읊고 있다는 게 믿기지 않았다. "'빈민가에선 날더러 월경전증후군이라고 하지. 난 계집애들의 피를 …… 흘리게 해'?"

이건 말도 안 돼.

"끝내주지, 응?" 수프림이 말했다.

절대 안 된다. 무슨 까닭인지 난 메이플 그로브의 아이들이 떠올랐다. 그 아이들이 내 뒤에서 〈온 더 컴 업〉을 복창했을 때, 왠지 신경이 쓰였었다. 난 그 노래의 의미를 알고 있었지만, 걔들이 알고 있었는지는 모르겠다.

계집애들을 피 흘리게 한다는 가사를 여섯 살짜리가 따라 부른다는 생각에 난 속이 거북해졌다. "이건 못해요."

수프림이 또 한 번 유쾌하지 않은 웃음을 웃었고 이어 더 많은 웃음이 뒤따랐다.

"말했잖아요, 제임스, 꼬맹이도 입이 있다고." 그가 말했다.

"오, 알잖나, 난 건방 떠는 흑인 여자애를 아주 좋아해." 제임스가 말했다.

씨, 뭐라고? 건방 떤다는 표현은 무슨 이유인지 늘 나를 짜증나게 만든다. 말을 똑 부러지게 한다는 표현도 그렇고. '건방 떠는 흑인 여자애'는 열 배나 더 짜증난다. "지금 도대체 뭐라는—"

"여러분, 잠깐만 실례할게요." 수프림이 말했다. 그가 내 어깨를 붙잡고 나를 복도로 데리고 나갔다. 하지만 밖으로 나오자마자 난 그의 손을 뿌리쳤다.

"이봐요, 댁이 원하는 걸 말할 수는 있어요." 난 곧이곧대로 말했다. "하지만 난 내가 쓰지 않은 건 랩을 하지 않아, 그리고 내가 아닌 것도 랩을 하지 않을 거야. 사람들은 벌써 날 허접한 여자애, 깡패새끼라고 생각하고 있으니. 그 노랜 도움이 안 된다고요!"

천천히 수프림이 선글라스를 벗었고, 맹세코 난 전혀 예상하지 못했다. 선글라스를 쓰지 않은 그는 본 적이 없다. 난 늘 혹시 흉터가 있는 건 아닌지, 한쪽 시력을 잃은 건 아닌지 뭐 그런 의문을 품었었다. 그런데 움푹 들어간 갈색 눈이 내 눈을 마주 보았다.

"내가 하는 대로 따라오라고 했지?" 그가 으르렁거렸다.

난 뒤로 물러났다. "하지만—"

그가 다가섰다. "너 지금 다 된 밥에 코 빠뜨리는 거야?"

난 뒤로 물러섰을지라도 굽히지는 않았다. "내 노랜 내가 쓸 수 있어요. 디가 대신 써줄 필요 없다고. 대필작가가 있다며 하이프가 벌써 날 갖고 놀렸는데. 실제로 대필작가를 둘 순 없어요. 완전 사기니까."

수프림이 양 옆으로 늘어뜨린 두 손을 꽉 쥐었다. "꼬마 아가씨." 그는 내가 잘 듣게 하려는 듯이 한 단어 한 단어 천천히 말했다. "넌 지금 음악 산업에 발을 들인 거야. 핵심어는 산업이지. 이건 돈을 버는 일이야. 저 안에 있는 저 남자는." 그가 스튜디오의 문을 가리켰다. "그걸로 뭘 해야 할지 모를 정도로, 마음대로 쓸 수 있는 현금이 많아. 우린 이제 막 그 돈을 가로채서 가질 수 있을 만큼 가질 참이야. 넌 이 노래를 해야 해."

그의 말이 들렸고, 난 거의 알아먹었다. 하지만 난 고개를 저었다. "그 노랜 내가 아니에요. 이건 좋지 않아."

그는 한쪽 손등으로 다른 손바닥을 쳤다. "빈털터리도 멋지진 않지! 음식 자선행사도! 뭐? 이 랩을 하는 네가 '진짜'처럼 보이지 않을까 봐 두렵다는 거야? 같이 데리고 놀 깡패들을 데려다 줄 수도 있는데, 꼬마 아가씨. 될 수 있는 한 이게 진짜처럼 보이게 해. 네 아빠한테는 그렇게 해줬었어."

"뭐라고요?"

"내가 처음 만났을 땐 로도 망할 깡패는 아니었어." 수프림이 말했다. "그가 교회 합창단에서 갓 나왔을 때였지. 네 엄마와 오빠를 부양하느라 무슨 허접한 일들을 하고 있었어. 그에게 길거리에 대한 랩을 해야 한다고 말한 게 나야. 진짜처럼 보이기 위해 GD 패거리와 놀라고 말한 것도 나야. 하지만 그 자식은 그걸 진지하게 받아들였어."

"하지만 넌," 그가 두 손 사이로 내 뺨을 잡았다. "넌 그보다 더 똑똑하게 굴 수 있어. 그렇게 되지 않고, 그런 척하는 거라는 사실만 기억해. 로와 내가 잡지 못했던 기회도 잡고 다른 모든 일을 우린 할 수 있어."

할아버지는 눈을 마음의 창이라고 불렀는데, 난 문득 그게 이해가 됐다. 수프림이 선글라스를 벗었기 때문에 난 마침내 그에게 내가 어떤 존재인지 알 수 있었다. 우리 아빠의 대용물이었다.

난 그에게서 떨어졌다.

"난 널 도우려는 거야, 꼬마 로." 그가 주장했다. "난 너의 모세야. 약속의 땅으로 널 데려갈 거라고! 느낌 따윈 집어 치우고 우리 돈을 벌자."

벌자. 우리. 함께. 녹음실에 들어가는 사람은 나다. 사람들의 시선을 받고 얘깃거리가 될 사람은 나다. 그가 아니다.

그렇지만 난 자포자기한 바보처럼 그를 따라 스튜디오로 되돌아갔다.

사운드보드의 사내가 비트를 연주했고 디-나이스가 나와 함께 노래를 검토해줘서 난 플로우를 제대로 익힐 수 있었다. 제임스가 소파 위에서 지켜보며 열심히 듣다가 내가 가사 한 줄 한 줄을 읊을 때마다 수프림을 팔꿈치로 밀쳤다.

난 녹음실로 들어가 귀에 헤드폰을 썼다.

모두들 유리 반대편에서 나를 지켜보았다. 그들의 눈에 흥분이 감돌았다. 수프림은 간절한 미소를 띠고 있었다. 그들은 내 연주를 들을 준비가 되어 있었다.

난 유리창에 비치는 내 모습을 흘깃 보았다.

내가 여덟 살 무렵, 할머니와 할아버지는 나와 트레이를 동물원에 데려갔다. 전시장마다 우리와 비슷한 속도로 전시장을 도는 가족이 있었다. 아이 둘이 동물들에게 자기들이 원하는 걸 하도록 시켰다. 그들은 동물들에게 소리를 내보라고 하거나 유리창으로 가까이 오라고 하는 등 웃음거리가 될 뭔가를 시켰다. 당연히 동물들은 그 말에 따르지 않았지만 난 동물들이 참 안 됐다는 생각을 했던 기억이 난다. 사람들이 날 얼빠진 듯이 바라보면서 자신들이 적당하다고 생각하는 방식으로 자신들을 즐겁게 해주길 요구하는 건 분명 끔찍한 일이다.

난 홀연히 전시장에 있고, 내가 즐겁게 해주길 기다리는 사람들로 방 안은 가득하다. 난 그들이 내가 하길 바라는 말을 해야 한다. 그들이 바라는 내가 되어야 한다.

최악은? 내가 그렇게 하고 있다는 것이다.

31

"괜찮니, 부키?"

난 창에서 눈을 돌려 엄마를 넘겨다보았다. "왜 그렇게 물어?"

오늘은 화요일이고 그녀는 푸 이모를 보러 가기 위해 ACT 자율학습에서 나를 막 태운 참이었다.

"괜찮은지 세 번째로 묻는 거니까, 그리고 네가 내 말을 들은 건 이번이 처음이니까. 내내 너무 조용한걸."

"아, 미안."

"사과할 건 없어. 머릿속에 무슨 생각이야?"

생각할 게 너무 많다. 난 수프림과 그들을 위해 그 노래를 녹음했다. 그들은 아주 좋아했다. 난 너무 싫었다. 하지만 제임스는 아직도 충분히 '만족하지' 못했다. 그는 내가 그 노래를 공연하고, 사람들이 거기에 반응하는 모습이 보고 싶다고 했다.

난 정말로 그들을 즐겁게 해주는 무언가에 불과하다.

하지만 수프림은 아주 열심이다. 그는 링에서 라이브 공연으로 그 노래를 초연할 수 있도록 준비하고 있다고 했다. 그는 다음 주 목요일로 예약을 할 것이다. 제임스는 내가 기대 이상으로 잘한다면 큰 계약이 내 것이나 마찬가지라고 장담했다.

하지만 그게 내 것이 될 거라는 느낌이 들지 않는다. 그걸 얻기 위해, 다른 사람의 말을 하고 있거나 다른 사람이 상상한 이미지에 맞추고 있을 때는 아니다.

이 일을 제이에게 어떻게 말해야 할지 모르겠다. 두 가지 방향으로 흘러갈 수 있지 싶다. A로 간다면 이 모든 일을 감춘 것에 화를 낼 테고, B는 수프림을 상대하는 걸 마다하지 않을 것이다. 물론, 난 아직 미성년자니까 그녀의 허락 없이 어떤 것에도 사인할 수 없다. 하지만 내 스스로 여기에 발을 들였으니 내가 이걸 해결해야 한다.

난 몸을 좀 더 곧추세우고 앉았다. "아무것도 아냐. 그냥 학교 일."

"음, 그게 뭐든, 나한테 말해도 돼. 난 항상 널 이해한다는 거 알지?"

"알아." 내가 말했다. "나도 그래."

우리는 우리 조부모님이 태어나기도 전부터 있었던 것처럼 보이는 높은 벽돌 건물의 주차장에 도착했다. 실은, 겉으로는 보통 건물처럼 보였지만 뒤편에 가시철사로 된 울타리를 두르고 있었다.

우리는 핸드폰, 시계 등 금속탐지기를 울릴 만한 것들을 전부 차에 두고 내렸다. 제이는 열쇠와 신분증만 챙겼다. 이건 감옥에 있는 푸 이모를 방문할 때마다 우리가 늘 하는 일이다. 이렇게 하면 그녀를 더 빨리 볼 수 있다.

출입구 근처의 좌석에 한 사내가 앉아 있었다. 그는 무릎 사이에 머리를 얹고 있어서 얼굴이 잘 안 보였다. 그런데 머리가 반은 땋았고 반은 아프로 스타일이다. 내가 아는 사람 중에도……. "스크랩?" 내가 불렀다.

그가 고개를 들었다. 스크랩이 맞다.

"아가야." 제이가 팔을 벌렸다. 스크랩이 그리로 걸어 들어갔다. "너도 잡혀간 줄 알았어."

"아니, 그 일이 있었을 때 난 거기 없었어. 근데 다른 사람들은 모두……."

철창에 갇혔다. 말 그대로, 메이플 그로브의 가든파 대부분이 체포됐다.

제이는 스크랩이 마치 어린아이인 것처럼 얼굴을 두 손으로 감쌌다. 누군가를 태어났을 때부터 안다면 늘 어린애처럼 보이는 모양이다. 푸와 스크랩은 기저귀를 차던 시절부터 함께 뛰어다녔다. "음, 네가 괜찮아서 다행이야. 여기 P 보러 온 거야?"

"응, 걔가 가족들 올 때 같이 와달라고 했어. 그래도 괜찮겠지?"

"물론이지. 우린 가족이잖아." 제이가 그의 손을 잡았다. "이리 와."

스크랩이 그녀를 따라 안으로 들어갔다. 그는 어딘가 좀 이상했다. 뭐라고 딱 꼬집어 말하긴 어려웠다. 보통과는 다르게 마치 행진하듯이 걸었다. 턱을 움찔거렸고 얼굴은 굳어 있었다. 마치 풍선 같았다. 잘못 움직이면 언제고 터져버릴 것 같았다.

분홍과 빨강 테이프와 작은 발렌타인데이 현수막이 방문 접수처를 장식하고 있지만, 누군가를 방문하러 이곳에 들어온다면 어떤 명절이고 축하하기는 쉽지 않겠다.

커티스는 오늘 내게 학교로 막대 사탕 부케를 가져다주었다. 인정해야 할 것이, 그게 오늘 하루를 조금 낫게 만들어주었다. 남자애들은 생각보다 수단이 좋다.

제이는 방문 접수처의 여성에게 카트리샤 보르도라는 푸 이모의 진짜 이름을 댔다. 그건 들을 때마다 이상하다. 그녀는 내 평생 언제나 푸였다. 우리는 서류를 작성하고 보안 검색대를 통과해 작은 회색 방으로 안내 받았다. 창문도 없고, 그래서 햇빛도 없다. 눈을 감아도 오랫동안 잔상이 남는 밝은 전등불뿐이다. 경비가 우리더러 탁자에 앉아 기다리라고 했다.

스크랩은 내내 탁자를 두드렸다. 약 20분이 지나고 경비 하나가 푸 이모를 데리고 들어왔다.

제이는 할 수 있게 되자마자 그녀를 껴안았다. 푸 이모와 스크랩은 간단히 악수를 했다. 그러고 나서 푸 이모가 나를 쳐다봤다.

그녀를 보게 됐을 때 울고 싶어질 줄 몰랐는데 정말로 울고 싶다. 그녀가 팔을 뻗었고 난 그녀가 최고로 크게 힘껏 나를 감싸 안도록 몸을 맡겼다. 내게 이게 필요하다는 걸 몰랐었다.

그녀가 내 머리 양쪽에 키스했다. "보고 싶었어, 쪼끔아."

"나도 보고 싶었어." 난 그녀의 어깨에 대고 웅얼거렸다.

우리 넷은 탁자에 앉았다. 그런데 푸 이모는 우리 건너편에 앉아야 했다. 교도소 규칙이다. 그렇게 되어 있어서 우리는 그녀에게 어떤 금지품도 건네주지 못할 테지만, 이건 늘 그녀가 병에 걸렸다거나 뭐 그렇다고 말하는 듯한 느낌이다. 교도소는 사람들이 방문했을 때조차 지나치게 격리시키는 감이 있다.

"오늘 아침에 네 변호인이랑 얘기했어." 제이가 말했다. "국선 변호인이야. 다음 주 초에 널 심문할 거 같다더라."

"잘 됐네." 푸 이모가 말했다. "내가 여기서 더 빨리 나갈수록, 나와 브리가 더 빨리 우리의 비상을 맞을 수 있을 테니까." 그녀가 미소를 띤 채 탁자 너머로 내게 손바닥을 내밀었다. 내가 거기에 손바닥을 부딪쳤 다. "네 인터뷰 들었어. 약속해, 여기서 나가기만 하면 내가 그 바보 녀석 을 처치할 수 있을 거야. 토 달지 마."

제이가 우리 둘을 번갈아 흘끔거렸다. "무슨 인터뷰? 어떤 바보?"

난 정말이지 그녀가 이런 식으로 알게 되기를 바라지 않았다. 갑자 기 다리가 풀렸다.

"디제이 하이프의 인터뷰 말야, 알잖아?" 푸가 말했다.

제이가 완전히 내게로 몸을 돌렸다. "아니. 난 몰라."

난 똑바로 앞을 바라보았다. 화난 흑인 엄마의 눈을 마주본다면 성 경 속의 그 옛날 소녀처럼 그 자리에서 소금기둥으로 변할지도 모른다.

"그래, 브리가 그 쇼에 나갔어." 푸 이모가 일러바쳤다. "듣자하니 하 이프가 얘의 짜증을 돋우더라고. 노래 가사를 직접 쓰지 않았다고 뒤집 어씌우는 거야. 완전 헛소리, 네가 곧바로 받아치는 걸 내가 들었는데." 푸 이모가 주먹을 대고 웃었다. "여기 사람들까지 그 얘기들이야."

난 제이가 노려보는 눈초리를 느낄 수 있었다. 좋지 않다. 오, 좋지 않다. 난 벽을 응시했다. 누군가 콘크리트 블록에 'D 단여감'이라고 새겨 놓았는데 여기에 있었다는 걸 자랑스럽게 떠벌린다는 것과 '다녀가다'의 철자를 제대로 쓸 수 없다는 사실 중에 뭐가 더 나쁜지 모르겠다.

"내가 몸 사리라고 말하지 않았니, 브리?" 제이가 말했다.

"다 괜찮아, 제이다." 푸 이모가 말했다. "얘 탓하지 마. 문제는 하이 프야." 그녀가 스크랩을 쳐다보았다. "다른 일들은 어떻게 돼가고 있어?"

"저들이 다 먹어치우고 있어." 그가 내뱉었다. "저들을 처리해야 돼."

"누굴 처리해?" 내가 물었다.

"내가 알고 싶은 것도 그거야." 제이가 물었다.

"크라운 새끼들." 스크랩이 쳇소리를 냈다. "메이플 그로브의 GD파 대부분이 해체된 걸 재미있어 하고 있거든. 지금은 우리 영역까지 침범하고 있어. 로의 목걸이를 브리한테서 빼앗은 것까지 떠벌리고 있고. 온통 주변에 자랑질이야."

"오오, 절대 안 돼!." 푸 이모가 말했다.

똑같은 말이 내 머릿속을 스쳐 지났지만, 완전히 다른 이유에서였다. 다시 한 번 말하지만, 난 정말이지 엄마가 이런 식으로 알게 되기를 바라지 않았다.

그녀가 내게로 향했다. "맙소사! 어떻게 해서 저들이 네 아빠 목걸이를 가져간 거야?"

이건 질문이지 비난이 아니지만, 솔직히 말하면, 비난일 것이다. 우리의 안전망을 지키기 위해 난 더 노력했어야 했다. "강도를 당했어. 맹세코 난 그걸 포기하려고 하지 않았는데—"

"강도를 당해?" 그녀가 비명을 질렀다. "오 맙소사, 브리아나! 왜 말 안 했니?"

"오, 걱정 마. 내가 벌써 그 짓을 한 놈에게 메시지를 보내놨어. 목걸이만 되찾아오는 일은 없을 거라고." 푸 이모가 말했다. "그 일에 공을 들이고 있어." 그녀가 스크랩을 보았고, 그가 고개를 끄덕였다.

제이가 그에게서 그녀에게로 눈길을 돌렸다. "뭐라고?"

"같이 활동하는 친구 녀석들이 새로 생겼어." 스크랩이 말했다. "걔들은 뭐든지 기꺼이 할 준비가 돼 있어. 브리가 말만 하면 돼."

"사실이지." 푸 이모가 말하고는 그의 손바닥을 쳤다.

마치 바윗덩이가 뱃속으로 떨어지는 느낌이었다. "명령을 내리는 게 내 몫이라고?"

"저들이 너한테서 그걸 빼앗아갔으니까." 푸 이모가 말했다. "그러니까, 우린 그 멍청이들한테서 그걸 찾아오기 위해 기꺼이 뭐든 하겠지만, 이건 결국 네 결정이라는 거야."

맙소사 어쩌다 내가 폭력조직 전체를 지휘하게 된 거지?

제이가 눈을 감더니 두 손을 들어 올렸다. "잠깐. 지금 너희들이 하는 말, 내가 듣고 있다고 생각하는 말 맞는 거지?"

"이건 전쟁이야." 푸 이모가 별거 아니라는 듯이 말했다. "맨 먼저, 그 녀석들 중에 누군가가 우릴 찔렀어. 그래서 경찰이 우릴 지켜본 거고. 이제 저놈들은 우릴 놀려대며 우리 영역을 침범하고 있어. 게다가 배짱 좋게 내 조카에게 강도짓 한 걸 떠벌리기까지 한다고? 안 되지. 어찌 됐든 이젠."

우리가 조폭전쟁을 시작한 것이다. 사람들이 우리 때문에 목숨을 잃을지도 모른다. 젠장, 목걸이가 다시 내게 돌아온들 무슨 의미가 있단 말인가?

침묵이 얼마나 오래 됐는지 모르겠지만, 잠시였다. 제이가 입을 살짝 벌린 채 푸 이모를 응시했다.

"와우." 그녀가 말했다. "와우, 와우, 와우."

"제이, 이해해야 돼." 푸 이모가 말했다. "이건 존중의 문제야! 우린 그 멍청이들이 자기네가 이겼다고 생각하게 둘 수 없어."

엄마의 눈이 반짝였다. "저들은 이기지 않았어. 하지만 완전히 제정신이 아닌 넌 진 거야."

"뭐라고?"

"넌 감옥에 있어, 카트리샤." 제이가 말했다. "감옥! 하지만 여기 앉아서도 똑같이 널 여기에 빠뜨린 길거리 난장판에 대한 음모를 꾸미고 있어. 이게 네 가족에게는 지옥이라는 걸 상관도 않고 있어. 전혀 뉘우침도 비치지 않아. 여전히 음모만 꾸미고 있어!"

"제이다, 저들이 로의 목걸이를 가져갔어." 푸 이모가 말했다. "저들이 네 딸의 얼굴에 총을 겨눈 걸 떠벌리고 다닌다고! 내가 여기 앉아 있는 걸 비웃고 있어. 내가 그걸 내버려 둬야 한다는 거야?"

"그래!" 제이가 말했다. "난 목걸이 따위 아무 상관 안 해! 브리가 무사하니까, 내게 중요한 건 그게 전부야."

"그래도 이게 더 큰 문제야." 스크랩이 말했다. "저들이 이 일에서 교묘히 빠져나가게 둬서는 안 돼."

"정말이지, 그래도 돼." 제이가 다시 푸 이모를 보았다. "그래서 말인데? 어쩌면 넌 여기 있을 필요가 있을지도 모르겠다는 생각이 들기 시작하는구나."

"뭐? 보석금을 내주지 않겠다는 거야?"

"무슨 돈으로?" 제이가 고함을 질렀다. "왜, 어디 숨겨 둔 돈이라도 있니? 어? 그렇다면 말해. 망할 청구서 지불하는 데다 쓰게!"

"봐, 내게 다 생각이 있어, 알겠지? 대출을 받을 수도 있잖아. 그걸로 내 보석금을 내고 혐의를 벗겨줄 더 유능한 변호사를 사도록 해. 내가 갚을게."

"맨 처음에 널 여기에 집어넣은 것과 똑같은 짓을 해서!" 제이가 소리를 질렀다. 그녀가 두 손을 모으더니 입을 막았다. "너 때문에 울었어." 그녀가 탁한 목소리로 말했다. "근데 넌 너 자신을 위해 울지 않은 것 같구나, 그게 문제야."

"제이, 왜 그래, 제발!" 그녀의 목소리가 갈라졌다. "이 일로 형을 받게 되면 난 감옥에 가게 돼! 감옥에 갈 수는 없어!"

"나도 네가 감옥에 가길 바라지는 않아." 제이가 말했다. "네가 이런 곳에 있기를 바라지 않아, 카트리샤. 망할, 몇 년 동안 말했잖니, 널 가두려고 이 건물이 지어진 거라고. 그러니 어떻게든 길거리에서 빠져나왔어야 했어. 어쩌면 이제 이걸로 그렇게 됐는지도 모르지." 그녀가 일어서더니 내게 손을 내밀었다. "가자, 브리아나."

"브리." 푸 이모가 애원했다. "브리, 제발. 내가 바뀔 거라고 말해줘."

알지 못하는 걸 말할 수는 없다.

"브리아나, 가자." 제이가 반복했다.

"브리, 말해줘!"

"네 방패막이로 우리 애 이용하지 마! 널 고치는 건 애 몫이 아냐, 카트리샤! 그건 너한테 달렸어!"

푸 이모의 턱이 굳어졌다. 그녀는 허리를 곧추세우고 턱을 들더니 눈을 가늘게 떴다. "그럼 그거 같은 거네? 그 망할 것에 빠졌을 때, 혼자 자립해서 살라며 날 떠나더니, 이제 또다시 혼자 살아보라며 떠나는 거야, 어?"

그 말이 뱃속을 세게 찔렀는데, 심지어 그녀는 나에 대해서는 언급조차 하지 않았다. "어떻게 그런 말을 할 수 있어? 이건 그런—"

제이가 손을 들어 내 말을 잘랐다. 그녀는 오로지 푸만 쳐다보았다. "있잖니? 널 버린 건 미안해. 그건 내 평생 최고의 실수였어. 하지만 네가 하는 일에 대한 변명을 언제까지나 네가 겪은 일 탓으로 돌릴 수는 없어. 어느 순간이 되면 넌 자신을 탓해야 할 거야."

그녀가 내 손을 쥐고 나를 이끌었다. 난 푸 이모를 뒤돌아보았다. 얼굴은 굳어 있었지만 입술은 떨렸다. 이번을 마지막으로 오랫동안 그녀를 보지 못할 거라는 느낌이 들었다.

처음 여기 왔을 때보다 구름이 더 짙어 보였다. 아니 그건 상상인지도 모른다. 하늘이 우리 이모를 애도할 리 없으니까.

운전석에서 제이는 눈물을 훔쳤다. 건물 밖으로 나오는 순간 그녀의 눈물이 흐르기 시작했다.

난 입술을 깨물었다. "정말 보석금을 내주지 않을 거야?"

"청구서가 쌓여 있는데 보석금을 내겠다고 대출을 받지는 않을 거야, 더군다나 당장 똑같은 바보짓이나 반복하려는 사람에게는 특히나."

"하지만 변할 수도 있잖아." 난 거의 애원하다시피 했다. "변할 수 있다는 거 알아."

"나도 알아, 브리. 하지만 쟤가 그걸 알아야 해. 이대로는 안 된다는. 결정은 쟤가 해야 해, 우리가 대신 해줄 수가 없어."

"절대 그 상태에 이르지 못하면 어쩔 거야?"

제이가 손을 내밀었다. 난 거기에 내 손을 얹었다. "그럴 가능성에 대비해야 해, 아가."

그러고 싶지 않다, 그러고 싶지 않다, 그러고 싶지 않다. "이모를 잃고 싶지 않아." 난 목이 막혔다.

"나도 그래." 그녀가 거칠게 말했다. "하느님이 아시겠지, 난 몰라. 우리 힘껏 쟤를 사랑할 수는 있지만 쟤가 자신을 사랑하지 않는다면 그건 별 문제야. 쟤는 저곳에서 자신의 행복보다 목걸이 걱정을 더 하고 앉아 있어."

난 펜던트가 걸려 있던 가슴을 내려다보았다. "뺏겨서 미안해."

"그걸 미안해할 필요는 없어, 아가." 제이가 말했다. "근데 너 도대체 무슨 일인 거야? 맨 처음엔 노래더니, TV 뉴스에도 나오고. 이제 목걸이에 하이프 인터뷰까지? 감추고 있는 게 또 뭐야, 브리아나? 어?"

흑인 엄마들에게는 초능력이 있다. 그들은 왠지 순식간에 상냥함에서 엄격함 사이를 오갈 수 있다. 맙소사, 가끔은 한 문장으로도.

난 갑자기 입이 바짝 말랐다. "난……."

"뭐야, 또?"

난 내 팀버랜드를 노려보았다. "수프림."

"수프림이 뭐? 그 신발이 널 낳은 게 아니잖아. 내가 말할 땐 나를 봐."

나는 그녀와 눈을 맞췄다. "수프림이 나를 위해 큰 음반 계약을 진행 중이야."

"워, 워, 워. 왜 그 사람이 널 위해 음반 계약을 하는데? 그 사람은 네 매니저가 아니잖아."

"아니 맞아. 내가 고용했어."

"오, 네가 그 사람을 고용했구나." 그녀의 이 거짓 밝음은 나를 두렵게 한다. "내 잘못이야. 네가 다 컸다는 메모를 놓친 게 틀림없어. 마지막으로 점검했을 때, 열여섯이었는데, 브리아나. 열. 여섯!"

"말하려고 했어, 맹세해! 난 그냥 먼저 모든 게 제자리를 찾게 하려던 것뿐이야. 이건 우리를 구하는 내 나름의 방식이었어."

"우리를 구하는 건 네 책임이 아냐!" 그녀가 눈을 감았다. "하느님, 제가 제 임무를 다하지 않았나이다."

오, 젠장. 그녀가 자책하게 하려는 게 아니었다. "그런 거 아냐."

"이렇게 계책을 써가며 우릴 도우려고 네가 세상 밖으로 나온 건가 보구나. 그건 내가 충분히 내 몫을 하지 못했다는 뜻이겠지."

"충분히 하고 있어." 내 목소리가 갈라졌다. "엄마와 트레이는 너무 열심히 애쓰고 있어. 난 그저 일을 좀 더 쉽게 만들고 싶었어. 근데 혼자서 더 엉망으로 만들고 있어. 그 인터뷰 후에 사람들이 나에 대해 온갖 이야기들을 하고 있어."

제이가 깊은 한숨을 쉬었다. "하이프한테 낚였구나, 어?" 그녀가 다시 상냥해졌다.

"불행히도. 내가 바보 같이 굴었어. 근데 수프림은 그걸 다 먹어치우려고 해. 음반회사 사장도 그렇고. 그들은 사람들이 나를 '허접한 빈민가 여자'라고 생각하도록 하는 게 좋대. 수프림은 그걸 '역할'이라고 부르고."

"놀랄 일도 아냐. 수프림은 늘 돈에 굶주려 있으니까. 그와 네 아빠가 충돌한 것도 그래서야. 생각해 보자. 그가 너에게 미끼를 던졌어, 그렇지? 너한테 뭔가 비싼 걸 던져서 네가 그를 고용하고 싶게 만든 거지."

난 부츠를 노려보았다. "응. 이 팀버랜드를 사줬어."

"잠깐, 그거 내가 벼룩시장에서 사준 부츠 아냐?"

"아냐. 그건 산산조각 났어."

"뭐? 왜 나한테 말 안 했니?"

난 손가락을 만지작거렸다. "왜냐하면 그걸 알고 기분 상하는 걸 바라지 않았으니까, 바로 지금처럼."

그녀가 한숨을 쉬었다. "맙소사. 말했어야지, 브리. 전부 다 말했어야지. 그랬어야 내가 너를 그 난리통에 빠지지 않게 할 수 있었을 거 아냐. 근데, 거짓말을 했구나."

"잠깐, 거짓말은 안 했어."

"사실대로 말하지 않은 게 거짓말을 한 거야, 브리." 그녀가 말했다. "게다가 어떨 땐 완전히 거짓말을 했고. 수프림을 만나려고 몰래 빠져나갔잖아. 그러기 위해 거짓말이 필요했고."

젠장, 그 말이 맞다. "미안해."

제이가 입술로 이를 문질러 쯧 소리를 냈다. "오, 물론 그렇겠지. 특히나 막 멈추려 하고 있었으니까. 네 랩에 관련된 이 모든 너절한 일들 말야. 이제 끝났어."

"뭐? 아냐! 이건 성공을 위한 시도일 수 있어."

"사람들이 너에 대해 멋대로 추측을 하고 있다고 말하지 않았어?" 그녀가 물었다. "그걸 알면서도 계속 하고 싶어?"

"난 그냥 성공하고 싶어!"

난 소리를 질렀고, 거칠어졌다. 하지만 필사적이기도 했다.

엄마가 조용히 나를 노려보는 동안 몇 시간이 흐른 것처럼 느껴졌다.

"브리아나." 그녀가 말했다. "네 이모의 가장 큰 문제가 뭔지 아니?"

난 교도소 건물을 쳐다보았다. 지금 이 순간 그건 너무도 자명했다. "철창에 갇혀 있다는 거?"

"아니. 그건 가장 큰 문제 축에 끼지도 못해." 제이가 말했다. "푸는 자신이 누군지 몰라, 그리고 자신이 누군지 모르면 자신의 가치도 모르는 거야. 그래, 너는 누구니?"

"뭐라고?"

"넌 누구냐고?" 그녀가 반복했다. "전 세계 수백만, 수십억 명의 사람들 가운데, 넌 거기에 답할 수 있는 단 한 사람이야. 인터넷이나 학교에 있는 사람들이 아니라. 나도 거기엔 답을 할 수 없어. 내가 생각하는 너에 대해 말할 수는 있겠지." 그녀가 내 뺨을 감쌌다. "그리고 난 네가 똑똑하고 재능 있고 용기 있고 아름답다고 생각해. 넌 내게 기적이야. 하지만 자신이 누군지 말할 수 있는 권한이 있는 유일한 사람은 너야. 그

ON THE COME UP

래, 넌 누구니?"

"난……."

난 어떤 단어도 찾을 수 없었다.

엄마가 몸을 기울여 내 이마에 키스했다. "알아내려 애써 봐. 네가 깨닫는 것보다 더 많은 답을 줄 거라고 생각해."

그녀가 지프의 시동을 걸었다. 후진해서 주차된 자리에서 빠져나가기 전에 그녀의 핸드폰이 울렸다.

"아가, 대신 좀 받아줄래?"

"좋아." 내가 말하고는 그녀의 지갑을 더듬었다. 그러느라 시간이 조금 걸렸다. 엄마는 크리넥스, 껌, 주머니칼 같은 '만일에 대비한' 물건들로 손가방이 가득하다. 그녀는 뭐든 대비하고 있다.

난 그녀의 핸드폰을 꺼냈지만 모르는 번호였다. "누군지 모르겠어."

"그럼 교양 있는 사람처럼 받아 봐."

난 눈을 굴렸다. 그게 뭘 의미하는지 안다. 뭐든 '적절하게' 말하라는 거지만, '지각 있게' 행동하는 건 날 아무 생각도 없어 보이게 하는 것 같다. "여보세요?"

"여보세요. 제이다 잭슨 부인과 통화할 수 있을까요?" 어떤 남자가 물었다.

목소리가 귀에 익다. 그런 것 같다. 아마 수금원일지도 모르는데, 그들에게는 늘 전화기용 목소리가 있다. "누구신지 물어 봐도 될까요?"

"네, 쿡 교육감입니다."

전화기가 내 손에서 미끄러졌다.

"브리아나!" 제이가 이 사이로 야단을 쳤다. "전화기 떨어뜨리면 안 되지! 이리 내!"

난 전화기를 바닥에서 주워 올렸다.

그녀가 그걸 낚아챘다. "여보세요? 누구세요?"

쿡 박사가 대답했고 차가 살짝 비틀거렸다. 그녀도 거의 전화기를 떨어뜨릴 뻔했다.

"너무 죄송해요, 쿡 박사님." 제이가 말하고는 나를 노려보던 걸 멈췄다. "우리 애가 부주의해서."

아니 왜 나를 희생양으로 삼는 거야?

쿡 박사가 얘기를 시작했고 엄마는 길가에 차를 댔다. 난 아무리 애를 써도 그가 무슨 얘기를 하고 있는지 알 수 없었다. 제이는 그냥 "아, 네, 그렇습니다."라는 말만 되풀이했다.

"그래서?" 내가 속삭였지만, 그녀는 내 입을 닥치게 하느라 내 쪽으로 손바닥을 휙 저었다.

영원 같은 오랜 시간이 흐른 뒤 그녀가 말했다. "너무 감사합니다. 다음 주에 뵐게요."

난 눈이 동그래졌다. 그녀가 전화를 끊자마자 내가 말했다. "일자리 주겠대?"

"면접보러 오래. 근데 이건 신원조사와 지문 채취도 하는 거야."

난 그게 뭔가 이해가 안 됐다. "그게 뭐가 그렇게 좋은데?"

"날 채용하는 걸 진지하게 고려하고 있다는 뜻이거든." 그녀가 말했다.

"그러니까 엄마가……." 이건 너무 초현실적이어서 말로 하기 어려운 느낌이다. "직장을 갖게 될지도 모른다는 거야?"

"확실한 건 아무것도 없어. 하지만 쿡 박사가 지금 말한 내용을 바탕으로 하면," 그녀가 미소 지었다. "직장이 생길 거 같아."

32

토요일 아침, 소니에게서 이상한 문자를 받았다.

오크 파크에서 만나, 가능한 빨리.

오크 파크는 할아버지 집에서 두 블록 떨어져 있다. 트레이는 내가 어렸을 때 거의 주말마다 거기로 날 데려가곤 했다. 당시 제이가 마약에 중독돼 있던 모습을 봤던 곳도 거기였다.

또 소니가 무지개 주먹이라는 작품을 스프레이 페인트로 그린 곳도 거기다.

그곳은 텅 빈 동네 수영장 근처의 공중화장실 한쪽에 있다. 할아버지 말로는 시에서 매년 여름 그곳을 개장했었다고 한다. 하지만 내가 태어나고부터는 문을 연 적이 한 번도 없다.

난 공원을 가로지르며 두 번 주위를 둘러보았다. 난 아직도 크라운 파를 생각하고 있다. 주변에 회색 차만 보이면 휙 머리를 처박거나 몸을 숨기고 있다.

소니와 말릭의 자전거가 화장실 벽의 뒤편에 받쳐져 있다. 말릭도 올 거라는 사실을 생각했어야 했다. 소니가 초초한 듯 이리저리 서성였고 작은 먼지 회오리가 그의 발밑에서 소용돌이쳤다. 말릭이 무슨 말인가를 했지만 그게 소니를 가라앉히지는 못했다.

난 내 자전거에서 뛰어내려 그들에게 걸어갔다. "야, 무슨 일이야?"

"걔가 오고 있어." 소니가 말했다.

"누구?"

"래피드! 다른 사람이라면 내가 니들을 왜 부르겠니?"

"오, 난 시체나 뭐 그런 걸 숨기는데 내 도움이 필요한 줄 알았지."

소니의 입술이 얇아졌다. "그래서 내가 성가셔?"

말릭이 자신의 핸드폰을 흘낏 보았다. "걔가 몇 시에 온다고 했는데?"

소니도 그의 핸드폰을 슬쩍 들여다보았다. "정각 10시. 날더러 검은색 벤츠를 찾으라고 했어."

"이런, 벤츠?" 내가 말했다. "열여섯에? 돈 좀 있나 본데." 내가 지폐를 만지듯이 엄지와 검지를 비볐다.

"아님 정말로 쉰 살 먹은 남자든가." 말릭도 거들었다.

소니의 얼굴에 공포가 드러났다. "안 웃기거든!"

말릭과 내가 낄낄거렸다. 이게 한동안 우리 두 사람이 나눈 말 중에 가장 이야기다운 이야기였다.

"내가 나빴어, 내 잘못이야." 말릭이 말하고는 소니의 어깨를 붙잡았다. "봐, 손! 잘 풀릴 거야, 알겠어? 믿어야 해. 만일 이 남자가 자신이 말한 그런 사람이 아니라면 그건 그 사람 손해야. 네가 아니고. 알겠지?"

소니가 천천히 숨을 내쉬었다. "알았어."

"좋아." 말릭이 소니의 칼라를 바로잡아주었다. 소니는 오늘 자기가 가진 폴로셔츠 중에 제일 좋은 걸 입었다. 난 손가락으로 그의 곱슬한 머리카락을 빗어서 매만져주었다. "무슨 일이 일어나든, 우리가 여기 있어." 말릭이 그에게 상기시켰다.

"백 퍼센트." 내가 거들었다.

소니가 미소 지었다. "너희들이 와줘서 기쁘—"

검정색 메르세데스 한 대가 주차장 쪽으로 방향을 틀었다.

"너희들 저리 가서 숨어!" 갑자기 우리를 대하는 소니의 태도가 바뀌었다.

난 그를 위아래로 훑어보았다. "실례했지?"

"숨어!" 그는 우리 두 사람을 나무쪽으로 돌려세웠다. "지원군을 데려올 만큼 걔를 믿지 못했다는 걸 알게 하고 싶지 않아."

"하지만 넌 걔를 충분히 믿지 않았잖아." 말릭이 말했다.

"그건 중요하지 않아! 가!"

우리는 비틀거리며 우리 두 사람이 숨을 만큼 충분히 커다란 참나무 뒤로 갔다. 차 문이 닫혔다. 난 나무 둥치 옆으로 고개를 빼고 유심히 살펴보았다.

갈색 피부의 남자애가 공원을 가로질렀다. 짧은 머리에 지그재그로 스크래치를 냈고 십자가 펜던트가 목에서 대롱거렸다.

마일스였다. 수프림의-아들이자-그-거슬리는-노래의-래퍼인 마일스다. "이런 젠장!" 내가 중얼거렸다.

"이런 젠장." 말릭이 날 따라했다.

소니의 얼굴 전체에서도 '이런 젠장'이 보였다. 마일스는 자신의 뒷목을 잡더니 소니를 소심하게 쳐다보았다.

"정말로 이건 예상 못했어." 말릭이 말했다.

그가 나와 다시 말하는 건가 보다. "그래. 나도."

"쟤들 무슨 얘기 하는 거 같아?"

난 고개를 갸웃거렸다. 소니의 눈은 완전히 휘둥그레졌다. 마치 만화처럼. 난 싱긋 웃었다. 소니가 무슨 말을 하는지는 모르겠지만 무슨 생각을 하는지는 분명했다. "이거 도대체 뭐냐?"

"하! 아마 맞을 거야." 말릭이 최대한 소니의 목소리로 말했다. "'내가 정말 스웨저리픽이 단어라고 생각하는 애랑 말을 하고 있는 거야?'"

내가 웃었다. "'자기 노래를 싫어한다는 걸 얘한테 말해야 하는 걸까?'" 나의 소니 흉내는 말릭에 못 미쳤지만 그를 싱긋 웃게 만들었다. "이게 잘 될지 모르겠는데."

아니 어쩌면 잘 될지도. 저들은 서로의 눈을 들여다보며 미소를 짓고 있다.

"오, 와우." 말릭이 말했다.

"마일스가 어떻게든 쟤한테 상처를 준다면 난 여전히 도울 준비가 돼 있어." 내가 말했다.

"정말로." 말릭이 동의했다. "보고 싶었어, 브리지."

내가 몸을 돌렸다.

"친구로서." 그가 분명히 말했다. "너와의 대화가 그리웠어."

"그럼 우리가 대화를 나누지 못한 게 누구 잘못이지?"

"음, 네 잘못." 그가 말했다.

내 입이 떡 벌어졌다. "어째서?"

"브리, 제발! 내가 너한테 화낸 이유를 넌 알아야 해. 강도당한 날 밤에 넌 나보다 목걸이를 더 걱정했어. 눈에 멍이 든 네 친구보다. 내가 그래도 아무렇지 않아야 되니? 그런 다음 푸랑 같이 뭔가 더러운 짓을 벌이려고 날더러 엄마한테 거짓말까지 하라고 했고."

좋아, 그래. 일리가 있다. "난 그냥 목걸이를 되찾고 싶었어, 말릭. 그건 우리 가족의 안전망이었어. 상황이 더 나빠지면 그걸 전당포에 잡히려고 생각하고 있었거든."

"봐, 그게 문제야. 최근에 넌 오로지 돈 걱정만 해. 돈이 전부가 아냐, 브리."

"말하기는 쉽지. 너네 엄마도 열심히 일하고 너네가 부자가 아닌 것도 알아. 하지만 나보다는 네가 돈이 많아. 우린 한동안 전기도 끊겼었어, 말릭. 어떨 땐 밥도 겨우 먹어. 넌 그런 걱정은 하지 않잖아. 난 해. 빌어먹을 신발은 밑창도 떨어져나가고. 인마, 넌 이렇게 나이키 조단을 신고 서 있잖아."

그는 자신의 신발을 내려다보더니 입술을 깨물었다. "그래. 난 이해한다고 생각했어."

"아니, 이해 못해." 내가 말했다. "이해하지 못해도 괜찮아. 네가 이해하지 못해서 기뻐. 하지만 이해하려고 노력해줘."

"힘들었구나, 어?"

내가 침을 삼켰다. "정말로."

침묵.

"네 곁에 있어주지 못해서 미안해." 그가 말했다. "너한테 작업 걸었던 것도 미안해. 여러 가지로 나빴어."

내가 고개를 끄덕였다. "그랬지."

"와우, '자신에게 너무 엄격하게 굴지 마, 말릭' 이거 아니고?"

"전혀 아니지. 그건 선수들이나 하는 짓이었어."

"한결같은 브리." 말릭이 주머니에 손을 찔러 넣었다. "상황이 옛날과 많이 달라졌어. 우리도 달라졌고. 가끔씩 이 모든 게 이해하기 힘들어, 알겠니? 하지만 다르면서도 계속 친구일 수 있는 방법을 우리가 찾을 수 있겠지?"

지금으로부터 10년, 20년, 30년 후에도 나와 소니와 말릭이, 늘 그랬 듯이 끈끈할 거라고 말하고 싶지만, 그건 틀릴 수 있다. 우리는 다양한 방식으로 달라질 것이고 계속해서 변할 것이다.

하지만 우리가 어떤 사람이 되든 그걸 알게 될 만큼 서로에게 관심 이 있을 거라고 생각하고 싶다. 그래 뭐, 어쩌면 언젠가 말릭과 내가 우 정 이상의 뭔가를 갖게 될지도 모른다. 지금은 난 그저 친구가 돌아오면 좋겠다.

"그래." 내가 그에게 말했다. "난 우리가 아직도 친구라고 생각해."

그가 미소 지었다. "좋아. 네가 그래미 상을 타게 됐을 때 모든 뒤풀 이 파티 초대와 함께 감사의 외침을 듣게 될 거라고 기대할게."

난 눈을 굴렸다. "기회주의자."

그가 자기 팔을 내 목에 걸었다. "아니. 그냥 네 최고의 지지자 중 한 명일 뿐이야."

소니와 마일스가 우리에게로 왔다. 둘은 아주 가까워서 서로의 손이 스치고 있었다.

"얘들아, 여기는 마일스야. 즈가 아니야." 소니가 말했다. "마일스, 여 기는 말릭과 브리, 내 절친들이자 잠재적 경호원들이야. 근데 브리는 만 난 적 있지?"

"그래, 네가 링에서 애 아빠에 대해 거지같은 소리를 했을 때." 말릭이 지적했다.

오, 말릭이 날 대신해 누군가를 공격하고 있는 걸 보니 우리가 다시 좋아진 게 분명하다. 난 그가 내편이었던 때가 그리웠다.

마일스가 한쪽 발에서 다른 쪽 발로 중심을 옮겼다. "내가 잘못한 거야. 브리한테도 사과했어. 도움이 될지 모르겠지만. 난 그냥 우리 아빠가 내가 했으면 하고 바라는 말을 한 거야."

소니가 눈썹을 위로 치켰다. "네가 나쁜 놈이 되는 걸 너네 아빠가 원했다고?"

"기본적으로. 그건 마일즈라는 사람의 일부거든. 하지만 마일즈는 아빠의 창작품이야. 내가 아냐."

놀랄 일도 아니다. 수프림은 사람들을 창조해내는 걸 좋아하는 것 같다. "수프림도 알아? 네가―"

"게이라는 거? 응. 알아. 아빤 무시하는 쪽을 택했어."

말릭이 고개를 갸웃하고는, 왜냐하면 그는 말릭이니까, 그것에 대해 말했다. "너네 아빠가 널 이성애자인 척하게 한다는 거지?"

"말릭!" 내가 쳇소리를 냈다. 하느님 맙소사. "그런 건 물으면 안 되지!"

"왜 안 돼? 그런 뜻을 내비쳤다잖아!"

"그건 내비친 게 아냐. 나더러 이성애자인 척하라고 했어." 마일스가 말했다. "마일즈는 모든 10대 소녀들의 사랑의 대상이 되어야 해, 아빠의 차기 수익 상품 중 하나지."

그가 그 말을 하며 나를 쳐다보았다. 내가 또 다른 수익 상품이군.

"마일즈가 사진을 좋아하고 랩을 싫어한다는 건, 그리고 완전히, 백 퍼센트 게이라는 건 아무도 몰라."

"근데 여긴 왜 나타났어?" 소니가 그에게 물었다.

마일스가 그의 뒤에서 발을 꼬았다. "왜냐하면, 이번 한 번만은 내가 하고 싶은 걸 해야겠다고 결심했거든. 매일 밤 이런 저런 이야기를 하느라 나를 잠 못 들게 하고, 날 한껏 웃게 만드는 남자를 마지막으로 만나고 싶었어. 비록 지금까지 걔가 이렇게 귀여울 줄은 몰랐지만."

소니의 얼굴이 완전히 빨개졌다. "오."

"우리 아빠가 원하는 사람이 되는 건 이제 끝이야." 마일스가 말했다. "그럴 가치가 없어."

내가 생각하는 걸 의미하는 걸까? "래퍼로서의 생활을 포기하겠다는 거야?"

마일스가 천천히 고개를 끄덕였다. "그래. 그럴 거야. 내가 내 자신이 아니라면 그걸 내 삶이라고 할 수 있을까?"

33

크라이스트 템플에 도착해서도 난 여전히 어제 마일스가 한 말을 생각하고 있었다.

직장에 대한 가능성이 엄마에게 오늘 이곳에 와 수군거림에 마주할 용기를 준 것 같다. 오늘은 신년주일이고, 우리는 웬만하면 이 날은 빠지지 않았다. 교회 사람들이 사람들에 대한 이야기보다 더 좋아하는 건 교회에 나오지 않는 사람들에 대한 이야기이다.

어쨌든.

트레이는 카일라의 손을 잡고 나와 제이의 뒤를 따라 교회 옆의 자갈이 깔린 주차장을 가로질렀다. 예상보다 일찍, 그는 제이에게 카일라를 여자 친구로 소개했다. 그녀에게 교회에 가자고 청한 걸 보면 그들이 꽤 진지한 사이임에 틀림없다. 교회에 어떤 여자애를 데리고 온 그에 대해 모두가 얘기하게 될 교회에. 그게 중요하다.

로비에 가득 찬 사람들은 신도의 절반은 돼 보였다. 제이는 보통 때보다 더 활짝 미소를 띠고 차례로 돌아가며 사람들에게 인사했다. 사라졌다가 돌아오면, 모두와 이야기해야 한다는 게 불문율이다. 음, 우리 엄마와 오빠는 그렇게 하고 있다. 난 여기 서서 얼굴 표정을 유지하기 위해 애쓰고 있다.

엘드리지 목사 부인이 우리를 껴안더니 우리가 너무 오랫동안 떠나 있어서 어떻게 생겼는지도 잊어버릴 뻔했다고 말했다. 난 그녀를 그저 살짝 흘겨보기만 했다. 그런데 반스 자매가 덤벼들었다. 제이가 아침 인사를 하자, 반스 자매는 "너무 바빠서 하느님 뵐 시간도 없었나 봐요?"라고 응수한 것이다.

내가 입을 벌렸지만, 우리 엉덩이에 뽀뽀나 하라는 말을 꺼내기도 전에 제이가 내 가까이 다가왔다. 너무 가까워서 그녀가 내 팔을 얼마나 세게 꼬집었는지 아무도 눈치채지 못했다.

"브리아나, 가서 앉지 그러니." 그녀가 내게 말했다. '얘, 엉덩이 걷어채이기 전에 어딘가로 가는 게 좋을 거야'라는 엄마의 교회식 표현이었다.

아무튼 난 구석에 앉는 편이 훨씬 좋을 것 같다. 난 엘드리지 목사의 초상화 아래 등받이가 높은 의자들 가운데 하나에 털썩 주저앉았다. 한편으로 난 엄마가 왜 사람들의 이 모든 무례한 말들을 받아주고 있는지 이해할 수 없었다. 또 한편으로 만일 그녀가 그걸 기꺼이 받아주고 있는 거라면 그녀는 정말로 훌륭한 정신의 소유자임에 틀림없다.

대니얼스 자매님이 꽃무늬 드레스와 거기에 어울리는, 햇빛을 가릴 만큼 충분히 큰 모자를 쓰고 로비로 들어왔다. 커티스가 그녀를 위해 문을 잡아주었다.

나는 살짝 몸을 세워 앉았다. 잔머리는? 바짝 가라앉혀 눕혀놓았다. 제이가 어젯밤에 내 머리를 뒤로 모아 한 가닥으로 땋아주었고 난 실크 보닛을 씌워 더 탄탄하게 모양을 유지시켰다. 드레스와 웨지 힐 구두는? 엄청 귀엽다. 하지만 나를 보고 환해지는 커티스의 눈빛에 난 이 모든 게 필요없었다는 걸 알았다.

그는 사람들 사이를 움직여 재빨리 '인사'를 하고 예의바르게 고개를 끄덕이면서 내게로 왔다.

"안녕, 브리." 그가 말했다. 그의 얼굴과 목소리에서 온통 미소가 묻어났다.

시작이다. 활짝 웃는 거다. "안녕."

커티스가 의자 팔걸이에 앉더니 나를 살펴보았다. "교회에서 욕하면 안 되는 거 아는데, 야 너 오늘 좆나 예뻐 보인다."

"너도 썩 나빠 보이지는 않아." 내가 말했다. 대부분의 일요일에 그는 폴로셔츠와 정장바지를 입고 나타난다. 오늘은 양복에 넥타이를 맸다.

커티스가 넥타이를 매만졌다. "고마워. 설교를 해야 하는 것처럼 보이는 건 아닌지 걱정했어. 네가 좋아하니 기뻐, 너 때문에 이렇게 입었거든."

"그럴 필요 없어."

"아, 그럼 이렇게 하지 않아도 섹시하다는 거야?" 커티스가 눈썹을 꿈틀거렸다. 난 웃음을 터뜨렸다. "잘 가. 커티스."

"인정하지 못하는구나, 겁내지 마." 그가 말했다. "그러니까, 우리 데이트 말인데. 우리가 자세한 건 전혀 생각해 보지 않았잖아. 이번 주 중에 학교 밖으로 점심 먹으러 미드 타운의 어디든 가도 좋지 않을까 생각했어."

누군가 우리를 쳐다보고 있는 듯한 이상한 느낌이 들었다. 난 주위를 휘 둘러보았다.

누가 보더라도 상관은 없다. 우리 엄마와 오빠가 제단으로 들어가는 문 가까이에서 엘드리지 목사보다 우리에게 더 많은 주의를 기울이고 있었다. 두 사람 모두 즐거워보였다.

맙소사. 벌써부터 그들의 말이 들리는 것 같다. 제이는 사사건건 간섭하려 할 것이고 트레이는 소니보다 더 훼방을 놓으려 들 것이다.

하지만 뭐? 난 상관없다. "점심 좋은 거 같아." 내가 커티스에게 말했다.

"내일 괜찮아?"

"옙."

"처음으로 월요일이 그야말로 기다려질 것 같아." 커티스가 몸을 기울이더니 내 뺨에 키스했다. 입술에 아주 가까워서 난 입술을 내밀 뻔했다. "이따 봐, 공주님."

난 엄마와 트레이와 카일라를 살폈고 내 얼굴에서는 미소가 떠날 줄 몰랐다.

"오오오오, 브리한테 남자친구가 생겼네." 트레이가 놀렸다. "오오오오!"

"닥쳐." 내가 말했다. 그런데 남자친구라니? 난 쟤를 남자친구라고는 못할 것 같다. 그런데 쟤가 그 타이틀을 가지고 있어도 문제는 없을 듯하다.

맙소사, 한껏 미소를 지었더니 얼굴이 아프기 시작했다.

제이가 말했다. "음." 흑인 엄마의 이 말 속에는 수많은 의미가 있을 수 있다. "난 그저 얼마나 오래 됐는지 알고 싶을 뿐이야. 생명 탄생의 비밀에 대한 재교육 과정이 필요할까?"

"정말?" 내가 신음소리를 냈다.

"그래요, 아가씨. 할머니가 되기엔 내가 너무 젊잖니. 아무도 그런 걸 따질 틈은 없거든."

좋아, 스위트 브라운(아파트 화재 후 인터뷰에서 '그런 걸 따질 틈이 어디 있어요'라는 말이 화제가 되었던 인물 - 역주)이군.

우리는 제단 뒤쪽 가까이의 늘 앉는 신도석으로 갔다. 할머니와 할아버지가 함께 중앙 통로로 올라왔다. 할아버지는 은색 넥타이에 모자를 맞추었다. 그는 금빛의 빈 접시 더미를 들고 있었다. 이번이 그들이 성찬대를 담당하는 일요일이었고, 이는 크래커와 포도주스를 가서 가져와야 한다는 뜻이었다.

"이제 괜찮니, 모두?" 할아버지가 말했다. 그는 제이에게 키스하고 나한테서 키스를 받았다. "오늘 너희랑 같이 있는 이 아름다운 아가씨는 누구냐?"

"할머니, 할아버지, 여기는 카일라예요. 제 여자친구예요." 트레이가 말했다. "카일라, 이분들은 우리 조부모님이셔."

카일라가 그들과 악수했다. 오, 그래. 그가 그녀를 할머니, 할아버지께 소개했다면 이건 진짜 진지한 거다. "만나 봬서 반갑습니다. 잭슨 씨, 잭슨 부인. 말씀 많이 들었어요."

"다 괜찮기를 바란다." 할머니가 말했다.

"물론이죠, 할머니." 트레이가 지나치게 밝게 말했다. 그는 거짓말을 하고 있었다.

"교회 끝나고는 준비돼 있는 거지, 제이다?" 할아버지가 물었다.

"네, 그럼요, 다 돼 있어요."

"교회 끝나고 뭐?" 트레이가 물었다.

"같이 저녁식사를 할 거야." 할머니가 말했다. 그녀가 우리 엄마를 쳐다보았다. "모두 다같이."

잠깐. 그녀가 제이를 쏘아보지 않고 있다. 사실, 할머니는 여기 1분 이상 있었는데도 아직까지 제이를 헐뜯는 소리를 한마디도 하지 않았다. 거기에다 엄마가 가족 저녁식사에 초대받았다는 건, 다시 말해, 할머니가 엄마를 가족의 일원으로 여긴다는 건가?

오. 하느님. "누군가 죽어가고 있군요! 누가 죽는 거예요? 할아버지, 당뇨 때문이군요, 그렇죠?"

"뭐라고?" 할아버지가 말했다. "쪼끔아, 맹세컨대, 넌 너무 빨리 결론을 내려. 그러다가 체하는 수가 있어. 죽는 사람은 아무도 없다. 그냥 다같이 저녁 먹자는 것뿐이야. 카일라, 너도 오렴. 말해두는데, 네 평생 먹어본 중에 최고의 블랙베리 코블러를 만날 수 있을 거다. 식욕도 챙겨 오너라."

"모두 이따 보자." 할머니가 말하고 두 분이 멀어져 갔다. 그녀는 오늘 심지어 나와 트레이에게 같이 앉자고 묻지도 않았다.

내가 엄마에게 몸을 돌렸다. 난 너무 혼란스러웠다. "무슨 일이야?"

악단이 신나는 노래를 연주하기 시작했고, 합창단이 박자에 맞춰 팔을 흔들고 손뼉을 치며 통로를 행진해왔다.

"나중에 얘기하자, 아가." 제이가 말했다. 그녀는 일어나서 그들과 함께 손뼉을 쳤다.

우리가 조부모님 댁의 진입로에 도착할 때까지 난 아무 대답도 듣지

ON THE COME UP

못했다.

할머니와 할아버지는 가든에 있는 '그 집'에서 산다. 빈민가에 있기에는 너무 좋다고 할 수 있는 집이다. 철제 울타리가 주위를 두르고 있는 벽돌집이다. 이층집으로, 우리 아빠가 어렸을 때 할아버지가 뒤편에 확장해 붙인 작업실도 있었다. 할머니는 앞뜰을 보기 좋게 가꾸었다. 새들을 위한 작은 분수도 있었고 식물원에 버금갈 만큼 꽃도 충분했다.

나는 나를 덮치는 기시감을 느끼지 않을 수 없다. 상황이 힘들었을 때, 제이는 이 진입로에 차를 대고 나와 트레이를 이곳에 남겨두고 떠났다. 이제 상황은 그때만큼 나쁘지 않지만, 난 이게 좋은지 확신할 수 없다. "무슨 일이야?" 내가 물었다.

제이가 지프의 기어를 주차에 놓았다. 나와 그녀뿐이다. 트레이는 카일라와 그의 차로 가게에 갔다. 할머니가 그에게 옥수수 빵을 만들 버터 우유와 옥수수가루를 사오라고 했다. "네 할아버지가 말씀하셨듯이, 우린 저녁을 먹고 어떤 것들에 대해 이야기를 할 거야."

"어떤 것들?"

"좋은 것들이야, 약속해."

내가 고개를 끄덕였다. 난 그 다섯 살짜리가 아직도 내 안에 있는 게 싫고, 또 그 애가 지금 흥분하는 것도 싫다. 그러니까, 난 엄마가 여기서 다시 날 떠나려는 게 아니라는 걸 알지만, 그 공포는 남아 있다. 깊숙이, 마치 내 DNA의 일부처럼 자리하고 있다.

제이가 운전대를 가볍게 두드리며 집을 응시했다. "이 진입로에 차를 댈 때마다 너와 트레이를 여기 떼놓고 갔던 날을 생각하지 않을 수 없어. 나를 향해 지르던 너의 비명 소리를 귀에서 떨쳐버릴 수 없을 거야."

그건 몰랐다. "정말?"

"그래." 그녀가 부드럽게 말했다. "내 평생 최고로 힘든 날이었어. 네 아빠를 잃었던 날보다 더 힘들었지. 그의 죽음은 내가 어쩔 수 없는 일이었어. 내가 어떤 결정을 하든 그걸 바꿀 수는 없으니까. 하지만 난 마약을 하기로 결정했고, 너와 트레이를 이곳에 데려오기로 결정했어. 이 진입로를 나서자마자 모든 게 변하리라는 걸 알았지. 알았어. 어쨌든 그렇게 됐고."

난 할 말을 찾을 수 없었다.

제이가 숨을 깊이 들이쉬었다. "너한테 수없이 말한 거 알아. 하지만 미안하다, 아가. 너한테 그런 일을 겪게 한 걸 항상 후회해. 아직도 그 일로 악몽을 꾸게 해서 미안해."

내가 그녀를 쳐다보았다. "뭐?"

"네가 자면서 말했어, 브리. 그래서 내가 밤이면 널 그렇게 살펴보는 거야."

죽을 때까지 가지고 갈 비밀이었다, 맹세코. 내가 그날을 기억하고 있다는 걸 그녀가 알기를 절대 바라지 않았다. 난 급히 눈을 깜박였다. "그걸 알게 하고 싶지 않—"

"어이." 그녀가 내 턱을 들어올렸다. "괜찮아. 다시는 약에 빠지지 않을 거라는 믿음을 너에게 주기 힘들다는 것도 알아. 이해해. 하지만 매일매일 너를 위해 여기 있는 게 내 목표라는 걸 네가 알아줬으면 해."

난 깨끗한 상태를 유지하는 게 그녀에게 매일매일의 싸움이라는 걸 알고 있었다. 그녀가 싸우는 이유가 나였다는 걸 몰랐을 뿐이다.

우리는 한동안 말이 없었다. 엄마가 내 뺨을 쓰다듬었다.

"사랑해." 그녀가 말했다.

내가 모르는 것도 결코 알지 못할 것들도 너무나 많다. 난 왜 그녀가 나와 트레이를 두고 마약을 선택했는지 모른다. 다섯 살짜리 브리가 걱정을 그만하게 될지 어떨지도 모른다. 제이가 남은 평생 깨끗한 상태를 유지할지 어떨지도 모른다. 하지만 그녀가 날 사랑한다는 건 알겠다.

"나도 사랑해. ……엄마."

두 음절. 한 단어. 내 평생 이건 제이와 동의어였지만 몇 해 동안 입밖에 내기 쉽지 않았다. 난 그녀를 다시는 잃지 않을 거라는 믿음을 갖기 위해 애써야 하듯이 이 말을 하기 위해서도 애써야 한다고 생각한다.

그녀의 눈이 반짝였다. 그녀도 내가 그녀를 거의 그렇게 부르지 않는다는 걸 의식하고 있었을 터이다. 그녀가 내 얼굴을 감싸고 내 이마에 키스했다. "이리 와. 안으로 들어가서 네 할머니가 내 접시에 독을 넣지 않기로 했기를 기도하자."

할아버지가 우리를 맞았다. 할머니와 할아버지는 트레이와 내가 이사를 나간 이후 이 집의 어떤 것도 바꾸지 않은 듯했다. 거실 벽에는 오바마 대통령을 그린 그림이 있는데(할아버지에 따르면, 유일한 대통령이다), 킹 박사와 결혼식 날의 우리 조부모님을 그린 초상화 사이에 있었다. 깃털 목도리를 두르고 다이아몬드 팔찌를 하고 있는 할머니의 초상화도 있었다. (난 물어본 적도 없고 알고 싶지도 않다.) 그 옆에는 해군 제복을 입은 아주 젊어 보이는 할아버지를 그린 그림이 있었다. 집안 곳곳에는 나와 아빠와 트레이의 사진이 있었다. 할머니가 수집한 아기 예수와 기도하는 손 조각과 함께 할머니와 할아버지의 조카들을 찍은 지갑 크기의 사진들이 복도의 선반을 따라 줄지어 있었다.

할아버지는 내가 어렸을 때부터 복원해온 오래된 픽업트럭을 수리하려고 뒤뜰로 갔다. 할머니는 부엌에 있었다. 그녀는 좋아하는 무무(하와이식의 낙낙한 여성복-역주)로 갈아입고 가스렌지 위에는 벌써 냄비와 팬을 두 개씩 올려놓았다.

"뭐 도울 거 있어요, 잭슨 부인?" 제이-엄마-가 물었다.

"그래. 찬장에서 양념 소금을 가져다주렴. 내 대신 저 채소들 맛볼 수 있겠니?"

이 외계인은 누군가? 우리 할머니에게 무슨 짓을 한 거지? 그래, 할머니라면 절대 누구도 자기 부엌에서 요리하게 두지 않는다. 절! 대! 그런 그녀가 우리 엄마에게 저녁 준비를 도와 달라고…….

이건 분명 환상특급이다. 분명히 그거다.

한동안, 난 그냥 앉아서 지켜보기만 해야 했다. 할머니는 내게 "인내심이라고는 눈곱만큼도 없으니," 따라서 난 "부엌에 있는 냄비나 팬을 하나라도 건드리면 안 된다"고 했다.

트레이와 카일라가 등장했다. 트레이는 할아버지를 돕기 위해 뒤뜰로 나갔다. 난 솔직히 두 사람이 그 트럭에 뭐 한 가지라도 한다고는 생각하지 않는다. 그들은 그저 우리가 듣지 않았으면 하는 얘기들을 하러 그리로 나간 것이다. 카일라는 저녁 준비에 도울 게 있는지 물었다. 할머니는 그녀에게 달콤한 미소를 지어보이며 말했다. "괜찮단다, 아가. 그냥 가만히 앉아 있으렴."

번역: 애, 널 내 부엌에 들일 만큼 난 널 잘 모르잖니.

하지만 할머니는 자신의 요리법을 카일라에게 말해주었다. 그리고 카일라의 "벌써부터 냄새가 아주 훌륭해요, 잭슨 부인"이라는 말만 수용했다. 그러자 할머니의 머리가 실제로 두 배는 커졌다. 그녀가 옥수수 빵 만드는 법을 카일라에게 말하기 시작하자 난 슬그머니 자리를 떴다. 사람들이 음식 이야기를 하는 것보다 더 나를 허기지게 하는 건 없었고,

내 위는 벌써 우리에 갇힌 사자처럼 으르렁대고 있었다.

난 위층으로 올라갔다. 조부모님과 명절을 같이 보낼 때마다 난 내 옛날 침실에서 지냈다.

이 집처럼 내 방도 전혀 변하지 않았다. 할머니는 내가 언젠가는 돌아올 거라고 기대한 것 같다. 물건들은 예전 그대로였고, 이곳을 떠나야 했을 때 울음을 터뜨린, 트위티를 좋아하는 열한 살짜리였던 내게 맞춤이었다. 난 침대로 몸을 던졌다. 여기에 있는 건 언제나 이상하다. 거짓말이 아니다. 마치 타임머신 같은 것 안으로 걸어 들어가는 듯하다. 트위티 성지이기 때문만이 아니라 이 방에서 있었던 모든 추억들 때문이다. 소니와 말릭과 난 여기서 아주 많은 시간을 보냈다. 트레이가 내게 우노를 가르쳐준 곳도 여기다. 할아버지는 여기서 나와 인형놀이를 했다.

하지만 엄마는 그 기억의 어디에도 없다.

문에서 노크소리가 났고 엄마가 고개를 들이밀었다. 트레이가 그 뒤에 있었다. "어이. 우리 들어가도 괜찮아?" 그녀가 물었다.

난 일어나 앉았다. "응, 물론."

"난 이 방에 들어가도 되냐고 물어볼 필요 없어." 트레이가 안으로 들어왔다. 그런 다음 배짱 좋게 내 침대에 철퍼덕 주저앉았다.

"음, 실례하세요? 여긴 아직 내 방이야."

"와우." 엄마가 주위를 둘러보며 말했다. "트위티, 어?"

그녀는 한 번도 여기 온 적이 없다. 주말마다 나와 트레이를 데리러 왔을 때, 그녀는 진입로까지만 왔다. 할머니는 그녀를 안으로 들이지 않았다.

엄마가 내 방을 이리저리 오가다가 트위티 봉제인형 하나를 집어 들었다. "내가 전에 여기 와본 적이 없다는 생각을 전혀 못했어. 잠깐,

이 말 취소해야겠는데, 이게 너네 아빠 방이었을 때 분명히 여기 왔었어."

"잠깐, 두 사람이 브리 방이 된 이 방에서 섹스를 했다는 말을 하는 거야?" 트레이가 물었다.

난 식욕이 사라졌다. "으웩!"

"트레이, 그만!" 엄마가 말했다. "아마 침대는 바꿨을 거야."

오 맙소사, 여기서 두 사람이 섹스 했다는 걸 확인시켜준 셈이다. 트레이는 고래고래 웃으며 침대로 쓰러졌다. "브리 방이 섹스룸이었다네!"

내가 그를 갈겼다. "닥쳐!"

"그만해, 둘 다." 엄마가 말했다. "너희들에게 할 말이 있어."

"잠깐, 먼저 중요한 것부터." 트레이가 일어나 앉으며 말했다. "엄마와 할머니는 어떻게 된 거야?"

"무슨 뜻이니?"

"두 사람 모두 여기 있어. 그런데?" 트레이가 자신의 시계를 흘낏 보았다. "벌써 한 시간이나 됐는데, 아직 말다툼을 벌이지 않았어. 심지어 헐뜯는 말도 듣지 못했어."

"인정." 내가 말했다. "두 사람 모두 해가 쨍쨍한 날처럼 그림자가 보이지 않아."

오, 하느님. 내가 할아버지처럼 말하다니.

"할머니와 내가 의논을 좀 했어." 제이—엄마—가 말했다. "그게 전부야."

"그게 전부라고?" 트레이가 물었다. "두 사람 사이에 의논이라면 기념비적인 일이야. 언제 그랬는데?"

"저번 날." 제이가 말했다. "몇 시간 동안 이야기를 나눴어. 많은 얘기 끝에 결론을 냈어. 아주 옛날 일까지."

"예수님이 사회를 본 거야?" 내가 물었다. "이게 가능하려면 내가 보기엔 그게 유일한 방법인데."

"하아아아!" 트레이가 말했다.

엄마가 입술로 이를 문질러 쭛 소리를 냈다. "아무튼! 난 우리가 절친이라도 되는 것처럼 행동하지는 않을 거야, 절대로. 저 여인은 아직도 내 신경을 건드리는 방법을 알고 있거든. 하지만 우린, 우리가 너희들을 사랑하고, 뭐든 너희에게 최선이 되기를 바란다는 걸 깨달았어. 그런 명분으로 기꺼이 우리의 차이점들을 무시하기로 했어."

트레이가 자신의 핸드폰을 집어 들었다. "아. 그러면 설명이 되네. 방금 지옥이 영하라는 알림을 받았어."

내가 코웃음을 쳤다.

"어쨌든간에," 엄마가 말을 이었다. "우린 또 한 가지 결정을 내렸어. 너네 조부모님이 우리가 자립할 수 있을 때까지 우리 셋 모두 여기서 살면 어떻겠냐고 하셨어. 난 받아들였고."

"와, 진짜?" 내가 말했다.

"잠깐, 잠깐." 트레이가 말했다. "우리가 이리로 이사를 온다고?"

와우. 이번엔 오빠가 알게 될 때 나도 같이 알았다.

"있지, 쿡 박사와의 면접에서 결과가 좋을 수도 있고 안 좋을 수도 있지만, 어떻든 이걸로 약간의 압박은 덜 수 있어." 엄마가 말했다. "너네 조부모님께 생활비를 내겠다고는 했지만, 이건 걱정할 청구서가 상당히 줄어든다는 의미야. 게다가 우린 아주 오랫동안 모자란 집세를 채우느라 애써왔으니 현 시점에서 만회하기란 거의 불가능해."

"하지만 나는 우리 가족이면 돼." 트레이가 말했다.

"나도 우리 가족이면 돼." 엄마가 말했다. "난 우리가 파산하지 않도록 네가 한 모든 일에 감사해, 아가. 정말로. 하지만 솔직히 여기까지가 최선이야. 이렇게 하면, 난 다시 학교로 돌아가서 학업을 마칠 수 있어. 직장을 얻기만 하면, 살 집 마련을 위해 저축도 할 수 있고. 그건 네가 대학원에 갈 수 있다는 뜻이기도 해."

그가 곧장 고개를 저었다. "아니. 절대 안 돼."

"왜 안 돼?" 내가 물었다.

"학교는 세 시간 거리야, 브리."

"카일라 때문이라면, 그 애가 정말로 널 걱정한다면, 그래도 괜찮다고 할 거야, 아가." 엄마가 말했다. "젠장, 그러는 게 좋을 거야."

"걔뿐만이 아냐. 엄마와 쪼끔이를 떠날 순 없어."

"왜 못 떠나?" 엄마가 물었다.

"왜냐면—"

"왜냐하면 네가 우리를 돌봐야 한다고 생각하기 때문이겠지." 엄마가 그의 말을 마무리 지었다. "그리고, 그러지 마. 네가 돌봐야 할 유일한 사람은 바로 너 자신이야."

트레이가 천천히 숨을 내쉬었다. "난 모르겠어."

엄마가 다가가더니 그의 턱을 들어올렸다. "넌 너의 꿈을 좇아야 해, 아가."

난 가슴에 통증이 느껴졌다. 이건 내게 더 이상 랩을 하면 안 된다고 차에서 내게 했던 말과 정확히 반대다. 그러니까, 나도 안다. 내가 일을 완전히 망쳐놓았다는 걸. 하지만 트레이의 꿈이 내 꿈보다 더 중요한 건 왜일까?

"이곳에 계속 머문다면 넌 네가 뭐가 될 수 있을지 절대 모를 거야."

그녀가 계속했고 난 마룻바닥의 깔개만 노려보았다. "나도 내 아들 자랑 좀 해야지, 박사. 그럼 사람들이 내게 아무 말도 못할 거야."

트레이가 웃었다. "동네방네 자랑하겠네, 어?"

"모두한테." 그녀도 웃었다. "하지만 먼저, 대학원에 가서 석사 학위부터 따도록 해. 그런 다음 박사 학위야. 뭐가 됐든 여기 있을 순 없어."

트레이가 신음소리를 내며 피곤한 듯 얼굴을 훔쳤다. "학교를 많이 다니면 학자금 대출도 많아지잖아."

"하지만 그럴 가치가 있어." 엄마가 말했다. "네 꿈이잖아."

그가 천천히 고개를 끄덕이고는 나를 넘겨다보았다. 난 트위티 깔개에 눈을 고정시키느라 애썼다. 그를 위해 웃어야 할지 나를 위해 울어야 할지 모르겠다.

"엄마." 트레이가 말했다. "브리도 자신의 꿈을 좇도록 해줘야 해."

"무슨 얘기 하는 거니?"

"브리에게 더 이상 랩을 하면 안 된다고 했다면서. 링에서의 공연도 허락하지 않을 거잖아."

"트레이, 내가 왜 이러는지 너도 잘 알잖아. 너도 쟤가 자초한 난장판을 봤잖니. 다음엔 수프림이 쟤를 밖에 세워놓고 바보 노릇을 시키려 할 거야. 그런 일이 벌어지게 내버려둔다면 내가 바보지. 뭐? 그래서 쟤도 네 아빠처럼 끝장나라고?"

내가 올려다보았다. "난 아빠가 아냐."

세 단어. 난 이 말을 수도 없이 생각했다. 솔직히, 사람들은 내가 나 자신이라기보다 우리 아빠인 것처럼 대한다. 내게는 그의 보조개, 그의 미소, 그의 성질, 그의 완고함, 그의 랩 실력이 있다. 젠장, 내게는 그의 방도 있다. 하지만 난 그가 아니다. 이상 끝.

"브리, 이 문제는 이미 의논했잖아."

"의논? 나한테 지시한 거지. 트레이에게는 꿈을 좇으라는 말을 하면서, 난 내 꿈을 좇으면 안 된다는 거야?"

"트레이의 꿈은 트레이를 죽음으로 몰고가지 않아!"

"내 꿈도 마찬가지야, 내가 더 똑똑하니까!"

그녀는 두 손을 입 앞에 모으고 마치 하느님께 날 해치지 않게 해달라고 기도하는 듯했다. "브리아나—"

"나도 수프림이 내게 바라는 것들이 좋지 않아." 내가 인정했다. 맹세코 난 그 망할 노래가 싫다. "하지만 이건 내가 잘할 수 있는 유일한 일이야. 내가 하고 싶은 전부라고. 적어도 내가 어떻게 해내는지 지켜보기라도 하면 안 돼?"

그녀는 한참 동안 천장을 바라보았다.

"엄마, 있잖아." 트레이가 말했다. "나도 그 노래가 좋지 않아, 싫어. 하지만 이건 엄청난 기회 같아."

"그래, 수프림을 부자로 만들어줄 기회지." 그녀가 말했다.

"우린 나중에라도 그와 이런 이미지들과 관계된 일들을 해명할 수 있어." 트레이가 말했다. "근데 엄만 정말로 브리가 그때 그랬더라면 어떻게 됐을까를 궁금해 하며 남은 평생을 보내기를 바라는 거야?"

그녀가 발로 마룻바닥을 가볍게 굴렀다. 그녀는 팔로 자기 몸을 감쌌다. "네 아빤—"

"잘못된 결정을 내렸어." 트레이가 말했다. "그러니 응, 브리도 역시—"

그게 언급할 필요가 있는 건가?

"하지만 난 브리가 그보다 더 똑똑하다고 믿어." 그가 말했다. "그렇지 않아?"

"그건 나도 알아."

"그럼 그렇게 행동하면 안 돼?" 내가 물었고 내 목소리는 너무도 간드러졌다. "다른 사람이 하는 것도 아닌데."

엄마의 눈에 언뜻 놀란 빛이 감돌았다. 천천히 그것은 슬픔으로 바뀌더니 곧이어 깨달음이 되었다. 그녀는 두 눈을 감고 숨을 깊이 들이쉬었다. "좋아. 브리, 링에서 공연하고 싶다면, 해도 돼. 하지만 한 번만 더 거기 나가서 바보같이 굴면, 내가 네 몸에서 영혼을 잡아 빼내버릴 거라는 거 알아 둬."

오, 분명코 그럴 거라 믿는다. "네, 마님."

"좋아." 그녀가 말했다. "그 공연만 끝나면 수프림은 더 이상 네 매니저가 아냐. 그에게 맡기지 않고 내가 나설 거야."

오, 하느님 맙소사. "음…… 그래. 물론이지."

"어이! 저녁 다 됐다. 나 배고프다." 할아버지가 아래층에서 소리쳤다. "그러니 엉덩이들 챙겨와!"

"아무 데나 엉덩이 붙이고 앉아 조용히 해요!" 할머니가 말했다.

"아, 달콤한 불협화음이여." 트레이가 내 방을 나서며 말했다. "이제부터 우린 항상 이 문제를 처리해야 할 거야."

"하느님, 우릴 도우소서." 엄마가 그를 뒤따라 나가며 덧붙였다.

난 물러서서 주위를 훑어보았다. 말했듯이, 난 이 방에 좋은 추억이 아주 많다. 하지만 수많은 밤을 악몽에서 깨어 엄마에게 떠나지 말라며 비명을 지르기도 했다. 보자, 좋은 추억과 나쁜 기억의 공통점 한 가지는 둘 다 나와 함께 머문다는 점이다. 그게 이 장소에 대해 어떤 느낌인지 결코 모르겠는 이유인 듯하다. 혹은 더 정확히, 우리 엄마에 대해서 말이다.

그리고 뭔가 하면? 어쩌면 괜찮을 거다. 어쩌면 우린 괜찮을 거다. 어쩌면 난 괜찮을 거다.

우리 여섯 명은 식당의 식탁에 앉아 음식이 담긴 접시와 그릇을 돌렸다. 할머니는 트레이가 위층에 있는 동안 카일라에 관한 모든 것을 알아내 우리에게 정보를 제공했다. 그녀가 그러도록 내버려둔 걸 보면 카일라는 정말이지 성자다.

"남자 형제가 둘 있다는구나. 하나는 오빠고 하나는 네 또래래, 브리아나." 할머니가 말했다. "엄마는 어디 사립학교의 선생님이고 아빠는 전기기술자라는구나. 시니어, 명함을 받았어요. 뒤 베란다의 전등을 고쳐줄 수 있을 거예요."

"어느 누구도 내 집에 아무것도 고치러 못 와." 할아버지가 말했다. "알았어요."

할머니가 계속했다. "음-흠. 그래서 저게 영원히 깜박이고 있는 거란다. 트레이, 너 아주 똑똑한 아이를 찾았더구나. 평점이 아주 높던데. 마케팅을 공부하면서 또 음악 경력도 쌓고 있더구나."

"그것 봐." 엄마가 말했다. "대학에 가고, 그리고 랩도 하면 되잖아."

난 그 말을 옹호하게 될까 봐 눈길도 주지 않았다.

"그걸 다 같이 하기는 어려워요." 카일라가 인정했다. "전 청구서 지불뿐 아니라 음악프로젝트를 위한 자금 마련을 위해서 일을 해요. 전 독자적이거든요."

"독립적인 여성이군!" 할아버지가 탄산음료 캔을 따면서 미소 지었다. "밀고 나가야지, 그럼!"

　　　　　　　　　　　　　　ON THE COME UP

"할아버지, 애 말은 독자적으로 음악을 한다는 거예요." 트레이가 말했다. "전반적으로 독립적이라는 게 아니라, 애 뒤에는 음반회사가 없다는 거예요."

"죽기 전의 주니어처럼. 브리아나, 접시에 야채 좀 더 덜려무나!" 할머니가 화제를 냉큼 바꿨다.

"맙소사." 난 숨죽여 말했다. 맹세코 난 이 여인의 할당량에 맞출 만큼의 야채는 절대 못 먹을 것이다. 게다가 훈제 족발을 엄청나게 넣어서 야채라고만 말하기도 어렵다.

"오오, 쪼끔이 좀 내버려 둬." 할아버지가 말했다. 그가 기름기 흐르는 입술을 내 뺨에 댔다. "얘는 이 할아버지처럼 육식성이라고."

"아니, 자기 할아버지처럼 고집이 세죠, 그게 전부예요." 할머니가 말했다.

"고집 센 사람이 할아버지만은 아니에요." 내가 중얼거렸다.

"헤-헤-헤!" 할아버지가 킬킬 웃고는 내게 주먹을 내밀었다. 난 내 주먹을 부딪쳤다. "내 손녀!"

내가 웃자 그가 다시 내 뺨에 키스했다. 아까 전에 엄마는 내가 누구인지 내게 물었다. 난 내가 알고 있다는 생각이 들기 시작했다.

그러니까, 난 할머니처럼 (옹졸하고) 고집불통이다.

난 할아버지처럼 창의적이다. 할아버지를 한마디로 얘기할 수야 없겠지만 그래, 나도 그렇다.

난 엄마처럼 서슴없이 말한다. 나 역시 그녀처럼 강인할 것이다.

난 신경을 너무 써서 상처를 받는다. 트레이처럼.

난 여러 가지 면에서 우리 아빠를 닮았다. 비록 내가 그는 아닐지라도.

그리고 카일라가 (아직) 가족은 아니지만, 어쩌면 내가 될 수 있는 모습을 얼핏 보았을 수도 있다.

만일 내가 다른 어떤 것도 아니라면, 난 그들이고, 그들이 나다.

그거면 충분하다.

34

목요일 밤, 트레이가 링까지 나를 호위했다.

엄마가 그에게 가라고 했다. 그녀는 직접 따라가는 건 거절했다. 자기가 수프림에게 막말을 할지도 모르며, 그건 나한테 전혀 도움이 안 될 거라고 했다. 더욱이, 그녀에 따르면, "우리 가족 중에 감옥에 가는 건 한 명이면 족하다"는 거였다.

그래, 난 해볼 생각이다. 상황이 점점 나아지긴 하겠지만, 다시 결딴 나지 않을 거라고 누가 말할 수 있을까? 이 기회를 포기한다면 내가 어떻게 보일까?

트레이는 가든을 지나는 동안, 혼다의 창문을 모두 내리고 볼륨을 최대로 높여 〈온 더 컴 업〉을 쾅쾅 울리게 틀었다. 몇 주 전에 푸 이모가 나를 데려갔을 때처럼 대기는 쌀쌀함이 감돌았다. 찬 공기와 트레이의 히터에서 나오는 온기의 조합은 꼭 그때처럼 최고였다.

"'날 막을 수 없어, 둔-둔-둔-둔.'" 트레이가 랩을 따라서 했다. "'날 막을 수 없어, 없어, 없어. 둔-둔-둔-둔, 끝장내 봐.'"

랩 유전자가 그는 건너뛴 게 분명하다, 분명해.

소니와 말릭이 뒷좌석에서 낄낄거렸다. "얼씨구, 잘한다. 우우." 소니가 그를 부추겼다. "잘한다!"

"아자, 트레이!" 말릭이 말했다.

난 그들을 쏘아보았다. 하느님께 맹세코, 부추김을 그만두지 않으면 죽여버릴 거다.

"나한테 재낵스(벤조디아제핀 계열의 단시간 작용하는 신경안정제-역주)가 있어, 손!" 트레이가 말했다. "재낵스! 진짜야."

오 맙소사, 도대체 언제부터 그가 뉴요커가 된 거지? 난 눈 위까지 후드를 잡아당겼다. 그는 나를 흥분시키려 애쓰고 있다. 그건 알지만, 이건? 이건 낯 뜨거운 짓 중에서도 가장 낯이 뜨겁다.

이건 완전히 푸 이모가 할 만한 일이다. 그녀였다면 가사는 제대로 알고 있을 거라는 점만 빼면.

그녀 없이 링에 가다니 이상하다. 사실, 그녀가 주위에 없다는 게 이상하다. 여기까지. 이건 그녀가 사라졌을 때와는 다르다. 그녀가 있는 곳이 걱정이다. 왠지 그녀가 어디 있는지 알고 있는 게 기분이 훨씬 안 좋다. 만일 그녀가 여기 있다면, 날더러 털어버리고 계속 움직이라고 할 것이다. 내가 하려는 것도 바로 그거다. 이 공연을 죽여주고 음반 계약을 따내고 싶다면 내가 해야 하는 일도 그거다.

우리가 링에 도착하자 트레이가 어설픈 랩을 멈추었다. 오늘밤, 차양막의 광고는 모두에게 "가든의 자랑, 브리의 특별 공연!"이 있을 예정임을 알렸다.

"이런. 우리 지금 셀럽과 어울리고 있는 거야, 어?" 말릭이 뒷좌석에서 놀렸다.

"하! 그냥 빈민가 유명인일 뿐인걸. 니들이 와줘서 기뻐."

"이걸 놓칠 순 없지." 소니가 말했다. "우린 늘 네 편이라는 거 알지?"

"그래, 알아." 우리의 우정에 대해서 다른 건 몰라도 그건 알고 있다.

주차장의 '이탈'은 이미 시작되고 있었다. 주변에서 음악이 쾅쾅 울렸고, 사람들은 차들을 과시했다. 난 도중에 고함을 지르고 고개를 끄덕였다. 한 남자가 내게 말했다. "계속해서 가든을 대변해 줘, 브리!"

"그래요!" 내가 대꾸했다. "동쪽 지역!"

그러자 내 안에 더 많은 사랑이 생겨났다.

또 다른 나는? 가든이다. 그리고 가든이 나다. 가든과 함께여서 난 늘 좋다.

"어이, 브리!" 꽥꽥거리는 목소리가 불렀다.

난 몸을 돌렸다. 조조가 구질구질한 자전거 위에서 페달을 밟았다. 땋은 머리에 달린 구슬이 서로 부딪쳐 찔그럭거렸다.

도대체 뭐지? "너 지금 여기서 뭐하는 거야?" 내가 물었다.

자전거가 내 바로 앞에서 미끄러지며 멈췄다. 얘는 내게 심장마비를 선물하고 싶은가 보다. "공연 보러 왔어."

"혼자?" 트레이가 물었다.

조조가 자전거 앞바퀴를 앞뒤로 조금씩 굴리며 땅을 응시했다. "난 혼자가 아냐. 여기 다 같이 있잖아."

"조조, 밤에 혼자 밖에 나오면 안 돼."

"신곡 부르는 걸 보고 싶었어. 분명 짱 멋진 곡일 거야!"

난 한숨을 쉬었다. "조조."

그가 두 손을 모았다. "제에에에발."

요 녀석. 하지만 진실은, 혼자 있는 것보다 우리와 함께 있는 게 더 나을 거라는 점이다. "그래, 좋아." 내가 말하자 그가 주먹을 펴 올렸다. "하지만 그 후에는 집으로 곧장 데려다 줄 거야, 조조. 거짓말 하는 거 아냐."

"그리고 너네 엄마 전화번호 내놔, 전화하게." 트레이가 거들었다. "누군가는 네가 어디 있는지 알아야 하잖아."

조조가 자전거에서 내려왔다. "이봐요, 모두들 아무것도 걱정할 거 없어! 난 내가 가고 싶은 곳은 어디든 가."

트레이가 그의 목에 팔을 걸었다. "그렇다면 그게 왜 그런지 알아내야겠는걸."

조조가 그의 가슴을 부풀렸다. "나도 좀 있으면 어른이야."

우리 넷은 웃음을 터뜨렸다.

"애송아, 넌 아직 변성기도 안 왔어." 소니가 말했다. "거짓말 그만해."

우리가 건물을 향해 가는 동안 주머니 속의 내 핸드폰이 떨었다.

커티스였다. 공식적으로 말해, 난 깊이 빠져버렸다. 월요일 데이트 이후, 내 연락처의 그의 이름 옆엔 눈이 하트로 된 이모지가 붙었다. 그러니까, 그는 꽃과 스톰 만화책을 가져왔고, 식당에서 후식 먹을 시간이 없을 걸 계산해 학교로 돌아오는 길에 먹으려고 칩스아호이 작은 팩을 갖고 왔다! 그는 하트로 된 눈을 얻었다. 그가 막 그게 유지될 수 있는 문자를 두어 줄 보냈다.

오늘밤 네가 내키는 대로 해, 공주님.

나도 거기 있고 싶다.

근데 난 아마 네 노래에 집중 못할 거야

너만 뚫어져라 보고 있을걸

진부한가? 그렇다. 하지만 미소가 떠오른다. 그런데 내가 답장도 하기 전에 그가 문자를 또 보냈다.

네 엉덩이도 뚫어져라 보고 있을 테지만 어쩜 그건 내가 인정 안 해야 하는 거 알지

난 숨죽여 웃었다.

그럼 지금은 왜 인정하는 건데?

그의 대답?

널 미소 짓게 할 게 분명하니까

그 덕분에 난 눈이 하트로 된 두 번째 이모지를 그의 이름 옆에 덧붙였다.

늘 하던 대로 우리는 줄을 건너뛰었다. 가는 도중에 사람들은 내 어깨를 치고, 손바닥을 치고, 내게 고개를 끄덕였다. 난 정말로 가든의 공주님이 된 듯한 기분이었다.

하지만 회색 옷을 입고, 내가 한낱 공주에 불과하다는 듯 나를 쳐다보는 무리가 있었다.

약 대여섯 명의 크라운파가 줄에 섞여 있었다. 하나가 나를 알아보고 다른 하나를 찔렀고 삽시간에 모두가 나를 뚫어지게 노려보았다. 난 침을 삼키고 똑바로 되쏘아보았다. 그건 일종의 개를 상대하는 것과 비슷했다. 개가 공포를 알아차리게 두어서는 안 된다. 그렇지 않으면 망한

다.

트레이가 내 어깨를 두드렸다. 그는 무슨 일이 있었는지 알고 있다. "그냥 계속 가." 그가 속삭였다.

"뒤에 누가 있는지 봐." 우리가 문에 이르렀을 때 다부진 체격의 기도 레기가 말했다. "오늘밤 네가 우릴 위해 쇼를 한다고 들었어."

"그럴 예정이에요." 내가 말했다.

"아직도 로를 위해 횃불을 들고 다니는 거야, 어?" 키가 더 큰 편인 프랭크가 우리 주위로 금속탐지봉을 흔들며 말했다.

"아니. 나를 위해 들었어요. 우리 아빠도 그걸 원할 거라고 생각해요."

프랭크가 고개를 끄덕였다. "네 말이 맞는 거 같다."

레기가 우리를 통과시키는 몸짓을 하고는 내 블랙 팬서 후드티를 가리켰다. "와칸다 포에버." 그가 가슴 위로 팔을 올려 ×자를 만들었다.

이 사람 좀 봐, 구호를 정확하게 알고 있네.

프랭크와 레기는 조조가 자기들에게 자전거를 맡겨두고 들어가게 했다. 우리가 막 안으로 향하려 했을 때 걸걸한 목소리가 말했다. "젠장 어떻게 쟤들은 줄을 건너뛰는 거야?"

쳐다볼 필요도 없었다. 난 그게 크라운파라는 걸 알고 있다. 시빗거리를 찾고 싶어 몸이 근질거리는 것이리라.

"이봐, 진정해." 프랭크가 말했다. "오늘밤은 꼬마 로의 공연이야."

"저 계집애가 뭘 하든 무슨 상관이야." 회색 비니를 쓴 크라운파가 말했다. "쟤네들은 엉덩이 들고 맨 뒤로 가도 되잖아."

"잠깐 기다려." 트레이가 말했다. "누구—"

조조가 크라운파 앞으로 나섰다. "너 지금 우리가 누군지 알아?"

난 그가 더 가까이 가기 전에 그의 셔츠 칼라를 붙잡았다. "조조, 안 돼!"

"야, 꼬맹이는 빠져!" 비니를 쓴 크라운파가 말했다. 그는 나를 쳐다보았다. "우리 덕분에 네가 네 랩에 대해 더 겸손해진 줄 알았는데, 보아하니 아니네. 네 이모는 기회가 있었을 때 방아쇠를 당겼어야 했어. 이제 너한테 문젯거리만 만들어준 거야."

지금 이 순간, 내가 어떻게 서 있는지 모르겠다.

"원하면 해 보시지!" 조조가 말했다. "우리가 널 곤죽을 만들어버릴 테니까!"

크라운파 일당이 웃음을 터뜨렸다.

그런데 난 속이 메슥거렸다. 요 꼬맹이는 진심이었다.

말릭이 조조의 팔을 붙들었다. "가자." 그가 말하고는 조조를 끌고 갔다. 그와 소니는 안으로 들어가며 크라운파 일당을 흘낏 뒤돌아보았다.

트레이는 내 곁에 바짝 붙어서 그들 하나하나를 눈을 부릅뜨고 보았다. 그가 나를 안으로 이끌었다.

트레이도 깊이 숨을 들이쉬었다. "너 괜찮아?" 그가 물었다.

아니다, 하지만 그래야 했기 때문에 고개를 끄덕였다. "봐봐, 집에 가도 돼. 알지?" 그가 말했다. "이게 그 정도로 가치가 있는 건 아냐."

"난 괜찮아."

그가 한숨을 쉬었다. "브리—"

"저들은 아빠를 가로막았어, 트레이. 나까지 가로막도록 둘 수는 없어."

그는 설득하고 싶어 했다. 그의 눈빛에서 읽을 수 있었다.

"있지, 저들은 오늘밤 여기서 아무 짓도 못해." 내가 말했다. "레기와 프랭크는 무기를 통과시키지 않아. 난 이걸 끝내고 가야 해."

그가 입술을 깨물었다. "그런 다음엔 어쩔 건데? 이걸로 그냥 끝나는 게 아냐, 브리."

"내가 뭐든 해명할 거야." 내가 말했다. "하지만 그러려면? 난 여기 있어야 해."

그가 한숨을 크게 내쉬었다. "좋아. 이건 네 결정이야."

그가 주먹을 내게 내밀었다. 나도 주먹을 부딪쳤다.

줄 선 사람들이 어떻게 들어올지 모르겠다. 이곳은 벌써 완전히 꽉 찼다. 난 계속해서 말하고 있었다. 멍청이 하이프가 그 모든 소란들 너머로 릴 웨인의 곡을 틀었다.

수프림을 찾는데 조금 시간이 걸렸다. 그는 저쪽 권투 링 근처에 있었다. 난 그의 주의를 끌기 위해 손을 들었다. 그가 알아보고 다가왔다.

"이것도 괜찮은 거지?" 트레이가 속삭였다.

엄마가 수프림에게 덤벼들까 봐 그가 엄마의 자리를 대신한 걸 텐데. 하지만 트레이도 그를 그다지 좋게 보지 않는 게 확실하다. "너 괜찮아?"의 진짜 의미는 이렇다. '내가 이 사람 손 좀 봐줄까?'

"이것도 괜찮아." 내가 말했다.

"슈퍼스타가 여기 있었군!" 수프림이 큰 소리로 말했다. 난 그가 날 가볍게 안도록 내버려두었다. "근데 너랑 같이 온 사람들이 몇 있는 걸로 아는데, 어? 트레이, 야~, 네가 얘만 할 때 보고 못 봤는데." 그가 손을 뻗어 조조의 머리카락을 헝클어뜨렸다.

조조가 그의 손을 핵 피했다. "난 꼬마가 아니에요!"

수프림이 빙그레 웃었다. "내가 잘못했어, 아저씨. 내가 잘못했어요."

ON THE COME UP

"그럼 수프림이세요?" 소니가 말했다.

그는 마일스의 아빠를 보고 눈을 가늘게 떴다. 마음속에 떠오르는 말을 꾹 참고 있다는 걸 알 수 있었다. 하지만 소니가 내게 한 말을 놓고 볼 때, 마일스는 자기들의 이야기를 그에게 할 준비가 안 되어 있었다.

"유일한 그 사람이지." 수프림이 말하고는 내게로 몸을 돌렸다. "제임스에게 맨 앞자리를 잡아주었어. 그리고 널 위해선 뒤에 작은 분장실을 준비해 놓았으니 이따가 화려하게 입장할 수 있을 거야."

"우리가 같이 갈게." 말릭이 그를 쳐다보며 말했다. 그 역시 수프림을 그다지 좋아하지 않았다.

"너희들은 가 봐. 난 이 조그만 깡패 지망생에게 좋은 자리를 찾아줄 테니까." 트레이가 말했다. "가자, 조조. 우린 얘기 좀 해야겠다. 버릇없이 굴지 않는 방법에 대해서 말야."

난 그들이 군중 속으로 사라질 때까지 그들을 바라보았다.

수프림이 내 어깨를 잡았다. "이번 계약 따낼 준비 됐지?"

난 그렇다고 생각했다. 푸 이모의 말이 들리는 듯했지만, 난 고개를 저어 그걸 떨쳐버렸다. 난 침을 꿀꺽 삼켰다. "그래요. 합시다."

말릭과 소니와 난 수프림을 따라 뒤로 갔다. 복도의 벽은 힙합 전설들의 벽보로 뒤덮여 있었다. 마치 내가 내딛는 한걸음 한걸음을 그들이 지켜보고 있는 듯했다.

수프림이 나를 창고였던 '분장실'로 데리고 갔다. 방은 작았고, 의자 몇 개와 냉장고뿐이었지만 소란에서 멀리 떨어진 조용한 곳이었다.

내가 내 세계에 빠져들 수 있도록 수프림이 떠났다. 그리고 그는 좌석에 앉아 있는 제임스의 곁에 있고 싶어 했다.

난 의자들 중 하나에 몸을 앉혔다. 소니와 말릭이 다른 두 개에 앉았다. 난 깊이 숨을 빨아들였다가 내뱉었다.

"크라운파 일은 유감이야." 말릭이 말했다.

"나하고 푸 이모 책임이야."

"이게 전부 가사에 들었어?" 소니가 물었다.

내가 끄덕였다.

"기똥찬데." 소니가 말했다.

"근데 조조는 널 위해 전쟁이라도 할 기세던데?" 말릭이 히죽 웃으며 말했다.

소니가 웃었다. "진짜 뭐든 하겠더라." 그가 커피테이블 위의 바구니에서 칩스를 조금 집어먹었다. "그 꼬맹이를 진지하게 생각하는 건 아니잖아, 브리."

"맞아. 우리도 어렸을 땐 '깡패'인 척하고 그랬잖아." 말릭이 거들었다.

우리도 그 시절을 거쳤다. 난 푸 이모가 가든파의 표시를 드러내놓고 다니는 걸 수도 없이 본 나머지 나도 할 수 있을 거라 생각했었다. 공책에 가든파의 표식을 그리기도 했다.

하지만 그들을 곤죽으로 만들어 놓겠다고 사람들에게 말하고 다니지는 않았다.

문에서 노크소리가 났다.

"들어오세요." 소니가 입에 칩스를 가득 넣은 채 소리쳤다.

스크랩, 그 모든 사람 중에 스크랩이 분장실 문으로 고개를 들이밀었다. "어이, 브리? 시간 있어?"

난 몸을 곧추세웠다. "응. 여긴 대체 어쩐 일이야?"

스크랩이 말릭과 소니에게 재빨리 고개를 끄덕였다. "내가 새로이 제일 좋아하게 된 래퍼의 공연인데 보러 와야지. 더군다나 네가 오늘밤 여기 있는 건 이 몸 덕분이잖아, 알지?"

난 눈썹을 치켰다. "아니, 난 모르는데."

"네 노래가 기가 막히다고 한 사람이 바로 나야!" 스크랩이 말했다. "기억하기 쉬운 노래여야 한다고도 했고. 알아. 알아. 난 천재야, 맞지?"

도대체 이건 무슨 소리야? "음…… 그래. 물론이지."

"무대 위에서 내게 감사의 외침을 보내줘 그럼 우린 됐어." 그가 주장했다. "너한테 인사하고 싶어 하는 사람이 있어."

그가 내게 그의 핸드폰을 건넸다.

이게 내가 생각하는 그 사람일 리가 없다. "여보세요?"

"자, 들어 봐, 길게 말할 시간 없어. 근데 넌 벌써 네가 아닌 것 같다." 푸 이모가 말했다. "목소리에 그렇게 힘이 없어서야 오늘밤 어떻게 슈퍼 스타가 되려고 그래?"

"입 다물어." 내가 웃었고 그녀도 함께 웃었다. 난 그녀의 웃음소리가 어땠는지 거의 잊어버리고 있었다. "이런. 보고 싶어."

"나도 보고 싶어." 그녀가 말했다. "어이, 봐봐, 시간이 많지 않지만 너한테 할 말이 있어. 오늘밤 네가 공연을 한다고 스크랩이 말해줬어. 가서 다 죽여 놔, 알았지? 다시 한 번 막혔다간 내가 여기서 뛰쳐나가서 네 엉덩이를 걷어차줄 테니까. 울 엄말 걸고 맹세해."

이게 그녀가 말하는 방식이다. "사랑해." 난 크라운파에 대해서는 말하지 않았다. 지금 당장 그녀가 알 필요는 없으니까. "걱정하지 마. 알았어."

"있잖아, 나 조만간 나갈 거 같아, 알겠어?" 그녀가 말했다. "변호사 생각으론 내가 최소형량을 받을 수 있을 거래. 특히 내가 폭력범죄를 저지른 건 전혀 아니니까."

그게 그들이 알고 있는 것이다. 그렇더라도 난 그걸 받아들일 테다.

수프림이 다시 왔다. 그가 스크랩을 노려보는 듯했다. 스크랩은 그를 위아래로 훑어보며 말했다. "무슨 문제 있슈?"

수프림이 내게로 몸을 돌리더니 자신의 시계를 가리켰다.

"나, 가야 돼." 내가 푸 이모에게 말했다.

"알았어. 가서 죽여 놔." 푸 이모가 말했다. "넌 못할 게 없어, 슈퍼스타."

"꼭대기에서 얼간이들을 보게 될 거야." 그녀의 말에 이어 내가 마무리했다. "사랑해."

"감상적이긴, 나도 사랑해. 이제 가서 네 일을 해."

스크랩에게 핸드폰을 넘겨줄 때 눈이 따끔거렸다. "고마워." 내가 그에게 말했다.

"별 말씀을." 그가 말했다. "가서 죽여 놔. 푸를 위해."

말릭과 소니와 나는 수프림을 따라 복도로 나섰다. 수프림이 내게 팔을 둘러 자기 쪽으로 가까이 당겼다.

"얘 좀 봐, 너 GD파와 어울리는 거야?" 그가 속삭였다. "내가 제안한 대로 진짜처럼 보이느라 애쓰는 거야? 어?"

난 그에게서 떨어졌다. "아뇨, 난 그런 짓 안 해요."

우리가 체육관으로 들어서자 소리와 빛이 엄습했다. 그곳은 발 디딜 틈 하나 없었지만 관중들은 어떻게든 우리에게 길을 터주었다. 수프림이 나를 권투 링으로 이끌고 갔다. 밖에서 줄을 섰을 때처럼 내가 지나가는 동안 사람들은 내 손바닥을 치고 등을 두드렸다. 사람들은 내게 행운을 빌어주는 방법이라도 된다는 듯 어떻게든 나를 만졌다.

"좋아요, 여러분. 그녀는 바로 이곳 링에서 출발·했었죠." 내가 다가가고 있을 때, 하이프가 관중을 향해 말했다. "그 이후로 줄곧, 그녀는 날아오르고 있어요, 랩으로 말했듯이 말이죠."

그는 내가 생각했던 것보다 훨씬 더 진부했다.

"여기 새로운 싱글 곡을 가지고 그녀가 왔습니다. 모두 브리에게 박수를 보내주세요!"

난 소니와 말릭에게 주먹을 내밀었다. 그들이 주먹을 부딪쳤고 우리는 서로의 손바닥을 친 다음 평화 사인으로 마무리했다. 우리는 여전히 불경한 삼총사였다.

"쁴앰~" 우린 말했다.

"이번엔 막히지 마." 소니가 덧붙였다. "너와 인연 끊고 싶지 않아."

난 입술을 오므렸다. 그가 씨익 입꼬리를 올렸다.

수프림은 내가 링 안으로 들어갈 수 있도록 로프를 들어 올려준 다음 내게 마이크를 건넸다. 몇 주 전에 그랬던 것처럼 꼭 그렇게 조명이 나를 비췄다. 환호 소리에 귀가 먹먹해졌다.

나는 눈을 가늘게 뜨고 관중을 둘러보았다. 오빠와 조조, 카일라가 링 바로 옆에 있었다. 소니와 말릭이 그들과 합류했다. 제임스와 수프림이 그들 옆에 있었다. 스크랩도 거기서 멀지 않은 곳에 자리를 잡았다. 그의 뒤로 꽤 떨어진 곳에서 뭔가가 번쩍거렸다.

은니가 가득한 입이 내게 미소 짓고 있었다. 회색 비니를 쓴 크라운파가 우리 아빠의 펜던트를 집어 들고 내게 입을 쭉 내밀었다. 그의 친구들이 능글맞게 웃으며 키득거렸다.

스크랩이 내 눈길을 좇았다. 그의 목소리는 들리지 않았지만 그의 입술은 읽을 수 있었다. **"오, 이런 안 돼."**

그가 나와 눈을 맞추더니 조용히 위험한 질문을 던졌다. **저거 내가 처리해줄까?**

"그러어어엄…… 자기소개나 뭐 아무것도 안 할 건가요?" 하이프가 물었다. 그가 여기 있다는 걸 깜박했다. 젠장, 내가 어디 있는지도 깜박했다. "또다시 막혀버릴 거라곤 말하지 말아요. 완전 막혀버리는 아가씨라고 불러야 할 테니까."

그가 드럼을 발로 차는 소리를 틀었다. 도대체 누가 이 사람더러 재미있다고 한 거지?

크라운파는 내가 볼 수 있도록 목걸이를 높이 들어올렸다. 그의 친구들은 마구 웃기 시작했다.

스크랩은 다시 한 번 조용히 물었다. **저거 내가 처리해줘?**

"여러분 모두 노래가 듣고 싶죠, 그래요?" 하이프가 관중에게 물었다. 대답은 "예"였다. "그럼, 갑시다!"

비트가 시작됐다.

난 바로 후크로 치고 들어간 다음 디-나이스가 쓴 벌스를 하기로 되어 있었다. 수프림과 제임스는 흐뭇한 표정으로 지켜보았고 난 마치 그들의 꼭두각시처럼 재주를 부리려는 참이었다.

꼭두각시는 허수아비, 웃음거리, 패거리와 라임이 맞다.

패거리. 폭력 패거리, 아래에서 나를 노려보고 있는 크라운파와 스크랩이 자리 잡은 메이플 그로브 GD파 같은 조직. 조조는 그들처럼 되고 싶어 한다. 내가 이 노래를 하면, 난 그에게 더 많은 명분을 주게 될 터이다. 또한 하이프가 내게 혐의를 씌웠던 일들을 정확히 그대로 하게 되는 것일 게다. 내 것이 아닌 말들을 읊는 것.

상품. 복제품.

아주 오랫동안, 사람들은 나를 우리 아빠의 복제품처럼 대했다. 수프림도 나를 꼭두각시처럼 대한다. 하지만 우리 오빠는 나를 선물이라 불렀다. 우리 엄마는 나를 기적이라고 불렀다. 내가 아무것도 아니더라도 난 엄마의 딸이고 트레이의 여동생이다.

선물. 발음하는 방식에 따라 수많은 단어들과 라임을 맞출 수 있다. 거울 같은 단어도 있다.

거울. 아마도 조조에게는 내가 거울일 터이다.

하지만 그는 왜곡된 이미지를 가지고 있다. 그는 내 말들을 엉뚱하게 받아들였다. 에밀리처럼, 그리고 크라운파처럼. 그들은 모두 오해하고 있다.

오해하다. 이해하다.

아마도 이젠 모두 이해할 수 있으리라.

"음악 멈춰." 내가 마이크에 대고 말했다.

비트가 잦아들었다. 속삭임과 웅얼거림이 일었다.

수프림이 미간을 찌푸렸다. 제임스가 묻는 소리가 들렸다. "무슨 일이야?"

난 그 둘을 무시했다. "원래는 신곡을 하기로 되어 있었지만 내 마음에서 우러나오는 노래를 하고 싶어요. 여러분, 그래도 괜찮아요?"

대답은 완전 예!였고, 그렇게 크게 환호성이 울릴 줄 몰랐다.

"오호. 프리스타일을 듣게 되려나 봅니다!" 하이프가 말했다. "비트 필요해?"

"넣어 두셔. 오지라퍼 하이프."

내 말에 모두가 웃음을 터뜨렸다.

난 눈을 감았다. 내 안에서 기다리고 있는 단어들이 수도 없이 많았다. 조조가 듣고 이해하기를 바라는 단어들.

난 마이크를 들고 그것들을 흘러나오게 했다.

사람들의 웃음거린 되지 않겠어, 꼭두각신 물론이야,

갱이 되려는 아일 부추기긴 싫어.

내 것이 아닌 단어를 읊는 것도 싫어.

허수아빈 되지 않겠어, 복제품은 물론이야.

그래, 난 누군가의 딸이고 누군가의 여동생이야.

누구에겐 선물이고 누구에겐 거울이야.

난 천재고, 별이야, 이 모든 게 나야.

하지만 난 배신자가 아냐, 깡패도 아냐.

가든에선 아이들이 굶주려, 심장은 딱딱해져, 내게 간청해.

근데 제도는 구려. 뻔뻔하다고? 사람들은

내게도 심장이 있다고 알려줄 뿐이야.

그래, 난 방아쇠를 당기는 일 따위로 랩을 하는 깜둥이겠지.

세상이 날 죄인 취급이야 하건 말건 주머니만 불리는 거겠지.

재주는 곰이 부리고, 돈은 주인이 챙기는 거겠지. 받아들이는 순간

사실이 되고, 그게 내가 되지. 이건 그냥 랩이 아냐, 이건 그 이상이야.

사람들은 힙합을 비난해. 하지만 우린 우리가 본 걸 말한 거야.

난 계속 내가 본 걸 말할 거야, 하지만 그건 내가 아냐.

내가 날 여왕이라고 할 때, 누구도 내 왕관을 채가지 못한다는 뜻이야.

네 패거리완 아무 상관없어, 오해했다니 유감이야.

보복은 우리 빈민가의 분열이야, 그러니 제발 정신 차려.

넌 절대 내 입을 막지 못해, 내 꿈을 꺾지 못해.

ON THE COME UP

알아 둬, 밝게 빛나는 게 브리야.

난 파는 상품이 아냐.

환호성이 터져 나왔다.

"브리! 브리! 브리!" 그들이 연호했고 내 이름이 체육관을 흔들었다. "브리! 브리! 브리!"

연호하지 않는 게 누구지? 크라운파. 수프림과 제임스도 하지 않았다. 제임스는 문을 향해 가며 고개를 저었다. 수프림이 급히 그의 뒤를 따랐다. 그는 나를 뒤돌아보았고 난 그의 눈을 볼 수 없었지만 그의 표정은 쉽게 읽을 수 있었다. 우린 끝났어.

난 마이크를 내렸다. 내가 어렸을 때, 난 머리빗을 들고 거울 앞에 서서 관중들이 내 이름을 연호하는 상상을 하곤 했다. 하지만 이런 걸 상상하지는 못했으리라. 이 느낌. 보다시피, 내 평생 처음으로 난 내가 있어야 하는 곳이 정확히 어디인지 알겠다. 난 나에게 예정된 일을 하고 있다. 그러니까, 내가 하도록 되어 있던 일을. 관중이 침묵할 수 있다는 것도 난 계속 알고 있을 것이다.

푸 이모가 나를 힙합의 세계에 소개해줬을 때, 나스는 세계가 내 거라고 했고, 나도 그럴 수 있을 거라 믿었다. 지금 이 무대 위에서 난 그걸 알게 됐다.

에필로그

페이지 위의 단어들이 모두 한꺼번에 흐릿해졌다. 난 핸드폰을 흘끗 보았다. "우리가 얼마동안 이러고 있었지?"

커티스도 자신의 핸드폰을 보았다. "고작 두 시간이야, 공주님."

"고작?" 내가 신음소리를 냈다. 내 침실바닥 여기저기에는 ACT 자율 학습 교재와 노트북컴퓨터들이 흩어져 있다. 우리는 내일 또 모의고사가 있고 진짜 시험은 한 달 남짓 남았다. 커티스는 같이 공부하자고 뻔질나게 찾아왔다. 우리의 공부는 대개 다른 일로 변하기는 했지만 난 준비가 돼 있다고 생각한다.

그래서 난 이렇게 말한다. "우린 휴식이 필요해."

"오, 진짜?"

"진짜."

"맞춰볼게. 대신 이걸 하고 싶은 거야?"

그가 갑자기 도둑 키스를 하며 얼굴 한가득 미소를 지었다. 키스 한 번이 두 번이 되고, 두 번이 세 번이 되고, 세 번이 트위티 성지 바닥의 애무로 이어진다. 엄마와 트레이와 나는 우리 조부모님과 함께 산 지 일주일이 조금 안 되었고 방을 다시 꾸밀 시간이 없었다.

"야, 야!" 트레이가 문간에서 소리쳤다. 커티스와 난 서둘러 떨어졌다. "그건 전혀 공부가 아니잖아!"

난 바닥에 등을 대고 구르며 신음소리를 냈다. "오빠가 대학원으로 들어가는 날이 진짜로 빨리 왔으면 좋겠어."

"안됐지만, 넌 앞으로도 두어 달은 더 나랑 붙어 있어야 할 거야." 그가 말하고는 커티스를 보았다. "인마, 넌 신중하게 행동하는 게 좋을 거야. 네 엉덩이를 걷어차려고 세 시간을 운전해서 올 수도 있어."

커티스가 천연덕스레 두 손을 들어 올렸다. "내가 잘못했어."

"어-허." 트레이가 말했다. "내가 지켜보고 있어, 커티스."

난 한숨을 쉬었다. "조조 데리러 가야 하지 않아?"

트레이는 조조를 마캄 주 농구 경기에 데려갈 거다. 조조는 마치 NBA 경기라도 되는 듯이 일주일 내내 거기에 빠져 있다. 불쌍한 녀석, 마캄이 눈곱만큼도 경기를 잘할 수 없다는 걸 모르고 있다.

"나, 간다." 그가 내 방문을 발로 찼다. "그래도 이 문 계속 열어놔. 아직은 누구라도 '트레이 삼촌'이라고 부르면 안 되니까. 할아버지한테 너희들이 위에 있다고 말해야겠다, 일시적 세균들아."

그가 자리를 떠 복도를 내려갔다. 커티스는 몇 초를 기다리더니 내게 몸을 기울여 키스했다. "세균들이라고? 허!"

하지만 우리는 방해를 받고서도 계속했다. 엄마가 크게 헛기침을 했다. "그건 공부가 아닐 텐데."

"내가 그랬잖아." 트레이가 어디선가 소리를 질렀다.

커티스가 그의 말에 엉뚱하고 귀여운 당황해하는 표정을 짓자 맙소사, 난 어찌할 바를 모르겠다. "죄송해요, 잭슨 부인."

그녀가 입술로 이를 문질러 쯧 소리를 냈다. "음-흠. 브리, 어떤 게 더 마음에 드니?"

그녀가 옷 두 벌을 들고 있다. 하나는 지나 이모가 사준 것으로 감색 펜슬 스커트와 그에 어울리는 콤비였다. 다른 하나는 쳴 이모가 사준 회색 정장이었다.

"둘 다 비슷해 보이는데, 아무 상관없잖아?"

"아니, 상관있어." 그녀가 말했다. "첫 출근에 딱 맞는 차림이어야 해."

그녀는 월요일부터 쿡 박사의 비서로 교육청 일을 시작한다. 그가 그녀에게 지시한 첫 번째 일은? 일이 순조롭게 진행될 수 있도록 미드타운 흑인 라틴계 연합회와의 월례회의 날짜를 잡는 것이었다. 또 다른 업무 지시는? 지역 내 보안회사를 새로 알아보라는 것이었다.

"뭐? 할머니가 사주신 옷을 안 입겠다는 거야?" 내가 물었다.

엄마의 입술이 얇아졌다. 할머니는 그녀에게 꽃무늬 정장을 사주었다. 요란하고 튀었다. 오래 쳐다보고 있으면 눈이 멀 것 같았다.

"그건 교회용으로 모셔놓았어." 그녀가 거짓말을 했다. "자, 이제 고르는 거 도와줘."

"감색." 내가 말했다. "그건, '난 여기 있고 싶어요, 그러니까 업무적으로요. 하지만 그래도 내 스타일이 있어요. 날 거스른다면 내가 가만 안 둬요.' 그런 느낌이야."

그녀가 손가락을 딱, 퉁기더니 나를 가리켰다. "내가 말하려는 게 바로 그거야. 고마워, 아가. 너희들 이제 다시 공부로 돌아가도 돼. 공부!"
그녀는 눈썹을 치키며 덧붙였다. "커티스, 저녁 먹고 가도 된다. 검보를
만들 거야."

그렇다, 할머니는 그녀가 부엌에서 요리하는 걸 허락하셨다. 아니, 외
계인들이 진짜 우리 할머니를 어디다 뒀는지 모르겠다. 그녀를 되찾을
수 있을까.

"고마워요, 잭슨 부인." 커티스가 우리 엄마에게 말했다.

내 폰이 마룻바닥에서 몸을 떨었고 소니의 웃는 얼굴이 화면에 나
타났다. 난 스피커 버튼을 눌렀다. "무슨 일이야, 소니 버니." 내가 놀렸
다.

"입 다물어, 부키."

"안녕, 브리." 마일스가 뒤에서 소리쳤다.

"안녕, 마일스."

"너희들 거기도 어른의 감독이 있어야겠는걸. 다 알고 있어!" 엄마가
소리를 질렀다.

"진정해, 제이 이모. 아무 일도 없으니까." 소니가 말했다. "브리, 트위
터 들어가 봐. 지금 막 엄청난 일이 일어났어."

"엥?" 내가 말했다.

"진짜야, 브리. 트위터 들어가."

커티스가 자신의 핸드폰을 집었다. 난 내 노트북에 주소를 쳐 넣었
다. "왜?" 내가 물었다.

"간밤에 누가 네 프리스타일을 올렸는지 아마 못 믿을걸?" 그가 말
했다.

"너 지금 무슨—"

내 알림이 99+이다. 트위터는 그 이상의 숫자는 표시할 수 없다. 트윗 하나를 사람들이 계속해서 링크를 걸고 리트윗하고 있었다. 난 그걸 클릭해 읽었다. 그런 다음 프로필 사진과 이름을 확인했다.

엄마가 와서 그걸 함께 보았다.

"어머 세상에." 그녀가 말했다.

"'이 소녀는 힙합의 미래예요.'" 커티스가 트윗을 크게 읽었다. "'@LawlessBri, 우리 노래 한 곡 같이 불러요. 우리 한번 해 봐요!'"

이 트윗은…….

오, 세상에!

"맙소사, 공주님." 커티스가 말했다. "이건 뭐 인생 역전…… 그런 건데."

엄마는 계속해서 그를 흘겨보고 있다. "브리, 정말 하고 싶니, 아가?"

난 트윗을 노려보았다. 이건 어마어마하다. 이건 내게 필요한 결정타가 될 수 있을 것이다.

"응." 내가 엄마를 쳐다보며 말했다. "내 뜻대로 할 수 있다면."

감사의 말

지난번처럼, 이번에도 래퍼의 수상 연설처럼 들릴지 모르지만, 어, 이 책으로 말할 것 같으면, 그래야 하는 게 맞습니다. 먼저 우리 주 하나님과 예수 그리스도에게 감사드립니다. 이건 하나의 여행이었고 당신이 없었다면 여기까지 해낼 수 없었을 겁니다. 저를 이끌고 지켜주셔서 감사합니다. 당신이 저를 통해 무슨 일을 하고자 하시든 저는 당신을 따를 겁니다.

믿기 어려울 정도로, 놀랍고 경이로운 편집자 도나 브레이에게. 영어에는 당신처럼 굉장한 사람을 묘사할 형용사가 충분하지 않습니다. 이건 쉬운 여행이 아니었고, 난 당신이 없었다면 살아남지 못했을 거예요. 매 걸음 곁을 지켜주고 최대한 나를 믿어줘서 고마워요. 또 인내심을 갖고 지켜봐줘서 감사해요. 하하. 우리가 해냈어요!

브룩스 셔먼, 작가들이 바라는 최고의 저작권 대리인으로도 알려져 있죠. 내 뒤에서 계속 밀어주고 늘 내 편이 되어 주어서 고마워요. 더군다나 이 책으로 이 자리에 이를 수 있다는 걸 내 자신이 몰랐을 때조차 당신은 그걸 알고 있었다는 것에 더더욱 감사합니다.

메리 펜더 코플란, 당신은 천사이자 내 생명의 은인이에요. 난 아직도 내가 그런 굉장한 영화사를 만날 만한 일을 했는지 모르겠어요. 내 온 마음을 다해 감사해요. 천사 같은 마음의 굉장한 조수, 아킬 헤지와 천사 같은 예전 조수 낸시 테일러. UTA의 모두 분들 감사합니다.

블레이저 + 브레이/하퍼콜린스의 모든 분들께. 여러분이 제 편이어서 전 세상에서 가장 운이 좋은 작가라고 느꼈어요. 여러분의 사랑과 지지와 노고는 모두 알고 있습니다. 어떤 감사 인사도 충분하지 않을 거예요. 수잔 머피, 알레산드라 블레이저, 올리비아 루소, 티아라 키트럴, 앨리슨 도널티, 제나 스템플-로벨, 안졸라 카커, 넬리 커츠만, 베스 브라스웰, 에보니 라델, 패티 로사티, 레베카 맥과이어, 조쉬 와이스, 마크 리프키, 다나 헤이워드, 에밀리 레이더, 로니 암브로즈, 에리카 퍼거슨, 메간 젠델, 안드레아 파펜하이머, 케리 모이나, 케이티 페이버, 그리고 젠 와이갠드.

대서양 건너의 지지자들인 영국 워커북스의 출판 가족, 특히 애널리 그레인저와 로시 크롤리. 집에서 멀리 떠나온 저를 늘 집에 있듯이 해줘서 고마워요.

외국의 출판인들께도 저와 제 이야기에 기회를 주신 것에 감사합니다.

장클로우 & 네스빗 가족 여러분, 모든 사랑과 지지에 감사해요. 웬디 구에게는 특별한 감사를 전합니다. 스테파니 코벤과 컬렌 스탠리 인터내셔널의 모든 분께도 감사합니다.

몰리 커 혼, 구운 비트 요리를 알려준 사실만으로도 저의 영원한 감사를 받기에 충분하지만, 당신의 사랑과 지지에, 전천후로 멋진 활약을 보여준 데 감사해요.

마리아나 애디슨, 당신 같은 조수가 없었더라면 정말로 어찌 됐을지 모르겠어요. 그 모든 혼돈을 견뎌내 줘서 고마워요.

데이비드 라빈, 찰스 야오, 그리고 라빈 에이전시의 모든 분들, 저를 믿어주고 지지해주고 제게 투자해 준 것에 감사를 드립니다.

친구들. 베키 알버탈리, 아담 시베라, 닉 스톤, 저스틴 레이놀즈, 도니엘 클레이튼, 사바 타히르, 줄리 머피, 로즈 브록, 티파니 잭슨, 애쉴리 우드포크, 제이슨 레이놀즈, 사라 캐논, 디디 네스빗, 레아트리스 맥키니, 캠린 가렛, 애드리안 러셀, 카라 데이비스, 저스티나 아일랜드, 하이디 하이리그, 코소코 잭슨, 조라이다 코르도바, 니콜라 윤, 엘렌 오. 한 사람 한 사람 모두 거기 있어준 것만으로도 이 책의 탄생에 기여를 했어요. 고마워요.

영화 〈당신이 남긴 증오〉THE HATE U GIVE의 가족들-조지, 마르시아, 체이스 틸먼, 샤멜 벨, 밥 테이틀, 마티 보웬, 웍 고드프리, 팀 본, 존 피셔, 제이 마커스, 아이작 클라우스너, 엘리자베스 개블러, 에린 시미노프, 몰리 새프런, 템플 힐, 스테이트 스트리트, Fox 2000, 그리고 출연진과 제작진들, 제 꿈을 실현시켜주신 데 대해 모두에게 감사드립니다. 아만들라, 더 이상 최고의 스타는 찾을 수 없었을 거예요. 무엇보다 당신의 존재 자체에 감사해요. 당신을 내 막내 여동생이라고 부를 수 있어서 영광이에요. 영감과 격려 고마워요.

가족과 친구 모두에게, 내가 여전히 앤지라는 걸 알아줘서 고마워요. 여기에 이름이 거론되지 않았다고 해서 화내지 마세요. 너무 많아서 이름을 열거할 수는 없지만 내가 감사해하고 사랑한다는 사실을 알아주세요.

우리 엄마, 줄리아. 당신의 모습 그대로 있어줘서 그리고 언제나 내가 누구인지 알게 해줘서 고마워요. 사랑해요.

힙합. 내 목소리가 되어주어서, 내게 목소리를 주고, 내게 나 자신을 보여주어서 고마워. 세상은 종종 널 비난하지. 가끔은 마땅히 그럴 만할 때도 있어. 가끔씩 난 너의 최고의 비판자가 되기도 해. 하지만 난 사랑의 자리에서 그 일을 하고 있어. 네가 할 수 있는 일이 무엇인지 난 보았어. 넌 세상을 바꿀 수 있고, 바꿀 것이고, 바꿔 왔어. 난 널 절대 단념하지 않을 거야. 난 언제나 네 편일 테고, 계속해서 뇌를 자극하고 소음을 만들어 낼 거야.

그리고 마지막으로, 실제 세상의 가든 지역 콘크리트에서 피어난 장미들에게. 사람들이 너희를 의심할 때도 너희를 침묵시키려 할 때도 결코 침묵하지 마. 그들은 너희를 멈출 수 없어, 그러니 날아올라.